虽然遗憾，依然美好

杨卫华 著

山西出版传媒集团
北岳文艺出版社
·太原·

图书在版编目（CIP）数据

虽然遗憾，依然美好 / 杨卫华著. — 太原：北岳文艺出版社，2019.1（2020.3 重印）

ISBN 978-7-5378-5686-7

Ⅰ.①虽… Ⅱ.①杨… Ⅲ.①长篇小说—中国—当代 Ⅳ.①I247.5

中国版本图书馆CIP数据核字（2018）第208930号

书名：虽然遗憾，依然美好	特约编辑：李 路 韩玉龙	封面设计：Dharma 设计事务所
著者：杨卫华	责任编辑：赵 雪	排版设计：西橙工作室

出版发行：山西出版传媒集团·北岳文艺出版社

地址：山西省太原市并州南路 57 号 邮编：030012

电话：0351－5628696（发行部）

0351－5628688（总编室） 传真：0351－5628680

网址：http://www.bywy.com E－mail：bywycbs@163.com

经销商：新华书店

印刷装订：三河市同力彩印有限公司

开本：660mm×960mm 1/16

字数：270 千字 印张：21.75

版次：2019 年 1 月第 1 版

印次：2020 年 3 月河北第 2 次印刷

书号：ISBN 978-7-5378-5686-7

定价：69.80 元

目录
CONTENTS

楔子 ·001
商宇浩带着五六分醉意，回到下榻的酒店，下了出租车……

1 二婚的新生活 ·006
正月的最后一个周末，商宇浩和息小淘结婚了。

2 婆媳没有隔夜仇 ·023
一周后，公司设计部交上来几套参加皮革城创意大赛的设计方案……

3 身边的诱惑 ·038
息小淘待在家里休息了一段日子后，开始着手帮商宇浩……

4 老公的旧情人 ·054
商宇浩回到家，已经是晚上八点多钟，从中午到现在……

5 婚内冷战 ·070
商宇浩没想到竟然会把息小淘给推倒，心中又悔又恼……

6 男闺密 ·088
商宇浩通过网上银行，给对方指定的账户汇入八百元。

7 妈妈的男朋友　　·106
息小淘的爸妈和大哥息振业、大嫂赵萍……

8 意外的惊喜　　·121
丰收在老家操办母亲的丧事，前后待了十天左右……

9 朋友　　·140
都市论坛上出现一则题为《逍遥城藏污纳垢，风流客纸迷金醉》的帖子。

10 有心的无心伤害　　·159
佟二堡距沈阳桃仙机场有四五十公里……

11 少年夫妻老来伴　　·176
丰收打电话给商宇浩，说向他的银行账户中打入了五十万……

12 纷乱的家事　　·194
夏立国和丰收翁婿间的矛盾升级，两人僵持着谁也不肯让步。

13 老婆的艳照门　　·212
六月，由海宁中国皮革城主办的皮革制品创意大赛如期举行。

14 老公与前男友的较量　　·231
商宇浩回到公司办公室才渐渐静下心来，施雅萍和息振涛勾搭在一起绝非偶然。

15 踩中地雷　　·250

有关部门经过半个月的调查取证，把丰收涉嫌和举报的两起案件全部查得水落石出。

16 失火的家园　　·268

医生对商宇浩的初步诊断结果是劳累过度，再加上这些天的失眠和过分焦虑……

17 真的要分开吗　　·286

商宇浩午睡醒来，一睁开眼就看到了息振涛。

18 原来是你　　·300

罗家豪的那点心思，息小淘当然知道，可是她对他一点感觉都没有……

19 现妻与前妻的约定　　·316

商宇浩决定认命。他甚至连齐默和丰收的帮助都婉言谢绝了。

20 不变的承诺　　·329

商宇浩等母亲和儿子商鼎都回房睡觉后，才悄悄开门出去，驾车直奔酒虫。

楔子

商宇浩带着五六分醉意，回到下榻的酒店，下了出租车刚走到酒店门口，酒店大堂内突然快速冲出一条人影，他一时躲闪不及，被那人撞了个满怀，被撞得连退出好几步才稳住身形，厉声喝问："你干什么？怎么这么冒失？"

那是位穿着浅紫色碎花长裙的年轻女子，只顾低着头快步奔跑，见自己鲁莽撞上人后，她本人也受惊不小，抬起头来连声道歉："对不起，对不起！不好意思，是我太……商……商总？你是微蓝皮饰的商总。"

商宇浩是海宁市微蓝皮饰皮具有限公司的老总，来广州参加春季广交会，今天是最后一天，他约了几位生意场上的朋友聚餐，然后又去KTV喝酒唱歌，一直玩到凌晨才尽兴而归。

商宇浩听她认出自己，也就不好再发作，仔细一看，发现是位年轻漂亮的姑娘，而且认识，只是想不起她叫什么名字。"你是花儿创意的设计师，息……息……"

花儿创意也是海宁市的一家知名专业设计公司，和微蓝皮饰有过业务上的往来。像广交会这样大型的商贸盛会，作为业内知名的设计公司自然会派出旗下有实力或有潜力的设计师来观摩取经。

眼前的这位姑娘,二十二三岁的样子,齐肩的短发,白皙的皮肤,长得清纯甜美。商宇浩在她公司里见过几次,感觉她话不多,但大方随和,再加上她的姓比较少见,想让人不记住也难。

"我叫息小淘。不好意思啊,商总,我撞到你了。"息小淘的语速很快,同时显得有点慌乱。

"哦,没事,你这么晚了还要出去吗?要注意安全。"在年轻姑娘面前,商宇浩自觉大了半辈,也得象征性地多嘱咐一句。

息小淘微微愣了一下,似乎没想到商宇浩会关心自己,忙说:"嗯,好,我会小心的。明天见,商总。"说完后冲他一笑,很礼貌地转身离去。

商宇浩发现她面色绯红,眼波流转,似乎正在极力控制着自己的情绪,估计也喝了不少酒。

试想一下,广交会结束,前来参展的客商,或多或少地都会签到几份订单,临行前请客户或好友吃顿饭、喝点酒也是应该的。

商宇浩转身走入酒店大厅,总台上的两名服务生均是一副昏昏欲睡的样子。

走到电梯间,按下电梯按钮,电梯很快就下来,就在他步入电梯内,电梯门将要合上的一刹那,息小淘突然猛冲进来,同时尖叫了声:"等我一下!"把总台上的两名服务生吓得同时竖起了脑袋。

"怎么啦?"商宇浩见息小淘一脸慌乱不安的神色,"出什么事了吗?"

"我……"息小淘睁着一双水亮的大眼睛,咬咬牙,鼓起勇气说,"商总,您……您能不能帮我一个忙?"

商宇浩这时已有五六分醉意,脑袋有点发晕,两侧太阳穴胀得难受,但面对这么娇滴滴的女孩子,他不好意思拒绝,只得硬着头皮说:"只要我能帮得上的,你只管说。"

息小淘的脸似乎更红了,喘着粗气,说:"这里不方便,不如去您房间说吧。"

"行。"商宇浩爽快地点头答应。心想:"我一个大男人怕什么呢?"

电梯门终于合上,缓缓上升。

商宇浩和息小淘都没发现,就在酒店大门外的人行道树下,停着一辆黑色的宝马车,车上坐着位年轻、帅气的男子,他沉着脸,透过车窗玻璃看着息小淘和商宇浩一起乘坐电梯上楼,目光中闪过一丝恨意,猛地一踩油门,宝马车如飞而去。

这是一家经济型的快捷酒店,广交会期间天天爆满,入住的全是天南地北的商家代表。

商宇浩的房间在十三楼,用房卡打开房门,息小淘随着他进入房间后,随手把门关实。

商宇浩打开房中的壁灯,说:"随便坐吧,有烟味,别介意啊。对了,你有什么事要我帮忙的?说吧。"

"我……那个……"息小淘的神情更加显得局促不安,气喘有点加剧,"我……我被人下了药,你能不能救救我?"

"下药?什么药?"商宇浩一愣,脑袋清醒了几分,仔细再看,只见她面颊绯红,眼中春波荡漾,立刻明白是怎么一回事,失声叫了起来:"你被人下了催情药?"

息小淘是随花儿创意的经理一起来广州的,不料经理家里出了点急事,提前回海宁了。按他们来时的日程安排,最后一天要宴请几位生意场上的合作伙伴。酒席是他们来广州之前就预定好的，而且也已经和受邀的客人打过招呼，不好意思取消。经理临行前把这项重任托付给息小淘，又怕她这么一位初出江湖的雏儿压不住阵脚，特地邀请了同在广州参加广交会的同乡好友，君达商贸新近上任 CEO 罗家豪作陪。但是两位年轻人依然架不住那几位生意场上的老混混，罗家豪被灌得七荤八素，息小淘则不知不觉地被人下了药。

商宇浩说："真是太过分了，要不要报警？"

"不要，这些人都是我们花儿的合作伙伴和主顾，而且我也不知道是哪个坏蛋干的，我不能因为一个人而得罪所有的客户。我们经理对我不错，也很器重我，这次只带我一个人来广州，我不能害他的生意有损失。"息小淘此时浑身燥热，身体内像有成千上万只小蚂蚁在爬，又麻又痒，仿佛连骨头都快要酥掉了，双手已经不自觉地扯着上衣的领口。若不是还没完全丧失的理智，提醒她保持住最后的矜持，只怕早已呻吟起来。

"那你要我怎么帮你？"

"你……你要了我吧，商总，我知道你不是那种坏男人，所以我……我宁愿给你，也不想便宜那些混蛋……"说着，自己动手褪下了长裙。

五月的天气，广州已是初夏时节。息小淘脱下她的浅紫色碎花长裙后，仅剩下淡粉色的文胸和蕾丝内裤。大片凝脂般的肌肤裸露在橙红色的灯光下，焕发着瓷玉般的莹润光泽。S 型的火爆身材，饱满的胸器，浑圆的臀部，对男人的杀伤力可想而知。

商宇浩自从三年前婚姻破裂，和妻子施雅萍离婚后，还没从那段阴影中走出来，对女人的敬畏远远大于对女人的渴望。但他正值虎狼之年，骨子中的血性还在，如何受得住诱惑？"这……这怎么可以？"

他吓了一大跳，酒意醒了大半，但几年来压抑在骨子里的那股雄劲已然蠢蠢欲动。

息小淘稍稍犹豫了一下，一头扑入商宇浩的怀中，抱住他的身体，奋力踮起脚尖，把嘴凑到他的耳边，用如嗔如痴、含糊不清的声音说："我绝不会给你添麻烦的，我快受不了了，商总，你就救救我吧……"

佳人在抱，温香满怀。商宇浩的气喘明显变粗，可就在他伸出双手将要抱住息小淘的一刹那，仅剩的理智告诉他，不可以乘人之危。他抓住息小淘的肩膀，将她猛地推开，同时大叫了一声："走，我送你去医院！"

1　二婚的新生活

正月的最后一个周末，商宇浩和息小淘结婚了。

婚宴就设在海宁皮革城对面的海洲大酒店，一开三十八席。亲朋好友，商界伙伴欢聚一堂，祝福声、赞美声、欢闹声……响成一片。

但商宇浩清楚地知道，到场的这些人中，真正看好他和息小淘这桩婚姻的，寥寥无几，包括他的家人。

商宇浩今年三十八岁，眉目清秀，身材修长，举止文雅，外表长相看上去比实际年龄要年轻得多。他三年前离异，儿子商鼎今年十二岁，名下有一家公司（微蓝皮饰）和一家企业（卓远制革厂）。有房有车有存款，身家总值过千万。这样的身价在作为经济文化强市的海宁市，也许算不得特别骄人，却也算得上事业有成，在和息小淘的恋情曝光之前，他一直是单身女子们努力争取的钻石王老五。

息小淘今年才二十三岁，是花儿创意设计公司的设计师，走出校门不到一年，她比商宇浩整整小了十五岁。两人的年龄差距，成为他们婚姻不被看好的主因。在常人的定向思维中，老夫少妻，尤其是男的富裕金贵，女的年轻漂亮，这桩婚姻无非就是男的贪色，女的贪财，各取所需。

自从商宇浩和息小淘传出恋情后，商宇浩身边的亲戚朋友无不劝他谨慎三思，好友丰收甚至给他取了个绰号"老牛"，说他老牛吃嫩草。但他顶住了，他喜欢她的年轻，她的活力，以及她不太强烈的任性。他也相信她对自己是真心的，有些感觉只要自己知道就行。

息小淘所承担的压力并不比商宇浩轻，她甚至被迫贴上"拜金女"的标签，就连同事们看她的目光都变得不一样了，但她选择了沉默。有些误会日久自会澄清，有些事情越解释只会越糊涂。

商宇浩挽着息小淘，捧着酒杯，一桌桌地给宾客们敬酒。两人神情亲昵而又不失自然，男才女貌，倒也不失为一对佳人。

夏思楠见丈夫丰收一副神思不属的样子，目光一直缠着商宇浩和息小淘转，一脸的羡慕，忍不住用手肘轻轻撞了他一下，打断他的翩翩遐想，附到他耳边，轻声问："是不是看着很眼红很羡慕很忌妒？要不要我腾出位置，让你换口新鲜的尝尝？"

丰收立马露出一副惊喜交加、感激涕零的样子，轻声说："难得老婆大人如此识大体，顾大局，深明大义，小生我感激不尽啊。"

夏思楠伸手到桌下，在丰收的大腿上狠狠拧了一把，做咬牙切齿状，说："你们男人都是这副德行！商宇浩苦大仇深地熬了三年，一副受尽前妻迫害的怨妇样，最终还是忍不住选了个又鲜又嫩的下了狠手。"

丰收说："别这么编排老商的不是，好不好？他对小淘是真心的。我羡慕他们，是因为他们手牵手的样子看上去真的很幸福。所以我在想，我们当初结婚时，是不是也是这个样子，当时在别人的眼里一定也很幸福吧，可惜……唉。"

夏思楠突然接不上话了，她听出了丰收的弦外之音。

商宇浩、丰收和夏思楠都是A省商学院的同学。丰收的老家在江西乡下，家境一般，但他品貌出众，又多才多艺，大一时就和夏思楠确定了恋爱关系。

夏思楠的父母在市机关工作，对女儿的这桩婚事很不赞同，但夏思楠铁了心非丰收不嫁，夏家二老无奈之下只得答应，但要求丰收必须来海宁落户当上门女婿。

丰收对夏思楠的情感无比深厚，为了心爱的人，只得委曲求全。可是夏家二老，特别是老丈人夏立国，对这位外地来的乡下女婿并不看重，人前人后直呼其"外地人"，翁婿间的关系也就可想而知。

丰收见夏思楠神色黯然，担心自己的话说重了，握住夏思楠的手，说："其实我要的幸福很简单，有你就够。"

恰好商宇浩和息小淘敬酒敬到这桌，见丰收和夏思楠手握着手，低声私语，商宇浩就叫了起来："丰子，思楠，你们都已经是老夫老妻了，还用得着这么大秀恩爱吗？"

丰收笑着说："只许你俩玩暧昧，就不许别人秀恩爱吗？老商，今晚可得好好表现哈，兄弟我看好你！"

息小淘听出丰收话里有话，毫不示弱地抢过话题，说："宇浩的表现一向都很神勇，丰子你要是有了力不从心的感觉，可以向他请教，看在你们多年好友的份儿上，我想他一定会倾囊相授的。"

夏思楠大笑着站起身来，举起酒杯说："小淘，真看不出来，连你也被宇浩调教得这么老到。来，这杯酒敬你！"

息小淘举起酒杯还没和夏思楠碰上杯，旁边突然伸过来一只酒杯，分别在息小淘和商宇浩的酒杯上碰了一下，原来是君达商贸年轻的CEO罗家豪走了过来，他说："新郎、新娘，再敬你们一杯，我先干为敬。"

君达商贸是一家以经营皮革原铺材料为主的大型民企，是微蓝皮饰的供货商。罗家豪今年二十九岁，帅气多金，至今单身，被业内称为全市最金贵的钻石王老五，据说围在他身边的美女手拉手连接起来，可以绕海宁皮革城两圈。

罗家豪满脸通红，醉意盈面，一仰脖子喝下手上的一大杯红酒后，目光直愣愣地盯着息小淘，说："新娘子，你今天真漂亮……"

息小淘很大方地笑笑，说："谢谢罗总夸奖。"

罗家豪哈哈一笑，从身旁的桌上拿过酒瓶，给自己又倒上满满一杯酒，递到息小淘的面前，说："单独再敬你一杯酒。"

息小淘连忙说："对不起啊，罗总，我真的不会喝酒，你就饶了我吧。"

罗家豪打了个酒嗝，说："行。但你得如实回答我一个问题，我和商宇浩相比，到底差在哪里？"

据说在息小淘和商宇浩确定恋情之前，罗家豪对她挺有意思的。只是他一向太骄傲，表现得并不积极主动。而息小淘也不知是有心还是无意，对他的暗示全都视而不见。

商宇浩见息小淘的眼中闪过一丝愠色，怕她当场令罗家豪难堪，连忙接过话题，笑着说："罗总你唯一比不上我的地方，就是你比我年轻。"

息小淘看出商宇浩在极力替自己打圆场，再想到今天是自己的大喜之日，在这么多的宾客面前不必和罗家豪较真，说："罗总你太优秀了，我对自己没信心，怕抓不住你。"

罗家豪一愣，随即大笑起来，说："好，回答得好。那你可要牢牢地抓住商宇浩哦，他这条老泥鳅比我油滑多了。"说完，冲商宇浩扬了下眉。

商宇浩知道他追息小淘的事，豁达地淡淡一笑。

君达商贸是罗家豪的爸爸一手创立的。老罗为人低调随和，深谙经营之道，在商宇浩出道之初，老罗十分看好他的商业才能，预言他将来一定会创出一片天地，在事业上对他有过不小的帮助。商宇浩感恩图报，这些年来死心塌地和君达做着生意。去年，老罗身体出现状况而隐退幕后，把生意全盘交给自己的独子罗家豪。罗家豪经过老罗多年的调教，承袭了他大多数的处世风格，只除了家豪仗着家境殷实，姐夫又是市银行主管，在生意场上为人处事略显张扬外。

婚宴持续三个多小时，商宇浩和息小淘一轮轮地敬酒，站得两腿发硬，笑得面部肌肉都快麻木了。等到婚宴结束，回到家中时，已经过了晚上十点钟。

商宇浩的家坐落于红笺别苑，离著名的海宁皮革城只有十几分钟的车程，是一处比较高档的住宅小区，小区内大多是两三层的小别墅，普通市民把这里称之为富人区。商宇浩家是一幢两层的小别墅，他爸爸三年前过世，他和妈妈、儿子商鼎共同住在一起。商妈妈和商鼎已经由丰收先行送回了家，祖孙两人还坐在大厅上边看电视，边等商宇浩和息小淘回家。

商宇浩和息小淘拖着疲惫的身子在沙发上坐下，商妈妈连忙给他们倒了杯水，关心地问："是不是累着了？早点去休息吧。"

息小淘浑身肌肉发硬，累得连上楼的力气都快没有了，回来的路上一直在向商宇浩抱怨，早知道结婚这么累，她宁愿不结。不过在婆婆面前她可不敢太放肆，忙笑笑说："还好，谢谢妈。"

商鼎霍地站起身来，说："既然你们不是很累，那我就趁今晚把话说了吧，免得憋在心里难受。"

商宇浩说："你有什么话啊？听上去好像还挺严重的，说吧。"

商鼎说："我是在争取自己的权益。你俩结婚前，有好多人反对你们，我可是一路投支持票，现在你们婚也结了，可不能……那个……那个，哦，过河拆桥，得满足我三个条件。"

商宇浩和息小淘互看一眼，都从对方的眼中看到一丝不安。事实上在他俩确定恋爱关系后，一直都很在意商鼎的感受，怕他有什么想法。现在见他一脸严肃的样子，不约而同地担心他会提出什么稀奇古怪的条件让人为难。两人又把目光转投向商妈妈，想看看她的反应，猜测着是不是她出的主意。

商妈妈知道商宇浩和息小淘想的是什么，露出一个无辜的表情，说："别看我，不是我授意的，我可不是那种爱耍花样的老太太。"掉头看向商鼎，"小鼎，你有什么条件啊？而且还是三个。人小鬼大的，都是让那些电视剧给害了。"

商鼎竖起一根手指，说："第一，我不叫你妈妈，"说着指了一下息小淘，"不管什么时候，我只能叫你阿姨，一定不叫妈妈。"

息小淘想也不想，也不征询商家母子的同意，点头说："没问题。"心中暗想，商鼎只比自己小十一岁，长得都快齐她肩膀了，就算他愿意喊自己妈妈，只怕她还不敢应允呢，这样最好，可以避免尴尬。

商宇浩明白息小淘的心意，也就不吱声，算是默认。

商鼎竖起第二根手指，接着说："第二个条件是，你们不许把我送去寄宿学校。"

商宇浩笑了起来，说："当然不会啦，也不知你是怎么想出来的。"

商鼎不服气地说："我班上好几个同学的爸妈也离婚了，本来说好把他们带在身边的，可是等爸爸妈妈再次结婚后，就把他们扔在寄宿学校不管了，两周才能回家一次，这和刑拘有什么区别？你们要是也这样对我，我宁愿离家出走去流浪！"

商妈妈说："放心吧，不会把你放在寄宿学校的，否则奶奶先不答应。奶奶要是一天见不到你，就浑身不舒服。你的第三个条件又是什么啊？"

商鼎看了息小淘一眼，说："你们……你们不可以再生孩子，这个家只能有我一个孩子！"

"什么？"不等商宇浩和息小淘做出反应，商妈妈率先叫了起来，"小鼎，你老实说，这三个条件是谁教你的，是不是那个败家的女人，是不是她教唆你提这三个条件的？"

商妈妈说的"败家的女人"就是商鼎的妈妈，也就是商宇浩的前妻施雅萍。一提起施雅萍，商妈妈表现出来的总是非同一般的恨。

商宇浩和施雅萍的这段婚姻，用商家人的话来说只是一场交易。商宇浩走出校门就开始创业，但是白手起家谈何容易，磕磕碰碰做了两年，不但没赚到钱，反而掏空了家底。施雅萍看中商宇浩的聪明能干，主动向他表白，许诺只要他能娶她，她就动用娘家的势力帮他做成事业。

施雅萍家境富裕。她父亲在二十世纪八十年代就开始创业，可以说是本市的第一代商人，不管在生意场上，还是在政客间，都有广厚深远的人脉。只是她从小养尊处优，为人处事爱走极端，这不是商宇浩喜欢的类型。

商宇浩在追求感情还是追求事业的问题上再三斟酌，终因不忍心父母家人陪他担惊受苦，接受了施雅萍的感情。而施雅萍也果不食言，帮他走出人生低谷，事业渐渐有了起色。

可是婚后不久，两人感情基础薄弱的问题就暴露出来，施雅萍仗着自己对商家有功，在家中趾高气扬，不敬重商家二老，对任何事都要横插一杠。她对商宇浩颐指气使，吆五喝六，夫妻俩三天两头吵架。她既不上班，也从不做家务，每天不是上棋牌室，就是上街美容、购物，花钱从不知节制，用商妈妈的话说就是一副败家相。

对于这些，商家人都忍了，直到商爸爸出事。

商爸爸血压偏高，长期需要人照顾，有次商妈妈要回乡下老家一趟，临行前让施雅萍帮着看护商爸爸。哪知道有小姐妹打电话进来约施雅萍逛街，她急于出门赴约，竟然把商爸爸给忘记得干干净净，等她想起时，商爸爸已经病重不治过世。商宇浩和施雅萍的婚姻也因此走到尽头。

商宇浩也发现商鼎的这三个条件提得头头是道，还条条抓住要点，不是大人教唆，一个十二岁的孩子不可能有这么严谨的逻辑思维。

商鼎没有回答他奶奶的话，而是看着息小淘，他在等她的回应。

说实话，息小淘还真没好好想过这个问题。不过呢，在和商宇浩结婚之前，她就非常清楚地知道，自己将会在这个家庭中担任怎样的角色，所以暗中拿定主意，尽最大努力和这个家庭中的每一个成员搞好关系，不管大事小事，自己能够不拿主意的，就尽量别做主，也别妄想着能独占商宇浩，他是属于这个家的，这个家中的其他成员，和他相处的时间都比自己长。自己是新媳妇，就安心地享受着新媳妇"事不关己，高高挂起"的特权，千万别逞强，那只会让自己遍体鳞伤。这样的事例，身边也好，影视作品也好，见得多了。

息小淘微微一笑，说："小鼎，这个问题不是我一个人能做得了主的，只要你爸爸没意见，我当然也不会反对。"

商宇浩终于发现这个问题很棘手，他不能骗儿子，但也不能委屈息小淘。他没有理由让息小淘放弃做母亲的权利，那是不公平的。掩饰性地咳了一声，他说："小鼎，这是大人的事，你小孩子家可不该管。再说，就算你小淘阿姨生下孩子，我们也不会不要你啊。"

商鼎小嘴一噘，说："老爸，你和小淘阿姨结婚前，奶奶要我支持你们，我答应了。那是因为奶奶说，现在我还小，还能天天缠在你身边陪着你，等将来我长大后，也许不能常常守在你身边，你一个人过日子会寂寞的，所以我听了奶奶的话，支持你再婚。可是你们为什么还要生孩子，有我一个就够了，将来等你们老了，我一定会养你们的！"

息小淘一笑，说："小鼎真是懂事，年纪这么小就考虑到了将来的事，其实你说得……"

商妈妈怕息小淘答应商鼎，连忙抢着说："小鼎，你要是能多一个弟弟或妹妹，可以陪着你玩，等将来你爸爸和小淘阿姨老了后，还可以帮你照顾他俩，这不是更好吗？"

商鼎急了，连腮帮子都鼓了起来，大声说："我一个人就可以照顾好爸爸和小淘阿姨，不需要别人帮忙，小淘阿姨，你快答应我吧。"

"不能答应！"商妈妈抢着说，"没有孩子的婚姻是不牢固的。小鼎，你爸爸年纪不小了，再也经不起折腾，这件事以后不许再提，我不答应！"

"不行，我又不是向你提，我是要小淘阿姨答应我。"商鼎不屈不挠。

息小淘眼珠一转，说："小鼎，我们得尊重奶奶，不惹她老人家生气，你们老师不也要求过你们敬老爱幼，对不对？我的问题不大，关键是你奶奶，要是她老人家也不想要孩子，你说我还敢生吗？"息小淘轻轻松松的一句话，就把问题抛给了商妈妈。她不想再纠缠下去，拉了一把商宇浩，说："时间不早，还是早点休息吧。妈，小鼎，明天见。"

商宇浩和息小淘的新房设在二楼。楼上除了他们的新房和书房外，还有一间是商鼎的房间，但大多数的日子里，商鼎随他奶奶睡在底楼。

洗过澡后，两人相拥着躺在床上。商宇浩见她闪着美丽的大眼睛却不说话，问："淘淘，你在想什么心事啊？"

息小淘嘴角一扬，问："你怎么猜到我在想心事？"

"那还用猜吗？你眼珠子滴溜溜地转得像孙猴子，嘴角露着坏笑，一看就知道心里在想事，而且想的事一定好不到哪里去。"

"切，结婚才第一天，你就把我看成了透明人啊？"息小淘顿了一下，又说："我在想，你妈这么防着我，难为她在小鼎面前，还能帮着我说话。"

商宇浩一愣，说："什么你妈不你妈的，现在我妈就是你妈，是我俩共同的妈。你哪里觉得妈有意防着你了？"

"你妈……不，呵呵，说顺嘴了。妈说，没有孩子的婚姻不牢固，这不就是说她怕我们没有孩子，以后一旦夫妻间出了什么问题，我可以想走就走，没什么羁绊，这也就说明她并不看好我。还有，她前天和我闲聊时，一个劲地赞我聪明能干，将来一定能成为有成就的设计师。这话听起来不错，可细想之下，就会明白她是希望我继续留在花儿工作，不要涉足你们商家的产业。"

商妈妈的那点顾虑，商宇浩全明白，说到底又是前妻施雅萍留下的后遗症。当初，施雅萍不但恣意挥霍，还趁商宇浩出差期间，以老板娘的身份，挪用公司的巨额公款，投入到股市，结果造成巨大损失，差点使微蓝的资金链断裂而倒闭。商妈妈记得前车之鉴，所以并不希望息小淘介入他家的产业，她的这个想法之前和商宇浩谈起过。

商宇浩说："其实不看好咱俩婚姻的大有人在，我们又何必在意呢？日子是我们过的，又关别人什么事了？还有，别人越是不看好我们，我们越是要努力把日子过好。"

息小淘笑着说："你急什么，我又没怪妈。虽然她有时防着我，但大多数的时候还是挺开明的，能摊上这样的婆婆是件幸运的事。我能理解她的良苦用心，做父母的差不多都是这个样吧。"

商妈妈自然不希望自己的儿子打光棍，但不赞成商宇浩娶这么年轻的老婆。可是商宇浩认定了息小淘，如今婚都结了，她还能怎样？当然不能再多事，家和才能万事兴。

商宇浩说："好了，别多想了，明天还要忙一天，后天我们去度蜜月，总算可以休息几天了。"

按照本地风俗，婚后第二天，商宇浩得带着新媳妇，以及老妈、儿子回乡下老家祭祖。一家四口带了糕点，差不多又折腾了一天。第三天他和息小淘则踏上了去马尔代夫的蜜月之旅，这是他们半年前就决定下来的，当时微蓝皮饰的业务还不忙，本想好好放松一下，没想到临近预期，公司业务量大增，息小淘本想取消这次蜜月之行，但是商宇浩不打算改变计划，只能从牙缝里挤时间，忙里偷闲，却还是把预期的十天行程缩短成五天。

五日假期一晃而过，回来后两人略做休整，第二天便各自投入到工作中去。

息小淘依然去她的老东家花儿创意设计公司上班，虽然商宇浩曾提过让她辞了那边的工作，去微蓝帮助他，但她不想他为难。而且她也舍不得放弃花儿，她喜欢那儿的工作氛围。

商宇浩来到公司，有一大堆的事等着他处理，其中还有件令他兴奋不已的事，海宁中国皮革城股份有限公司给他送来一份邀请函，邀请微蓝皮饰参加将于六月份举行的皮具皮饰用品创意大赛，到时有欧盟客商组团前来观摩，很有可能拿下外贸大单。

有一定规模和影响力的公司，才能收到海宁皮革城的邀请函，这是实力的象征，微蓝这几年的努力终于得到了市场的认可。

走出国门，参与国际商贸，一直是微蓝也是商宇浩的最大梦想。六月份的创意大赛无疑是一个契机，让他看到了曙光。

商宇浩无比兴奋，立刻召开公司中层以上干部会议，代表公司向大家表示了谢意之后，希望大家再努力一把，争取在六月份举行的皮具皮饰创意大赛上有所表现，使企业再上一个新台阶。

会议才开到一半，商宇浩的手机就响个不停，他正讲得兴起，随手把手机丢给了助理柳欣。

柳欣打开手机一看，屏幕上显示的来电是"淘宝宝"三个字，她一时想不起这淘宝宝是何方神圣，不知和淘宝网有没有关系？接通电话后，小心翼翼地说："您好，商总正在开会，我是他的助理，请问您是哪一位？有什么事吗？"

"哦，你是柳助理，"一个轻柔动听的女声在电话那头响起，"我……我也没什么要紧的事，不好意思，打扰到你们了，我等一下再找他吧，再见。"说完就挂了电话。

柳欣顿时就明白，打电话过来的是商宇浩的新婚妻子息小淘。"淘宝宝，淘宝宝。"息小淘的名字中有个"淘"字，商宇浩把她当成了宝。柳欣嘴里默念着这个名字，心里却莫名地一阵悸痛。

柳欣大学毕业那年，去人才市场找工作，无意中见到来人才市场发布招聘信息的商宇浩，立刻被他俊朗的外表和举手投足间流露出来的儒雅气质所吸引。她甚至在没有全面了解微蓝发展前景的情况下，就倔强地递上了个人简历，然后义无反顾地进入商宇浩的公司，在他身边默默地守了五年。

前两年商宇浩还没离婚，她不敢有非分之想，只要每天能见到他就感到心满意足。后来商宇浩离婚了，她以为自己逮到了良机，欣喜若狂，但少女的矜持又让她怯于表现得过于直白，商宇浩对她的隐晦表示全都视而不见，三年时光白白流逝，直到息小淘横空出世，她才惊觉，自己已错失良机，五年守候化作泡影。

商宇浩讲完话后，让大家酝酿一下有没有什么好的设想，然后各自交流一下。他走出会议室，看到柳欣捧着自己的手机发愣，颇为好奇地问："柳欣，是谁打来的电话？你脸色怎么这么差？"

"哦，没什么，可能是我昨晚没睡好。刚才是你夫人打来的电话，听说你在开会，她说等一下会再打过来。"说着把手机递了过去。

商宇浩担心息小淘有什么要紧的事，拿过手机回拨了过去。手机才响了一下就接通了，感觉她一直在等自己电话似的，忙问："淘淘，怎么了，是人不舒服吗？"

"不是，是我工作的事。"息小淘的声音听上去有点委屈，"刚才公司老总找我谈话了，说我和你结婚后，作为微蓝的老板娘不方便继续留在他那里工作，否则别的客户会有想法，有可能影响到花儿的业务。所以，他把我给辞退了，以后你得养着我了。"

商宇浩一怔，马上明白是怎么一回事。花儿创意是一家设计公司，主要的客源是皮装皮革等皮制品企业，微蓝皮饰此前也曾请花儿帮忙，设计过好几套主题比较鲜明的皮饰款系。如果息小淘继续留在花儿工作，难免会让人担心花儿的创意设计被泄露或被盗用。莫说花儿的人不放心，就连请花儿设计的客户也不安心，息小淘确实应该主动辞职避嫌。

"淘淘，都怪我不好，没考虑周全，其实你们老总也没错，你确实不方便继续留在那里。你也不用难过，如果愿意就过来帮我吧，我正好需要你帮忙。"把海宁皮革城即将举办创意大赛，微蓝皮饰受邀参赛的事大致说了一下，又说，"发挥你这位未来的息大设计师的无限想象力，帮你老公设计出一套无与伦比的旷世佳作，怎样？"

息小淘在电话那头无声地笑了。虽然工作丢了，但她并不如预料中的那么难过，因为她有商宇浩这个强大的后盾，只要有他，就算天塌下来她都不怕，她只是需要一个小小的安慰。"妈可不希望我去你那里，而且我也不想天天和你同进同出的，那多碍眼，再说我还没做好心理准备。"

"同进同出又怎么啦？我们还同吃同睡呢！我看这样吧，你不是常说你走出校门后就参加了工作，连好好休息一下的时间都没有吗？不如趁这个机会，在家好好待几天，想吃就吃，想玩就玩，你不是喜欢睡懒觉吗？这回就睡他个天昏地暗，等你想来公司上班了再过来，好不好？"

息小淘想了一下，说："好吧，你这么纵容我，万一我变胖的话，你得对我负责。"

商宇浩笑着说："没问题，我直接把你拉去生猪市场卖了，一定帮你找个好买家。"

下午的时候，商宇浩带了柳欣，以及两位市场部的负责人去了卓远制革厂。

卓远制革厂本是一家民营的联办企业，由于几位股东为了各自的利益钩心斗角，导致企业亏损严重，不得不转让，最后被商宇浩出资收购。企业规模不大，也就三四百号工人，有独立的厂部领导体系。卓远主要为微蓝提供配套服务，一般情况下是微蓝接单子，卓远负责加工生产，但两家的财务、制度等各不相干，是两个各自为政的实体。在卓远忙不过来的时候，微蓝也会另外寻找加工单位。

最近微蓝的业绩增长良好，业务量大增，卓远的生产压力明显加大，企业员工加班加点是常事。商宇浩一再提醒大家，越忙越不能出错，他自己也是三天两头地往厂里跑。

商宇浩一行四人在几个车间转了一圈，见所有的工人都是按部就班地工作，忙而不乱，工作井然有序，心中踏实不少。然后又去看了原材料仓库和成品仓库。商宇浩想到六月份的创意大赛要是能吸引来欧盟客商，到时订单大增，按企业现有的生产规模，根本就应付不了。到时是扩建厂房，扩展生产力还是另找合作商家，这个问题又会突显出来……忽然想起现在考虑这些还为时尚早，不由得哑然失笑。

柳欣站在商宇浩身侧，见他沉思不语，却面带笑容。他的侧影，俊朗得像大理石雕像，但又温暖得像冬日里的暖阳，一下子就击中她心底最柔的地方，感觉心都醉了。忍不住柔声问："商总，你在想什么啊？好像挺开心的？"

"啊，这个……"恰好手机响起，一看来电号码竟然是家里的，不免稍稍紧张了一下。家中只有他妈妈，商妈妈平时从不在工作时间内打商宇浩的电话，除非有什么急事。

"妈，怎么了？你还好吧？"

商妈妈说："没事，你妈好着呢。我是想问一下，小淘今天不是要去上班吗？她怎么回家了，还买回一大包零食，躺在床上边看电视边吃零食，这是怎么回事啊？"

商宇浩松了口气，把息小淘那边的情况大致讲了一下，说："小淘暂时不想工作，我就让她先在家里待上一阵子。她是搞设计创作的，不一定非得去单位上班，她已经答应帮我们公司设计一套方案，在家也能工作。"

"哦，这样啊，我不是嫌她不工作，以我们家的条件，她上不上班都无所谓的，就怕她和那个……算了，不说了，我只是了解一下，你忙吧。"

商妈妈既担心息小淘掺和进商宇浩的公司，又担心她不上班无所事事，而像前媳妇施雅萍那样吃喝玩乐地败家。

商宇浩明白他妈妈的心思，只能无奈地笑笑。

晚上，商宇浩约客户吃饭，回家已是九点多钟，见商妈妈一个人还坐在客厅里看电视，脸上的神色不是很高兴，就问她，怎么了？是不是小淘惹她生气了？

商妈妈叹了口气，说："小淘这孩子毕竟年纪太轻了些，有些规矩她不懂。像她现在不上班了待在家里，总不能不是上网就是看电视，也得帮着做些家务什么的，平时你们上班，累了一天，我就不好意思多说。其实我也不容易，腰酸的老毛病总是好不了，一天到晚事又不少，早上买菜做饭，中午搞一下卫生，下午还得去学校接小鼎，然后就得急匆匆地回家准备晚饭，还得顾虑小淘的口味。她倒好，吃完晚饭，放下碗筷就上楼进了房，我还得洗碗收拾桌子。"

商宇浩说："妈，要不我明天买个洗碗机来吧，你就可以少累些。"

商妈妈听出商宇浩在袒护息小淘，没好气地说："你真要是把那个东西买回来，我肯定扔出去，你真以为我图她做多少家务吗？只是她现在不把家务做习惯了，以后只能苦了你。"

"好的，明白了，我会和她说说的。妈，我先去洗澡了，好累。"

商宇浩上楼进房，见息小淘窝在被窝里看宫斗戏，枕旁堆着一大堆用过的纸巾，也不知掉了多少眼泪，又好气又好笑地说："女人啊，真是个奇怪的物种。"

商宇浩平时难得看电视，不喜欢在卧室里放电视机，但息小淘喜欢窝在被子里看电视，商宇浩只得依她买了台二十五寸的液晶电视机挂在卧室里。

息小淘伸了下懒腰，说："不上班真是舒服，怪不得有那么多的女人想着做全职太太。"

商宇浩一笑，半躺在她身边，将她轻轻地揽入怀中，宠溺地吻着她发际，说道："全职太太也不能老是宅在家里看电视，有时也得出去走走，散散心。"

"你又不陪我，我一个人出去多没劲，还不如宅在家里。"

"呵呵，怎么又是我的不对？我成了千古罪人了啊！对了，淘淘，刚才妈妈说她的腰酸腿疼的老毛病又犯了，我想着你这几天反正也不上班，一天到晚待在家里也不好，不如你帮着接小鼎放学吧，现在路上的车又多，让老人去接孩子，还真是不放心。还有，你和小鼎多接触接触，关系就会慢慢地融洽起来。"

"行，没问题。"息小淘随口答应，头也不回，目光依然紧盯着电视机，刚好看到一个有趣的场景，没心没肺地笑得很是开心。

受她的感染，商宇浩的心情也明朗起来，工作一天的疲劳随之而散。

商宇浩用下巴的胡茬儿，轻轻地蹭着她的耳根。息小淘奇痒难忍，不住地往他怀里缩。他呵呵笑着，把她抱得更紧了些，仿佛恨不得把她镶入自己的身体之中。

商宇浩早已过了而立之年，也已没了年少时的轻狂，更加不会在意乱情迷时就把瞬间的幸福幻想成一辈子，但在这一刹那间，心中有点恍惚，梦想中的婚后生活好像就是这个样子。

❷ 婆媳没有隔夜仇

一周后,公司设计部交上来几套参加皮革城创意大赛的设计方案,商宇浩逐一看下来,不是缺乏独特的创意,就是没有鲜明的特色,难得有件创意不错的,感觉商业性不强,这让他很是郁闷。

海宁皮革城举办的皮具皮饰创意大赛,虽然要突出创意,但也不能忽略了商业元素,因为这些创意不是纯艺术品,最终要变成商品走向市场。

商宇浩默默地想了一阵,最终拨通了齐默的电话。

齐默也是海宁人,是商宇浩从初中到大学时的同学,最好的朋友,更是无话不谈、也不用有所顾忌的红颜知己。在她面前,他表现出来的,才是真正的自我。

齐默随丈夫孩子长年旅居意大利,充当着东西方文化交流的使者。这次,她受海宁皮革城的邀请,将出任六月份皮具皮饰创意大赛的评委。

商宇浩找齐默倒不是想托关系,而是想让她帮着打开思路,看看创意设计应往哪个方向突破。

齐默想了一下，说："其实我对皮革制品的了解并不全面，只是家乡发来的邀请我不想拒绝。这样吧，过几天我要回国参加在上海举行的国际文化节，顺道回海宁一趟，会小住几天，到时我们再一起共同探讨吧。"

在和齐默通话时，商宇浩的手机响了一下，提示有别的电话打进来，他和齐默挂断电话后，翻看来电号码又是家里的，就知道又是她妈妈的来电，因为他和息小淘从来都是只用手机交流。

"妈，小淘又怎么啦？"自从息小淘辞去工作待在家里后，商妈妈对她的生活习惯颇有微词，虽然两人没起过正面冲突，但商妈妈在商宇浩面前没少唠叨，令他很是头痛。

商妈妈没好气地说："没什么天大的事，只是一上午我已经签了七八张快递单子，花钱这么没节制不说，害得我忙里忙外的。她倒好，都快中午十一点了，还懒在床上。唉，现在的年轻人啊。"

息小淘懒得出门，就在网上购物，日用百货、化妆品、衣服鞋子，甚至连零食，也全用网购解决。商妈妈每天看着快递员进进出出，东西一包包地往家里送，不得不担心息小淘步施雅萍的后尘，又是一个败家的媳妇。

商宇浩说："妈，小淘刚嫁入我们家没多久，生活习惯还没改变过来，再说她毕竟年纪小，你就多宠着她些吧。"

商妈妈说："媳妇不能太宠，否则你会吃苦的……"

商宇浩听他妈妈又要来个长篇大论，连忙讨饶说："我心里有数了，妈，我会说说她的。"

晚上，商宇浩回家吃晚饭，全家人刚坐定，商鼎突然提出他想吃面，问息小淘能不能帮他做碗面。

商妈妈不解地问："为什么不要奶奶给你做，而是一定要小淘阿姨做呢？"

商鼎说："小淘阿姨是我的后妈，后妈也是妈，儿子想吃面，做妈妈的不应该给我做吗？"

息小淘连忙站起来，笑着说："当然行，小鼎，阿姨这就去做你最爱吃的肉丝面，让你尝尝我的手艺。"心中暗暗得意，看来这些天每天接商鼎放学是对的，至少增进了两人间的感情，这是个好兆头。商鼎是她和商宇浩婚姻中永远也无法绕开的一道坎，既然不能绕开，就只有跨越。

肉丝面很快就端上来，商鼎拿起筷子才尝了一口，大声叫道："这是做给谁吃的啊，咸死人了！"把碗一推，整碗肉丝面全泼在了桌面上。

三个大人都吃了一惊，商鼎一向秉性温顺，从没发过这么大的脾气。

息小淘无比委屈地说："我知道小鼎不爱吃咸食，放得盐并不多啊。"

商鼎气呼呼地说："反正我不吃了！"说完就进了房间。

商妈妈从桌上夹了一筷面条放入嘴里，感觉咸淡适中，味道鲜美。若有所思地问："小淘，你今天去接小鼎放学时，他有没有什么异常？"

息小淘想了一下，说："今天是有点反常，前几天放学后，小鼎坐在车上，会和我说说每天学校里发生的事，有时还会说些听来的笑话，可是今天他一声不吭，路上一直望着车外。"

商妈妈再问："那你有没有惹他不高兴了？"

息小淘听出商妈妈似乎在怀疑自己对商鼎不好，心中不无委屈地说："没有啊，昨天他说爱吃我的零食，我就全都给了他，我怎么会招惹他呢？"

商宇浩连忙说:"也许是他和同学闹别扭了,小孩子不懂事,大人们可不能跟着乱起哄。"

商妈妈说:"小淘,不是我怀疑你什么,我这人就是这样,想到什么就说什么,你别往心里去啊。"

息小淘笑笑说:"没关系。"

话虽这么说,这顿晚饭终究吃得很没滋味。

晚饭后各自回房,商宇浩本想处理些公务,见息小淘一副闷闷不乐的样子,只得安慰她说:"我妈就是爱唠叨,习惯了就好。要不要我陪你出去走走?"

息小淘说:"不用了,没心情。结婚前常听人说,婆媳关系最难搞,现在算是尝到了。"

"喂,别说得这么严重好不好?我妈这人还是挺好相处的。"

"就知道帮着妈说话。白天妈打你电话告我状时说的话,我可全听到了,把我说得跟小鼎的妈妈似的,你要不要教训下我这个败家的女人啊?"

"哎呀,淘淘,你别这样好不好?妈在电话中是说得过分了点,但她说过就算,我也根本就没在意,你就别计较了。你爱怎么过日子,就依然怎么过吧。我就是喜欢这么宠着你,没人管得了。"

商宇浩把话说到了这份儿上,息小淘感觉自己要是再拽住不放,反倒显得矫情,可是她心头的气还没捋顺,只得打开电视机,不再理会商宇浩。

商宇浩见息小淘面对着电视机,却不停地变换着频道,就知道她心头的气还在。但见她微微鼓着腮帮子,嘟着嘴,那样子有点像维尼熊,模样可爱得令他忍不住想拥她入怀,心头的怜爱又泛滥起来。然后又极不厚道地想，息小淘毕竟比施雅萍好得太多了，若是施雅萍，哪里忍得下这口气，只怕在餐桌上就已经发作了。

微蓝这个月的势头不错，业绩见涨，公司上下一片忙碌。商宇浩这位当家人更是忙得恨不得有分身术。偏偏家里老娘和老婆闹别扭，虽然明里没有对着干，暗中却铆上了劲，再加上商鼎时不时地推一下波、助一下澜，商宇浩成了消防员，灭了这头的火，另一头又火烧火燎，乱得他焦头烂额。周末时，把死党丰收约出来一起喝茶，本想说说心事，吐吐苦水，哪知道丰收也是满腹牢骚，腹中的苦水都积攒成了汪洋大海。

"老商，你说天底下还有像我这样窝囊的男人吗？思楠的爸爸一天到晚把'外地人'三字挂在嘴上，他打心眼里瞧不起我。我是外地人，而且还是个乡下人，那又怎么啦？用得着这么作践我吗？像这次我们单位人事调动，主任调离，下面的三位副主任中晋升一位，空缺的副主任一职，再从下面的几位组长中选拔一位。无论是按职称，还是按资历，都轮不到我。可我那老丈人和丈母娘偏偏认为我没用，不思进取，思楠跟着我永远都没有出头之日，天天不给我好脸色看。这日子还怎么过啊？"他在事业单位工作，是常人眼中的白领，光鲜体面。偏偏和家里的老丈人、丈母娘不和，有苦难言。真是人前风光，人后受气。

商宇浩无比气恼地说："我约你来喝茶，是想请你听听我的苦经。你倒好，把我当成了垃圾筒，把你的牢骚全丢到我这儿了，你就不怕我撑死啊？"

丰收这才发现商宇浩愁眉紧锁，不由得笑了起来，问："什么事让你烦心了？是公司的事还是家事？还是你的小媳妇让你吃不消了？呵呵，人到中年，毕竟有些事不能像年轻时那样随心所欲。你啊，必要时就得进点补，壮壮阳……"

"补你个头，我还不至于这么没用吧。"

丰收当初愿意来海宁落户，和夏思楠的感情深厚固然是最重要的因素，但还有另外一个原因，那就是商宇浩也是海宁人。两人的友情从大一时开始，就情同手足，就是后来在丰收和夏思楠恋爱期间，丰收和商宇浩在一起的时间，也要比和夏思楠在一起的时间多得多。以至于他入赘夏家后，夏思楠私下开玩笑，说丰收一半嫁给她，另一半则是嫁给了商宇浩。

这样的后果就是，商宇浩会把丰收过得好与不好，不自觉地当成自己的责任。可是丰收受的这些委屈，毕竟是夏家的家庭内部矛盾，外人不便掺和。

听丰收这么一说，商宇浩的心里更堵，说："思楠爸爸的脾气是有点倔，不过人的年纪大了，总会有些固执，就拿我妈来说吧，也一样的爱唠叨。其实男人都差不多，就算是那些叱咤风云的人物，说不定也是老婆、老人两头受气。但思楠对你好得没得说，绝对是当代好老婆的典范。"

夏思楠对丰收的好那是有目共睹的，这也是丰收十多年来受尽委屈，却依然隐忍不发的主要因素。

丰收倒尽苦水后，心里舒畅多了，说："我就是看在思楠和孩子的份上才处处忍让。其实想想也就这么一回事，家家有本难念的经。你呢？有什么不顺心的，说给我听听，让我来安慰下你。"

"呵呵，我能有什么事？"和丰收所受的委屈相比，商宇浩的那点不顺心简直就是小巫见大巫，商宇浩都不好意思再说了。"是公司的事，没业务要烦，业务太多了，忙不过来也要烦。"

"哈，瞧你这德行，说风凉话啊，生意好还不开心。真忙不过来那还不好办，可以扩大企业的生产规模，如果要申批厂房什么的，我可以帮你申请；当然，你也可以委托别家加工，你在家跷着二郎腿，数着钱，轻轻松松地做二道贩子，这样也不错啊。"

商宇浩说："今年的情况不比往年，原辅材料、人工费、物流等纷纷提价，成本一涨再涨。而市场竞争又十分惨烈，卖出去的东西不降价就是万幸。我要是找别家加工，几乎无利可图，二道贩子难当不说，万一出了什么质量问题，我就得赔老本。"

"那你打算扩大企业的生产规模？反正你这几年赚了不少钱，底子厚，腰杆硬，放开手脚干吧，要不要我帮你先报个名，在新规划的工业园区争取块地？"

"弄地、盖厂房什么的都不难，政府也挺支持的，关键是工人难招。内地经济欠发达地区，这几年在国家的扶持下，就业环境明显好转，不少人都选择留在家乡发展，毕竟还可以顾到家，出来打工的人一年比一年少。好不容易招到一些工人，一个个比做老板的架势还大，动不动就罢工，和你谈条件，稍不顺意，抬腿就走人，我都怕了。"

息小淘看准时间出门，驾驶着她那辆黄色的福特嘉年华，去学校接商鼎放学。一路上寻思着要不要带他上街吃肯德基，或给他买点玩具。自从几天前为一碗面和她闹别扭后，两人的关系还没缓和过来。这后妈还真不好当，自己有心和他搞好关系也不成，还得看他肯不肯给面子。看来，自己得主动贿赂他一下。

谁知还没到学校门口，老远就望见校门前围着一堆人，有人高声嚷嚷着，似乎在争吵着什么。息小淘一向不爱凑热闹，靠边停好车后，自顾自向学校大门走去，没走出几步就听出人堆中有两个女人在激烈地争吵，而且还骂得特别凶，她最不喜欢理会那些家长里短的事，心中还在想着给商鼎买些什么玩具。

正想得入神，忽然听到人堆里有人大声骂了句："你这败家的女人！"听着十分耳熟，似乎是她婆婆，不由得愣了一下，连忙分开人群钻入人堆一看，两个扭在一起的女人中，其中一位果然是自己的婆婆。顿时大吃一惊，大喝道："妈，出什么事了？"她上前奋力分开两人，挺身挡在商妈妈的面前，对另一人怒声喝问："你是谁啊？为什么要欺负我妈？"

商妈妈毕竟年纪大了，正感觉力不从心，这时见息小淘赶到，又帮着自己怒声呵斥对方，感觉自己的队伍壮大不少，底气也足了。大声说："小淘，你来得正好，这个坏女人想教坏小鼎，破坏我们的家庭，我们不能放过她！"

和商妈妈发生争执的是位打扮入时，体态丰腴的美貌女子，看上去也就三十出头。她冷冷地看着息小淘，满眼的憎恶，阴冷的目光让息小淘感觉浑身不舒服。

"你就是息小淘啊？除了年轻点也漂亮不到哪里去！哼，谁没年轻过啊？商宇浩也就这么点出息！"少妇咬着牙吐出这几个字。

商妈妈毫不示弱，说："小淘不但比你年轻漂亮，还比你能干，她是位很出色的设计师。而且比你懂得顾家，疼惜老人和孩子。你这坏女人，除了败家还会做什么？三年前你差点败光我家，你还有脸来见我啊，真是不要脸！"

息小淘已经猜到眼前这位美貌少妇，就是商宇浩的前妻施雅萍，也就是商鼎的妈妈，冲她微微一笑，说："我只是个很平凡的女人，没什么特别之处，只知道家事安宁，生活才能幸福久远。既然你已经和宇浩离了婚，就该离我们远远的，不要再来打扰我们的生活，更加不可以欺负我妈！"

施雅萍冷笑一声，大声说："结婚才几天呢，就跟我说幸福久远，你还不配。你就以为一定能和商宇浩白头到老吗？还想着幸福，早着呢！我和商宇浩至少一起生活了十年，不定你们合不了这么久。再说我来看儿子，不可以吗？我有儿子的探视权！"

"不可以！"商妈妈喊得更大声，"你如果只是来看看小鼎，我们当然不会反对，但你想教唆他使坏，我们就不答应！"

商鼎这几天老是找息小淘的麻烦，让商妈妈感觉不对劲，她就多长了个心眼，有事没事就去商鼎学校的附近转悠，结果还真让她发现了情况。

施雅萍利用学校最后一节是自修课，不会影响到商鼎的功课，连续几次把儿子叫出来见面，给他钱，许诺给他买好东西，还说自己特别地想他，想和他一起生活。

商鼎这么小的年纪哪能不想妈妈，当然也希望爸爸和妈妈能言归于好，重新生活。

施雅萍对他说："可是现在已经不可能了，因为你爸爸已经娶了新老婆，妈妈再也回不了家了，除非你能把你那个后妈赶出门去。"

商鼎问她要怎样才能把息小淘赶出家门，施雅萍就一再教他如何使坏，如何制造矛盾，让息小淘在这个家中待不下去。不料她今天教的那些话，让躲在一旁的商妈妈全听到了，又气又急，当场就跳出来和她拼命。商鼎吓坏了，连忙逃进学校。

弄清了始末，息小淘也很生气，不过这里不便发作，对施雅萍说："你如果要看望小鼎可以去家里，以后不要再来这里闹事，这里是学校，你经常见他，会影响到他的学业。还有，请你不要再教他使坏，万一你把他教坏了怎么办？他可是你的亲生儿子啊！"

息小淘故意把"你的"两字咬得极重，让施雅萍有火发不出来。

息小淘接了商鼎和商妈妈一起回家，商鼎知道自己和妈妈见面的事已经败露，担心受到责罚，一路之上心虚得不敢出声。息小淘有心好好引导他一下，又一想，有些话由商宇浩来说更适合。

商妈妈对息小淘挺身保护自己的大义之举，大为赞叹，不住地夸她是个好媳妇，自己以前没看出来，真是看走了眼。到家后，还是喋喋不休地说着，当然更没忘记狠狠地编排施雅萍的不是。

息小淘担心婆婆和施雅萍对峙时会伤到筋骨，打算带她去医院检查一下，商妈妈却说什么也不答应。

吃过晚饭后，息小淘终究还是不放心，悄悄地给商宇浩打了个电话。商宇浩晚上有应酬，正在酒店里陪罗家豪等人吃饭，听到他妈妈和前妻施雅萍发生冲突，不由得吓了一跳，连忙提前离席赶回家中。

商妈妈心情依然大好，把事情经过一说，然后再把息小淘的英勇事迹大说特说。

商宇浩见商妈妈说得神采飞扬，半点也不像有事的样子，心安不少。又见她不住地说息小淘的好话，估计婆媳的感情有所增进，心中又宽慰许多。暗想："施雅萍这么一闹，倒也不失为一桩好事。"

他陪商妈妈聊了一阵后，又去了商鼎的房间，没有当着儿子的面直斥施雅萍的不是，而是要商鼎自己学会明辨是非对错，从小就要做个讲道德、守诚信的人。

现年十二岁的商鼎哪里听得懂商宇浩的这些大道理。一个讲得累，一个听得累，半小时的话谈下来，商鼎听得迷迷糊糊，闪动着迷惘的眼神，问："爸，那我以后还可不可以见妈妈？"

商宇浩不得不在心里气馁地承认，自己在生意场上，曾经舌战群雄，越战越勇，可是在教育儿子这件事上，自己无疑是不称职的。

从商鼎的房中出来，高宇浩回到自己的房中，见息小淘已经洗好了澡，半躺在床上看电视看得入神，就也去洗澡，洗完便披着浴袍躺到床上，把息小淘抱到自己的腿上，搂入怀中，习惯性地用下巴上的胡茬儿，轻轻地蹭着她耳根处的肌肤，把鼻子埋在她的发堆中，贪婪地呼吸着从她发间散发出来的洗发水芳香。说："息大英雄，你今天这事干得漂亮，把我家的老佛爷伺候得很舒服啊。"

息小淘呵呵一笑，后脑枕着商宇浩结实的胸膛，说："其实妈并不是个不好相处的人。以前我一直认为妈不喜欢我，现在想想其实并不是。妈虽然宠爱孙子，但每次小鼎故意找我麻烦时，她倒能替我说话。"

"那是，妈很明白是非的，只要你真心对她好，她一定会感受得到，也一定会对你好。"

"是的，前段时间我和妈闹得有点不愉快，我至少要承担一半的责任，总觉得老人不懂我们年轻人的事，也不了解我们的生活方式，其实只要和她好好沟通，相信她一定会理解的。"

商宇浩连连点头，说："将心比心，以心换心，你能这么想，那我以后就开心了。"

息小淘撒娇说："难道你以前一直不开心吗？是不是觉得我气量太小，又爱无理取闹，脾气不好不说，缺点还有一大堆，乱花钱，爱打扮，还不愿做家务，把你这个老公伺候得也不是很舒服。"

商宇浩说："前面几点我基本没意见，唯有最后一条，可不敢认同，我舒不舒服，你怎么知道？"

息小淘听出他在耍嘴皮子，说："我知道，我就是知道。"

商宇浩哈哈一笑，故作神秘地说："我再问你一件事，你可要老实回答。"

"什么事啊？肯定不会是好事。"

商宇浩叫了起来，说："当然是好事，而且是大好事。我想问你的是，今夜要不要我救救你？"

"哎哟，你又扯这事！"

去年的广交会时，息小淘被人下了催情药，药性发作无力自控，刚好遇到商宇浩，她对他虽然不是很了解，但直觉告诉她，他不是那种很无赖的坏男人，就求他救救自己。商宇浩那天刚好喝了不少酒，虽然酒后冲动，但最终还是把持住了，并把她送去了医院。

回到海宁后，息小淘一直担心商宇浩会把自己的事说出来。哪知道他好像完全忘了一样，好几次来花儿创意公司谈业务，和她见面也只是点下头，并没有什么特殊的表示，终于让她放宽了心。

经过几个月的观察，商宇浩却发现息小淘并不是个随便的人，不但年轻美丽，充满活力，而且聪慧能干，让他怦然心动。假公济私地和她接触了几次后，发现两人虽然年龄差距不小，但在兴趣爱好等方面，还是有不少共同语言的。

息小淘在大学时曾有过一段惊天动地的感情，她全身心地投入，却换来刻骨铭心的伤痛。痛定思痛，只怪自己太年轻太天真。此后的一两年里，怀着杯弓蛇影的心态，不自觉地对有意靠近自己的男生心存戒备。对于商宇浩心怀叵测的接近，她最初的表现是全力排斥，一攻一守，几度交锋，随着对他了解的深入，渐渐发现他成熟持重，有事业心，又有责任心，不像大多数有钱的男人一样，在外面花天酒地。最重要的是，他没有在广交会趁机占自己的便宜，也没有拿这件事来要挟她，令她心生感激。一旦拆除了心理防线，好感就会不自觉地滋生蔓延。没过多久，两人就确立了恋爱关系。

偶尔在亲密之时，商宇浩还会拿广交会上的事和她开开玩笑。

商宇浩笑着说："古人云：救人一命，胜造七级浮屠。这样的好事，要大力提倡；这样的善意之举，我当然要一提再提。"每次商宇浩提起这事，息小淘就跟他急，而他就喜欢看她急得瞪着眼，鼓着腮帮子，满面涨得通红的样子。

息小淘咬着牙，问："你是不是很喜欢帮别人做这样的好事？"

商宇浩大笑，说："那当然，天底下没有一个男人不喜欢！"

息小淘急了，转过身骑在商宇浩的肚子上，和他面对面，双手叉住他的脖子，装出恶狠狠的样子，大声说："你再说，我就和你拼了！"

商宇浩一脸坏笑："男下女上，这个姿势很新鲜，也够刺激，我喜欢。"

"喜欢你个头！"

接到齐默回国的消息，确认她到站是下午三点的航班后，商宇浩连忙让助理柳欣去龙祥大酒店预订房间，然后亲自驱车前往萧山国际机场接机。

距上次和齐默相见已经三年多的时间，见到她时，商宇浩不得不从内心里由衷地感叹，这个女人真的很会生活，也懂得享受生活，和两年前相比，她非但没有变老，反而更显风韵。

齐默披肩的卷发，浅蓝色的裙装，外套白色镂空披肩，素面朝天，不施粉黛，却依然容光逼人。她见到商宇浩时的第一句话竟然是："看来你的新婚生活不错啊，人比以前精神，再显年轻、帅气，难怪小淘会喜欢上你，看来你已经从上一段婚姻的阴影中走出来了。"

齐默和商宇浩是多年同学，两人秉性相近，无话不说，但彼此间只有很纯很纯的朋友之情，可以静听心曲而不谈风月，绝不掺杂一丝一毫男女间的暧昧之意。

三年多前是商宇浩最落魄的时候，婚姻失败，父亲过世，公司又因为施雅萍挪用公款而差点倒闭，可说是内外交困，差点就一蹶不振。齐默、丰收等一干亲朋好友再三劝解，他才重拾雄心，然后慢慢做大，终于有了今天的规模。

齐默早从商宇浩口中知道了息小淘，她本来打算回国参加他们的婚礼，因为身体不适才没有成行。

商宇浩笑着说："小淘是个很不错的女孩，相信你见到她时，一定会喜欢她的，你们也一定能成为好朋友的。"

齐默见商宇浩脸上飞扬着幸福的笑容，心中暗暗为好友开心，说："行，你说好的女子，我当然要认识一下，更何况是你的老婆，只希望我和她之间别有什么代沟才好。"

太阳已经西坠，天边晚霞似锦。车子过了跨江大桥，下了杭州绕城高速后，行驶在省道上。三月的天气，草长莺飞，满目青翠，春意正浓。透过车窗玻璃望出去，田野里桃红梨白，在落日余晖的映照下，更显得层次分明，色彩艳丽。

齐默按下车窗玻璃，初春的暖风夹杂着青草芳香迎面吹来。她深呼一口气，说："浮云游子意，落日故人情。飘萍千里，终究还是离不开故乡的这方山水，连这里的空气，我都觉得亲切。"

商宇浩大笑起来，说："不如你们全家回来发展吧，海宁这几年发展得挺快的，无论你是想搞经济，还是搞文化，大环境都还可以。"

齐默说:"我知道,虽然我住在意大利,却从没放弃过对家乡海宁的关注。我会回来的,相信不会太久。"

商宇浩问她,这次回来有什么安排?

齐默说,她首先要去乡下拜访几位亲戚,给已故的爷爷奶奶和外公外婆扫墓上香,再去海宁皮革城有限公司走走,和相关领导碰个头,了解下六月份那个创意大赛的性质和方向,然后要赶去上海参加国际文化节,还有南京的一个文化交流活动。等所有的活动结束后,还会再来海宁,她要拜访一位从事海宁灯彩的民间艺术家。"当然,只要我一有空,就会去找你探讨创意大赛的事。哦,对了,你是公司老总,大忙人,不必顾着我,我又不是没去过你的公司,我有事随时可以去找你。"

"行,不如这样,我让司机小王这段时间听你调度,你想去哪里只管吩咐他就行,这样你也方便些。"

齐默连忙说:"这样不好吧?感觉太麻烦你了。"

商宇浩笑着说:"你难得回趟海宁,不狠狠地麻烦我一下,可对不起我们多年的友情啊。"

❸ 身边的诱惑

息小淘待在家里休息了一段日子后,开始着手帮商宇浩公司设计参加六月份创意大赛的参赛作品。动手之后才发现,这样的设计稿很伤脑细胞。首先,这次大赛虽然是在海宁皮革城举办,但主要受众却是一群欧洲商人,商业色彩比较浓郁,设计得太艺术,或创意感太强不见得讨好。其次,皮制品可发挥的余地不大,就算有好的创意也不一定适合。

她一连扼杀掉两个自认为不错的创意后,心中有点郁闷,坐在电脑前,目光直愣愣地盯着显示器发呆。透过电脑桌正对面的玻璃窗,可以看到小区一角。这处高档住宅小区内,全是两三层高的小别墅,造型一致,却又错落有致,弯弯的小河,碧绿的河水,鹅卵石砌成的河堤,精致的木质栈桥,偶尔有人信步走在河边的柳荫下,整个画面幽雅得仿佛工笔画。小区的绿化也很有特色,主要的景观树种是垂柳,再配以稀稀疏疏的竹子和桂花树,等天气再暖和些,转角处、假山旁,还会长出一簇簇的芭蕉树。此时芭蕉树还没抽叶,垂柳却早已吐出新绿,恣意张扬地在微风中舞动出万种风情。

　　这么好的天气窝在家里真是作孽。息小淘站起身来，想出去走走。放在一旁的手机却不失时机地响了一下，提示有短信进入。

　　这是一个陌生的手机号码，打开后跳出这么一句话：常在河边走，哪能不湿鞋？天下没有不贪腥的男人！不要被你老公的外表所迷惑，马上赶去他的办公室，你会有意外的发现。

　　"神经病！"息小淘随手把短信删了，把手机提在手中，下楼后在玄关处换了平底鞋，还没打开门，手机又响了一下，又有短信进来。一看显示的号码，和前面所发短信的号码一致。

　　息小淘有点无奈，这种无聊的骚扰短信，就像街头水泥杆上贴着的牛皮癣广告一样，令人讨厌，却又无可奈何。她打开收件箱，想从短信列表中直接把短信删除，哪知道这条短信的头三字竟然是"息小淘"三字，明晃晃地出现在列表的第一行。

　　对方指名道姓，这条短信竟然是发给她本人的。

　　息小淘愣了一下，点开短信。"息小淘，你别不以为然，我是在好心提醒你，赶快去商宇浩的办公室，看看你的老公在干什么好事。记住，捉奸要低调，情事不宜声张。"

　　息小淘有点懵了，才明白前面那条短信也是发给她的。

　　是谁在恶意中伤，造商宇浩的谣？他根本就不是那种人。按显示的号码打电话过去，她想责问对方为什么要挑拨他们夫妻之间的感情，谁知对方似乎猜到她会打电话过去一样，发了两条短信后，立刻把手机关了。

　　"无聊。"息小淘决定不去理会。出门后在小区内四处闲逛，阳光很好，春风很暖，柳叶拂在脸上，还能闻到新绿的清香，一切似乎应该很惬意，可她已经没有了四处闲逛的好心情。脑海中翻来覆去地想着那两条短信的内容。

为什么有人要发这样的短信给我？是不是人家发现什么或知道什么？

商宇浩在商场上跌打滚爬这么多年，吃喝应酬是常事，就算他洁身自好，也难免要逢场作戏，谁又能保证他不会假戏真做？这世上有哪个男人真的能经得起诱惑？

息小淘忽然发现自己真是太大意了，她一直错误地以为自己年轻亮丽，有的是本钱，和商宇浩在一起，受委屈的一方是自己，也许事实并非如此。这年头，最不缺的就是美女，往大街上看看，花枝招展、扮萌装嫩的萝莉一抓一大把；就连曾经让大叔级男人们眼热心跳到狂流鼻血的小清新，现如今也是成群出没。反而像商宇浩这种三十出头四十不到，事业有成，腰包鼓鼓，皮相不错的男人，才是稀有物种。

一念到此，她再也耐不住了，急步返回家中连衣服也来不及换，抓了车钥匙，快步奔上她停在车库中的福特嘉年华，直奔微蓝皮饰。

微蓝皮饰的公司总部设在市区文苑路上DG大厦的十三层，从家里驾车到达这里，不堵车的前提下，也就十多分钟的路程。事实上海宁只是个县级市，市区虽然繁华，但总面积并不大，出租车起步价内就可以横穿整个市区。

息小淘此前因为业务上的关系来过微蓝几次，后来在她和商宇浩的关系确立后，反而尽量避免过来，她总觉得公司员工看她的目光不太一样，会让她隐隐感觉不舒服。

停好车后，息小淘快步奔入大厅，可就在她跑到电梯前，手指将要按到上升键上时，头脑在这一刹那冷静下来。

就凭那两条不知是谁发来的短信，就这么跑来找商宇浩兴师问罪，未免太草率了。谁又能保准发短信之人不是恶作剧，或有意搬弄是非，等着看她的笑话呢？

她嫁给商宇浩并不是一时兴起。而是发现自己在他的温柔攻势之下，已经不知不觉地喜欢上他，同时也感觉到他对自己是真心的；而后又经过深思熟虑，觉得对他已经足够了解，同时相信他的为人，也相信他能给自己幸福；最后又斟酌再三后才做出的决定。

既然选择了相信，就不要轻易怀疑，尤其是对自己深爱的人，和深爱自己的人。息小淘在心里对自己说。

她一直认为自己是个遇事冷静，不易冲动的人。没想到两条莫名其妙的短信，就让她乱了方寸。

息小淘的嘴角闪过一丝讥诮，她在笑自己的不成熟，终于无奈地摇了下头，返身走出大厅。走到她的嘉年华前打开车门，忍不住又抬头望向大厦。淡绿色的玻璃幕墙折射着午后的骄阳，墙面上映出来的蓝天显得有点阴沉。

她找不到具体的十三层在哪个层面，但知道自己的老公就在这幢大厦中的某一个办公室里忙碌着，心里隐隐泛起丝丝甜甜的满足感。

和商宇浩交往以来，他对自己百般宠溺，和他在一起时，她总觉得自己像个还没长大的小孩，任性而又心安理得地享受着他的种种呵护。本来，她以为年近四十的男人早已没了激情，和一个大自己十多岁的男人谈恋爱会很无趣。事实恰恰相反，情人节的鲜花、圣诞节的礼物、生日派对、烛光晚餐、夏夜漂流、中秋焰火……小女生们最喜欢的那些套套，他一样没落下，而且还会时不时地制造出一些令她意想不到的惊喜。

息小淘抿嘴笑了一下，既然已经到了这里，为什么不上去看看他呢，说不定也能带给他一份惊喜。她再次走入大厅时，已经给自己想好了理由，就说是为设计参加创意大赛的作品来和他探讨一下。

"叮"的一声，电梯下到一楼，电梯门缓缓打开。齐默从电梯中缓步走出，她今天穿着浅紫色的裙装，内衬黑色打底衫。她的打扮偏向职场女性，只是她在外衣的前胸衣领处别了一朵水晶胸花，使得她略显严肃的衣着平添了几分灵动之意。她举止从容大方，优雅而又不失亲近感。

齐默虽然从商宇浩那里知道息小淘的名字，但没真正见过。息小淘就更加不知道齐默的存在，这时在电梯门口骤然见到齐默，只觉得她容光逼人，气质高雅，而又不给人高高在上或拒人千里之外的疏离感，心中忍不住感叹，这女人真是太有女人味了！不知会令多少男人着迷？

齐默上午去了海宁中国皮革城股份有限公司，和企业相关人员就创意大赛做了初步沟通，下午来找商宇浩，无非是让他放下思想包袱，大胆创新，积极参赛，参赛的目的不一定要得奖，在这么重要的场合能露一下脸也是有益的。下午两点她和海宁民协的几位民间艺术家有约，所以并不多留，匆匆离去。她见息小淘看着自己发愣，又见息小淘清纯脱俗，衣着打扮虽然毫无章法，却依然是亮丽逼人。仿佛十五年前的自己，那时并不懂穿衣打扮之道，只要见到喜欢的衣服，就往身上套，就可以无所顾忌地满大街乱跑，当真是青春无敌。不由得在心底暗叹了声：年轻真好。对息小淘不免多看了几眼，礼貌而又友善地冲她微微一笑。

息小淘目不转睛地盯着齐默，暗中思忖着，不知道要到哪一年，自己才能修炼出这么强大的气场？见对方冲自己一笑，才意识到这么长时间地盯着人家看实在太失礼，连忙略显尴尬地对她点点头，然后快步走入电梯。

息小淘此前来过微蓝，而且公司的员工都参加了她和商宇浩的婚礼，所以公司上下都认识她，大伙纷纷冲她点头示意，任由她直接去了商宇浩的办公室。

办公室的门虚掩着，息小淘正要推门进去，忽然听到里面有人在交谈。心想："原来宇浩有客人，自己这么贸然进去打断他们谈论公事不太礼貌。"刚想转身离开，忽然听到里面有女人在说话。一时好奇心起，把门推开一条缝往里一看，顿时热血直冲脑门。

今天气温有点高，商宇浩又一向怕热，脱了外套，只穿了一件白衬衫坐在办公桌前。和他在一起的女人不是别人，是他的女助理柳欣。

柳欣二十七岁，个子高挑，长相白净，姿色只能属于中等偏上，不过最能刺激男人感官的，是她胸前那对可怕的胸器，初约估量，也该有34E的尺寸。她一身黑色职业裙装，内穿白衬衫。显然这身裙装和白衬衫对她的胸脯而言，明显嫌小，衬衫的纽扣绷得紧紧的，似乎快爆裂了一般。她现在并不是站在商宇浩的对面，而是站在他的身侧。

商宇浩正拿着一叠文稿在看，柳欣弯腰低头俯在他身旁，两人的脑袋凑在一起看着文稿，她的那对特大号的胸器就搁在商宇浩的肩膀上。两人边看边谈，商宇浩还不时地扭头看一下柳欣，似乎征求她的意见。

柳欣的心情似乎十分欢畅，不时地扭动几下身体，那对硕大的胸器随着她身体的晃动，在商宇浩的肩头来回磨蹭着。他只穿了件薄薄的衬衫，肩部的神经系统难道会感觉不到那两坨肉的热情？

商宇浩的办公桌正对着门，柳欣又弯着腰，从门口这个位置看过去，刚好能看见她衣领中露出来的大半个胸脯，雪白浑圆，呼之欲出。

"你们这是在干什么！"息小淘大怒，一把推开办公室的门，快步冲到商宇浩的办公桌前。

刚才齐默来找商宇浩，两人简约交流了下创意大赛的设计方向，她离开后，商宇浩让柳欣把公司设计部赶出来的稿件拿过来，两人逐一细看，点评优劣。忽然听到有人大吼了声，两人惊愕地同时抬头，却见息小淘涨红了脸，横眉怒目地站在办公桌前。

商宇浩不无惊讶地问："小淘，你这是怎么啦？"

息小淘咬着牙不说话，随手操起商宇浩桌上的咖啡杯，将喝剩下的半杯温咖啡，朝柳欣的脸上泼了过去，同时大叫了声："你们就是这么办公的吗？"眼泪随即滚落下来。

柳欣哪里想得到息小淘会来这一手，躲闪不及，半杯咖啡全泼在她的脸上，并顺着脸颊流入她的衣领。她满脸错愕地看着息小淘，问："你……你……你这是干什么？"

商宇浩惊得站了起来，厉声问："小淘，你干什么呀？"

息小淘见两人一副无辜的样子，心中怒气更甚，大声说："商宇浩，你们平时就是这么办公的吗？用得着身体贴着身体，这么亲密吗？"

商宇浩已能猜到原因，心头不免有点恼火，说："你在胡说什么？现在是上班时间，我们如果想有什么暧昧的举动，也不用急着在这个时候表露出来！"

"上班时间都是这样，不在上班时间不知会疯到什么程度？难怪你经常加班，原来……原来是这样！"息小淘越说越伤心，忽然想明白了，为什么每次来公司，她总觉得公司员工看自己的目光中不无讥诮，敢情他们都知道内情，都在背地里看自己的笑话。自己真是太大意了，竟然没发现商宇浩的身边潜伏着这样的危险人物。

商宇浩气得不行，大声说："胡闹，越说越不像话，你必须向柳欣道歉，请求她的原谅。"

柳欣对息小淘本来就有种说不出的怨恨，这时心中的恨意更甚，脸上却无所谓地一笑，说："没事的，商总，可能是小淘误会我们了，说清楚了就好。"

息小淘大声说："你们就别装了！要不是有人提醒我，我都不知道要被你们瞒到什么时候！真不要脸，商宇浩，你怎么可以这样对我？！"

办公室里的争吵声惊动了公司的其他员工，纷纷跑到门口一探究竟。商宇浩见息小淘越吵越大，他的脸上有点挂不住了，强压住怒气，说："小淘，有事我们回家再说，请不要影响到公司员工上班。"

息小淘还想再说什么，被商宇浩拽住胳膊往外拉了就走。

商宇浩忽然发现，自己和息小淘的婚姻并不如想象中的那么完美，也没有他预想中的那么牢不可破。稍有风吹草动，夫妻间的信任就会受到考验，因为他俩的开始，就是一个香艳的乱局。

尽管他把在广交会上和息小淘的那场遭遇当作一次偶然，事后在和她的接触中，慢慢发现她其实是个很传统的女孩，对工作负责，生活作风严谨。发生那样的事，确实有她的无奈，他并没有因此而看轻了她。和她确立恋爱关系后，他对她坦诚相待，从不对她刻意隐瞒什么，更加不可能做出对不起她的事。

可是，息小淘又怎么看自己呢？毕竟自己离过一次婚，又年近四十，几乎每天晚上都需要应酬。连他自己都不知道，有多少笔生意是在各种娱乐场的包厢中谈妥的。俗话说：常在河边走，哪能不湿鞋？更何况他的身边又充满了诱惑。

商宇浩觉得有必要和息小淘好好沟通一下。

从公司出来，回到家后，两人上楼进房。

有些事须关起门来解决。

息小淘选择了沉默，她在等商宇浩给她一个解释。

"淘淘，你今天真的是误会了，柳欣做我的助理已经五年，如果我有心和她发生些什么，也不会等到今天。她至今未婚，我认识你之前单身三年，单身男女有的是机会，我又何必在婚后再和她玩婚外恋呢？"

商宇浩的这番话简洁、实用，很具针对性，几乎一下子就击中息小淘情绪波动的症结之所在，使得她找不到一个合适的理由来反驳。"可是，我看到你们这个样子就是不舒服。"

"我们什么样子啊？"

"那个……"息小淘发现自己说不出口。她总不能说，看到柳欣把她的胸脯搁在商宇浩的肩膀上擦来擦去。"你能不能换个助理啊？我对她不放心。"

"能，可是理由呢？柳欣一向工作积极认真，也很负责。凡是我交代的工作，事无巨细，从没出过差错。我总不能平白无故地辞了她吧？难道说，因为公司老总的老婆不放心，所以辞了她，这让她以后怎么做人，怎么找工作？明明我和她之间没什么事，这样一来，没事也变成了有事。还有，她做了我五年助理，五年的磨合，彼此间的配合已经十分默契，她习惯了我的工作模式，我也习惯了她的配合状态。在现在这个节骨眼上骤然换人，肯定会影响到公司运作。你一向是个理智的人，难道你希望我乱成一团吗？"

"习惯"真是一个强大到可以说服一切的理由。息小淘发现自己根本就无力改变商宇浩的习惯，她也没有这个打算；从小到大，她一直认为自己不是个喜欢给别人惹麻烦的人，包括她的亲人。所以此刻，她只能无言以对。

"淘淘，你今天怎么会突然来公司？还有，你说，要不是有人提醒你，你都不知要被我们瞒到什么时候。告诉我，是谁提醒了你？又提醒你什么了？"

息小淘斟酌了一下，终于把手机上还没删除的第二条短信，翻出来给商宇浩看，说："这是第二条，前一条已经被我删了，其实我赶到公司门口时，就已经选择相信你，可是你和柳欣的样子也太亲密了。"

商宇浩又是生气，又是好笑，把息小淘抱在怀中，说："淘淘，你想过没有，为什么有人发短信给你，还要你马上赶去公司？摆明了在戏弄你。我和柳欣天天在一起上班，如果真有什么暧昧的举动，岂不是随时都可以发生，又何必要你赶紧去捉奸呢？有时亲眼所见都未必是真的，更何况是一条不知是谁发过来的别有用心的短信。人家巴不得我们吵架，等着看我们的好戏呢！"

"谁啊？是谁别有用心？"

商宇浩摇头说："不知道，也不想知道。只要我们彼此信任，日子过得好好的，又何必在乎别人对我们怎样呢？"

"可是柳欣看你的眼神就是不一样，她的两个眼窝简直就是蜂窝，流露出来的眼波比蜂蜜还甜，你就不怕溺毙？"

商宇浩笑了起来，说："她对我怎样不重要，反正我对她和对别的员工没什么区别。就算她对我有心，那又能怎样？她若能介入我的生活，那她在我们认识之前就早该乘虚而入，可是她做不到，对不对？"

商宇浩的分析无懈可击，息小淘觉得自己若再纠缠着不放，显得有点无理取闹，说："好吧，那我相信你，可是让我去向柳欣道歉还真说不出口。"

商宇浩笑骂："死要面子！那好吧，明天我帮你向她道歉，不过你也不能过得太舒服，帮我考虑一下创意大赛的事。我看过公司设计部递上来的几套方案，感觉都不是很理想。我的老同学齐默，她是本次大赛的评委之一，她认为能让西方人感兴趣的，无非是有东方特色的东西，可是要在皮制品中融入中国元素，难度有点高。而且现在通讯这么发达，传递这么便捷，被一致认定有中国特色的东西，早已被一再宣传炒作，哪里还有神秘可言？早就没了新鲜感了。唉，真是越想越头痛啊。"

息小淘笑着说:"那就别想呗。岁月不饶人,别把头发再给想白了,以后我俩一起上街,人家会误以为我们是父女,那多没面子啊!"

商宇浩叫了起来:"男人四十一枝花。我四十未到,含苞待放。你刚才这么说我,是不是嫌我老了啊?这世上有我这么强悍的老头吗?"

"你强悍吗?我怎么不觉得。"

"马上就让你体会到!"

"哎哟,大白天的……"

"大白天的更来劲!"

商宇浩接到商鼎班主任的电话,说商鼎最近在学校里的表现很差,而且学习成绩下降明显,这次期中考试,在班里的名次一下子倒退二十三名,因此希望能够引起家长足够的重视。

商宇浩吓了一跳,他最近忙于公司的事,对儿子的关心是少了,没想到出了这么大的问题,连忙驱车直奔学校。

商鼎的班主任是位中年女教师,和大多数的老师一样,举止文雅,态度和蔼,戴着镜片厚厚的近视眼镜,说话不急不缓,娓娓而谈。"商鼎的爸爸,打电话给你,是因为商鼎这孩子一向学习不错,在老师们的眼中是位好学生,这次考试一下子退了这么多,我们都觉得惊讶。几位任课老师交流分析过后,都觉得他最近上课不专心,注意力不集中,有点神不守舍,课后也比平时要消沉,一副心事重重的样子。家庭作业做得也没以前认真,经常出错。我一般要求学生的家庭作业做完后,请家长过目并签字,商鼎的家长签字好像都是他奶奶签的,不知这是什么原因?我找他谈过话,以为是你们家中出了什么事,可他说没什么,一切正常。同学们也反映,他比以前不爱说话了,不知道你有没有发现这个情况?"

班主任才说了这么几句话,商宇浩的额头开始冒汗。心中暗暗惭愧,对儿子的关心和了解真是太少了。说:"老师啊,真是对不起,因为我这段时间工作太忙,对他督促得太少,这孩子看着不是很皮,没人顾着时就爱偷懒,他奶奶又一味地宠着他,我回去后一定好好和他说说。"

"现在的家长都忙,以为把孩子放在学校就万事大吉,其实孩子的家庭教育更重要。不管你有多忙,孩子的事可疏忽不得啊。"

"是,是。"

"其实并不需要你给孩子留太多的时间,在他放学后问问他学校里的事,了解下学习情况;在他做作业时,能在他身边陪上一会儿;在他作业做好后,帮着检查一下。有的家长说,现在的教材变化快,有些题目连你们也搞不明白正确与否。其实我们做老师的,也不一定要求你们非得给孩子的作业下判断,能帮着纠正错误那固然是好,实在不行,帮着看下字迹的好坏,做作业认真与否,最重要的是,你们家长检查家庭作业,会给孩子传递一种信息,那就是你们很重视他,他就不敢马虎。"

"是,是,是是。"

商宇浩浑身冒汗,他在商场上虽然还称不上叱咤风云,却也是混得人模狗样,光鲜体面,可是在儿子的班主任面前,他只有点头称是的份。

班主任终于看出商宇浩的窘迫,说:"你们做家长的,如果有什么意见和建议,也可以和学校沟通,我们一起把孩子教育好。还有,平时若没有什么要紧的事,家长最好不要常来学校打扰孩子,这样会令他分心的。"

"啊?"商宇浩一愣,马上明白是怎么一回事,定是施雅萍常来学校看望商鼎,难怪前几天他妈妈还和她发生了冲突,心中好不气恼。"行,我明白,以后不会再犯,请老师放心。"

"还有,孩子还小,不管你们的家庭条件多优越,最好不要给孩子太多的零花钱,这样会养成孩子从小花钱大手大脚的坏习惯,还会引发别的意外。"说着从抽屉中拿出四张百元大钞递给商宇浩。"这是从商鼎那里查出来的,我直接还给你吧。"

"啊,可是我们从没给过他这么多的钱啊。"商宇浩有点傻眼了。

班主任说:"我问过了,是他妈妈给的。"

原来,商鼎遭高年级的坏学生敲诈,刚好被别班的老师发现,告知商鼎的班主任,班主任一查,发现商鼎身上竟然有四百多元钱。

商宇浩真是气坏了,告别班主任,走出校门就给施雅萍打电话,责问她为什么要这样教商鼎?

施雅萍毫不示弱,说:"小鼎是我生的儿子,我也有份,我爱怎么教就怎么教,你管得着吗?你把时间和精力都花在你新娶的小老婆身上,还有心思管小鼎的好坏吗?商宇浩,你这没良心的负心汉,我不会让你好过的!"

"施雅萍,你简直是个疯子,连对自己的儿子都这么狠心!你给我听着,你要是对我有怨恨,尽管冲着我来。小鼎还这么小,你要是真的想教坏他,不如直接把他送去少管所!"说完就挂了电话。他越想越生施雅萍的气,这个女人就是这样,生性偏激,无论做什么事,总是只图一时的痛快,从来不考虑后果。

前妻,就像是一块已经吐出口,却又不小心踩在脚底下的口香糖,明明已经和自己无关,偏偏又甩不掉,特烦人。

商宇浩看了一下时间,离学校放学还有四十几分钟,他把车子停在校门外的树荫下,打算等儿子放学后,直接接他回家。商鼎在学校里的表现虽然令他生气,可他在生气之余,内心又不无愧疚,自己每天只顾忙生意上的事，对儿子疏于教导，不要说陪他做作业、和他谈心、带他出去玩，就连最最普通不过的每天来接他放学，也已经是一年多前的事了。

商宇浩刚停好车，柳欣的电话就打了进来，说厂里出事了，要他马上过去处理。

商宇浩的卓远制革厂，坐落在市郊的工业园区内，厂子规模不大，也就三四百名工人。

他一进厂门，就见到上百名工人围在企业行政楼前的场地上，一个个群情激愤。有几个人认得商宇浩，不知是谁大喊了声："老板来了，找老板讨公道！"几十名工人同时向商宇浩围过来。厂长孙国彪怕出事，连忙让保安劝开工人，把商宇浩接应到楼上办公室。

"出什么事了？孙厂长。"商宇浩不知道发生了什么事，见场面闹得挺大的，心中不免有点暗暗吃惊。

孙国彪苦笑着说："不好意思啊，商总，让您跑了这一趟，其实我们并没出什么问题，而是受到天远公司的波及。"

天远公司也是这个工业园区内的一家大型制革企业，规模比卓远要大上好几倍，光工人就有三千多名，其中有半数是外来员工。几天前，有人在网上爆料，说天远招收的外来员工中存在包工头的现象。

据说，由于近几年企业招工难的问题比较突出，尤其是外来务工人员流动性比较大，企业年年需要花大力气招工，每年开春的头几个月，把奔赴各地招工当成了重点工作，严重影响到企业的正常运作。于是包工头应运而生。企业只要找到包工头，告之需要招收的工种和人数，以及招工的条件，由包工头负责把工人带来。由于外来员工素质不尽相同，管理上存在不少难点，一旦出了某些问题，企业不能解决时，就由包工头出面解决。包工头和企业签订某种协议,当然也按他介绍来的工人数向企业领取一定额的报酬。于是就有人说,包工头所得的报酬,其实是羊毛出在羊身上,是企业从外来工人的工资中偷偷剥削下来的。

这条消息不知是真是假,还是别有用心的人恶意中伤天远?反正在外来员工中一传十,十传百,上千名外来工人集体罢工,要求企业退还被吞没的工资。天远极力否认也无济于事,双方已经僵持了好几天。

天远的劳资纠纷最终引发蝴蝶效应,园区内几家外来员工比较集中的企业中,外来工人纷纷效仿。

商宇浩没想到他这家外来工人并不多的小厂子也积极响应了。问:"孙厂长,你找带头闹事的人问过了吗?他们想怎样?"

孙国彪说:"他们是借机生事,无非想趁机要求涨工资。"

这是让企业主最头痛,也是工人最无赖的要挟手段。

要知道现在已经是四月份,企业的生产运行正常,全年的生产量也基本安排妥当,一般情况下,工人和企业的劳动合同生效,工人或企业都不能无故不执行。而工人此时趁机要挟加工资,企业主若不打算妥协,工人又不肯让步,双方一旦闹僵,工人们大不了拍屁股走人,而企业的生产计划则被全盘打乱,损失惨重不说,而且这个时候,到哪里去招工?想出来打工的人,早在春节刚过时就已经出来了。

若企业选择让步,又怕工人得寸进尺,一而再,再而三地提出各种无理要求。而且,一家企业加工资,势必会影响到别的企业,还会受到同行的指责。真是出钱又不讨好。

"问题是,现在的生产成本这么高,不要说微利,其实已经无利可图,我们拿什么给他们加工资。商总,这个问题很棘手,我怕处理不好会影响到企业和公司的运作,所以找您来商量对策。"孙国彪面露愧色。

商宇浩当然知道问题的严重性，想了一下，说："这样，你让闹事的员工推荐几名代表出来，我们当面谈，让其他人继续回去工作，否则当旷工处理，我会给他们一个合理的解决方案，这样乱哄哄的不是解决问题的方法。"说完用手揉了一下太阳穴，家事，公事，没有一件事能让他省心的，他头痛得脑袋都快要爆裂了。

❹ 老公的旧情人

商宇浩回到家,已经是晚上八点多钟,从中午到现在,他像上紧的发条,没有空下来的时间,肚子早已经饿了。一进门就嚷着:"妈,还有吃的吗?我饿坏了。"

商妈妈和息小淘都已经知道了卓远那边的事,又不敢打电话过去询问,怕打扰到厂方和工人的谈判,两人都守在客厅等着商宇浩回家。

商妈妈连声说:"有,给你留着,还是热的,我这就去给你拿。"

息小淘见商宇浩一副疲惫不堪的样子,连忙上前接过他手中的外套,不无心痛地问:"要不要先喝口水?"

商宇浩说:"不用,水已经喝过不少,就是肚子饿。"

"谈得怎么样啊?看你累成这样,那些工人们怎么可以这样,这和敲诈又有什么区别?"息小淘小心翼翼地问。

商宇浩说:"工人争取自己的合法权利,本来也无可非议,关键是企业已经待他们不错了。他们想当然地以为企业老板很赚钱,却想象不到做老板的难处和要承担的风险。不过，现在没事了，已经解决了。"

"怎么解决的？"

商宇浩叹了气说："双方僵持的最终结果只能是两败俱伤，但我们伤不起，要完成这个月的供货合同本来就十分吃力。"

商妈妈刚好端着饭菜出来，听到这话，忙问："你答应他们加工资了吗？这样会不会惯坏这些工人，我们会不会亏本？"

商宇浩说："我没答应他们加工资，只是让他们和企业补签了一份协议，只要工人能顺利履行完成进厂时签的合同，年终时除了应得的奖金外，企业还会按他们全年总工资的百分之五发给他们红包，但这个红包得过完春节并再来上班时才能领取，也就是说他们如果明年不打算再来我们厂工作，就没有拿红包的份儿。"

息小淘在心里默算了一下，说："这一下，厂里得多支出五六十万元，真是折腾不起啊！"

商妈妈吓了一跳，她没想到会是这么一大笔钱，说："哎呀，怎么要这么多的钱啊？儿子，你会不会答应得太快了？"

商宇浩连扒了几口饭，说："初看之下，我们是受了些损失，但如果细想一下，就会发现我们并不吃亏。每年开春后，企业为了招足工人而不得不四处奔波，第一个月几乎都不能正常生产。如果我多支付百分之五的奖金，却因此解决了招工难的问题，不就是一件两全其美的事吗？这些工人得到了实惠，而且他们都是老员工，第一天上班就可以正常开工，企业就能提前一个月步入正轨，不但可以省下四处做广告招工的费用，还可以多产生一个月的效益。这还不说，因为是老员工，所以就不需要上岗前的培训，企业也就可以少支出一笔培训费用。仔细算下来，由此产生的回报可能还不止这五六十万……"忽然见息小淘看着自己一脸坏笑，以为自己吃得太快，脸上沾上了米粒，忙用手抹一下脸，问，"你笑什么？"

息小淘忍着笑，说："我在笑你这资本家经过这三十多年的潜心修炼，果真是老奸巨猾，不管怎么做，总归不会让自己吃亏。"

商宇浩哈哈大笑，说："唯利是图是天下所有资本家的共性，我自然也不能免俗。"

商妈妈不以为然地说："做生意么，既不能昧着良心赚黑钱，但属于你的东西就得好好看紧了。"

商宇浩忽然想起白天去学校的事，忙问商妈妈，怎么不见商鼎？

商妈妈说："小鼎说他犯困，想早点睡觉，所以吃过饭就进房休息去了。"

商宇浩面色一沉，说："他会犯困？这简直比太阳从西边出来更稀奇。他每天早上懒在床上怎么叫也叫不起，到了晚上，那个精神头兴奋得可以跟武松去打虎，喊他上床睡觉简直比赶鸭子上架还难。妈，你去把他叫出来，我有话跟他说，这小子越来越不像话！"

商妈妈一副不情不愿的样子，说："你小时候也是这样的，喜欢睡懒觉，这可能也是一种遗传因素。"

"妈，你以后别再帮着小鼎说话，更加不要宠着他，这样会害了他。你们知道吗？施雅萍这段日子经常去学校找他，小鼎的学习成绩明显退步，在班里都快要垫底了，今天他班主任把我叫了去，这一顿训啊，真是无地自容。"

商妈妈这才发现问题的严重性。

商鼎当然还没有睡觉，正隔着房门偷听大人讲话。他知道他爸爸今天被班主任叫去了学校，猜想回家肯定是一顿狠批，所以假装睡觉想逃过一劫，可惜还是无法逃脱他爸爸的火眼金睛，暗叹蓝颜薄命，在劫难逃。

商宇浩见商鼎嘟着腮帮子，一副顽抗到底的样子，气不打一处来。大喝道："怎么，你想造反啊？"

结果商鼎没唬到，倒把商妈妈给吓了一跳，她呵斥商宇浩："吓死我了，你吼这么大声干什么啊？会吓到小鼎的！"

商宇浩很无奈，说："妈，不能再惯着小鼎了，上课不专心，作业不认真，学习成绩一落千丈。小鼎，你老实告诉我，你妈最近为什么经常去找你，她找你有什么事？为什么要给你那么多的钱？"

商妈妈一愣，脸上现出怨恨，说："那个败家的女人真是阴魂不散，老是来打扰我家。小鼎，她找你到底有什么事吗？"

商鼎见奶奶也帮腔问这个问题，知道无法拒绝，嘟着嘴说："妈来看我，是因为想我，没别的什么事；她给我的是零花钱，又不是我向她要的。"

"她给你钱，你如果不要，她还会给你吗？你的钱都花到哪里去了？"商宇浩看见儿子眉宇间那副无所谓的神情像极了施雅萍，心中的恨意油然而生。

商鼎突然抬起头直视着商宇浩，两张小脸因为激动而涨得通红，大声说："这是我妈给我的钱，用得着你管吗？"

"我还管不了你了？！"商宇浩气极，抬手一巴掌打过去，商鼎的一侧脸上立刻出现了五个红红的手指印。他长这么大，还是第一次吃到老爸的巴掌，惊愕地看着商宇浩竟然忘了疼痛。

商妈妈吓坏了，大叫："你要死啊，打这么重干什么？"想把商鼎拉到自己怀里。

息小淘也是第一次看到商宇浩发这么大的脾气，也跟着说："不要打，好好说，小鼎又不是不懂事的孩子。"

商鼎终于回过神来，倔强地挣脱商妈妈的手，冲商宇浩大叫："怪不得妈妈说你会对我越来越坏，她果然没说错，你有本事就打死我！"拼命地想忍住泪水，可还是止不住地往下流。

商宇浩今天在厂中已经憋了一肚子的火，回家还要受儿子的气，气得脑门上青筋根根暴起，大声说："还没长成人样呢，就敢和我顶嘴，看我不打死你！"举起手来又要打。

商妈妈冲上前死死抓住商宇浩的手掌，说："还真想打死他啊，你长这么大，我和你爸有打过你吗？"

商鼎终于忍不住大哭起来，喊着："我找妈妈去！"转身就往门外跑。

息小淘眼疾手快，冲上去一把抓住商鼎的胳膊，说："小鼎，爸爸打你是为你好，你不要赌气！"

商鼎的一腔怨气对商宇浩不敢发作，对他奶奶又不忍发作，正无法发泄，息小淘自己送上门来，他当场就发飙。大吼："都是你害的，你来我家之前，我们一家人过得好好的，爸爸从没打过我，就是因为你，爸爸才不要我了，你滚开！"用尽全力想挣脱手臂，息小淘拼命地想擒住他。

商鼎年纪不大，力气不小，息小淘一时抓擒不住；商鼎又用力过猛，自己也控制不住自己。只听得"啪"的一声清亮声响，他的手掌结结实实地打在息小淘的面颊上。尽管商鼎对息小淘满怀恨意，但真要动手打她却还不敢，顿时惊得傻了。

息小淘"哎呀"一声，捂着眼睛大声叫痛，原来是商鼎的指甲尖扫中她的左眼睛，顿时泪水狂奔。

商宇浩连忙上前拿开息小淘捂在左眼上的手掌，她的左眼又红又肿，都睁不开了。

商妈妈也急了，说："小淘你别用手揉，越揉越肿。儿子，你快带小淘去医院看看吧。"

商宇浩驾车把息小淘送去市人民医院，幸好问题不大，配了点滴眼液和消炎药就可以回家，但一周内用眼要节制，不能对着强光、电脑等。

息小淘好不气恼，商家父子俩起冲突，她却遭了池鱼之灾。再想到设计了一半的创意稿，心情更加郁闷。

商宇浩一上午接待了三批客人，几笔生意都谈得异乎寻常地顺利，公司踏入正轨后的良性运作正在慢慢体现，这让他的心情格外舒畅。临近午饭时，又收到辽宁佟二堡皮革城威达皮革有限公司，就和微蓝合作意向初步拟定的协议书草案的传真，若商宇浩没什么大的异议，对方近日会派出人员前来海宁与微蓝面洽。

商宇浩大致看了一下传真，看得出对方的诚意十分明显，提出的条件基本在他能接受的范围内，双方的合作应该没多大问题，顿时心情特好。又听司机小刘说，刚从乡下接齐默回来，送她回宾馆换衣服去了，连忙打电话过去问她，午餐时间有没有被预订出去？

齐默笑着说："暂时还没，如果你想请客，我可以把机会优先让给你。"

商宇浩说："好，我想到了一个不错的好地方，去南北湖吃农家菜，你应该还记得那个地方吧？"

"记得，那地方是不错。高中时，你、我、思楠，还有刘军等一帮同学去过，就那里吧，也算是故地重游。"

南北湖在邻县海盐县境内，是我国唯一一处集山、海、湖为一体的风景区，是本地有名的休闲度假胜地。景区内，重峦叠嶂，近翠远黛，簇拥一池碧水；湖光山色，烟雨朦胧，风景十分雅致。

从海宁市区驾车过去，也就四五十分钟的路程，景区内多的是各色餐馆。然而令商宇浩没想到的是，不是周末游人竟然也会这么多。两人连走了五六家餐馆都是客满，最后跑到相对冷清些的南岸，才在一家叫作"秀色可餐"的农家餐馆订到座位。

这家餐馆临湖而建，靠湖一排的几间雅座，对着湖面一侧是敞开式的，只有一排精致的竹子围栏，客人在席间还可以倚栏赏景。

商宇浩点了几道农家特色菜，有野芹菜和蕨菜做成的爆炒双野、豆干肉丝马兰头、烤野兔、咸菜拌地衣，还有一大盆鲜美无比的竹笋蘑菇炖山鸡汤，再配上两盏店家自制的杨梅酒，十足的农家味。

齐默边品尝着菜肴，边不住地赞叹："不错，真的很有乡村味，让我有了回到儿提时的感觉。尤其是这马兰头，让我想起年少时，拎着竹篮子跟着外婆去田埂挖野菜的情景。宇浩，你尝尝啊。"

商宇浩见齐默眉飞色舞的样子，那神情就像是个十三四岁的小女生穿上了心爱的新裙子，让他依稀间有了学生时代的感觉。笑着说："还好你在美国生活了这么多年，西餐洋酒还没磨灭掉你最最原始的味觉，本来我还担心你不喜欢这样的土味。"

齐默叫了起来："什么话，不管我在国外生活多久，我永远也不会忘记家乡的味道，当然还有家乡的人。"

商宇浩哈哈大笑，说："你这句话说得有点暧昧，容易引来绯闻。"

"你怕吗？你好像从来都不在乎这些吧？"齐默也笑了起来。

齐默和商宇浩从高中到大学一直都是同学，尤其是进入大学后，两人出双入对，形影不离，彼此知冷知暖，无话不谈，在别的同学眼里俨然是一对情侣。只有他们自己心里知道，他们只是朋友，超出普通朋友很多，但绝对不是情侣的那种。用当时齐默的话说："我知道他太多，他也了解我太多，已经没有了情侣间该有的神秘感，做朋友更适合。"

大学毕业后,两人各自找工作,各自谈恋爱,两人的生活从没有过任何交集,却也不曾从对方的生活中走远。用商宇浩当初对齐默的话说:"无论你走得多远,飞得多高,当你累了想回首往事时,我一定在你身后,不是等待,而是默默地送上加油与祝福。"

齐默起身走到竹子栏杆边,俯身靠在栏杆上,临湖远眺。湖水清澈,碧波荡漾,一艘艘游船从她身前的水面上悠闲地划过,留下一道道长长的水痕,船中不时地传出阵阵轻快的欢笑声。

"宇浩,我一直想问你一个问题,由于我的存在,让你大学生涯中缺少了爱情的点缀,会不会因此留下遗憾?"

商宇浩笑着走到齐默身边,和她一起并排靠在竹栏上,说:"虽然没有了爱情,却能品味到友情的别样滋味,这种体会更加弥足珍贵。"

齐默笑着再问:"如果时光可以从头,你会不会追求我?"

商宇浩笑了一下,说:"只要懂得以心换心,值得追求的女孩不难寻觅,但像你这样的朋友,只怕万千人中再也找不到第二个。"

齐默笑着说:"我有点想见你家小淘了,能让你动心的女孩肯定不错。"

商宇浩呵呵一笑,说:"行,我找个机会介绍你们认识,相信你们一定能处得很好。"

齐默点了点头,眼中微微有黯然的神色闪过。心中不由得想起,三年前的那场误会对商宇浩的伤害到底有多大,只怕连他自己也说不清,以至于时隔三年,他依然这般小心翼翼,如履薄冰地呵护着再次获得的情感,当然也同样呵护着她和他的友谊。

三年前,商宇浩和施雅萍发生婚变,其主要原因是这场婚姻被迫载负的东西太多,两人走在一起更多的是考虑到两家的商业联姻,当事双方的感情基础薄弱，性格不合。特别是商宇浩从心底里排斥这段无法全身心投入的感情，尽管婚后他一再忍耐，努力承担着作为男人对婚姻和家庭所应该担负的一切责任。再加上后来施雅萍对齐默的误会和伤害，她自己又恣意妄为，做出太多令商家人无法忍受的事，就使得这段姻缘提前寿终正寝。这也导致齐默狠下心移民海外，远离是非。

商宇浩敏锐地捕捉到齐默眼底的那一丝小小的情绪波动，立刻明白她心中所想，说："小淘不是施雅萍，我对她有信心。可是她毕竟还年轻，识事阅人不多，只怕还不能完全理解人与人之间情感的复杂与广袤。我此前和她提到过你，她只知道你是我的老同学，却不知道你……那个……"一直想不出合适的形容词。

齐默大笑起来，说："连你自己都不能把我们的关系有个明确的定位，难怪别人要误会。应该是互为知己吧。我先生说，知己是人生最不可强求的财富。他常常羡慕我能拥有你这样的知心朋友。"

商宇浩心头一暖，说："我对你家布朗也一样心仪已久。"

"他说过，下次来中国，第一个要见的人就是你，说你一定是位值得信赖的人。相信你们很快就会见面。"

布朗是齐默现任的英国籍丈夫，她此前也有过一段失败的婚姻，留下一个孩子，后来她带着孩子移民意大利，并邂逅到一段新感情。

商宇浩微笑着说："我期待着。"

息小淘在家里休息了三天，左眼上的红肿才渐渐退去。这三天既不能看电视，也不能使用电脑，她都快要闷疯了。在浴室镜前左照右照，估计戴副眼镜或化个淡妆应该可以完全遮盖住。

她天生不喜欢化妆，倒不是自认颜值高，而是怕麻烦。从抽屉中找出副墨镜正在左试右试，寻思着上街去散散心，忽然听到手机的短信提示音响了一下，打开一看，发现号码有点眼熟，就是想不起是谁的。

"你好，息小淘，你上次弄错了，你先生的地下情人并不是柳欣，而是另有其人，他们两人保持情人关系已经长达十多年之久，只是这女人有丈夫，他们才不能在一起。告诉你这些，是因为我不想看着你一直被蒙在鼓里，为了避免你再犯上次的错误，我把偷拍到的几张相片发入你的邮箱，请查收。"

息小淘的脑袋"嗡"的一声，才微微有点好转的心情一下子又凉了下去。

"这是真的还是假的？难道宇浩真的背着我在外面养情人？"又想到，像商宇浩这样事业有成的男人，又有几个是纯洁的？甚至有的男人更是把小三、情人当作炫耀的资本，商宇浩他能做到洁身自好吗？

"不，我应该相信宇浩，不能受到那些别有用心之人的挑拨。我当初决定嫁给宇浩，就是相信自己没有看错人。"息小淘打算不理会那条短信。双脚却已经不由自主地走入电脑房，迫不及待地打开电脑。

"就算我相信宇浩，看一下那人发过来的图片应该也没什么吧？反正我选择了相信。"息小淘在心里为自己的行动找理由。

登录邮箱，里面果然有封刚刚收到的邮件，点开后发现有五个图片附件，息小淘逐一下载。打开第一张图片，是商宇浩和一个女人的合影。

相片中的两人并肩靠在一排栏杆上，彼此扭头看着对方。拍照之人应该在他俩的前下方，所以刚好把他们两人的面部表情，一览无余地全拍了下来。相片中的两人都是笑意盈面，神情自然，轻松愉悦的样子极具感染力。两人的举止虽然谈不上暧昧，但息小淘的心却莫名地疼痛起来。

商宇浩从不吝啬对息小淘展示笑容，但从认识他起，她只见过他沉稳地笑，深情地笑，疲惫地笑，甚至想做某事时坏坏地笑。却从没见过他，会像相片这样，笑得这么阳光灿烂，笑得这么轻松自然，那笑容仿佛是从他的心底绽放，笑意浸染全身，从而使得他的整个人都变得明朗，甚至透着孩子般的纯真。

"他怎么从没对我这么笑过？他竟然都舍不得对我这么笑。原来和我在一起时，他并不如表面上那么快乐。"一念至此，息小淘心中的挫败感又不可抑制地冒上来。

商宇浩最近一直称公司的事太多，每天都要忙到半夜才回家，回家后也是一副心事重重的样子。原来，这一切都是假的，起码他还有空和情人幽会。因为相片中的商宇浩穿着工作西服，脖子中露出的格子衬衫，是息小淘几天前才亲手给他买的。

"既然他和我在一起时并不是真正的快乐，又为什么要和我结婚？我息小淘又不是年过三旬，剩到嫁不出去。他怎么可以这样？"

再看依傍在商宇浩身旁的女子，明艳动人，气质高雅。对着他巧笑嫣然，神情柔美而不做作。

息小淘忽然发现这美貌女子十分的面熟，尤其是这笑容……"是她，原来是她！"息小淘终于忍不住叫了起来。

几天前，息小淘收到手机短信，称商宇浩有外遇，要她赶快去公司捉奸，她在公司的电梯中就曾遇到过这个美丽而优雅的女人。

息小淘终于想明白了，她那天去晚了，所以没有在商宇浩的办公室里遇到这个美丽的女人，却把柳欣误当成了商宇浩的相好。

其他的四张相片，内容大致相同，都是商宇浩和那个女人的合影。虽然这些相片还不能确定商宇浩和那女人有奸情，但从两人的神态看，感情非同一般，已是一目了然。

震惊、气愤、委屈，各种情绪纠结在一起，像恣意疯长的杂草，一下子就塞满了息小淘不太宽广的心房。尽管她拼命地告诉自己要冷静，没有百分百的证据，不要随便怀疑商宇浩。可是平静的心潮早已波起浪涌，理智怎么也压不住汹涌澎湃的心潮。

就在这时，手机的短信提示音又响了一下，又有短信进来。

"息小淘，如果你看过这些图片后，还不肯相信事实，请于晚上七点，去馨香小筑的 B 馆 107 包厢，他们约好了在那里吃饭幽会。祝你好运！"

看过短信后，息小淘反倒从最初的愤怒之中冷静下来，她快速回了条短信："你是谁？为什么要告诉我这些？"

可是等了许久，对方再也没有回短信，也许对方已经猜到，息小淘的心已经难以平静。

息小淘捧着手机犹豫再三，终于拨通了商宇浩的电话。

"淘淘，怎么啦？突然打我电话，不会是想我了吧？"商宇浩的声音听上去一如既往地温柔。

听到这声"淘淘"，息小淘的心稍稍温暖了一下。她努力平复下还在不断翻涌的心潮，故作轻松地说："没事就不能打你电话吗？我是想问你一下，晚上回不回来吃饭？今天我下厨房打算展示一下厨艺。"

商宇浩呵呵笑了，说："不要诱惑我，万一我迷上你做的饭菜，以后你可得天天做给我吃……"

听到这里，息小淘忽然有种如释重负的感觉，可惜她还来不及舒口气，商宇浩接着又说了句话，瞬间把她打入冰窖。

"可是我今天晚上已经约了人吃饭。要不明天吧，明天我下班后早点回家，你给我做顿好吃的……喂，淘淘，喂，怎么挂电话了，小气鬼，这么容易生气啊。"

齐默离开海宁的前一天晚上，特地在馨香小筑预订了包厢，请商宇浩吃饭。

商宇浩欣然前往。

齐默今天的打扮很休闲，墨绿色的紧身打底裤，上身穿一条米黄色提花薄型超长羊毛衫，外罩一条淡紫色披肩，一头长发很随意地绾在脑后，看上去十分家居。

商宇浩按约定的时间，赶到馨香小筑 B 馆 107 包厢时，她独自一人正悠闲地喝着茶。

长条的水晶餐桌上，放着一盆紫色的勿忘我，头顶橙色的小吊灯将不大的包厢照得如梦幻般迷离。

商宇浩把外套脱下来，很随意地披在椅子背上，在齐默对面的座位上坐下，笑着说："情调不错啊，难得你在国外待了这么几年还喜欢喝茶。"

齐默笑笑说："你以为外国人就一定喜欢喝咖啡啊，布朗他也喜欢喝茶，他说懂得喝茶的人，才是懂得享受生活的人。"她转身示意服务生上菜，又说："我帮你要了红酒，你的口味应该没变吧？"她自己则叫了柠檬汁。

商宇浩点头，说："没变，我这么守旧的人，怎么可能随意变换口味。"

菜很快就上来，菜色偏向清淡，又兼顾两人的口味。

商宇浩问："你明天几点的火车，要不要我去送你？"

齐默笑着说："不用，海宁去上海也就一个小时不到的车程，别弄得像出远门似的，再说，过几天我还要回来。我已经和小刘说好了，明天一早他会提前送我去火车站。我这次预约了几位本地的民间艺术家，下次再逐一登门拜访，当然，还要见见你家小淘。"她参加完上海的国际文化艺术节后，还要赶去南京和一家文化公司洽谈文化交流的事项，共计行程在半个月左右。

商宇浩说："行，那我先给小淘说说我与你的事，免得她到时产生误会。"

齐默说："要是能让这么年轻的女孩产生误会，说明我魅力不减当年，我会得意的。"

商宇浩笑笑说："你的个人魅力一向出彩，大学时若不是……那个……"

齐默接口说："若不是有你在我身边充当护花使者，而你的魅力又偏偏可以严重打击到那些蠢蠢欲动的男生，我的耳根也不会清净。不过，也错过了不少精彩。记得有一年的情人节，系中略有姿色的女生都能收到情人节的鲜花和礼物，而你这铁公鸡又不肯稍稍破费一下，害得我颗粒无收，颜面尽失。"

商宇浩大笑起来，说："你终于还是怪我了，要不要我现在补份情人节的礼物给你？就怕你不敢接受。"

齐默也大笑起来，说："只要是你送的，我没有什么不敢接受的……"话还没说完，包厢门口人影一闪，一个人影快步冲了进来，不等齐默看清楚来的是什么人，那人甩手就打了她一巴掌，同时厉声喝道："你就先尝尝这个吧！"

齐默的脸上响起一声清脆响亮的耳光，她顿时就被打懵了。

商宇浩也吓到了，猛地站起身来，大喝："你干什么……"却发现那人竟然是息小淘。

息小淘已经来了好一会儿了，一直躲在包厢门外偷听他们两人说话，听他俩越说越暧昧，终于忍无可忍，冲进来劈手打了齐默一记耳光。她怒目圆瞪，双眉倒竖，因为心痛和愤怒，脸涨得通红。大声喝道："你们好不要脸！"

"齐默，你要不要紧？"商宇浩见齐默挨巴掌，简直比他自己挨打还难受。对息小淘大声怒喝："小淘，你干什么？她是齐默，我最好的朋友！"

"商宇浩，你太无耻了！既然你喜欢她，又为什么要和我结婚？你怎么可以这么不负责任？"息小淘平时说话细声细气，给人贤淑文静的感觉。但此时她尖声大叫，咬牙切齿的样子，完全是一副泼妇的形象。

齐默已经知道眼前的姑娘是息小淘，是商宇浩新婚不久的妻子，心中不由得微微一阵紧张，倒不是因为自己挨打，而是怕三年前的误会再度发生。她忙说："你就是小淘，你听我说，你误会我和宇浩了，我们真的没什么的！"

息小淘看着齐默美得几乎毫无瑕疵的容貌，举手投足间自然流露出来的雍容华贵，就连她微微皱眉的样子，都优雅得可以让人心醉。不得不在心里承认，眼前这人身上流露出来的女人味，恐怕没有一个男人能抵抗得了，难怪商宇浩被她迷得神魂颠倒。她大声说："如果没什么，你为什么要纠缠着宇浩，听说你有家有丈夫，还要勾引别的男人，这算什么？我打死你！"说着扑上去又要动手。

商宇浩又急又气，连忙拉住息小淘的胳膊，大声说："小淘，你别胡闹了好不好，我和齐默的事会慢慢向你说清楚，你现在必须向她道歉！"

"想得美！让我向一个破坏人家婚姻的无耻女人道歉，做梦吧！"息小淘拼命想挣脱商宇浩的手掌。

商宇浩见息小淘越闹越凶，沉着脸喝着："别闹了，你先回家，我会向你解释！"用力把息小淘往门外一推。不料他心头有气，这一推又用力过猛，息小淘一时把持不住身体，连退了好几步，终于一屁股坐倒在地上。

　　齐默吓了一跳，大声叫着："宇浩，不要这样！"

　　息小淘瞪大了双眼看向商宇浩，眼中的雾气快速凝聚，终于滴落成行，哭着说："宇浩，你好无情，为了她，宁愿伤害我！"

❺ 婚内冷战

商宇浩没想到竟然会把息小淘给推倒,心中又悔又恼,这样一来,事情闹得更大,连忙上前想扶起她,说:"淘淘,我……我不是故意要推你,但是你真的误会我们了……"

息小淘奋力甩掉商宇浩的手,尖声叫道:"不要碰我!"自己爬起身来向门外冲了出去。

齐默连忙说:"宇浩,你不必管我,快去把小淘追回来,她这个样子很容易出事!"

商宇浩说:"好,齐默,回头再打你电话。"抓起外套就往外冲。不料他跑得太快,在饭店大门口和一位来吃饭的女子撞了一下,那女子被撞得一个趔趄连退了好几步,挎包掉在地上。

商宇浩连忙伸手扶住那人,说:"对不起,对不起,我不是故意……啊,是你。"那女子竟然是他的前妻施雅萍。

施雅萍被撞得七荤八素，不等站稳身体就尖声大骂起来："你要死啊！这么冒失……"忽然发觉对方说话的声音有点耳熟，仔细一看，才发现撞她的人竟然是前夫商宇浩，一时也愣住了。

商宇浩和施雅萍互相看着对方不说话，旁边冲上来一个男人，猛地推了商宇浩一把，大喝："你走路不长眼睛啊，把我女朋友撞了，还不快赔礼道歉！"说完后，扭过头去看着施雅萍，马上换了一副嘴脸，笑容可掬地问："萍萍，你要不要紧？"

这男人半秃顶，大腹便便，油光满面，一张倒大脸，红得发黑，还长了个多重下巴，额头的皱纹深得像沟壑，鼓鼓的眼袋，望过去就像他的眼眶中按着两只大肉馄饨。估计年龄在五十出头。

商宇浩好生诧异，施雅萍一向注重保养，外表比实际年龄要年轻好多岁，看上去最多也就三十来岁，想不通她怎么找了这么一位半老男人。

施雅萍看到商宇浩后好不尴尬，脸红得像涂了胭脂。可当她看到商宇浩眼中露出的古怪神色，马上猜到他心中所想，顿时像受了某种刺激，发疯似的一把拉过那位胖男人，将他拖到商宇浩面前，怒视着商宇浩，大叫："他就是我现任的男朋友，现在也就只有这种又胖又老又丑的男人，才肯要我这种离过婚的女人，你是不是看着很得意？"

商宇浩连忙说："没有，雅萍，我绝对没有这样的想法，我还是希望你能过得幸福。"

"幸福？哈哈，我还能找得到幸福吗？我的大好青春，一生的幸福，都让你给毁了！"施雅萍喊得很大声，把饭店中的其他食客都给引了出来，纷纷围上来看热闹。

胖男人有点不开心了，指着商宇浩问施雅萍："他是谁啊？你们是什么关系？萍萍，你刚才说我的这些话是什么意思？你嫌我又胖又老又丑？哼，要不是我想着老来有个伴，才有意找个结婚对象，否则谁会看上你这种离过婚，又什么家务都不会做的女人！不是老子吹牛，只要老子愿意，随便一呼，身后跟上来的二十来岁的小姑娘不下一个连！"

施雅萍气得脸都绿了，看看商宇浩，又看看胖男人，尖声骂道："去死，你们都去死吧！"拾起地上的挎包转身就走，跑出几步后，回过头大吼："商宇浩，我恨你！"

胖男人跺着脚直叫："雅萍！唉，都是你！"狠狠地白了商宇浩一眼，连忙追施雅萍去了。

经过这么一闹，等商宇浩跑到大街上时早已不见了息小淘的踪影，连忙打她手机。息小淘的手机响了两声就掐断了，再打过去已关机。

已经是晚上八点钟光景，也是大街上一天中最热闹的时候，车海人流，往来如梭，找个人可就难了。商宇浩驾着车跑遍了市区几条主干线，也没发现息小淘的人影。

息小淘的老家在安徽，在海宁没什么亲人。她来这边工作的时间也不长，她又属于慢热型的人，原来的单位中虽然有几个相处不错的小姐妹，但真正算得上知心知肺的几乎没有，商宇浩实在是想不出她还能去哪里。

算算时间，已过去了个把小时，如果她回家的话，早就已经到家了。

打电话回家，接电话的是商妈妈。商宇浩问："息小淘在不在家？"商妈妈说："没有啊，晚饭前就跑出去了，到现在都还没回家，是不是出什么事了？"

"没事，妈，我只是随便问一下。"

"肯定有事，你别瞒我。小淘出门时我就感觉不对劲，她的样子很不正常，像要去找谁拼命似的。儿子，你老实告诉我，到底出什么事了？"

商宇浩说："只是和我闹别扭，没什么大事，你不用担心。如果她回家了，记得打电话告诉我一声，免得我担心。"从商妈妈说的话中，他已经能确定，又有人在息小淘那里搬弄了是非，难怪她一见到齐默就动手打人。是谁在暗中作梗，不让自己和息小淘好过呢？

上回齐默来微蓝公司，马上就有人给息小淘发短信，让她赶去自己的办公室捉奸，结果齐默小坐一会儿就离开，息小淘却错把柳欣当成了"奸妇"，还泼了她半杯子咖啡。他本来怀疑是施雅萍耍的手段，可是今晚在馨香小筑遇到她和她新交的男朋友，看她的神情，似乎并不知道自己在那里吃饭。否则以她的个性，也不可能带了这么个又胖又老又丑的男朋友，出现在自己的前夫面前。

不是施雅萍，那又会是谁呢？

息小淘冲出馨香小筑，一路泪水狂奔，心中翻来覆去地想着一件事，商宇浩竟然会为了别的女人而把自己推倒，原来在他的心里，那个女人比自己还重要。伤心到极点，只顾往大街上跑去，耳边依稀听到有人在大声喊着自己的名字，她哪里还有心思去管他是谁？在这一刹那间，她甚至产生了让大街上来来往往的车辆撞死算了的冲动。

一声尖锐刺耳的刹车声在息小淘的身边响起，一辆蓝色法拉利突然一个急转弯，横在她的面前，并骤然停下。

息小淘终于稍稍停顿了一下，法拉利的车门一开，从车内伸出一只大手，一把拽住她的手臂，同时叫了声："小淘，上车！"

息小淘心中最痛的一瞬渐渐过去，随之而来的是无尽的难过与自卑。原来商宇浩身边有这么出色的女人陪伴，自己和那个女人相比简直是判若云泥。头脑浑浑噩噩，都没看清把自己拉上车的人是谁，她心中只想早点离开这里，离开商宇浩和齐默。

那人说:"小淘,你怎么伤心成这样,是谁欺负了你?是商宇浩吗?要不要我去揍他一顿?"

"揍他?"息小淘听进去了这两个字,却没反应过来这两个字是什么意思。

那人说:"对,把他狠狠揍一顿,替你出气。只要你点头,我马上就去把他打得满地找牙!"

"啊?不要!"息小淘终于回过神来,这才看清把自己拉上车的人,原来是君达商贸的 CEO 罗家豪。"罗总?怎么是你?"她像才刚刚看到他一样。

罗家豪应朋友之约也来馨香小筑吃饭,车开到饭店门口时,刚巧见到息小淘边哭边跑出来,连忙掉转车头追了上去。

罗家豪说:"是我啊,怎么了?你好像很不希望见到我似的。"

息小淘无言以对,此时此景,她最最不想见到的人应该就是罗家豪,偏偏莫名其妙地上了他的车。

息小淘曾在花儿创意设计公司工作,罗家豪名下除了君达商贸,还有一家规模同样不小的制革企业,和花儿有业务上的往来。他人长得帅,为人处事一向高调,所到之处,总是受到女孩子们的关注。花儿那里有不少女设计师,他每一次来花儿,那些女孩子都众星捧月一样地围着他转,除了息小淘。

息小淘生性恬静,属于比较慢热的人,待人接物总比别人慢上一拍。

刚开始,罗家豪对于息小淘的冷漠很是不爽,总是想方设法地去挑逗她,甚至为难她。息小淘却总是摆出一副爱理不理的样子,越发挑起他的斗志。几个回合下来,罗家豪渐渐地发现,她的随性和坦然与众不同,别有韵味,随后向她展开强烈攻势。可是息小淘最讨厌他这种自命不凡,到处拈花惹草的花花公子,委婉拒绝。

罗家豪的君达和商宇浩的微蓝是生意场上多年的合作伙伴,两人私下里的交情也不错,彼此间常常会相约吃饭娱乐什么的,但只要有罗家豪在场,息小淘总会尽量避免与他单独相处。她当然不乐意在自己最失意的时候,在曾经追求过自己的男人面前出丑。

罗家豪见息小淘沉默不语,就不再为难她,一踩脚下油门,法拉利向大街上蹿了出去。罗家豪问息小淘:"要不要我带你找个地方好好玩玩,散散心?做人啊,要趁着年轻及时行乐。小淘,不是我说你,你的思想太古板,不管做什么事总是很认真,绷得太紧。知道吗?这样活着是没什么乐趣的。"

息小淘的心痛到麻木,哪里有心情和他谈论人生,说:"罗总,请你停下车,我想自己走走。"

罗家豪说:"不要这么不给面子好不好?我难得有机会可以和你单独相处……"

"停车!"息小淘突然冲他尖叫了一声,那眼神犀利得仿佛是两把刀子。

罗家豪从没见过息小淘露出这么恐怖的表情,吓得他也不管车辆正行驶在直行道上,一脚刹车踩下去,猛然刹住车。把紧跟在他车后的一辆出租车吓得连忙转换车道,那司机摇下车窗玻璃破口大骂。

息小淘冲罗家豪说了声:"谢谢,对不起。"就推开车门下车,头也不回地往反方向而去。

罗家豪通过汽车的反照镜,望着息小淘渐渐远去的身影,嘴角闪过一丝耐人寻味的笑容,自言自语地说了声:"有意思。"

商宇浩开着车，漫无目的地在大街上又转悠了一个多小时，市区的几条主干道他全找过了，依然不见息小淘的身影，心中好不着急。想到她离开酒店时伤心欲绝的样子，知道这次把她伤得不轻。息小淘有时会钻牛角尖，总是撞上南墙也不知道回头，但愿她别想不开做出傻事才好。

就在商宇浩急得六神无主，叫天天不应，叫地地不灵时，丰收的电话打了过来，劈头盖脸地问他是不是夫妻俩吵架了？

商宇浩无奈地说："是啊，你的消息真是灵通，是不是在我身边安插了间谍，否则怎么会这么快就知道了？"

丰收笑着说："还用得着间谍吗？我们遇到当事人了。"

"当事人？小淘，你见到小淘了吗？她在哪里？"

"在我家，思楠正陪着她说话呢。"

丰收和夏思楠吃过晚饭后，打算去新华书店给女儿夏逸飘买参考书，快到干河街时，发现街上有位年轻姑娘逆向飞奔，而且还是一副饱受刺激的样子，只顾自己跑路，完全不顾对面驶来的车辆，把那些司机吓得纷纷大喝。

夏思楠眼尖，一眼认出这位姑娘是息小淘，连忙下车把她拉上了车。

息小淘的脑海中依然想着商宇浩和齐默的事，见到丰收和夏思楠竟然没半点反应。

丰收夫妇见她脸色苍白，紧抿着嘴，下嘴唇甚至都让牙齿咬出了血，神情十分吓人。可是不管怎么问她，息小淘都是一副魂不守舍的样子，就是不愿开口说话。

丰收和夏思楠无奈，只得先把她接回自己家中。夏思楠给息小淘泡了杯茶，然后问她，要不要通知商宇浩过来？

一听到商宇浩的名字，息小淘像突然苏醒过来一样，伏在夏思楠的怀里大哭起来。

听完丰收的述说，商宇浩放心不少，同时又很无奈地说："没什么大事，只不过我和齐默一起去吃了顿饭，也不知是谁在小淘那里搬弄是非，让她误会我和齐默，赶来饭店闹事，我又不小心推了她一下。唉，这事闹得。"

丰收说："原来这么回事啊，我就说小淘不是不明事理的人，原来是听信了别人的谣言。这样吧，我们先开导开导她，顺便把你和齐默的事说说。这事你要负大部分责任，你就不会早点把齐默介绍给小淘认识啊？否则别人还能拿齐默生事吗？"

其实商宇浩心中也有点后悔了，早知道事情会弄得这么糟，是该早点介绍齐默和息小淘认识的。他说："唉，不说了，我最近忙着呢，根本就没时间考虑这件事，本来还想着等过了六月，稍稍空闲点时，带着小淘一起去意大利拜访齐默全家呢。"

丰收说："行了，你也别烦了，小事一桩，我帮你解释。你再等半个小时来我家接人吧。"

和丰收挂了电话后，商宇浩又拨通了齐默的电话。她已经回到下榻的宾馆，问商宇浩，找到了息小淘没有？

商宇浩说："找到了，放心吧。齐默，真是对不起，由于我的一再犹豫，才会造成今天的误会，还让你挨了打，真是过意不去。"

齐默笑着说："没事的，不用为我难过。说真的，我虽然挨了打，心里却一点也不生气，反而替你高兴着呢。"

"为什么？"

"你想啊，小淘为了你，不惜自毁形象动手打人，说明她是真的在乎你。你和小淘有点年龄差距，我不免要怀疑她对你的诚意，现在看来是多余的。你能找到一位真心对你的人，也让我放下了一桩心事。"

商宇浩明白齐默的意思，他和施雅萍离婚后，虽然他一再向齐默解释和她无关，他们的婚姻早就出了问题。可齐默总觉得自己有无法推卸的责任，所以在商宇浩离婚后，她都没有和他再见面，就算有机会回国，也是来去匆匆，就是怕再度影响到他的情感生活。

商宇浩笑了起来，说："我的生活可不是你的责任，每个成年人都得对自己的人生负责。齐默，你真的想多了。"

齐默说："好吧，反正都已经过去。等我回来，我会找小淘聊聊，你好好陪着她吧，你也应该向她道歉。"

挂了电话后，商宇浩捧着手机，数着时间，耐着性子挨过半个小时，就驾车赶去丰收和夏思楠家，把息小淘接回来。一路之上，息小淘一直都保持沉默，不管商宇浩向她道歉也好，还是逗她说话也好，她就是不吭声。

到了家中，息小淘快步上楼奔入房中，反手把房门关上，把商宇浩关在门外。

商宇浩怎么叫也叫不开门，又不敢把事情闹大，担心吵着了老妈和儿子，站在门外无计可施，只得在儿子商鼎的房中睡了一夜。

辽宁灯塔市佟二堡皮革城威达皮革有限公司，就和微蓝皮饰合作事项，派出了业务部经理廖成杰和市场部副经理汪伟，专程来海宁与商宇浩洽谈。

商宇浩一直把微蓝皮饰能不能顺利打入东北，看作是商业运作上的一个重大转折点。因为此前微蓝接的大多是订单业务，根据客人的需求，要什么样的款式，他们就生产什么样的货，自己的主动权比较小，而且是委托加工性质的，利润空间有限；再一个就是无法体现出微蓝的特色。

而他创业时的计划，就是创立自己的个性品牌，这个目标他从没动摇过。

如果和威达合作成功，在佟二堡设立微蓝门店，不但可以提升产品的档次，拓展赢利空间，公司还可以获得更多的主动权。而且，如果这一次试水成功，将为微蓝启动全国性战略计划积累下宝贵经验，为以后的新乡皮革城、成都皮革城，乃至在全国各大城市开出连锁或加盟店，都奠定了基础。

所以一连两天，商宇浩都忙着应付东北客人，白天洽谈，晚上应酬，吃过饭后还得陪他们去唱歌、泡脚、洗桑拿，每天回家都已经是半夜，这时息小淘早已上床睡觉，且都反锁了房门，他都找不出时间和机会与她细谈。

到了第三天，商宇浩想到再这样拖下去不是办法，这次和息小淘闹出的矛盾，究其根源，错在自己，应主动向她道歉。虽然丰收和夏思楠已经把齐默和自己的关系和息小淘解说了，误会已经解释清楚。可是她每晚把他关在门外，说明她的气还没消，也许她在等自己的亲口解释或道歉，时间拖得越久，越会显得自己诚意不足。

按照日程安排，商宇浩今天得陪东北客人去海宁国际皮革城参观。他把陪客人的任务交给了市场部经理吕振飞和助理柳欣，自己打算吃过饭后回家，和息小淘好好沟通一下。哪知道还没到吃饭时间，商妈妈突然打来电话，神秘兮兮地问："儿子，你是不是和小淘吵架了？"

商宇浩不想她老人家操心，说："只是拌几下嘴，没什么大事。"

"看你说得多轻松，没什么大事，小淘怎么连房门也不让你进？你都在小鼎的房里睡了三夜了，以为我不知道啊？看她的样子，好像受了很大的委屈，你是不是在外面做了什么对不起她的事？"

商宇浩暗叫无奈，他老妈的联想能力真够强大的。说："小淘在和我赌气呢，下午我回家和她说说，说清楚就没事了。"

"我正想和你说这事呢，"商妈妈的口气突然变得神秘起来，"昨天我就听到她在房里给一个人打电话，打了很长时间，还哭了好几次，小淘对那人说她感觉自己很无助，要是那人能在她身边就好了。凭感觉，那个人应该是个男的。你可得引起重视啊！"

商宇浩的头皮炸了一下，说："妈，你别瞎操心了，子虚乌有的事，小淘只不过是找个人说说话而已，也许是同学，也有可能是朋友，哪有那么严重？"

商妈妈说："还有更严重的呢。今天上午我又听到小淘在阳台上和那人通电话，那人似乎要来海宁了。小淘让那人到了地方后再打电话给她，她会赶过去和那人见面。"

商宇浩的心微微动了一下，却说："这也没什么，和老朋友或老同学见个面，吃顿饭，喝喝茶，是再正常不过的交际。别想歪了。"

商妈妈说："我这不是在提醒你吗？前车之鉴不能忘啊，施雅萍差点就把我们家给毁了，你千万要记得多长个心眼啊。"

"小淘怎么可以和施雅萍相比，她们两人完全不一样的。好了，妈，我知道了，我会处理好这件事的，您老人家就放心吧。"

商宇浩让他妈妈放心，可他自己却是越想越不安心。息小淘的冷战已经持续了两天三夜，按理得自己主动找她赔个不是，她也好有台阶下，自己却这么不声不响地把她晾着，鬼知道她又要钻进哪个牛角尖中去了。想到这里，他连忙下楼，开车回家。

车到海洲路口，丰收的电话打了进来，问："老商，你们两口子的第一届婚后大战和解了吗？"

商宇浩叹口气说："最近公司的事太多，忙得我恨不得有三头六臂，都找不到时间和小淘沟通，这不，饭也没吃，急匆匆地赶回家去做消防员，得先把后院的火给灭了。"

丰收说："那你就不用赶回家了，去忆忆自助餐吧，小淘在那里，不过她不是一个人，身边还有一个阳光大男孩，比你年轻好多。"他有事经过那里，刚好看到息小淘和一个男生走进餐馆，连忙给商宇浩打电话通报。

商宇浩立马想起他妈妈听到息小淘和一男生打电话的事，没想到果然是真的，而且这么快就见面了。对丰收说了声："好的。"连忙驱车直奔忆忆自助餐馆。

忆忆自助餐馆在文苑路上，店不算很大，一排四间门面，中间开了一扇玻璃大门，临街一侧全是整块的落地玻璃。店堂内干净、卫生，饭菜可口，价格也适中，环境幽雅，很受小资们的推崇。

息小淘和那男生选了临街的座位，选好饭菜后，两人面对面坐着，边吃边谈。

商宇浩驾着自己的路虎赶到这里时，透过落地玻璃窗一眼就看到息小淘以及和她约会的男生。那男生看上去也就二十五六岁，一头短发，浓眉大眼，麦麸色的健康肤色，他对着息小淘笑的时候，眼角微微上翘，显得有点顽皮，又有点稚气。难怪丰收说他是位阳光大男孩。

商宇浩见他们两人谈得很起劲，彼此神态自然，根本就没去留意外面大街上过往的行人，也没发现坐在路虎车上的自己。

商宇浩怕自己的路虎过于碍眼，就又往前开出一小段，找了个车位停好，然后来到忆忆自助餐馆对面的红茶馆，要了港式红茶和一份蛋挞，选了二楼临窗的座位，坐在椅子上居高临下，只要稍稍扭下脖子，就能清楚地看到坐在对面店里的息小淘和那个阳光大男孩。

息小淘和阳光大男孩把大部分的时间和心思都花在交谈上，盘中的饭菜动得很慢。更多的时候，男孩说得多些，息小淘一直做聆听状，有时点几下头，或若有所思。

商宇浩和他们隔了一条街，看不清息小淘脸上的表情变化，只是感觉她听得很专心。心中忍不住要胡思乱想起来，那男孩子在说些什么话呢，息小淘为什么那么爱听？这男孩子比自己年轻，和息小淘年纪相近，更能找到话题，他又在自己和息小淘的感情出现问题时横空出现，会不会有破坏他们婚姻的可能？这男孩子一直在动嘴，看上去能说会道，息小淘会不会因此动了心？做出什么出格的事来……越想越不是那么一回事，真想跑过去听听他们说些什么，可又怕自己鲁莽，把事情弄得更糟。

心情不佳，没滋没味。港式红茶被商宇浩喝出了陈年老醋的酸味，心头更像被猫爪子挠过一样，分不清是痛还是痒，反正他浑身不自在，目光几乎没离开过对面店里正在吃饭的那两人。

如果息小淘真的和那男孩做出什么对不起自己的事，自己该怎么办？自己在还没有拿到任何证据的情况下，要不要出面阻止事态的发展呢？

如果自己贸然把事情挑明，而他们又矢口否认，那又该怎么办？

就在商宇浩举棋难定，患得患失时，息小淘和那阳光大男孩已经吃完了饭，双双从自助餐馆中走出来。他们两人边走边谈，落落大方，并没有做出过分亲热的举动。两人上了息小淘的福特嘉年华，掉头向市区驶去。

商宇浩连忙买单，他怕跟丢了目标，都来不及去取自己的路虎，在门口拦了辆出租车，让司机跟着前面那辆黄色嘉年华。他心里想着：息小淘和那男孩吃过饭后会去哪里？上街？购物？还是……脑海中突然蹦出"开房"两字，忙伸手在自己的大腿上狠狠拧了一把，暗骂自己混蛋，怎么可以想到这么龌龊的事呢？息小淘不是那种随便的人，自己应该要相信她。然后又不得不沮丧地发现，自己对妻子的信任也许并不如他想象中的那么深。

息小淘自然想不到身后有人跟踪，优哉游哉地在前面慢慢行驶，转入海昌路后依然笔直往前开，直至穿过整个市区，直奔火车站。

商宇浩心中好不纳闷，他们来火车站干什么？该不会是息小淘要和那个大男孩玩私奔吧？

福特嘉年华到了火车站前停下，车门一开，大男孩手脚麻利地跳下车，随手关上车门，并挥手道别，然后大步走向车站候车大厅。息小淘摇下车窗玻璃，也同样挥手示意，然后嘉年华再次启动，掉头往回走。

商宇浩忍不住有点脸红，息小淘和那个大男孩只是很正常地吃了顿饭，然后送他上火车，自己却以小人之心度君子之腹，尽想些无耻的事。

回到公司办公室，商宇浩给丰收打了个电话，把他看到的大致情况说了一下，问："丰子，你帮我琢磨下，小淘和那个男孩子见面，会不会有什么特别的意思？"

丰收想了一下，说："有没有什么特别倒是琢磨不出来，不过你可不能掉以轻心。首先我问你，小淘此前有没有和你提到过有这么一号人物？"

商宇浩仔细想了下，确定此前她从没提起过。

丰收说："那会不会是她最近新结交的，或者网上认识的网友？"

息小淘的工作离不开电脑和网络，但她对聊天交友之类的一向没什么兴趣。

丰收说："不管是她以前认识的，还是最近刚认识的，她如果从没和你提起过这个人，那就说明她并不希望你知道有这么一号人物存在。

如果她不希望你知道这事，那是不是说明……那个，呵呵，太八卦了，我是不是有点危言耸听，反正你多留意就行。不过我觉得小淘是个很传统的女孩，她应该不会做出什么出格的事来。"

商宇浩的心里本来就有点乱，听丰收这么一说，更加的七上八下，不耐烦地说："我明白你的意思，就因为你是我最好的朋友，所以才不怕家丑外扬，把心中的疑惑和你说。你让我多留意，我每天忙得恨不得会孙猴子的分身术，哪里还顾得上她啊？"

丰收在那头很幸灾乐祸地笑着："嘿嘿，老牛吃嫩草就得预防胃泛酸。"

商宇浩恨得直咬牙，骂道："就知道你一直眼红着，要不要我和思楠说说，让她主动把位置让出来给你一饱淫欲？"

丰收笑着说："咱年岁大了，玩不起激情，身体可是革命的本钱啊！兄弟，你要是感觉力不从心，尽管说，我下周可能要出差，帮你带点固精壮阳、大补肾气的东西回来，要不要？"

商宇浩没好气地说："你留着自己用吧。还不快帮我出出主意？"

"主意倒是有一个，就怕你不屑用。"

"为什么？很下流很无耻吗？是不是要我请私家侦探？如果真是这种馊主意，你就别说出来了。"

丰收呵呵一笑，说："你有没有听说过一种用于手机上的监听软件？只要你安装了这种软件，你就可以全天候地关注你想监听的号码的一举一动。"

"你让我去偷听小淘和别人的通话？这个……太那个……"商宇浩一时想不出合适的词来形容。

"太无耻了，是吧？"

商宇浩觉得，虽然还够不上"无耻"两字，但夫妻间的信任却已荡然无存。

丰收说:"我只是提个建议,我把软件下载地址发你邮箱。至于用不用,那得由你决定。如果用了,你也不必愧对良心,这事除了你和我,不会有第三者知道,而且你使用的目的无非是想弄清事情的真相,消除心中的芥蒂,万一有事,也好防患于未然。如果你不想用,没人会勉强你。既然你选择了息小淘做你的妻子,你就该信任她。"

到底要不要用这款软件?

商宇浩很是纠结。他在商场上雷厉风行,出手精准、大胆果断,一直为业内人士所赞赏。唯独在婚姻上,每次面对感情,他总有点举棋难定。

当初他和前妻施雅萍确立恋爱关系前,丰收一再劝他考虑清楚,婚姻是人一生中最重要的事,俗话说娶妻娶贤,娶到一位好妻子,无论在事业上,还是生活中都能给予他最大的帮助,他的人生也会因此而变得不同。施雅萍对他是有好感,若能娶到她,对他的事业是会有所帮助;可最重要的是,商宇浩并不爱她。她所能提供的那点帮助,并不值得他用一生的幸福去交换。

商宇浩考虑再三,最终选择了以事业为重,相信感情可以慢慢培养。可惜他错了。

世上的事常常就是这样,纵然有个美好的期待,也不一定能盼来想要的结果。

现在……

犹豫再三,商宇浩终于点开了邮件中的那个网址。

这款监听软件名叫"顺风耳",有偿使用,费用八百元人民币,付费前可以先试用一下。只要输入用于监听的手机号码,软件会自动下载到指定的手机上,点开后自动安装,安装完毕会跳出一个提示框,在框内输入想要监听的手机号码,然后会有下一步提示,使用比较方便。

商宇浩鬼使神差地把息小淘的手机号码输入了提示框,又稍稍犹豫后按下了确定键。经过近一分钟的漫长等待,终于又跳出提示信息,软件准备就绪,主人随时可以试用监听功能。

商宇浩想了一下,先给丰收打了个电话,告诉他自己已经安装了监听软件,要他给息小淘打个电话,自己试试监听功能,是不是真的有那么神乎其神。

丰收拨通息小淘的电话后,商宇浩的手机上果然出现了监听号码有动静的提示,他按照提示,启用监听功能后,手机先是听到一阵杂乱的声音,就像收音机调台时的嘈杂声响。经过了十多秒钟后,他果真听到了丰收和息小淘的谈话。声音虽然有点失真,若不是提前知道是丰收在打息小淘的电话,估计光听声音,一定分辨不出是丰收在说话。

丰收说他今天遇到商宇浩,见他的精神面貌不是很好,工作状态不佳,希望息小淘能多体谅他一些。

息小淘有点无奈地说:"我最近这几天几乎都见不到他,让我怎么体谅他啊。其实我也不是个小心眼的人,他要是能主动和我说一下齐默的事,就万事大吉。他偏要瞒着,明明没事也会变得有事,而且我还打了齐默,这让我以后怎么面对她啊,一提起这件事,真是越想越心烦。"

这些天来,息小淘只要一静下心,就会想到齐默的事,她对商宇浩的做法虽然不赞同,但在心灵深处却有丝丝的暖意,说到底他也是在小心呵护他们的婚姻。可是想到齐默和商宇浩是多年的好友,自己动手打了她,形象受损不说,以后都不敢见齐默了。这让息小淘很是在意。

丰收说:"放心吧,齐默是很好说话的,等她忙完这一阵,再来海宁时，你就当面向她道歉，知错就改，定能得到她的谅解。"

两人又闲话了几句后挂机，丰收马上打电话过来问商宇浩，监听到了没有，效果怎样？

监听结束后，商宇浩的手机上收到一条提示短信，他已经使用了试听功能，若觉得满意，请付费使用，若不给钱，这款软件就会失去作用。

商宇浩说："还行，不算很好，但也还能听得清，你怎么这么感兴趣，是不是想动什么坏脑筋啊？你家思楠可是百年不遇的贤妻良母，你可别对不起她啊。"

丰收笑着说："看你想哪里去了？我只不过是想了解一下，我虽然知道有这么一款软件，但没使用过，所以有好奇心。"

6 男闺密

商宇浩通过网上银行,给对方指定的账户汇入八百元。手机马上就收到一条验证信息,他按照提示操作后,那款软件就在他的手机上安了家。

他本以为,自己的手机上安装了这么一款软件后,可以监听到息小淘的电话,应该很放心才对。谁知等软件安装上去后,他才发现并不是这么一回事。总觉得像做了什么贼一样,心里特别不舒服,连处理公事也不能安心,时不时地会想到手机。最要命的是,每一次来电话手机响起时,都让他有种心惊肉跳的感觉。

下午四点多时,助理柳欣和市场部经理吕振飞回来了,他俩陪东北客人参观完海宁皮革城后,专车把他们送到萧山国际机场,直到送他们登上飞往辽宁的客机。

柳欣说:"商总,廖经理和汪经理临行时,再三希望你抽空去佟二堡走走,他们说海宁皮革城引领世界风尚潮流,他们要学要感悟的东西太多,只怕一时半会儿消化不了,所以希望你能过去指点一番,同时就某些合作细节再好好谈谈。"

商宇浩点头说:"指点就不敢当了。不过,去辽宁和他们会面那是肯定要的,等正式合作后,只怕以后去东北的机会就多……"就在这时,手机突然发出类似报警的声响。

柳欣好奇地问:"商总,你的手机铃声怎么设置成了这样,听起来像是警报。"

商宇浩却知道这是那款"顺风耳"发出的提示音,提醒他监听的号码有电话呼入。心里忍不住紧张起来,额头顿时就冒出了汗珠。

柳欣跟了商宇浩这么多年,在她乃至所有员工的眼里,商宇浩给人的印象总是一副好整以暇、云淡风轻、一切皆在掌握之中的样子,这还是头回见他出现这么慌乱的神色。她不无关心地问:"商总,你怎么了,不舒服吗?"

商宇浩一怔,马上想到一个主意,说:"肚子有点不舒服,我去趟洗手间,你俩辛苦了,先去休息一下吧。"他快步奔入洗手间内,拿出手机,打开"顺风耳"软件。呼叫息小淘的是一个陌生的本地号码,按下监听键后,听到息小淘正在和一名男子通着电话。

男子说:"你有仔细想过我中午时和你说过的话吗?夫妻也好,恋人也好,相处之道最重要的就是彼此信任,有时亲眼见到,亲耳听到的都不一定是真的,更何况是别人在故意挑拨你们。小淘,你什么都好,最大的弱点就是心太软,拿定的主意不能坚持到底。这样的个性,容易出问题。找商宇浩好好沟通一下吧,这样僵持下去也不是办法,时间拖得越久双方受到的伤害就会越大。"

商宇浩已能确定和息小淘通话的男子,就是中午和她一起吃饭的那位大男孩，只是令商宇浩没想到的是，这名大男孩说出来的话，竟然比他的外表要成熟得多，而且从刚才的这一段话中，可以听出他并无恶意，反而在劝和自己与息小淘的夫妻关系。

息小淘沉默了一下，说："林正波，你让我主动去道歉，我可做不到，错的人是他，不是我，除非他先开口。"

那个名叫林正波的大男孩笑了，说："你啊，别耍小心眼了，有时得站在他的立场想一下。他的工作这么忙，白天没时间和你谈，晚上你又不让他进房，他就是有心也没机会啊。其实，你家老公挺不容易的，一家公司一家企业，全凭他掌舵，还要顾着家里的事。你应该多体谅他一些，既然在公事上你帮不了他多大的忙，那么你就尽量做好家事，少让他操心，这就是在替他分担。"

听到前一半时，商宇浩大吃一惊，他连着三夜被息小淘关在房门外，这么私密的事，他都不想让他妈知道，没想到息小淘竟然把这事和一个他毫不相识的男人说了，顿时有种隐私遭受侵犯的感觉，心中有点羞愤难下。

可再听到后一半，对林正波的态度又急转直下，心想："林正波说的这些话正是自己不便说出口，却一直希望息小淘能自个儿领悟到的，现在由她的好朋友说出来，那是再好不过。"

息小淘说："你不知道啊，他以前对我真的很好，这次为了齐默，那么大声吼我，还推我，我……"

"你自己觉得受了很大的委屈，就这么轻易原谅他，心中的气还没消，感觉下不了台，是不是？中午时我不是和你说过了吗，商宇浩没向你坦白和齐默的关系是他的不对，但你不信任自己的老公，受到别人挑唆，这个问题更严重。好了，小淘，好好想想我说过的话吧，我要工作了，得把上午耽误的活，在下班前做完。你有什么事尽管找我，别闷在心里。"

息小淘轻声笑了一下，说："知道，我心里有事自然会打扰你，谁让你是我的男闺密呢。"

"男闺密？"商宇浩长这么大，还是头一次听到这个新鲜的名词。虽然他已能确定林正波和息小淘没什么问题，但"男闺密"三字还是让他不舒服。闺密一般是指女性间无话不谈的亲密朋友，可是息小淘竟然把一个男人当成了自己的闺密，向他述说隐秘的话题，这个也太……

回到办公室，商宇浩还在思索着"男闺密"的事，丰收推门进来，问："干吗打你电话不接？害得我亲自跑上来。"

"顺风耳"软件有个很大的缺陷，就是使用监听功能时，手机上其他的功能将全都暂停。丰收一下午都在出门办事，见下班时间临近，懒得再回单位，又刚好经过文苑路，打电话给商宇浩想约他晚上一起喝酒，却一直打不通。

商宇浩毫不理会丰收的问话，劈头就问他："男闺密是什么意思？你知道吗？"

丰收一怔，说："应该是很私密的男性朋友吧。具体也说不上来，不懂的事物可以问度娘。"

商宇浩依言在搜索引擎中输入"男闺密"三字，得到的百科名片是"指女性要好的，无话不谈的男性朋友。"男闺密有两条原则：不吵架，不上床。某家女性杂志曾在女性间做过一次调查：男朋友、男情人和男闺密三者间，单项选择最想要的。结果，男闺密独占鳌头。

商宇浩和丰收互看一眼，惊愕不已。

商宇浩满不是滋味，"男闺密"这种新生物种竟然像外来生物入侵一样，悄无声息地出现在他和息小淘之间，而此前他竟然完全不知道有这么一个物种的存在。

丰收见商宇浩一脸郁闷，已经猜了个大概，忍着笑问："我明白了，那个和小淘一起吃饭的男孩子，敢情就是她的男闺密吧？"

商宇浩说："'男闺密'三字，我听着就觉得不舒服，现在的女孩子真会折腾，难怪男人们越活越累。"

丰收说："这也是男女平等的具体表现。既然男人可以有红颜知己，女人为什么就不能有男闺密？如果你容不下小淘有男闺密这个事实，那就只能说明你的心胸还不够宽广。"

"得了吧你。事不关己，尽说风凉话，等下我打个电话给思楠，让她也弄个男闺密出来，让你有点危机感。"

丰收笑了起来，说："你自己已经给齐默当了十多年的男闺密了，你对她的婚姻难道存有幻想？她的意大利老公可有对你充满敌意？"

刹那之间，商宇浩有种醍醐灌顶的感觉，心胸豁然开朗。他一直认为自己和齐默的关系是天底下最最纯洁的友情，容不得别人半点诟病。当初，施雅萍就是一再猜忌他和齐默的关系，才加速了那段婚姻的破裂。他和齐默之间确实是无话不谈，但发乎于情，止乎于礼，两人间绝没有任何苟且之事，甚至连手都没牵过一下。既然自己和齐默可以有这种纯洁的友情，又为什么要怀疑息小淘和林正波的关系呢？

丰收见商宇浩脸色明显好转，知道他心中的结已经解开，说："我本来想晚上给你好好开导开导，现在看来是不需要了。"

商宇浩笑着说："没事，夫妻间的问题还是关起门来解决比较好。"

正说着，商宇浩手机上的"顺风耳"软件又发出了监听提示音。

息小淘来到海宁的时间不长，她又不是善于交际的人，所以平时电话不多。

丰收不无兴奋地问："又有情况吗？快听听。"

商宇浩横了他一眼，没好气地说："嘴上说要帮我说和，心里却巴不得我们夫妻闹别扭似的。"

丰收连忙说："我不是这个意思，我只对'顺风耳'这款软件感兴趣，你再试试效果。"

按下监听键后，听到给息小淘打电话的又是一位男人，他叫了声："淘淘。"听口气口音都不是那位男闺密。

息小淘应了声，说："二哥，怎么是你啊？"

息小淘有两位哥哥，大哥名叫息振业，二哥叫息振涛，两人都待在安徽老家，息小淘和商宇浩结婚时，她的家人本来打算全都过来参加婚礼的，没想到她大嫂怀的二胎早产，她爸爸上山砍竹子又闪了腰，为了照顾家人，结果谁也没来。

息振涛说："淘淘，你过得还好吗？我那个老妹夫没怎么欺负你吧？"息小淘说："我过得很好啊。二哥，你这是什么话，什么叫作老妹夫？谁规定了妹夫就一定得比妻兄小啊？"

息振涛在那头笑了几声，说："难怪人们常说女性外向，你还挺向着他的啊。淘淘，说句真心话，二哥我并不看好你们的这段婚姻，商宇浩比你大了十五岁，你俩站在一起般配吗？"

"你没见过我们的婚纱照吗？要是我不说宇浩比我大十五岁，你们能看得出来吗？再说，他看着很年轻的，感觉和你差不多岁数，甚至看上去比大哥还年轻些。"

"婚纱照能准吗？那是前期化过妆，后期又PS过的，就是长得像猪八戒的人也能整成唐僧。不说外貌，二哥只是提醒你，心里要有数。"

息小淘似乎愣了一下，问："有数？有什么数啊？"

息振涛在那头叫了起来："我的傻妹子啊，你不会真的是想和商宇浩过一辈子吧？"

息小淘明显吃了一惊，问："我是想和他过一辈子啊，错了吗？你问的是什么话啊？"

"你以为像商宇浩这种有钱的中年男人，又离过婚，还有个孩子，还会对你付出真感情吗？他和你结婚，不过是贪图你年轻，长得漂亮，等他厌烦了你，说不定就把你一脚踹了，所以你得抓紧时间控制他的钱财。记住，越有钱的男人越不靠谱，只有牢牢地握住他的钱财才能安身立命，才是皇道真理。"

"胡说，"息小淘有点生气了，"哪有做哥哥的这么劝妹妹的，你不希望我过得好啊？告诉你吧，宇浩绝不是无情无义的人，我相信他对我的感情是真的，我也会好好对他，你以后不许这么说他，否则我生气！"

息振涛说："不听二哥言，吃亏不会远。反正你得多长个心眼就是了。"

息小淘马上反驳："打死我也不听。我要是多长个心眼，以后和宇浩怎么相处啊？"

息振涛说："算了，算我没说。妈让我告诉你一声，我们下周会去海宁看你，见见我那位有型有款有情有义又有钱的老妹夫。"

"你才老呢！"息小淘毕竟还是被自己父母家人要来海宁的喜讯给感染到了，"太好了，到时告诉我火车的具体班次，我和宇浩去车站接你们。"息小淘又问了她父亲的腰伤和大嫂母子的情况，又谈了些别的家常。

商宇浩退出顺风耳软件，心中既辛酸又温暖，感慨万千，也不理会丰收不住地问他监听效果怎样，一时说不出话来。

他感到心酸，是因为别人对他和息小淘这段婚姻的不看好，甚至有成见。就因为他年纪大了些，就不可能有真感情了，娶息小淘为妻只能是贪图她的年轻美貌。同样，别人对息小淘也不公平，她嫁给一个比自己大十多岁的男人，除了贪财就没别的，甚至连她的家人也不例外。

可是，商宇浩听了息小淘反驳息振涛的话后，心里又感觉到温暖。她毕竟不是常人眼中的贪财女，她想和自己一起走完人生，过美好快乐的日子，自己终究没有看错她，忍不住暗自庆幸当初决意与她结婚时，顶住了来自各方面的压力，包括自己母亲的反对。

丰收见商宇浩一直不吭声，有点急了，问："你倒是说句话呀，怎么啦？听到重大机密，吓晕了吗？"

商宇浩如释重负地拍了拍丰收的肩膀，说："好兄弟，你帮了我的大忙啦！"说着，随手把手机上的顺风耳软件给删了。

丰收不解地问："你没受什么刺激吧？干吗删了啊？不好使吗？"

商宇浩说："还行，不过我已经不需要了。"他已然明白息小淘的心意，其他的一切都可以忽略不计。

下班后，商宇浩推掉一切应酬，非常难得地赶在天黑前回家，和家人一起吃晚饭。

在商妈妈和商鼎面前，息小淘不会把和商宇浩闹的别扭表露在脸上，一家人边吃边谈，竟然难得地融洽。

晚饭后，息小淘帮商妈妈洗碗筷，清理厨房。商宇浩问了商鼎一些在学校的情况，并要他拿出作业来看看。

自从期中考试商鼎的成绩明显退步后，商宇浩让息小淘给商鼎请了两位晚上上门来的补习老师，专补数学和英语，一天一轮。

父子俩才说了没多大一会儿话，晚上来补习英语的老师就如约而至，商鼎跟着老师进了房间，息小淘连忙给老师泡了杯茶端进去。

商妈妈做好家务后，坐在客厅上看电视，为了不影响孙子的学习，她把声音调到几乎听不清。晚上的补习时间为一小时，她每天都要等补课结束，再送老师出门。

息小淘和商妈妈打过招呼后转身上楼。商妈妈目送着息小淘的背影，对商宇浩努了努嘴，意思是让他也上楼去吧。

商宇浩知道他和息小淘闹的那点小情绪，逃不过他妈妈的火眼金睛，不无尴尬地笑笑，低声说："妈，小淘没什么的，你要相信她，就像相信我一样。"

商妈妈说："没事最好，你以为我爱多事啊？我就怕折腾，你早点上楼休息吧，难得回家这么早。"

商宇浩上楼，发现房门大开着，息小淘正在背对着房门，叠着堆放在床上洗净的衣物。他快步走入房中，随手关上房门，从后面环抱住息小淘的腰，嘴巴凑到她的耳根边，轻声说："淘淘，对不起，所有的错都是我造成的，你就原谅我吧。"

息小淘的身体顿时僵住。经过这几天的冷战，尽管她知道自己也有不对的地方，可心里对商宇浩总有着莫名的怪怨，一直寻思着不能轻易原谅他。可是当他的双手抱住自己的一刹那，忽然发现自己对这个怀抱似乎期待已久，心中对他的怪怨也并没有预料中的那么强烈，所谓的不要轻易原谅，无非是自己作为女人特有的矜持在作祟罢了。

"淘淘，我以后再也不会隐瞒你什么了，是我以小人之心度你，你不是那种小心眼的女人，是我错了，你骂我吧。"

息小淘的后背靠着商宇浩结实的胸膛，他的体温透过衣服传递到她的皮肤上，令她心头产生了很踏实的依靠感。终于，她放松身体，把自己的身心都投入他的怀中，尽情地享受着这个宽厚温暖的怀抱。

"宇浩，对不起，我那样对齐默，让你难堪了，你不再生我气了吗？"

商宇浩吻着她的耳垂，用含糊不清的话说："本来是气你爱冲动，不过现在早就不生气了，放心吧，齐默也没生你的气，她还发短信来安慰我，不许我怪你。还说，你为了我而打她，说明你是真的在乎我。"

息小淘被他吻得又痒又麻，身体不住地往旁闪躲着。商宇浩干脆把她横着抱了起来放在床上，俯下身狠狠地吻了起来。

息小淘被他吻得快喘不过气来，用力推开他的脑袋，说："才吃好晚饭，你想干什么呀？"

商宇浩看着息小淘泛着红晕的双脸，坏笑着说："我这个样子想做什么，你还会不知道吗？"

商宇浩给人的感觉是儒雅沉稳，待人宽厚随和，生意场上不管是面对朋友还是对手，总是喜怒不形于色。唯独和亲密的人在一起时，才会露出他的各种表情。特别是他嘴角微微上翘，眼中有异样的目光闪动时，他的整个人会焕发出神秘的色彩。丰收曾取笑过他，说他脸上出现这种表情时，心里肯定想着做坏事。

当初息小淘第一次见到他的这种表情时，心跳莫名加速，几乎不能呼吸，整个人就像是一块置在阳光下的冰，除了慢慢融化外，丧尽所有的抵御能力。

商宇浩解开息小淘的衬衫纽扣，伸手入内慢慢地抚摸起来。息小淘用尽力气想拒绝，却发现力不从心，颤抖地叫了声："等会儿吧，小鼎他们还在补课呢。"可是在商宇浩听来却像是痛快的呻吟。

他笑得更加恣意，说："他们补他们的课，我们干我们的事，互不干扰。"仰起身脱掉上衣，不料这时他放在床头柜上的手机响了起来。

商宇浩一愣，说了声："现在非工作时间，一切公事明天再谈。"

俯下身抱住息小淘。

息小淘挣扎着说:"不要啊,你先接电话吧,也许有要事呢。"

商宇浩不理,只是疯狂地吻着她,从脖子一直吻到胸前。

息小淘抓起手机,举到眼前一看,液晶屏上显示电话是丰收打来的。忙说:"是丰子,你也不接吗?"

商宇浩懊恼地叫起来:"丰子的也不接,关键时刻,天大的事也比不上夫妻间的事重要……"

息小淘已经按下了接听键,并递到了他的耳边。

丰收的声音一改往日的随意和不羁,语速极快,显得焦虑不安。"老商,我妈吐血进了医院,我和思楠赶回江西老家,麻烦小淘这几天放学时,帮着把我家飘飘接回家,放学时间太集中,车多不放心。早上她爷爷奶奶会送的。"

"啊?!"商宇浩明显吃惊,一下子从息小淘身上直起身来,"伯母她老人家要不要紧?怎么会吐血?要不要帮忙?"

"我现在也还不知道有多严重,我们还在路上,先挂了。"

商宇浩听到那头传来汽车的喇叭声,才知道丰收竟然自己开车去江西,忙说:"好,那你小心驾驶,不要着急,伯母一定会没事的。"

突如其来的意外,一下子把商宇浩给打懵了,高涨的情趣顿时消失得无影无踪。

大二那年暑假,商宇浩随丰收去了江西一个叫作藤墙的小山村,也就是丰收的老家。那是一个重山围绕的小村,五六十户农家分布得像一盘散沙,低矮的平房,成群的鸡鸭,还有长长的竹篱笆,篱笆边开满了五颜六色的凤仙花。山里的空气夹杂着绿叶和泥土的芬芳,新鲜得让人忍不住要大口呼吸。

丰收的父母朴实憨厚，他们这辈子几乎没出过大山，为了供儿子上大学，夫妻俩起早摸黑，节俭度日。他们把商宇浩这位城里来的公子哥当成了上宾，好生招待着。丰妈妈话不多，却笑容和蔼，让商宇浩很有亲切感。

丰收还有一位姐姐，早年去厦门打工时，结交了当地的男朋友，婚后定居在那里。丰收成婚后，在海宁工作，回趟老家花在路上的时间差不多就要两天，平时的两天双休时间只够一个来回。所以，他回家的机会不多，也就过年时回去看看。

丰爸爸和丰妈妈为子女辛苦一辈子，到头来子女各奔东西，身边连个可以依靠的人都没有，老来境况不免有些凄凉。每次提及这事，丰收对父母总是满心愧疚。

息小淘安慰商宇浩说："你别担心了，丰子不是说他妈妈已经送去医院了吗？"

商宇浩既为丰妈妈担心，又为丰收担心。从海宁去江西丰收的老家，全程一千多公里的路程，而且连夜奔波，进入江西后多是山路，丰收归心似箭，车速肯定慢不了。丰收和夏思楠的安全不得不令他担心。还有，他了解丰家二老，不到万不得已，绝不会惊动在外地工作的子女，像这样把儿子儿媳连夜召回去的事，从没发生过，可见丰妈妈的情况十分不乐观。万一她有个三长两短，丰收受到的打击肯定沉重，他心里对父母本来就有亏欠，这样一来，不知又会怎样了。

商宇浩几乎一夜没睡，半夜起来好几次看手表，算算时间丰收夫妇应该还没到江西，好不容易挨到天亮，心想先给夏思楠打个电话，确认他俩平安也是好的。谁知连打了好几回，夏思楠的手机无人接听，改打丰收的，竟然关机。

商宇浩不知那边发生了什么事,急得六神无主,早早起了床,在阳台上不停地打丰收和夏思楠的电话,可就是打不通。

息小淘从没见过商宇浩焦急成这样,有心安慰他吧,又不知说什么才好,只能跟在他身后,无奈地看着他不停地打着电话。

商宇浩一夜没睡安稳,心情又严重不好,好久没发作的头痛病又开始作怪。他连早餐也没心情吃,就开车去了公司,这时离正式上班还有一个多小时,他想趁员工上班前,在办公室的沙发上补睡个回笼觉。哪知道他越想睡越睡不着,最后没办法,只得从抽屉里找出备用的安神药,吃了一颗,才终于定下心神。

迷迷糊糊中,商宇浩感觉有人在摸他的脸,那只手柔软而温暖,轻柔得像风拂过面颊,继而拂过他的眼、他的鼻和他的嘴,最后顺着他的脖子下滑抚在他的胸膛上。

"淘淘,一定是淘淘。"商宇浩略有知觉,只是他无力睁开双眼。在他的意识里,只有息小淘才会如此温柔地抚摸自己的身体。

"宇浩,看到你累成这样,我真的很心痛。我知道你在家里过得并不开心,却把心事全都藏在心里。这几天你都变瘦了,我看着心痛啊。息小淘会真心爱你吗?你当初为什么要选择她?我对你那么好,你就一点也感觉不到吗……"

商宇浩的心里悚然一惊,不对,这不是小淘的声音,不是的……

他在心里拼命挣扎,却感觉有只无形的大手紧紧地握住他的心,不让他清醒过来一样。

他彻底震怒了,到底是谁要这么控制住自己?用尽全力猛然一跳,顿时从沙发上一蹦而起,同时听到一声女人的尖叫,睁开眼一看,发现柳欣跌坐在沙发前的地板上,满脸红云,目光闪躲地望着自己。

"柳欣，你……你怎么了？"

柳欣的脸似乎更红了，说："我……我……商总你吓到我了，我进来想给你的办公室搞下卫生，看到你睡在沙发上，怕你着凉，刚想叫醒你，谁知你突然跳起身来，吓得我……吓得我……"

"哦，这样啊，真是不好意思，我可能是做梦了。"商宇浩拼命回想刚才身上的感受和听到的话，感觉那并不像梦，可是……难道是柳欣她……他又不确定起来。

"商总，你昨晚就一直睡在办公室里吗？"柳欣问。

"不是的，我今天来早了，感觉有点困，就想睡个回笼觉，没想到……"就在这时，手机响了，商宇浩连忙抓过手机，是夏思楠打来的，迫不及待地按下接听键，"喂，思楠，你们还好吗？到家了吗？为什么不接我电话？都快急死我了！"

夏思楠的声音有点沙哑，说："我们已经到达医院。丰收在路上不停地打电话给他爸，结果耗尽了手机的电量，我的手机放在包里，下车时太过匆忙，结果忘在车上。不好意思啊，宇浩，让你们担心了。"

商宇浩连声说："没什么不好意思的，丰收呢？伯母怎样了？医生怎么说的？"

夏思楠顿了一下，黯然说道："婆婆已经过世，我们没来得及见着她老人家最后一面……"

商宇浩的脑中"轰"的一下一片空白，一下跌坐在沙发上，他最最担心的事还是发生了，这下丰收将会受到无比巨大的打击。他心中叫着："丰子，你要挺住啊！"

其实，昨晚丰收接到他爸爸打来的电话时，丰妈妈就已经过世，只是丰爸爸担心儿子受不了刺激，只说丰妈妈病重召他回家。

丰妈妈是长年的老胃病,早些年为了给儿子凑学费,胃痛、胃胀、不舒服也不肯去医院,就找草头郎中要些草药止痛,终于酿成大病。昨天快吃晚饭时,突然大口吐血,在乡亲邻居们的帮助下送到山外的县城救治,结果在半路上就咽了气。据医生初步诊断,丰妈妈很有可能是胃癌晚期。

丰收用了三天时间才缓过劲来,这三天时间里不吃不睡也不说话,也听不进任何人的劝慰,把身边的亲人们吓得不知所措。

这三天里,商宇浩一直在给他打电话,夏思楠就是接通后把手机放到他耳边,他也听不进去。直到第三天,当商宇浩再次打电话进来时,丰收终于用嘶哑的声音大叫了声:"老商,我对不起我妈!"呼天抢地的一声大哭,一头栽倒在地上。

听到丰收这一声大哭,在商宇浩心里整整压了三天的石头终于松了劲,他知道丰收已经从最最悲痛的心境中渐渐缓过劲来了。

逝者已去,遗憾因为无法弥补才让人揪心。丰收的心痛没有人可以帮他承担,也不是任何安慰的话语可以缓解的。对此,商宇浩有很深的体会,三年前,因为他前妻的疏忽,造成父亲突然离世,留下终生无法弥补的缺憾。他差不多用了三年的时间,才从悲伤和自责中走出来。别人以为他三年不谈情感,是因为走不出离婚的阴影,其实不然。

商宇浩从办公椅上站起身来,展开双臂伸了个懒腰。他外表沉稳,内心却并不坚强,不是个对什么事都很容易放得下的人,特别是涉及情感的人和事。丰收是他最好的朋友,朋友的无助和悲伤,他感同身受。

这三天他都没有心情处理公务,现在心情略好,几封电子邮件得抓紧时间处理。

谁知他才打开电子邮箱,就听到办公室的门被敲了几下,柳欣轻轻推开门，问："商总，有位名叫林正波的人要见您，请问见不见？"

"林正波？"商宇浩在脑海中快速搜索一下，确定"林正波"三字从没听说过，在生意场上有过往来的客户中，也没有这么一号人，说，"问他一下，若没有什么要紧的事，就说我现在没空。"

柳欣说："我问过了，但他说你一定会见他的，因为几天前他曾经和息小淘……哦，和商总的夫人一起吃过饭。"

商宇浩愣了一下，马上想起：林正波不正是息小淘的男闺密吗？不由得"嗷"了一声，却见柳欣一脸好奇的样子，就知道她对那句"和息小淘一起吃过饭"有了臆想，当即做出如梦方醒的样子，说："我一直叫他小林，都忘了他本名了，快叫他进来吧。"心中却忍不住好奇：小淘的"男闺密"来找自己，会有什么事呢？

林正波穿着水磨的深灰色牛仔裤，军绿色Ｖ字领修身长袖Ｔ恤，显得休闲而随意，明朗的笑容，清纯的目光，一股青春无敌的帅气自然流露。"商总你好，打扰你了，我是小淘的朋友，是很正常的男性朋友，不是……"他可能是怕商宇浩误会，所以在和息小淘的关系上想刻意表达得清楚一些，却发现这个关系很难描述。

商宇浩笑了起来，若此前没有偷听到林正波和息小淘的电话，这时骤然听他这么表明身份，难免会以为是息小淘的前男友找上门来。他连忙起身，把林正波让到沙发上，说："非常高兴认识你，我就叫你小林吧，很庆幸小淘有你这样的好朋友。"

林正波微微怔了一下，问："小淘有谈起过我吗？"

商宇浩这才发现自己说漏了嘴，笑笑说："小淘是个很真诚的女孩，她的朋友一定也错不了。"

林正波笑笑说："我今天来找你，小淘她并不知道。"

商宇浩心里也是这么估计的,否则息小淘肯定会提前知会他,说:"你找我有什么事就直说吧。"

林正波一笑,脸似乎微微红了一下,他来找商宇浩的原因,无非是想告诉他,息小淘对他是真心的,希望他能好好珍惜这份感情,同时还要告诉他,息小淘的内心也许并不如表面那么淡定,由于大学时的一场恋情对她造成的伤害过大,留下很难退却的后遗症,她是个内心缺乏安全感的女生,很需要他的呵护和理解。

可是当林正波面对商宇浩时,才发现对一个比自己年长许多岁,明显要成熟老练许多,气场又比他强大的男人说教,感觉自己嫩了点。同时也发现自己并不如想象中的那么镇定和自信,顿时有点如坐针毡的感觉。

商宇浩发觉到林正波的局促,笑着说:"小林,你是小淘的朋友,以后就是我们夫妻俩共同的朋友,有什么话就直说吧。"

林正波努力镇定了一下,说:"商总,小淘她很在乎你,她是真的想和你过一辈子,但她也是个很没有安全感的人,所以难免会控制不住自己的情绪。在认识你之前,她曾受到过严重伤害,所以很害怕再次受到打击。"

商宇浩已然明白林正波的来意,正色道:"我今年已经三十八岁,一生中最美好的时段即将过去,我已经没有太多的时光可以挥霍,家庭和睦,婚姻美满,对我来说尤为重要。如果你以为,人到中年心里就只剩下名利,我娶小淘为妻只不过是猎艳求欢,那你就错了。我此前有过一段不幸的婚姻,更懂得人间真情的可贵,我对真情的渴望比任何人都要强烈。所以,我一直在用我的真心,来换取小淘的真心,我相信她一定能感觉到。"

商宇浩说完后,很诚恳地望着林正波,四目相对。林正波从商宇浩的眼中看到了坦然，商宇浩则从林正波的眼中看到了释然。

　　林正波微微笑了下，他忽然发现自己不必再多说什么，话至于此，一切尽在不言中。

❼ 妈妈的男朋友

息小淘的爸妈和大哥息振业、大嫂赵萍，还有八岁的息婷婷，以及才出生两个多月的侄子、二哥息振涛，还有大姑、二姨、三舅妈、四表嫂及其儿子和五叔公及其小孙子，男女老少一行十多人，提着大包小包，浩浩荡荡，热闹非凡地来海宁走亲戚。队伍之壮观，声势之浩大，把小区保安惊得忙不迭地向物业公司申请加派人手，幸得商宇浩出面解释，才压住一场虚惊。

商妈妈此前听说过，有人家娶了外地媳妇，媳妇娘家人七大姑、八大姨，野战部队大行军似的来走亲戚，所过之处无不叹为观止，这回算是亲身经历了，看着家中一下子来了这么多的媳妇娘家人，把她老人家惊得差点大小便失禁。

偏偏这几天商宇浩公司的事又多，首先是云南客户的银包订单出了些问题，就产品的原料在山羊皮和绵羊皮上出现争议，当初签订合同时，没有特别注明用什么材料，按业内常规，一般就选用山羊皮。山羊皮的特点是比较耐磨耐用,实用性好。但它皮粒面层较为粗糙,平滑度也不如绵羊皮,手感稍差。所以客户想换成皮板轻薄柔软、手感好的绵羊皮。

这本来也没什么,反正客户愿意承担差价,可关键是企业裁剪师已经将这批银包裁剪出来了,这时再换皮板,损失惨重,就算客户愿意承担一部分损失,商宇浩也亏不起。所以得想出一个两全其美的法子,既让客户满意,自己也不吃亏。

其次,本地即将进入夏季用电高峰,电力紧张问题再次摆在面前,市相关部门提出有序用电方案,企业得避峰让电于民。这样一来,企业生产严重受到影响,本来就压得很紧的生产任务,更是雪上加霜。

商宇浩把家事全丢给息小淘和商妈妈,让她们婆媳好生招待客人,自己和公司、企业相关人员连夜商量应对策略。

可是商妈妈没见过这种阵势,看着满屋子的人,不知该怎么办才好,她帮息小淘侍弄好饭菜,吃过饭后,就找个借口躲了出去,找她的老姐妹说话聊天去了,一直挨到商鼎快放学时,才打了个电话给息小淘,说她已经到了校门口,让息小淘安心在家陪家人就是。

息小淘想到学校离家有一段路程,现在天也热了起来,担心他们祖孙俩走累了,就让父母家人在家里随便玩,自己开了车去接商妈妈和商鼎。

商妈妈见息小淘还能想着自己和商鼎,心里好不开心,谁知回到家一看,顿时就傻眼了。她才出门一下午,整个家就变样了,息家人带来的三个孩子一向在农村待着,从没见过这么富丽的居室,看着处处新鲜,楼上楼下一通疯玩,沙发倒了,盆景碎了,书架乱了……果皮纸屑满地都是。商家祖孙进门,吓得以为家里遭了劫匪。

息小淘心里也烦,没想到这三个孩子顽皮成这样,只得连声向商妈妈道歉,手忙脚乱地收拾屋子。息家的亲戚却任孩子们疯玩,看着他们傻笑，一点也不觉得难为情，大哥息振业还说，从没见过女儿玩得这么开心过，小淘家真是不错。

商妈妈暗暗生气，息小淘的娘家人也真是太不知趣了，但又不好挂在脸上，这点门面总是要装的。最后忍无可忍，打电话给商宇浩告状。

商宇浩知道母亲一向喜欢清静，爱卫生，听到家中闹成这样，他也无奈，毕竟小淘的娘家人第一次上门，总不好意思给人家立规矩吧。最后还是柳欣帮他出了个主意，可以安排这些亲戚出门游玩，这样一来，既尽到了做女婿的情分，又可以避免他们待在家里搞得一团糟。

商宇浩想了一下，感觉这主意不错，连忙让柳欣具体安排出游的细节。

柳欣出这个主意有她的用意。本来这种家务事不必她操心，招待息小淘的娘家人，应该是息小淘的分内事，可是息小淘非但没有安排好，还让商宇浩操心，更是让商家乱成一团，这从一个方面也说明息小淘不会持家。柳欣主动表现，立马就把息小淘给比了下去。

柳欣做了五年的助理，安排这点小事自然是不在话下。她让公司的商务车司机这几天带息家老小出门游玩，第一天先去盐官古镇，上午逛风情街，下午去观潮公园观看天下奇观海宁潮。第二天上午去袁花参观金庸旧居，中午去尖山枇杷园区采枇杷，在当地的农家乐吃过午饭后，再去尖山工业园区参观那里的海宁高点沙发城……

当柳欣把这些计划报告给商宇浩时，商宇浩连连点头，说："柳欣啊，真是谢谢你，安排得这么妥当。有时我常常想，要是你不在我身边，我的工作和生活不知会乱成怎样？"

这本是商宇浩感激柳欣的肺腑之言，哪知道柳欣听了后，非但没有半点欣喜的神色，眼圈反而红了，眼中露出哀怨的神情。

商宇浩把柳欣的情绪变化看在眼中，暗中吓了一跳，以为自己说错了话，忙说："我……我的意思是非常感谢你，没有别的意思……"

柳欣满心凄苦，心说："我一心为你，你却装聋作哑，息小淘除了比我年轻几岁，有哪一点比得上我？她既不能在家事上帮你排忧，又不能在公事上替你解难，还时不时地耍些小性子，增添你的烦恼。如果你当初选择的人是我，我会让你完全不必操心家务，安心事业，追求人生的最高峰。"

就算工作再忙，老丈人一家来走亲戚，总得陪陪他们。商宇浩放下一切公务，下班后准时赶回家中，他在茂源楼酒家订了两桌酒席，打算为老丈人一家接风洗尘。哪知道才到家门口，就听到家中传出哭闹声，连忙下车奔入家中一看，却见商鼎和息小淘娘家的三个小孩在大厅上扭作一团。

商鼎不像别的男孩子那么顽皮，给人感觉有点像女孩子似的挺文静。但这时的他却像头发怒的小豹子，一个人独斗息家三个小孩，大叫大嚷，其他的大人怎么劝也劝不住。

商宇浩快步上前，双手抓住商鼎的胳膊，一把将他给提了起来，沉声喝道："小鼎，你懂点礼貌好不好？怎么可以这么欺负三个弟弟妹妹？"

商鼎拼命挣扎，大叫："放我下来！爸爸，你不可以也帮着他们，明明是他们偷了我的东西，我又没错，为什么你们都说我不对？"

商宇浩把商鼎放了下来，说："首先他们是客人，待客之道你忘了吗？我以前和你说过好多次。其次，你比他们都要大些，为什么不能让着他们呢？还有，就算他们拿了你什么东西玩玩，现在还在我们家中，怎么能说是偷呢？你就不能大方点吗？你有什么了不起的东西，值得这么计较吗？"

商鼎满头是汗，一张小脸涨得通红，那副气急败坏的样子，像头斗红眼的斗牛，商宇浩还是第一次看到儿子急成这样。他问："到底是什么东西，大不了我明天再给你买一份不就是了吗？"

商鼎瞪着商宇浩不说话，目光却有点闪躲。

商宇浩再问："说啊，到底是什么东西？"

息小淘接口说："是个PSP游戏机，是小鼎的妈妈给他买的。"

息家的三个小孩在商鼎的房间里发现PSP游戏机，立刻被这个新鲜又好玩的东西给迷住了，三人轮流着玩，爱不释手。这个游戏机是施雅萍偷偷买给儿子的，商鼎喜欢得不得了，但他知道商宇浩怕影响他学习，不许他玩这类游戏机，所以一直隐瞒着，连他奶奶也不知道，没人注意时才偷偷拿出来玩一下。今天家中来了这么多的客人，家人围着这些客人转都来不及，没人顾及他，他写完作业后，躲进房间想偷偷过下瘾，却发现心爱的游戏机不见了，再仔细一找，结果在息家三个小孩那里找到了，顿时就起了冲突。

商宇浩了解了事情的经过，以及游戏机的来历后，心中好不生气，施雅萍为了笼络儿子，一味宠溺着商鼎，完全不顾这种游戏机玩上瘾后带来的不良后果。还有商鼎接受他妈妈的错误信息，有意对大人隐瞒，久而久之，势必变为一个不守诚信的人。他当即厉声对商鼎说："把游戏机给我，以后不许再接受你妈妈给你买的任何东西！"

商鼎把PSP游戏机往身后一藏，说："不给！这是妈妈给我的，你没权处置！"

商宇浩气坏了，冲上前一把夺过游戏机，往地上狠狠一摔，喝道："反了你！这么点年纪就犟成这样，我还治不了你？！"

"啪"的一声脆响，PSP游戏机在地砖上碎成好几块。

商鼎看着地上的碎片被吓得惊呆了。

商妈妈终究心疼孙子，埋怨商宇浩说："你就不能和小鼎好好说啊，总是这样乱发脾气，把孩子吓坏了怎么办？"

商鼎回过神来，见有奶奶撑腰，又见好不容易得到的游戏机没了，顿时大发脾气，指着商宇浩叫道："你从来都不管我，只会骂我，你有关心过我吗？别人的爸爸都会带他们出去玩，给他们买礼物，你给我买过什么？你只会说游戏机不能玩，电脑不能玩，这也不许，那也不许，那我能玩什么？你给我买啊！既然你这么不喜欢我，又为什么要我的抚养权，你还是把我还给妈妈吧，至少妈妈不会帮着别人来欺负我！"

商鼎对商宇浩有满肚子的怨气，平时忍着不说，这时心想，反正和老爸闹翻了，干脆一口气全倒了出来。

商宇浩平时工作太忙，实在顾不上儿子，知道自己这爸爸当得不够称职，心中不无愧疚地说："小鼎，爸爸对你的关心是少了点，可你现在这样子也太没管教了！"

商鼎豁出去了，大声说："你们不许我和妈妈见面，你又不关心我，自然没有人来管教我，我当然就是这个样子！"

息小淘说："小鼎，爸爸其实是很关心、很爱你的。不管他每天晚上回家有多晚，他总会去你房里看看你。这几天天气变化大，他怕你被子没盖好会着凉，睡到半夜总要去帮你盖被子……"

"他才不管我呢！他什么时候送过我去上学，接我放学？家长会他几乎从来都不参加，我们班主任还以为我跟着妈妈生活……"

息小淘的大哥息振业见商家父子吵成这样，说到底是他家孩子惹出来的，连忙出来打圆场，说："妹夫啊，是我们孩子不好，不能怪小鼎。"

转过头对商鼎说:"小鼎,游戏机坏了没事,我给你重新买一个,但你不能这么顶撞你爸爸……"

"不用你管!"息家的人把商家搞得一团糟,现在又因此连累到他失去了游戏机,商鼎对息家众人自然没好感,"这个PSP要一千多块钱了,你说得倒轻松,那赶紧赔啊!"

息振业以为一个小孩玩的游戏机,再贵也顶多两三百块钱,没想到竟然要一千多,不由得吓了一跳:"啊,一千多?"

息小淘见她大哥下不来台,忙对商鼎说:"小鼎,只要你每次都能考出好成绩,不要说PSP,就是电脑我都可以给你买。"

商鼎横了息小淘一眼,说:"你给我买?还不是用我爸的钱?你有多少钱啊,你的汽车不也是花我爸的钱?我妈说了,你嫁给我爸,就是贪图我家的钱财!"

商宇浩见息小淘的脸色一下就白了,再听商鼎当着息家众人的面说出这么难堪的话,连他自己都感觉无地自容,气得一巴掌打在商鼎的脸上,喝道:"你妈还教了你什么?!"

这是商鼎最近十多天里,第二次挨商宇浩的打,他却像被打习惯了似的,捂着脸,瞪着商宇浩既不说话,也不哭闹。

商妈妈心疼孙子,上前一把将商鼎搂在怀里,冲商宇浩大声说:"吓吓孩子也就算了,用得着打这么重吗?你也不用气恼,这些话是施雅萍教他的,又不是小鼎自己想出来的,他这么小的年纪能懂什么?你有气冲施雅萍去发吧!"

商鼎突然"哇"地大哭起来,奋力挣脱商妈妈的双臂,冲商宇浩叫道:"你不要我,我找妈妈去!"转身向门外就跑。

息小淘站在门口,眼疾手快,一把抓住商鼎的胳膊,说:"小鼎,不要走,你爸爸他不是故意的!"

自从息小淘和商宇浩结婚以来，商鼎对息小淘既不表现出任何亲近之意，也没表现出太多的排斥，纵然息小淘每天接他放学，他依然刻意保持着和她之间的疏离，这是他相对比较内向的性格决定的待人接物的方式。但他的心里，对息小淘介入他们的生活是极度的不欢迎。再加上这段日子以来，施雅萍在他耳旁不停地鼓吹息小淘危险论，对息小淘厌恶的情绪日积月累，这时终于爆发。他大声喝道："你给我滚开，滚得越远越好，在你来我家之前，我爸从没打过我，都是你害的！"说着猛地甩开息小淘的手。

息小淘这段日子没胃口吃东西，总是感觉疲软，这时被商鼎这么一甩，竟然把持不住身体，向旁边扑了出去。幸好商宇浩看得真切，一个箭步冲上来，张开双臂把息小淘揽在怀里，说："小心，淘淘，要不要紧？"

商鼎不顾一切地冲出家门，向外就跑。商妈妈急了，大叫："小鼎，快回来，快回来，别跑！"

商宇浩放开息小淘，说："你带着爸妈他们去饭店吃饭，我去把小鼎追回来。"

这时，华灯初上，暮色已经降临。商宇浩家所在的红笺别院，虽然离商业街还有一段距离，但入夜时分是整座城市一天中最最热闹的时刻。从他家出来没几百米就是一条主干道，道上行人不多，过往车辆却不少。

商鼎边哭边跑，一溜烟似的跑到大道上，他现在唯一能做的，就是去找他妈妈施雅萍。

施雅萍居住在南苑三里的一套公寓房里，这是她当年和商宇浩结婚后，为了过两人世界而特地买的一套小户型居室，直到几年后商宇浩在生意上赚了大钱，才又买了现在商家人居住的小别墅，让一家老小住在一起。施雅萍和商宇浩离婚后，南苑三里这套公寓房的产权归她所有。

离婚后的施雅萍日子不好过，虽然她娘家也有些产业，但她父母年岁已高，家中的生意都交到了她哥哥的手上。偏偏她嫂子是个精打细算的人，特别讨厌她这种花钱大手大脚又总想回娘家捞点油水的人，所以很不待见她。而她自己年轻时光顾着享受，什么特长也没有，能做的无非是去超市当营业员，累且不说，工资还低。她一心想傍个有钱的男人，让自己的下半辈子过得舒服点。可是世道变了，男人的心野着呢，女人再婚不易。和自己年纪相仿的单身男人，不管有钱没钱，目光都盯着二十出头的萝莉，难得遇到几个不计较自己岁数的，要不就是穷光蛋，要不就是总有这样那样的缺陷，她过不了自己心里的一关。找来找去，符合自己条件的，又不在意自己年龄的，差不多全是四五十岁的半老男人。

南苑三里和红笺别院隔了两个小区，有五六个道口。商鼎从家中跑出来后，知道商宇浩在后面追赶，抄小路一口气跑到南苑三里。

商鼎和其他离婚家庭的孩子不同，别的单亲孩子总会想方设法地撮合自己的父母复婚，他却清楚地知道，他爸妈是没有这一天的，他爷爷的死，是一道横在他爸妈之间的永远也无法逾越的鸿沟。

"当、当、当！"商鼎在施雅萍家的防盗铁门上重重敲了几下。

施雅萍正在家中吃饭，听到有人敲门，打开门来一看是商鼎，不由得一愣，好不意外地问："小鼎，你怎么来了？"

商鼎在路上时就已经止住了哭泣，他不愿在施雅萍面前露出懦弱相，但听施雅萍这么一问，心中的委屈一下子又冒了上来，眼圈顿时就红了，说："爸爸为了息小淘的娘家人打我，我以后跟你了，再也不回去了！"

"什么？商宇浩这王八蛋竟然为了息小淘那只小妖精打你？哼，看我不找他算账，好，你以后就……"忽然想到什么，脸上顿时露出尴尬的神色，"小鼎，那个……妈妈我……"

商鼎本以为施雅萍听到自己以后跟她，一定会高兴得不得了，哪知道施雅萍支支吾吾的，似乎不想打开防盗铁门让自己进去，高涨的情绪一下子就冷了下来，问："妈妈，你也不要我吗？你不是常常说很想我，很想和我在一起吗？"

施雅萍说："妈妈当然要你，做梦都想着我的小鼎，只是……只是……"脸上的不安更加明显。

商鼎说："既然要我，为什么不开门？"

施雅萍想想再不开门不行了，打开防盗门，让商鼎进去，说："小鼎，妈妈最近交了个男朋友，他就在家里……"

商鼎微微一怔，回过神来后，问："你也要结婚了吗？你结婚后是不是也像爸爸一样，不再爱我了？"边说边往屋里走。

施雅萍忙说："不是的，小鼎永远是妈妈的最爱。"她最近新交了男朋友后，两人同居在一起试婚。

那男人名叫王连成，是个开运输公司的老板，今年五十二岁，谢顶、将军肚、关公脸，此时正光着膀子坐在餐厅上喝老酒。

商鼎看着餐桌旁那又老又胖又丑的老男人，满脸震惊，问施雅萍："妈，这个老头就是你的男朋友？"

施雅萍尴尬得无地自容，说："小鼎，不许乱说，这位王叔叔人很好的，他最喜欢听话的小男孩……"

"不行！"商鼎突然大吼了一声，"妈妈，你不能找这么老的老头做男朋友，我不答应！"

王连成仗着有钱，一向自我感觉不错，特别在施雅萍面前，一直努力表现得很有青春活力的样子,被商鼎连说了两次老头,脸上有点挂不住了,说:"小鼎,王叔叔我其实年纪并不大,只是天天跑码头,被太阳晒得黑,所以看起来显老。"

商鼎才不管他面子挂不挂得住,对施雅萍说:"什么王叔叔,叫王爷爷差不多!妈,你看息小淘多年轻,爸娶了那么年轻的女人做老婆,你也一定要嫁个年轻的帅哥才行,不能让我爸和息小淘给比下去!"

王连成冷笑一声,对商鼎没好气地说:"你妈这种货色,也就我这种又老又丑的老头才肯要她,还想找个年轻的帅哥,等下辈子吧!"

商鼎大声说:"乱讲,我妈才不要你呢!"

王连成笑了起来,说:"那你问问你妈看,她要不要我?"

施雅萍满心凄苦,她何尝不想找个年轻点的,可是哪有这么容易。眼前的王连成虽然老了点,长得也丑了点,为人势利,一副暴发户的嘴脸,可是对她还算不错,出手大方,也舍得疼她,她已经好久没有享受到被人疼、被人宠的滋味了,所以暗中下定决心,要好好把握住眼前的幸福。

商鼎见施雅萍沉默着不表态,有点急了,说:"妈,你说话啊,你快把这老头赶出门去。"

施雅萍说:"小鼎,不许没礼貌!老师没教你不能以貌取人吗?妈的事你别管,你先说说,你爸为什么要打你……"

商鼎见施雅萍故意转移话题,又向着王连成说话,心想:"看来那个姓王的老男人说得没错,妈妈真要嫁给他了。"他顿时就急得跳了起来,大声说:"妈,你太差劲了,怎么可以嫁这么老的男人。他还能活几年啊,到时他死了,难道你再找人嫁啊……"

商鼎一再用话损着王连成,王连成的脸色明显不好看,而商鼎却是越说越不中听，施雅萍急了，大喝："住嘴！不许胡说！"

商鼎的犟脾气也上来了，喊得比他妈妈还大声："我偏要说，你不能嫁给一个快要死了的老头……"

施雅萍一巴掌甩了过去。

可怜的商鼎，流年不利，一天之中连吃两个巴掌，分别来自他一向认为最爱自己的爸爸和妈妈。

"你也打我！你们都打我！你和爸爸一样，结婚后也讨厌我了，我恨你们！"商鼎愤怒地尖声大叫。

施雅萍刚才是被气得快疯掉了，才会失去理智地打了商鼎一巴掌，打过后马上就后悔，忙说："小鼎，妈妈不该打你的，你原谅妈妈吧。"上前想搂住儿子。

商鼎的一张小脸涨得通红，一把推开施雅萍，大声说："我绝不原谅你！"拉开门就跑了出去。

"小鼎！"施雅萍想追出去，不料王连成发话了："这小孩一点规矩也没有，你就别管他了，让他回去他爸爸那里吧。"

施雅萍本想追出去，听王连成这么一说，不得不停下脚步，好声好气地说："老王，小鼎他毕竟还小，我怕他路上出事，你先吃饭吧，我出去看看就回来。"

商鼎幼小的心灵受到严重打击，爸爸不疼，妈妈不爱，感觉天大地大没有自己的容身之处，从南苑三里出来后，就往大街上跑去。

商宇浩追赶商鼎一路来到南苑三里，知道商鼎去了施雅萍家，他不想面对前妻。可以想象得到的是，两人见面后，她唯一能做的就是指责和怪怨。他此时实在没有好心情去承受这些，停留在南苑三里小区的大门口，寻思着该怎么把商鼎叫出来。忽然，他看到商鼎一路快跑出来，像是受了极大刺激似的往大街上冲。

"小鼎,小心!"商宇浩大叫了声,快步追上去。大街上车流不息,嘈杂的汽车声响把商宇浩的那声呼叫尽数淹没。

商鼎的心中翻来覆去地想着爸爸妈妈都不要我了,我该去哪里?根本就没听到商宇浩的呼叫声,也完全没意识到自己在大街上乱跑会有危险。

商宇浩吓坏了,见商鼎在大街上逆向而行,随时会被车流吞噬,拼了命似的冲上去,同时大吼了声:"小鼎危险!"

一道雪白的灯柱迎面打在商鼎的面上,他终于意识到自己走错了方向,心中一下子慌了神,连忙往路边闪,不料他闪得太快,一辆疾驶而来的黑色轿车避让不及,眼看着就要撞到商鼎的身上,吓得那司机怪声大吼,用尽全力踩下刹车。

一声刺耳的刹车声像一根锋利的芒刺,狠狠地插入路人的神经,让过往行人的心全都提了起来。变幻的光影中,一条巨大的人影飞了起来,倒在机动车道和非机动车道间的隔离带内。

那条飞出去的人影不是商鼎,而是商宇浩。

就在黑色轿车将要撞上商鼎的一刹那,商宇浩用快到无法想象的速度飞扑上来,双手抱起商鼎斜冲了出去。

一位中年男子从车上下来,惊魂未定地跑到商宇浩身前,叫着:"喂,你怎样?要不要紧?"

巨大的惯性作用使得商宇浩稳不住身形,倒在地上后,面部重重地撞上地面的水泥条块,额角起了个大包,鼻血直流。奋力爬起身后,商宇浩放开商鼎,把他全身上下仔细看了一遍,焦急地问:"小鼎,你要不要紧?"

商鼎被商宇浩护在怀里，除了受到惊吓，毫发无伤。他扬起发白的面孔，摇了摇头，说："没事的，我没事。"

司机见商宇浩满脸是血，不知他伤得有多严重，说："先报警还是先送你去医院？真是吓死我了！"

商宇浩擦了一下流淌不止的鼻血，说："没事的，只是流点鼻血，没多大问题。"

司机见商宇浩的伤势看上去吓人，回想到自己刚才刹车比较及时，感觉没撞上人，长舒了口气，对商鼎说："你这小鬼怎么可以在大街上乱跑，这样很危险的知不知道？"然后又指了一下商宇浩，"要不是这位叔叔冒着生命危险救你，你已经被我撞死了，知道吗？"

商鼎越想越是后怕，缩成一团不敢说话。

商宇浩对那司机说："对不起，对不起，是我没管教好小孩，以后一定注意。"

司机这才知道商宇浩是肇事小孩的爸爸，顿时火气就冒了上来，大声说："你是怎么管教小孩的？要是出事了怎么办？自己不想好好过日子，可别连累到别人，老子差点就成了冤大头！"然后，他骂骂咧咧地上车开走了。

商鼎这时才回过神来，见商宇浩满脸是血，吓得哭了起来，说："爸爸，都是我不好，害你受伤了，你会不会死啊？"

商宇浩笑笑说："没事的，儿子，你老爸的命硬着呢，暂时死不了。不过，你要是再不听话，到处乱跑，爸爸不被车撞死，也会被你吓死的。"

商鼎发脾气是因为他觉得爸妈都不要他了，现在见商宇浩为了救自己差点没命，想到爸爸还是很在乎自己的，憋在心中的那点怨气早没了，说："我再也不敢闯祸了，爸爸，你要不要紧？脸上全是血。"

"没事,陪爸爸去医院吧,止下血应该就没事了。"

父子俩从医院出来,商宇浩找了家小饭馆,父子俩吃过饭后回家,息小淘他们也已经从饭店回来,众人见到商宇浩又红又肿的额头都吓了一跳,七嘴八舌地问他发生了什么事,商宇浩只说自己不小心摔了一跤,没什么大碍。

这么多的人晚上睡觉又成问题,商宇浩本想去酒店开几个房间,但息小淘的爸妈说什么也不同意,说,去女儿家串门,哪有睡宾馆酒店的?显得多生分,他们宁愿睡地板,也不愿出去睡。

息小淘也不想父母家人去宾馆睡,就把家中的几个房间腾出来,把她和商宇浩的房间让她妈和大嫂睡,息小淘和其他几个女亲戚睡客房,男亲戚们在书房里打地铺,商宇浩则被挤到了客厅的沙发上。

那沙发看着又宽又软,但躺在上面高低不平,一点也不舒服,商宇浩躺了没多大一会儿就觉得腰酸背疼,浑身不自在。再加上外面的路灯光透过落地玻璃窗照进来,忽明忽暗,光影斑驳,让人无法静下心来。翻来翻去地到了半夜也还是睡不着,心中寻思着,才第一天就累成这样,要是连着几夜睡不好,身体怎么吃得消?迷迷糊糊中听到身边有轻微的声响,睁开眼一看,只见商鼎静静地站在沙发边。忙坐起身来问:"小鼎,怎么啦?还不快去睡,明天还要上学呢。"

商鼎说:"爸爸,你是不是睡得很不舒服啊?"

商宇浩说:"没事,爸爸不怕。"

商鼎顿了一下,说:"爸爸,你去我房间,和我一起睡吧。你已经好几年没和小鼎一起睡了,我要你抱着我睡,好不好?"

商宇浩笑了,想了一下,说:"行,小鼎,爸爸很喜欢抱着你睡。"心里感慨良多,儿子虽小,却很懂事,只要施雅萍不把他往坏处带,长大后一定是个有责任心的人。

8 意外的惊喜

丰收在老家操办母亲的丧事，前后待了十天左右，才回到海宁。他考虑到母亲的丧事过后，姐姐自然要回去厦门丈夫家，家中只剩下老父亲一人。他爸爸又有心脏病，随时会有危险，把他一个人留在家中不放心，在征求过夏思楠的意见后，决定把老父亲带回海宁，随他们以及夏家二老一起居住。

丰收家的房子是一百三十多平方米的大户型公寓房，三室两厅、两卫一厨，三个房间分别是夏家二老、丰收夫妇和女儿夏逸飘的房间。幸好装修时，丰收很有远见地缩小客厅面积，并把阳台打通，隔出一间几平方的小书房，刚好用来安置丰爸爸。所以在居住上，丰爸爸的到来并没有给夏家带来多大的麻烦。

商宇浩这两天感觉清闲了点，他妈妈见家中乱成这样，又不好意思多说什么，干脆趁双休日，带着商鼎回乡下走亲戚去了，来个眼不见心不烦。息小淘的娘家人由她每天带着出门游玩，倒也玩得开心尽兴。

商宇浩知道丰爸爸定居海宁，去商场买了些礼物上门看望。几年没见，丰爸爸又苍老了不少，神情似乎有点恍惚。幸好还认得商宇浩，拉着他的手很是高兴。可是丰收的样子却让商宇浩很不放心，母亲的突然过世对他的打击太大，人都瘦了一大圈，眼底的伤痛积攒得太多，只怕很难在短时间内恢复过来。

再想到丰收在夏家的日子并不好过，夏家二老对女婿百般挑剔，横看竖看不顺眼，时不时地起冲突，丰收不忍令夏思楠为难，处处强忍着，弄得满腹委屈。

现在丰爸爸住进夏家，能被夏家二老接受吗？会不会让本来就紧张的家庭矛盾升级呢？丰爸爸风烛残年，要是让他再受到什么委屈，真的让人于心不忍啊。

商宇浩和丰爸爸谈了一会儿家常，又和夏家二老聊了会儿。夏思楠的爸爸夏立国曾在市教育部门担任过要职，他生性不苟言笑，做人也比较刻板，任职期间刚愎自用，上不讨主管部门的欢心，下不受属下的拥戴，很快就退居二线，但他一向自视甚高，在家中也是说一不二。

夏家二老对商宇浩的印象还是不错的，当初商宇浩和夏思楠一起上大学时，两人经常相约一起去学校，放假了也是一起回来。当时认识他们的人，包括夏家二老，都认定他们是很般配的一对，直至后来丰收和夏思楠成婚多年以后，每次家中起了冲突，二老私下闲聊，也会不自觉地拿丰收和商宇浩做比较，总是很固执地认为夏思楠当初选错了人，因为他们认为商宇浩更适合做他们夏家的女婿。

商宇浩从和夏家二老的交谈中，感觉到二老对丰爸爸的到来不太欢迎，只不过碍于情面，不好意思表露出来，这让商宇浩的心里很不踏实。

商宇浩辞别夏家三位老人，回到公司，柳欣告诉他佟二堡威达皮革的协议书已经快递过来了，商宇浩拿过协议一看，不由得长舒一口气，云南客户的那批银包临阵调换原材料的难题终于圆满解决。

云南客户要求把银包的原材料由山羊皮换成绵羊皮，可是微蓝这边已经把原辅材料裁剪出来，如果满足云南客户的需求，公司势必造成很大的损失。但若坚决不答应对方的要求，只怕以后没法长期合作。

商宇浩试着和佟二堡的威达公司做了沟通，表示愿意以成本价处理这批银包，并把样品寄了过去。这批银包的款式不错，很适合年轻的都市男女。威达那边对市场做了调查分析后，对银包的前景比较看好，微蓝开出的价格又很诱人，自然是一拍即合。

商宇浩马上亲自给云南客户通了电话，告知对方问题已经解决，微蓝这边将全面配合对方的需求。云南客户非常满意，当即表示要追加订单。

挂了电话后，商宇浩心中感慨颇多，只要能设身处地地多为客户着想，生意一定能越做越顺。就拿这次的事件来说，如果微蓝这边仗着合同在手，坚决不答应云南客户临时更换原材料，或非得让对方承担全部损失，相信云南客户也不好多说什么。但这个客户也就这么一次合作机会，以后对方铁定不会再和微蓝合作。如今他多费些心思，想方设法地帮对方解决困难，不但成功化解了一个公关上的难题，彻底赢得云南客户的信任，拉住一位长期客商，最后还取得三方共赢的局面，这是多么难得的好结果。

商宇浩坐在办公桌前喝着咖啡，心情随着弥漫开来的香气越来越好。忽然，他听到办公室外，柳欣正在和什么人大声吵闹着，不由得觉得奇怪，柳欣为人处事一向很有分寸，几年来从没见她和谁红过脸，不知是谁招惹到了她。

打开办公室的门，外面的声音更加清晰，只听得柳欣说："你不表明身份，我就不让你见商总，不管你的后台有多硬。我得为商总负责，也得为我的工作负责。"

那人嘻嘻笑了几声，说："说得还一套一套的。喂，美女，别绷着脸唬人，等你知道我的身份，可别吓破了胆子，那样我会过意不去的。"

商宇浩觉得那人说话的声音有点像息小淘的二哥息振涛，连忙走出门去，不等他仔细辨认，息振涛就已看到商宇浩，一个箭步蹿上来，在他的肩膀上重重拍了一下，大叫了声："妹夫，你的架子也太大了吧，见你简直比见国家元首还要难！"

息家三兄妹中，老大息振业长得像他爸，国字脸，阔嘴薄唇，浓眉大眼的，很有男人气。息振涛和息小淘都像他们的母亲，两人面相有六七分相似。息振涛眉清目秀，唇红齿白，他不说话扮酷的时候，有种帅气逼人的感觉，但只是一开口，浑身上下就透着痞气。说心里话，商宇浩真的很不喜欢他这副吊儿郎当的德行。

最要命的是息振涛今年才二十八岁，不多不少刚好比商宇浩小十岁，商宇浩却要称呼他二哥，这真的让商宇浩有点叫不出口。

息振涛却好像怕别人不知道商宇浩是他妹夫似的，嚷得特大声："妹夫，你这里真是气派，我看着舒服！"他刚才直闯进来找商宇浩，柳欣不认识他，就仔细盘问了下。谁知息振涛见柳欣长得漂亮，特别是她皱着眉头，生气时瞪着眼珠嘟着嘴，那样子似嗔似娇，令他心里痒痒的，就故意不表明身份，有意和她玩闹。

商宇浩问："今天怎么不跟着小淘出去玩，来我这里有什么事吗？"

息振涛说:"这两天已经玩得挺尽兴的,不想再玩了。"

商宇浩笑笑说:"玩得开心就好。"

息振涛说:"是挺开心的,我已经喜欢上海宁了,真是个好地方!妹夫,你给我在你公司安排份工作吧,我想留在这里了。"

商宇浩一怔,息振涛这个要求提得太过突然,让他一时有点措手不及。

柳欣刚被息振涛戏弄了一番,心中有气,这时忍不住大声说:"公司除了保洁员,别的员工最最起码也得大学本科,请问你是什么学历?"

息振涛咧嘴一笑,说:"我就是来应聘做保洁员的,你看我身强体壮的,有的是力气,怎样?美女。"

商宇浩笑笑说:"别和柳欣开玩笑了,她还有好多事要忙呢。你们明天就要回老家了,下午让小淘给你们买点东西带回家去吧。"他想转移话题。

谁知息振涛不依不饶,说:"我说的是真的,我真的想留在海宁发展。你是我的亲妹夫,你总不会不愿意帮我吧?"

商宇浩已无法回避,说:"这个么,等我回家后和小淘商量一下再说吧。"

息振涛说:"你是公司老总,用不用我,还不是你一句话?"

商宇浩说:"我不是这个意思。爸妈的岁数大了,身体又不是很好,家中需要有人照顾。现在大嫂刚生完孩子,大哥照顾她都来不及,只怕顾不着二老,所以……"

息振涛笑了起来,说:"原来是担心这个啊,放心吧,我已经和咱爸妈说过了,他们都同意我留下,还帮我和小淘说过了,说希望你能带带我,将来我有出息了,也为我息家争点光。"

柳欣看出商宇浩似乎不太待见息振涛,她因为息小淘的原因,对息振涛自然也不欢迎，抢着说："公司里现在实行无纸化办公，起码得拥有计算机二级以上等级证书，否则你根本就什么也干不了。"

息振涛嬉皮笑脸地看着柳欣，说："除了上网聊天，别的我是不会。不过没关系，我这人一向虚心好学，以后就拜你为师，争取早日拿到计算机等级证书。嘿嘿，有美女当师傅，学什么都得心应手。"

晚上，商宇浩和息小淘说了息振涛的事。息小淘说："我也正想和你说这事呢。爸妈的意思也是希望你能提携他一下，二哥他在家除了惹事，从来都是不务正业，再这样下去也不是办法。我知道这样会让你为难，不过你不帮他，就没人能帮他了。"

息振涛仗着自己有副好皮囊，到处留情，却没个正经，息家二老对他十分头痛。息小淘自然也希望娘家兄长能争气些，有点出息。

商宇浩想了一下，说："他现在什么也不会，公司实在安排不了什么职位。他如果这个样子进公司，别的员工只会认定他是依靠裙带关系进来的，没人会瞧得起他，而且对我也不好，他们会认为我任人唯亲，这样，对公司的发展很不利。"

息小淘听他这么说，就知道他必定还有下文，点头说道："这个我明白，你可以让他从基层学起。"

商宇浩是想让息振涛先去卓远那边历练一番，一来可以熟悉一下环境，了解工序，明白企业和公司的运作方式；二来可以趁这段时间学习计算机的操作运用，如果日后他一定要来公司上班，也好先打下基础。当然，他还要趁这段时间了解息振涛的各方面能力，以便安排适合他的工种。

息小淘清楚自家二哥的情况，知道这人只是个绣花枕头，中看不中用。商宇浩肯留下他就已经不错了，不好再坚持。去和息振涛讲了一下，息振涛搞不清公司和企业间有什么不同，想到自己的实际状况，再加上息家二老在一旁敦促他答应，也就不好过于挑剔，只是想到不能每天见到柳欣这样的大美女，心中不免有点遗憾，不过他眼珠子一转，马上就想好了应对之策。

息小淘的娘家人终于完成来海宁走亲戚的全部行程，提着息小淘为他们精心准备的礼物，欢天喜地地回老家去了。息振涛在商宇浩的安排下去了卓远，先在成品仓库当管理员。

息振涛老大不情愿，心想自己年纪轻轻做个仓管员，说出去好没面子。谁知上岗半天，才惊愕地发现，自己竟然连这个仓管员也无法胜任。现在的仓库全是数字化管理模式，管理软件烦琐而细碎，他像个木头一样坐在电脑前，除了开机关机别的什么也不会。掏出手机给柳欣打了个电话，要她马上过来教自己。

柳欣刚好有事要去卓远，就让息振涛安心等在那里，自己马上过去，会安排人员教他如何操作计算机。

丰爸爸来到夏家才三天，就感受到寄人篱下的辛酸，天天吃着夏家二老甩出的冷面饼，又不敢在丰收面前表露出来，怕儿子左右为难，有苦只能往肚里咽。

丰收下班后，见老父亲躲在房里，神情木讷，眼角似乎有泪痕，不由得吓了一跳。忙问他发生什么事了，丰爸爸支吾着说自己只是想家了，想回去。

丰收见老父亲目光闪烁，知道有内情，去书房问正在做作业的女儿夏逸飘发生了什么事。

夏逸飘和商鼎同岁，相比之下，女孩子似乎在心智方面成熟得更早些。她很小时候就清楚自己爸爸在夏家的处境,也许是出于父女天性,也有可能是她天生同情弱者,父女俩相处得比较好,她对夏家二老对丰收的苛刻责难一向反感。

夏逸飘说:"是因为我放学后,陪江西爷爷说了几句话,爷爷就怪江西爷爷妨碍我学习,结果两位爷爷吵了起来,爷爷和奶奶让江西爷爷滚回江西,不要待在这里妨碍我们生活……"

丰收气得脸都青了,快步走到正坐在客厅上看晚报的夏立国面前,大声说:"爸,飘飘也是我爸的亲孙女,他和自己孙女说几句话有什么错?"

夏立国冷冷地说:"飘飘姓夏不姓丰,是我们夏家的孙女,再说这里是我的家,我说了算!"

丰收气得直喘粗气,额头青筋根根突起,嗓门就更响了,说:"请你不要这么霸道好不好?这些年来,不管你怎么作践我,看在思楠的分上我都忍了,但请你不要用这样的态度对待我爸爸,他是我的亲爸,我不能在他跟前尽孝已经很不安,我不想让他受到半点委屈!"

夏立国的火气也上来了,"噌"的一下从椅子上站起身来,吼得更大声:"把我说得跟周扒皮似的,我有这么坏吗?没人让你忍着,你可以去过你的好日子。就你这能耐,能做什么?你现在的饭碗,还不是我帮你争取的?不思进取,不知感恩!我们夏家什么地方亏待了你?再说,你的爸爸用得着我来供养吗?你想尽孝,有本事买幢房子把他供起来啊!"

这是丰收和夏思楠结婚十多年来,翁婿俩第一次发生正面冲突。夏思楠正在厨房里准备晚饭,听到争吵连忙跑出来,看着脸红脖子粗的老爸和老公,不知道该劝谁,心中一急,眼泪一下子就涌了下来。

丰收气得浑身直哆嗦,吼道:"我知道你们横竖看我不顺眼,就你们这种脾气，没人会受得了！"

夏立国大声说："你受不了？我还受不了了呢，你听说过有谁家招个女婿上门，还拖个老的来吗？"

丰收说："就算我上你家做女婿，也不等于我就可以不养我爸了……"

夏逸飘突然大叫了起来："不好了，江西爷爷晕过去了！"

商宇浩接到夏思楠的电话，才知道丰爸爸心脏病发作，被送入医院急救，连忙驱车赶过去。

丰收坐在急救室外的墙脚边，双目无神，一副痛不欲生的样子。夏思楠像犯了重大的错误，看着丰收，满脸的焦急和无助。夏逸飘蹲在丰收的身旁，两手紧紧地抱住他的一条胳膊，不时地叫着爸爸。

夏思楠看到商宇浩出现在走廊的那头，像看到救世主降临，一路小跑过去，叫着："宇浩，你快劝劝丰收吧，他这个样子，我看着害怕。"

商宇浩大致了解事情发生的经过，在心中暗叹一口气，这样的结果几天前他就有所预料，只是没想到事情会这么严重。

商宇浩上前拍拍丰收的肩膀，说："丰子，别这样，你们送医院送得这么及时，伯父他肯定不会有事的。"

丰收目光木讷地看向商宇浩，嘴唇颤抖着说："要是我爸也有个三长两短，我……我也活不下去了。"

"别胡说了，事情不会这么严重，千万别自己吓自己。"商宇浩明白丰收的心境，暗中更加着急。丰爸爸的心脏病已经好多年了，一直没有接受正规的治疗，这次受到刺激，但愿不要出大事才好，否则只怕丰收这辈子都过不了这道坎。

丰收突然低声哭了起来，说："老商，我感觉自己真的很没用，连自己的父母都照养不了，我算什么男人！"

丰收这么一哭，夏思楠在一旁也跟着哭了起来，说："丰收，你不要这样说，是我不好，是我让你受了这么多的委屈。"

商宇浩说："你们都别哭了，丰子心里的苦我都明白，真是惭愧，我一直都帮不上你什么。思楠其实更不容易，夹在父母和老公之间，有苦难言。"

这些年来，丰收和夏家二老不能和睦相处，但他对夏思楠从没有过半句怨言，他心里也清楚夏思楠的左右为难。他伸出一只手搂住夏思楠，哭着说："我不怪你，只怪我自己没用……"

急救室的门开了，一名护士走了出来，众人连忙围上前打听情况。护士说："是由于情绪激动而引发心梗，幸好送来得比较及时，现在已经抢救过来，病人需要留院观察几天，家属等一下去办公室拿了住院单后去办理住院手续。"

众人都长舒了口气，丰收更是像虚脱了一样，念佛似的连声说着："谢谢你们，谢谢你们……"

息小淘这些天心境平和，创作状态不错，一口气把将要参加皮革城创意大赛的设计稿给赶了出来。她以时尚女包为载体，一个系列共十个款式，时尚而不失典雅，温婉中又流露着大气，她给这组作品取名为"风起钱塘"。息小淘越看越是欢喜，这无疑是她出道至今，设计出来的最让自己满意的作品。

她把十件作品的设计稿拷入U盘，然后带了U盘驱车直奔微蓝，她要亲自把设计稿给商宇浩送去，她相信他一定会满意的。

只是令她没想到的是，商宇浩不在公司。皮革城召开参加创意大赛各商家会议，他开会去了。小淘却在商宇浩的办公室里看到了自己的二哥息振涛。

息振涛坐在商宇浩的办公椅上，玩弄着商宇浩的手提电脑，柳欣黑着脸站在一旁，满脸愤懑。

"二哥，你怎么在这里？不上班吗？"

息振涛满不在乎地说："是啊，现在就是上班。仓库管理的软件我不会用，这不是来向柳欣请教吗？"

息小淘说："那边没人教你吗？怎么可以麻烦柳助理，她每天也有很多事要忙的。"

"那边没人真心教我，他们巴不得我出洋相，才好看笑话，只有柳欣是真心帮我，她教得也耐心，我听得明白。"

柳欣的表情看不出有半点耐心，脸上分明写着敢怒不怒言。

息小淘说："就算你要向柳助理请教，那也得在她有空的时候，你不能打扰她的工作。而且现在是上班时间，你这么擅离职守就是失职，要接受处罚的。"

息振涛很得意地笑了起来，说："我是商宇浩的二大舅，谁敢处罚我啊，哈哈，那些人拍我马屁都还来不及呢。"

息小淘气得直跺脚，说："你怎么可以这样啊，这是在丢我娘家人的脸，你知不知道？"

息振涛见妹妹真生气了，也不敢再胡闹，说："行，知道，我把这个表格再试一遍就回去上班，你放心吧。"

息小淘说："以后你要学电脑，就用我的那个电脑，不要来这里，这是宇浩的办公电脑，你不能随便用的。"

息振涛嘴一撇，说："知道啦，商夫人。"顿了一下，又说："淘淘，你不是在家赶什么参赛稿吗？怎么跑这里来了，是不是赶出来了？"

息小淘点了下头，说："是的，本来想请宇浩看看，没想到他出去了。"

柳欣说："小淘，你的创意稿设计出来了！真是太好了！今天上午开会时，商总对设计部送上来的几组稿件还是不满意，大伙都一筹莫展，我们都指望着你呢，你设计得肯定不错！"

息小淘因为此前对柳欣有过误会，还泼过她咖啡，见面难免有点尴尬，这时见她不计前嫌，心情也就放开了。说："昨晚宇浩已经看过稿件了，觉得还不错，不过还是提出了几处修改建议，今天上午我按他的意见，又根据整组作品的风格做了修改，不知他能不能满意。"

息振涛说："你先拿出来让柳欣看看呗，有不妥当的地方再改改。"

息小淘欣喜地说："行。"从包中拿出U盘，插入商宇浩的电脑。息振涛点开可移动盘后，十件作品一一展示出来。

柳欣在心中不得不承认，息小淘设计的这个系列确实是构思巧妙，别具匠心，令人眼前一亮。

息振涛装作很内行的样子，不住点头，说："淘淘，二哥我真是太佩服你了，你这脑袋瓜子是怎么长出来的啊？"

柳欣说："你家的天分都让你妹妹一个人得去了，你啊，金玉其外！"

息振涛哈哈一笑，说："我自然也有不少优点，只不过你还没见识我的好而已，别急哈，我会让你慢慢感受到我有多好的。"

柳欣脸色一沉，说："你好不好关我什么事？还不快回厂里去，商总也该要回来了，你这么乱动他的办公电脑，会连累到我受罚的。"

息振涛说："他是我妹夫，我怕他干什么？你放心吧，他要是敢为难你，你就告诉我，我会帮你出头。"

息小淘说："二哥，你就别胡闹了，这是公司，公司有公司的规章制度，谁也不能乱来，你没看到宇浩他每天都是准时上下班吗？就算他是老总也得遵守制度。"

"我知道，我知道，再玩一会儿就回去。"

息振涛从小就让全家人头痛，息小淘管不住他，心想在商宇浩面前他是不敢太放肆的。看了下手表快到商鼎放学时间了，就又交代了息振涛几句，离开微蓝直接去学校接孩子去了。

商宇浩从皮革城开完会出来，又去医院看望丰爸爸。

为了照顾丰爸爸，夏思楠这几天特地请了假，每天都守在她公公的病床前。这让老人家既心酸又欣慰，虽然夏家二老对自己不怎么样，但这个儿媳妇却是好得没话说。老人也知道夏思楠的为难之处，反过来安慰她不用为自己担心。

商宇浩见老人经过几天的治疗，身体状况明显好转，悬着的心总算放下。他陪老人说着话，让夏思楠早点回家去，家中还有老人孩子，同样离不开她。

丰爸爸也说："思楠，你就早点回家吧，反正丰子也快下班过来了，家里孩子等着你呢。"

夏思楠说："爸，你晚上想吃什么？我去给你买好了再走。"

丰爸爸说："什么都不想吃，你不用想着我，我现在已经全好了，明天就可以出院，你快回去吧。"

商宇浩也让夏思楠早点回家，他会等丰收来了再走。夏思楠见有商宇浩在，也就安心地回家去了。没过多大一会儿，丰收下班赶了过来，他给老人买来了馄饨和黑米粥。

这几天丰收除了上班，其余的时间都待在医院里，晚上也陪在老父亲的床前，人都憔悴了不少。

丰爸爸吃过晚餐后，说："丰子，你今天就回家去睡吧，我已经没事了。"

丰收说："没事，我不累。爸，你先憩着，我和宇浩出去吃饭，晚一点再回来。"说完拉了商宇浩就走。

两人从医院出来，开车去了逍遥城，这是一处集餐饮、娱乐、休闲于一体的大型娱乐场所。这个时段刚好是逍遥城一天中生意最好的时段，所有的包厢都已经客满。两人只能在大厅里找了个座位坐下，叫了酒菜，商宇浩问丰收是不是有什么事要和他说。

丰收点头说："我爸明天或后天就可以出院，我不想他再回去和思楠的爸妈住在一块，免得再起冲突。你也知道，我爸现在的身体状况不能再出差错，所以我想在外面租间房子，搬出去住。"

"这样好吗？你和思楠商量过了吗？你是不是也打算搬出去和伯父一起居住？"

"那当然，否则我爸一个人居住，我怎么放得下心？我还没和思楠说过，想先听听你的意见。"

商宇浩想了一下，说："我觉得这样不妥。首先，思楠她也需要照顾父母，她是不可能和你一起搬出去住的。如果你一个人搬出去，这算什么？人家会以为你们离婚了，我想伯父也不会答应。其次，这样一来，你们父子和思楠爸妈算是彻底翻了脸，感情受损，只会越闹越僵，再没回旋的余地。还有，我听思楠说过，她爸妈已经有点后悔了，也很担心你爸会出事。如果真是这样，你就不要太任性，免得闹到无法收拾的地步。"

"我任性？"丰收突然激动起来，"老商，我的处境，我心里的苦你是全知道的，我可以任性吗……"

"我说错了，我说错了，丰子，你先别激动。我的意思是你先考虑清楚，你们毕竟是一家人，以后还要在一起生活的，别弄得太僵。"

"那我能怎样？我总不能再拿我爸的性命去赌思楠爸妈的良心再现吧？我爸这次是捡回了一条命，如果以后再发生这样的事，还能这么幸运吗？思楠爸爸的脾气你是知道的，他有可能改变吗？"

商宇浩当然知道丰收说的这一切并无虚言，可要是他真的在外面租房子安置丰爸爸，老人的心里一定会比谁都难过。说："要不和思楠的爸妈再好好沟通一下，看看……"

"不必了！"丰收说得很干脆，"我已经死了心了，别的我都可以忍，唯独在善待我爸这件事上，我绝不让步，他老人家为儿女苦了一辈子，从没享过一天福，临老了连个栖身的地方都没有，我真是太没用了……"眼圈顿时又红了起来。

商宇浩想了一下，说："伯父他身体还是挺虚的，不如让他在医院多待上一天吧，我想……"

"你是不是想去和思楠的爸妈说说？省省吧，没用的，江山易改，禀性难移，我算是看穿了。说到底，都怪我没用，一个男人活到我这分上，真他妈的太窝囊了！"说着端起酒杯，一口气全灌了下去。

商宇浩见他情绪又激动起来，忙说："丰子，你别这样，其实思楠一直很感激你的，你为了她家牺牲太多……"正说着，电话响了起来，拿出来一看，竟然是柳欣打过来。

"柳欣，怎么啦？你还在公司加班吗？"

"商总，不好了，我……我对不起你，出大事了。"柳欣的声音中透着不安。

商宇浩心头一惊，柳欣一向沉稳，在商场上经过几年的历练，虽然还达不到荣辱不惊的境界，但很少会出现这么慌乱的情况。忙问道："出什么事了？"

柳欣说："这事关系到小淘，她帮公司设计的参加创意大赛的原创稿件外泄，都是我不好，我现在心很乱，不知该怎么向你们交代了。"

商宇浩吃了一惊，息小淘帮公司设计的参赛稿他昨天看过了，虽然有几个地方还需要修改下，但整组作品意境高远，把艺术和商业元素结合得非常完美，是一组不可多得的好作品。"你现在还在公司吗？我马上过来。"

丰收见商宇浩眉头紧锁，忙说："怎么了？公司有事你就快回去吧，不必为我担心，我的事我自己会解决。"

商宇浩站起身来拍拍丰收的肩膀说："你也早点回去吧，别喝醉了误事，至于你在外面租房的事，明天再说吧，不要急着做决定。"

"行，知道了。"

事情比商宇浩担心的要糟糕许多。息小淘精心设计出的那一组参赛作品"风起钱塘"，一个系列十件作品的设计草图，一张不漏地出现在微蓝公司的官方微博上。

息小淘的这组作品真的很出色，一出现在网上，立刻引来同行的围观，才几个小时就已经被转贴上百次。也就是说，她辛苦近一个月设计出来的作品已经不能再用了。

"这是怎么回事？小淘的设计稿是谁发布到公司微博上去的？"商宇浩沉着脸问柳欣。

第八章 意外的惊喜

柳欣本来已经下班，在家里正在吃晚饭，接到同事的电话才知道出了事，打开电脑一看，顿时惊出一身冷汗，连忙给商宇浩打电话通报情况，然后赶来公司等商宇浩商量对策。"是……是小淘的哥哥息振涛弄上去的，不过是我不好，不该让他用你的电脑。"

原来，商宇浩的电脑收藏夹中收藏着公司微博的地址，只要点开链接，就处于自动登录状态。下午息小淘来公司时，把她的设计稿在商宇浩的电脑上打开来看，离开时又忘了删除图片，后来被息振涛这只电脑菜鸟乱点一气，不知怎么着竟然把这些草图全贴到公司的微博上去了。

柳欣说："商总，是我失职，不该让息振涛用您的电脑，可是我阻止不了他……"她都快哭了。进公司五年来，她还从没出过这么大的疏漏。

商宇浩忙问："这事小淘知道了吗？"

柳欣说："现在还不知道，不过她可能会马上知道。我刚刚打电话给息振涛把他骂了一顿，不知他会不会……"

商宇浩叫声："糟了。"再也顾不得多说什么，奔出办公室以最快的速度赶回家去。

息小淘这几天身体不太舒服，下午去公司走了一趟，又去学校接商鼎放学，回家后感觉头晕恶心，连晚饭也没吃就上床睡觉了。

商宇浩上楼进房见息小淘还睡在床上没醒，心里稍安，寻思着该怎么向她说稿件外泄的事。心里好不气恼，离创意大赛的时间越来越近，公司到现在都还没有定下参赛作品，本来他很满意息小淘设计的这个系列，现在可好，又成了废稿。

忽然，他听到房门上响了几声，回过头去一看，见是息振涛。卓远那边替息振涛在厂里安排了宿舍，但他嫌那里不够安静，不上夜班时依然住在商家的客房里。

商宇浩见息振涛有些不安，就知道他要和自己说稿件的事，忙快步走出去，问："怎么了？"看着眼前这张和息小淘有六七分相似的脸，心中不由得暗叹，一母所生的同胞兄妹，两人的性格怎么就相差这么大？

息振涛说："妹夫，我不是故意的，我也不知道是怎么把稿件贴到微博上去的，柳欣说这些稿件全都作废，不能再用了，她老是吓唬我，这到底是不是真的？"

商宇浩说："是真的，你以后不能再随便用我的电脑，我电脑里有很多公司的机密，泄露出去会出大事的。"

息振涛有点不以为然地说："吓唬我吧？看你这么紧张，公司是不是偷税漏税啊？再说，不就是几张图纸么，让淘淘再设计几张不就得了？"

商宇浩心中好不气恼，发现这人根本就说不通，忍不住加重语气，说道："你说得倒轻巧，那是淘淘差不多花了一个月的心血才设计出来的……"

息小淘躺在床上半睡半醒，听到有人进房，猜想是商宇浩，但她浑身疲软，懒得理会他。后来听到商宇浩和息振涛在门外说话，隐隐约约地听到了几句，爬起身来，刚好听到商宇浩说的这最后一句话，忙开门出去，问："出什么事了？我的设计稿怎么了？"

商宇浩见她脸色苍白，忙说："没事，是说你的设计稿很有特色……"

息振涛说："这事不用瞒着淘淘，她迟早会知道。是这样的，我不小心把你下午送去公司的设计稿贴到网上去了，妹夫他们说设计稿外泄，不能再用。淘淘，你能不能再设计一套出来？"

"什么？二哥，你……"息小淘心中一急，眼前发黑，脑中一晕就倒了下去。商宇浩眼疾手快，冲上前一把将她抱住，大叫："淘淘，你怎么了？淘淘！"

息振涛没想到妹妹对这事的反应这么大，这才惊觉自己可能闯下大祸，也急了起来，大叫："快，快送医院！"

商妈妈正在楼下陪商鼎做作业，听到楼上大呼小叫的，还没弄明白是怎么一回事，见商宇浩抱着息小淘从楼上下来。息小淘双眼紧闭，脸色苍白得吓人，把她也吓得叫了起来。

商家老小和息振涛手忙脚乱地把息小淘送去医院急救，不一会儿，医生出来告诉商宇浩，息小淘怀孕了，所以身体虚弱，只要好好休养几天就会没事。

商宇浩还没从慌乱中醒过神来，顿时又被这突如其来的喜讯震得手足无措。

商妈妈则开心得哈哈大笑，一副先知先觉的样子，说："我就觉得小淘这几天有点不对劲，本来我还想让宇浩带她去医院检查一下，看看是不是怀孕了，没想到还真被我猜中了！"

息振涛说："大妈你真行，连这也看得出来。呵呵，我要做舅舅啦！我得给我妈打个电话，把这好消息告诉她！"

商妈妈得意地说："那当然，我是过来人。"

商宇浩也开心地笑了起来，这个孩子是他和息小淘的爱情结晶，再美好的婚姻也需要孩子来点缀，才会变得更加幸福。

众人都沉浸在突如其来的喜悦之中，唯独商鼎站在一旁，满脸不快。

9 朋友

都市论坛上出现一则题为《逍遥城藏污纳垢，风流客纸迷金醉》的帖子。发帖人自称，他经过近一个月的暗访，发现逍遥城为了招揽生意，纵容一些不雅行为甚至违法现象存在，玷污了社会风气，同时配发了十多张偷拍下来的图片作为证据。

其中的一张图片上，有一名男子手握酒杯正在喝酒，他身旁坐着一位浓妆艳抹的女郎，那女郎的一条手臂搭在男子的后背上，身体紧紧地贴在男子的身上。那女郎穿戴暴露性感，露出身上大部分的肌肤，尤其是那条手臂白嫩肉感，显得十分碍眼。

而那名喝酒的男子虽然只拍到一个侧面，但认识他的人还是能一眼认出他就是丰收。

这张图片可说是一石激起千层浪。丰收作为事业单位的工作人员，涉足风月场所，有损公务员形象。他所在的部门，迅速做出反应，要他停职反省，写份详细的书面材料，交代事情的经过。其次是夏家，丰收的爸爸还躺在医院里，丰收却去寻欢作乐。夏立国夫妇本来因为丰爸爸住院的事，感觉有点对不住丰收，现在出了这样的事，夏立国心中的那点愧疚瞬时转化成愤怒，大骂丰收是个败家子，丢尽了夏家的颜面，要他滚出家门。

商宇浩心中也是万分后悔。从那张图片上可以清楚地看出，丰收在逍遥城喝酒被拍，应该就是和他一起去喝酒那天的事，他因为息小淘的设计稿被外泄，独自一人提前离开逍遥城。那天他明知道丰收心情不好，一直在借酒消愁，自己离开时如果能把丰收一并带走，就不会出这样的事了。

商宇浩打电话给都市论坛，要求他们删除这个帖子，消除影响。但对方认为如果商宇浩拿不出足够的证据，证明这个帖子是在歪曲事实，那么这个帖子就是合法合理的，他们没有理由删除。

对方的强硬态度让商宇浩很是无奈，现在他最最担心的是丰收，内外交迫，又摊上这样的事。

丰爸爸知道这件事后，心中一急，病情再次加重，只得继续留在医院治疗。

幸好夏思楠的态度还可以，商宇浩找到她，把那天的事情做了详细的解释。

夏思楠说："宇浩，丰收的为人你我都很清楚，我相信他不会做出出格的事，可是这事的负面影响太大，对他的前途很不利。他这次很受打击，意志消沉，我都不知该怎么开导他了。"

商宇浩说："思楠，你能相信他，对他来说就是最好的安慰。其实在这件事中，你承受的委屈并不比他轻。请你放心，我会想办法证明丰子的清白，只是你最好能说服你爸妈不要再责怪他了，丰收为了你，为了这个家,一直默默忍受着,已经够不容易的了。"

夏思楠神情黯然地点头答应。

要帮丰收洗清冤屈并不难,只要查看当天逍遥城大厅中的监控录像,看看丰收到底有没有做出什么出格的举动就行了。

商宇浩亲自跑去逍遥城,找到该娱乐场所的总经理,把事情的利弊轻重分析给他听。总经理是个明白人,本来就在担心这起事件对逍遥城带来的负面影响,正在考虑逍遥城方面要不要出面澄清此事,但又担心越澄清越黑,反而会遭受更多指责。事实上所有的娱乐场所中,都或多或少地存在一些网上帖子中所描述的现象,不被揭发出来,逍遥城方面就当没察觉,一旦被举报,能遮掩就遮掩。万一警方介入调查,就得考虑推出顶罪羔羊。现在有人肯出面帮逍遥城澄清,那自然是再好不过。忙让当值经理带商宇浩去监控室提取监控录像。

逍遥城的大厅上共安装了十三个视频探头,商宇浩逐个细看后,也就完全放了心。

视频显示,那天晚上商宇浩离开逍遥城后,丰收独自一人依然喝酒,没过多大一会儿,就有一位性感妖艳的女子主动过去搭讪。她先是自己倒了一杯酒,然后和丰收碰了下杯,喝过酒后非常自然地伸手搭在丰收的肩膀上,但丰收很快就把她的手给拿了下来。丰收随即换了个姿势,和那女子保持一定的距离。但那女子很快又黏了上去,这次的动作尺度更大,几乎是整个上半身都贴在丰收的身上。估计那位偷拍者就是在这个时候抢拍下的镜头。丰收马上推开那名女子,随即站起身来,回头对那女子说了几句话,然后离开大厅。

从那名女子出现,到丰收站起身来离开,最多不到十分钟。大厅上有好几个探头都拍下了这个过程。

商宇浩用内存卡把这段视频拷贝下来，回到公司后，立刻和都市论坛网站取得联系，把几段视频都发了过去，言辞强硬地要求对方马上删除那个帖子，在网上还原事实真相，消除影响，并向当事人道歉，否则将采取法律手段。

然后，他又拿了内存卡赶去丰收所在的单位，请他的领导观看视频，帮丰收正名。

等商宇浩回到公司，柳欣告诉他，都市论坛上的那个帖子已经不见了，但商宇浩要求的道歉并没有出现。

商宇浩再次打电话过去，要求对方必须在网上消除影响。对方认为，都市论坛只是提供网络平台，网友的观点并不代表网站的立场，这一点在网站首页上有明确的告示。所以，就算有人该出来道歉，也应该是发帖之人，而不应该是网站。商宇浩则认为，网站既然提供了平台，就要承担监管的职责。

双方各执一词，僵持了许久也没能达成一致。后来，丰收打电话过来，让商宇浩不必再白费力气，没人能拿互联网怎么样，再说他自己也不在意。

息小淘经过几天的休养，身体状况明显好转。

她当时听到自己的设计稿外泄，而且是自己的亲哥哥闯出的大祸，确实很生气。可是当她得知自己已经怀了身孕后，心境不由自主地发生了巨大的改变，忽然发现不管是工作还是事业，和孩子相比都显得微不足道。自己没必要为了不太重要的事而伤了身子，从而影响到孩子。所以她已经完全放开工作，安心养胎……

商妈妈鞍前马后地服侍着息小淘，不让她做一点家务。就连息小淘出门散步，她都得亲自陪着。此前，她不无担心息小淘和商宇浩的这段婚姻不能长久，尽管息小淘在婚后的表现并无异常。但她老人家总以见惯人事无常的心态，倔强地认为，两人的年龄差距有点大，婚姻的保障系数不够高。现在息小淘已经怀孕，无疑给这桩婚姻上了一道保险，心里也就踏实多了。她心中不免感叹，这个孩子来得真是时候……

在知道息小淘怀有身孕的第二天，商宇浩就去书店买了一大堆有关怀孕、育儿方面的书籍。每天尽可能地不加班，推掉所有应酬，花更多的时间和精力陪在息小淘的身边……

一家人尽情地享受着这份突如其来的喜悦与幸福。

这天，在下班回家的路上，商宇浩接到夏思楠的电话，说丰收在没有和家里人商量的情况下，自作主张地辞去了事业单位的工作，她爸爸大发雷霆，家中已经吵翻天了，希望商宇浩能过去劝解一下。

商宇浩大吃一惊，他能理解那起网络揭露事件对丰收的打击有多大，纵然后来澄清了，然而负面影响已经传播开去，要想完全消除那是不可能的。只是没想到丰收会这么冲动，竟然把别人眼中的金饭碗给辞了。忙打了个电话给息小淘，告诉她丰收有事，自己可能要晚点回家，然后掉转车头，直奔丰收家。

还没进门，就听到夏立国震天响的大吼声："这工作是我帮你找的，你想辞就辞，都没问过我的意见，你心中到底有没有我？"

商宇浩推门进去，发现夏家的气氛十分凝重，压抑得让人喘不过气来。

丰收见商宇浩进门，大手一挥，说："老商，你回去陪小淘吧，我家的事你管不了。"

商宇浩拍了一下丰收的肩膀，说："别这样，丰子，就算你真的想辞职，那也得和夏伯父好好沟通一下，一家人吵吵闹闹的伤了和气多不好。"

夏立国大声说："不必和我沟通，我不答应！"

丰收针锋相对，说："我已经把辞职报告递交上去了，你不答应也没用！"

夏立国气得额角青筋根根突起，吼道："你这算什么？赌气吗？都是你自己惹出来的事，怪得了谁？还闹辞职，还嫌丢脸丢得不够大吗？你要是真的敢把职务给辞了，就给我滚出家门去，我夏家不要你这种不知长进的女婿！"

丰收的脾气也上来了，大声说："就算你老人家不说，我也会离开这个家，我已经受够了！"

商宇浩连忙劝住丰收，说："丰子，你冷静点行不行？你也该为思楠和飘飘想一想。"

丰收说："我就是一直顾虑着思楠和飘飘，才一忍再忍，才会忽略对自己父母应尽的孝道。我已经想得很清楚，这次我是铁了心要辞职，老商你不必再劝我。我们都已经是快要四十岁的人了，人这一生总得做些自己想做的事吧？"

丰收其实并不喜欢从政，他的兴趣在于经商。但他为了不忤逆夏立国的心意，强迫自己去接受那份他并不喜欢的工作。

商宇浩见丰收说到这份儿上，知道自己再劝也是没用，只得无奈地叹了口气。

夏立国气得直喘粗气，大叫着："好，好！你有志气，你……你给我滚出去！"

丰收说："好，我这就走！"转身就要上楼收拾东西。

夏思楠在一旁看着自己的爸爸和丈夫吵架，除了流泪，她都不知道还能做什么。

女儿夏逸飘突然冲上前抱住丰收的腰,哭着大叫:"爸爸你不要走,爸爸,不要离开我和妈妈!"

孩子的哭叫声像刀子一样划在丰收的心头,他忍不住浑身哆嗦了一下。他刚才和夏立国吵得不可开交,却一直不敢回过头去看夏思楠和女儿夏逸飘一眼,他担心自己好不容易鼓起的勇气,会在她们母女哀怨的眼神中消失殆尽。

夏思楠走到丰收面前,说:"丰收,爸爸他就是这脾气,你又不是不知道,怎么能当真了呢?"

丰收说:"思楠,对不起,我……我想搬出去住段时间,让我们都冷静一下吧。"

夏思楠的眼泪一下子又涌了出来,哽咽着说:"丰收,你这样搬出去住算什么呢?"

丰收的眼眶也湿润了,说:"思楠,你一直都是个好妻子,我很感激你,是我没用,让你受了太多委屈……"

夏思楠哭着说:"我从没要求过你什么,我也不需要你大富大贵,我只希望我们一家人能安安静静地生活,你不要离开我们好不好?"

丰收强忍着眼泪,狠下心肠,说:"我爸过两天就要出院了,我想找个清静的地方给他住,这么多年来,我从没好好陪过他老人家,所以我想……"

夏思楠已经无话可说,她爸爸夏立国的脾气她最清楚不过,万一再和丰收的爸爸起冲突,造成不可预知的后果,那他们这个家,她和丰收的婚姻就真的无法挽回了。

夏立国的态度依然强硬,"思楠你让他走,这种身在福中不知福的家伙,留着他干什么?"

丰收还没接口，夏逸飘却叫了起来："爷爷，你怎么可以这么说爸爸，爸爸事事都依着你，你就不能对他好点啊？你看人家的爷爷奶奶多慈祥，一家人过得多开心，只有我们家经常吵架！"

夏立国被孙女这一顿抢白，惊得瞪大了眼珠，说不出话来。

丰收掰开夏逸飘的手，说："飘飘，等爸爸安顿下来后，就来接你过去，好不好？"

夏逸飘撕心裂肺似的大叫："不好！"

丰收坚持要搬出去住，谁也劝不住。

商宇浩家在白漾小区还有套两居室的公寓房一直闲置着，房子是二十世纪九十年代初他爸妈买的，虽然有点旧，但当初装修得也还考究，商宇浩又定时请家政公司的人过去打扫清理，房子内部看上去还相当不错。而且这里靠近闹市区，上街就医什么的都比较方便，就建议丰收先搬去那里居住。

丰收点头说："行，不过你得收我房租。"

商宇浩笑着说："不急，你先住着，就当是替我看房。"

"那不行，朋友归朋友……"

"朋友是归朋友，但你不单单是我的朋友，更是我的兄弟。"

丰收突然不说话了，心头有股甜甜酸酸的东西在翻涌，过了良久，才说："老商，我还得请你帮个忙。"

商宇浩笑了笑，说："你真的想好了吗？"

丰收怔了一下，然后也笑了。多年的好友，两人间的默契，已到了心意相通的地步。商宇浩这么问，说明他已经猜到自己想请他帮什么忙了。点头说："是的，我已经决定了，我想试试石料建材那一块，这两天已经和几个建筑公司的朋友打过招呼，感觉问题不大。"

商宇浩说:"隔行如隔山,在这方面我对你的帮助可能有限。你需要多少启动资金,二百万够不够?"

"你先借我一百万吧,我先试试水,如果还可以,再慢慢做大。"

"没问题,需要钱时只管开口。"

商宇浩带着丰收来到他家的老房子。两人刚搬好行李,家中的电话就打了过来,商妈妈用近乎哭腔的声音说:"宇浩,不好了,小淘洗澡时不小心滑倒,见红了,你快过来!"

商宇浩吓了一跳,连忙开车赶回家中,息小淘脸色苍白地躺在床上,额头上冷汗大滴大滴地滚落下来。他二话不说,抱起息小淘就赶往医院。

经过急救,息小淘腹内的胎儿总算保住了,但需要留院观察几天。

商宇浩想到自家卫生间铺的是防滑地砖,防滑性能比较好,怎么会出这样的意外?见商妈妈一副欲言又止,满脸不安的样子,问:"妈,怎么了?是不是有什么问题?"

商妈妈斟酌了一下,说:"不说吧,怕孩子变坏,说了吧,又怕你生气。唉,施雅萍那个坏女人,真是可恶!"

商宇浩眉头一皱,问:"妈,这到底是怎么一回事?小淘摔倒怎么和施雅萍有关?"

商妈妈说:"是施雅萍教唆小鼎在你们卫生间里的地砖上洒了色拉油,才害得小淘滑倒的。"

"什么?!"商宇浩跳了起来,"施雅萍到底想干什么?小鼎呢?"

施雅萍从商鼎那里得知息小淘怀孕后,怂恿儿子算计息小淘,授意他趁商宇浩不在家的时候,在卫生间里洒点油,让息小淘摔跤堕胎。

商鼎对息小淘本来就有怨言,觉得她欺骗了自己,没有履行当初的承诺。因为商宇浩和息小淘结婚那天,商鼎就曾经和息小淘约法三章,其中一条就是不许她怀孕生孩子。

可是等息小淘中招，重重摔了一跤后，商鼎终究是良心未泯，吓得号啕大哭，跪在息小淘面前连声说以后再也不敢了，并把施雅萍授意的伎俩一五一十全说了出来。

商妈妈说："还好小淘没事，小鼎已经认错，你就别再为难他了，要怪就怪施雅萍吧。这个败家的女人真是阴魂不散啊，搅得我们家不得安宁。"

商宇浩肺都快要气炸了，施雅萍前几次教唆商鼎使坏，他都忍了下来，没想到这女人变本加厉，越来越过分。他对商妈妈说："妈，麻烦你照看一下小淘，我出去透透气。"

商妈妈见儿子脸色阴沉，担心他回家找商鼎的麻烦，忙说："俗话说养不教父之过。小鼎还小，不懂事，你又成天忙着公司的事，对他疏于教导，他做了坏事，你也有责任。等过后好好地和他说说，这孩子本质不坏，你可不要去打他啊。"

商宇浩说："妈，你说得对，小鼎犯错，其实是我的责任，我不会打他的，我只是想出去走走。"

商宇浩离开医院，驱车直奔南苑三里，停好车后，直奔施雅萍居住的302室，刚想敲门，忽然听到屋里传来"哗啦"一声响，似乎摔碎了什么东西，屋内隐隐约约传出施雅萍的尖叫声。

商宇浩吃了一惊，连忙按下门铃。

门铃连响了好几下，也不见有人来开门，他有点急了，在防盗铁门上重重地敲了几下，大声叫道："施雅萍，你给我开门，我知道你在里面！"

门内响起轻微的声响，商宇浩知道屋内有人透过猫眼在向外观望，他也无所谓，正对着猫眼毫不避让。

门轻声一响打开了，探出一个头发稀疏的老男人脑袋，隔着防盗铁门发问："你是谁啊？你来这里找谁？"这是施雅萍的男友王连成，商宇浩和他打过一个照面，依稀还记得。

商宇浩说："我是来找施雅萍的，你让她出来，我有话要问她。"

屋内的施雅萍听到商宇浩的声音，突然神经质似的冲过来，大声对王连成说："他就是商宇浩，我的前夫，他来找我啦！"说着打开防盗铁门让商宇浩进屋。

施雅萍蓬头乱发，眼角有一大块淤青，上嘴唇又红又肿，身上的衣服也被撕裂了好几道口子。

商宇浩问："施雅萍，你……你怎么成了这个样子？"他本来有满腔的怒火要质问施雅萍，可是真的见到她时，想到毕竟夫妻一场，她最美好的青春都葬送在那场错误的婚姻里，他终究还是做不到恶语相向。

施雅萍突然哈哈大笑起来，尖声说："看到我这个样子，你是不是很开心？告诉你吧，我们在打架，我被这个男人打成这样，你是不是很解气？我们天天吵、天天打，我已经没有好日子过了，这一切都是被你害的！"

王连成看着商宇浩，脸色阴沉地问施雅萍："你和你前夫还有来往吗？他来找你干什么？"

施雅萍露出一副疯狂的样子，说："他是来找我复婚的，你仔细看看，他比你强上一百倍……"话还没说完，王连成就一个巴掌打了过去，施雅萍躲闪不及，脸上立刻显出五根红红的手指印。

商宇浩最见不得男人打女人，当初施雅萍在他家恶闹时，莫说对她动手，他连骂都没骂过她一句。连忙疾步上前一把抓住王连成的手腕，厉声喝道："你要是敢再打她，我就拧断你的手！"

王连成这几年生意做得不错，虽然谈不上在生意场上呼风唤雨，却也混得如鱼得水，手头有了钱，心气也高了，几时受过这种威胁。大吼道："我连你一块儿打！"他挣脱商宇浩的手掌，随即挥手一拳直奔他的面门。

别看王连成吼得震天响，其实是虚张声势，他一身肥肉，动作迟缓，拳到中途，就被商宇浩再次抓住手腕，挣扎了几下也没能挣脱手，不免急了，叫道："放开我！你想干什么？"

商宇浩大喝了声："给我滚！"用力一甩，王连成把持不住身形，被甩得一个踉跄直冲到门外。商宇浩随手关上防盗铁门，将他隔在铁门外面。

王连成稳住身形，在铁门上重重击打了几下，色厉内荏地叫道："你这王八蛋别装狠，老子我才不怕你！"

商宇浩横了他一眼，说："给我滚远远的，我有话要和施雅萍说，你要再打扰我们，我就把你扔下楼去！"

"你敢！"王连成大吼了声，但迎上商宇浩冷酷的眼神，心里有点发怵，大呼小叫地骂了几声，不情不愿地下楼走了。

施雅萍看着商宇浩，双眼满含怨恨，说："你凭什么管我的事？他是我的男朋友，为什么要赶他走？"

商宇浩愣一下，说："那个男人动手打你，我把他赶走，是在帮你，真是不识好人心！"

"好人心？哈哈，商宇浩你把自己想得太伟大了吧？你毁了我的一生，还来跟我谈你的好人心，真是可笑！"施雅萍神情可怖，看着有点吓人。

商宇浩说："毁了你一生的人是你自己，如果你当初安心过日子，不在我家恶搞，我们也不会走到这一步！"

"我恶搞还不是因为你从没真心爱过我？真是可笑，夫妻十年，却同床异梦，就是到现在我都不知道你的心究竟在哪里。"

商宇浩看着施雅萍因为愤怒而扭曲的面孔，忍不住暗中叹了口气，心中对她的亏欠之情油然而生。

其实在大学里时，商宇浩对齐默是真的动了心的，可是后来他发现齐默对他只有朋友之谊，于是毅然挥剑斩心魔，封闭起自己所有的情感，两人以朋友之道相处。大学毕业后，尽管身边不乏出色的美女，但他会忍不住拿她们和齐默做比较，总是发现和别人相处，远远比不上和齐默在一起来得默契，无法全身心投入。直到后来，有人介绍他和施雅萍相识。

施雅萍家境不错，又受过高等教育，她对商宇浩一见钟情，表现得比较主动。

当时商宇浩的家人一再催他找女朋友结婚，他想既然找不到我爱的人，不如就找个爱我的人，相信感情可以慢慢培养。结婚后才发现自己错了，他和施雅萍无论是在性格上，还是人生观上都有较大的差别。

商宇浩说："过去的事已经过去，谁也说不清到底是你亏欠了我，还是我亏欠了你。我今天来只是想请求你，不要教坏了小鼎，他可是你亲生的儿子啊！"

施雅萍微微怔了一下，然后若有所思地大笑起来，说："小鼎又给你闯祸了吗？哈哈，小鼎是我生的儿子，我想怎么教他是我的事，用不着你管！"

商宇浩气往上冲，没想到施雅萍这么不可理喻。说："小鼎也是我的儿子，我绝不允许你教坏了他！"

施雅萍说:"我怎么教坏他了?见见儿子也不可以吗?法院并没剥夺我的探视权!"

"见儿子可以,我并没有阻碍你。但请你不要教唆小鼎来破坏我们的生活!"

"哈哈,商大老板,你怕了吗?你是不是觉得,自己事业有成,又娶了息小淘这样年轻美貌的小老婆,无论是生活上还是事业上都经不起再折腾?我可告诉你,这世上没这么好的事,只要我还没过上幸福的日子,我对你的恨就永远无法消除,我就会想尽一切办法来毁灭你的一切!"

"包括小鼎吗?"

施雅萍瞪着商宇浩突然不说话了。

商宇浩心中怒到极点,他最讨厌见到施雅萍这副破罐子破摔的神情,明明已经毫无关系的两个人,她却把自己生活的好坏当成他的责任,这怎么能令他不反感?

两人怒视了一阵,商宇浩见她又红又肿的面孔,有点惨不忍睹,想到她毕竟曾是自己的枕边人,终于软下心来,说:"我们的事已经过去,请你放下过去的一切,找个男人好好地过下半辈子吧。"

施雅萍突然大笑不止,直笑到泪流满面。

商宇浩不知道她为什么发笑,问:"你笑什么呀?疯了吗?"

施雅萍的嘴角闪过一抹自嘲的笑意,说:"你让我找个好男人,好好地过下半辈子。哈哈,你说得倒轻巧,请问这世上还有好男人吗?就算有好男人,他们也不会看上我!离过婚的女人,就像过季的时令商品,就是打折,也不见得有人要。不像你们,离过婚的男人反而成了抢手货,这世道真是不公平!"

商宇浩说:"只要你真心对待人家,人家也一定会真心对你的……"

"放屁！我们刚结婚的那几年，我是真心诚意地对你的，你有在乎过我吗？商宇浩，你现在不必假惺惺地充当好人，我是绝不会放过你的！"

商宇浩觉得已经没有再和她谈下去的必要，在心头无奈地叹口气，转身离去。

息小淘在医院里住了七天，身体的各项指标渐渐恢复，医生建议她出院回家休养。

商宇浩也总算松了口气，办好出院手续，把息小淘接回家中安顿好，说："淘淘，这次的祸虽然是小鼎惹出来的，但主要原因出在施雅萍那里。施雅萍对我有恨意，才会教唆小鼎来使坏，归根结底，是我没处理好和前妻的矛盾，才会让你遭罪。所以请你不要再怪小鼎，我已经和他谈过了，他已经认识到错误，会向你道歉的。"

息小淘说："我知道，反正我们的孩子平安无事，我也不想再怪怨谁。小鼎这孩子其实挺善良的，我一直想和他改善关系，可是不知什么原因，总感觉还差了那么一步。也许是我付出的努力还不够。"

商宇浩笑了，说："你能这么想，我真的很开心，你年纪这么轻，就让你当一个孩子的后妈，真是太为难你了。"

息小淘说："在和你结婚前，我就清楚地知道，进门后就得戴上后妈的帽子，我有这个心理准备。"

商宇浩把息小淘紧紧地搂在怀里，吻着她的发际，说："有你真好，淘淘，你真是太善良了，感谢上苍让我遇见你。"

谁知息小淘嘿嘿笑了起来，说："好像是我主动认识的你吧？"

商宇浩大笑，说："喜欢你的主动，现在你要不要主动一下？"

息小淘在商宇浩的胸膛上捶了一下，微微红着脸说："医生说了，我们起码三个月不能同房，你耐心熬着吧。"

"老天啊！"商宇浩放开息小淘，翻身倒在床上，抱着自己的脑袋，装出无限痛苦的样子叫道，"这三个月我该怎么熬过去啊？"

息振涛泄密息小淘的设计稿，闯下大祸后，总算安静了几天，但他从小到大玩惯了，待在厂里哪能静得下心来，每天不是手机短信，就是QQ、微信，有事没事地骚扰着柳欣。

柳欣真是不胜其烦。

厂里的领导知道息振涛是商宇浩的二大舅，谁也不愿充当出头的椽子去开罪他，由着他胡闹着，结果，他不安心本职工作，又惹出了大麻烦。

卓远为了便于向各地发货，将全国各地分成十个大区，分别用英文字母来代替。市场部把订单交到成品仓库时，订单上有识辨区域的字母。每位发货员分别负责二到三个区域，仓库管理员只要按订单上的字母，将相应的货物交到发货员手上就行了。

息振涛一心惦记着怎样讨得柳欣的欢心，把字母给区分错了，刚好有位发货员是新来的，对业务还不熟悉，结果把本该发往辽宁佟二堡威达皮革有限公司的货发到了河南新乡。偏偏威达公司的门店，将在三天后开业，这批货是他们开业时的酬宾打折商品，广告宣传已经做出去了。那批货从河南新乡兜上一圈，再发往佟二堡，在路上起码要耽搁两天时间，根本就赶不上他们的开业时间。威达那边急坏了，一上午就给商宇浩连打了七八个电话。

商宇浩也急了，和厂长孙国彪商量了一下，微蓝如果不想丢失这个大客户，唯一可行的做法是请求新乡那边的客户帮忙，把收到的货不要再退回海宁，而是从他们那边直接托运去佟二堡，算算时日最多耽搁一天。然后微蓝这边全厂职工加班加点赶出这一天的货，通过快递速运去辽宁，应该能赶上威达的开业时间。

只是这样一来，货运不走物流走快递，运费增加了好几倍，这一批货本来就是微利，如此一来只怕要亏本。还有，威达的货本来已经足数准备好，现在再加赶出一天的货，实际发往那里的数量远远大于对方的订单数，如果这批货在佟二堡适销对路，多出来的货可以请威达代销一下，应该没多大问题。万一销不出去，多出来的货就得微蓝自己消化了。

商宇浩说："这是我们和威达展开合作以来的第一单生意，只能不计后果，先完成合约再说。"然后又担心由于这次事件给威达那边留下不好印象，决定亲自赶去佟二堡，一是向对方当面道歉，二是给他们的首家门店开张贺喜。

丰收这段日子忙得可以用脚不沾地来形容，先是选地址租办公场所，那种高档的写字楼让他望而生畏，只能在相对冷清的老街上租了两间门面房，一面张贴招工启事，一面跑工商所注册公司字号，领取营业执照，再跑财税所办理税务登记证，然后才能持有效证件申请公章，去银行开户等等。这一忙碌就过去了十多天。

办理好开公司的各项手续后，又马不停蹄地联系了几家供货商，看样品，索要报价单，心中大致有数后再赶紧拜访客户。

他还在事业单位上班时，曾经试着接触过几位房地产开发商、建筑承包商，试探过他们的口风。当时他还是公务员，虽然职位不高，但那些商客深谙商场法则，和气生财，笑迎八方，没必要去拂他这尊小菩萨的意，当然谁也不相信他会放弃现成的金饭碗下海从商，只当他开开玩笑，自然是满口应承。可等他辞去职务，再去找那些商客以图提携时，曾经的笑脸早已变成了冷屁股，几天跑下来，听了满肚子的牢骚与苦经，生意一笔也没谈成。

丰收愁得都长出了白头发。

商宇浩知道丰收的难处，有心相助，可是隔行如隔山，有力无处使。好不容易打听到开发新区正在筹建一处大型娱乐城，项目工程招标工作已经结束，负责监督施工的项目部林经理，也是毕业于商学院，比商宇浩和丰收高了两届，是他们的师兄。

商宇浩说："虽然不带亲，总算沾了点学友的故，丰子，我陪你一起去找他，请他帮忙出面和承建商打个招呼，现在做生意，人情面子比什么都重要。"

丰收点头说："行，不管那位林经理肯不肯帮忙，我都得试一下。"

林经理长相斯文，谈吐温文尔雅，很耐心地听完商宇浩和丰收说明完来意后，呵呵一笑，很优雅地说："念在校友一场，我本该鼎力相助才对，可是公司让我负责监督施工质量，我就得秉公行事。一旦我涉入承建商的具体操作之中，就有了利害冲突，难免会有吃人家的嘴软的感觉，就起不到监督的作用。还会让人误以为我和承建商达成了某种协议，授人以柄，这样就不太好了。"

林经理的一记化骨绵掌，以柔克刚，圆转如意，轻飘飘地将商宇浩和丰收铆足的劲给封了回去。两人从林经理的办公室里出来，都是心情沉重。在走过还是废墟一片的娱乐城地基时，丰收站在那里看了好一阵，对商宇浩说："我一定要做成这笔生意，不管使用什么手段。"

商宇浩问："你能用什么手段？行贿还是送礼？小心别把自己弄进班房里去。再说那个姓林的，是个十足的笑面老虎，绝不是你包个红包就能轻易打动的。"

丰收说："我自有主张。哈哈，老商，商场上像你这种本分且又事业有成的生意人是有不少，但要付出多少的心血和时间？比如你吧，你经过了十多年的磨砺和打拼,才拼下现在的江山。我可没有那么多的时间去折腾。我想过了,要想一蹴而就,就得剑走偏锋。"

"你想干什么呀?成功没有捷径可以走的,脚踏实地,才能走得更远。"

"哈哈,狗急了都要跳墙,何况是人!"

❿ 有心的无心伤害

佟二堡距沈阳桃仙机场有四五十公里，商宇浩带了助理柳欣、市场部经理吕振飞和设计总监苏文下了飞机，再打车赶到这里时，已是日落西山，暮色阑珊。

佟二堡威达皮革有限公司的业务部经理廖成杰，已经帮商宇浩一行人订好了入住的酒店，并早已等候在酒店大堂上，这让商宇浩一行四人很是感动。廖成杰还预定好了酒宴，打算为他们接风。

只是这段时间商宇浩家事、公事、朋友的事，事事烦心，每天都像上紧的发条，没有喘口气的时候，常常感觉到疲累。到达佟二堡时，恰好遇到大风降温。

春末夏初之时的降温，虽然不像秋冬季节时的降温那样让人感觉明显，但大风吹在身上，那凉意仿佛可以渗进人的骨头里去，体质较差的人很容易病倒。

商宇浩长途奔波之后，体力明显不支，到达酒店时就感觉浑身乏力，头晕眼花，只得向廖成杰道歉请假，让柳欣、吕振飞、苏文三人跟了他去吃饭，自己钻进酒店房间，连洗澡也提不起劲，躺到床上就昏昏睡去。

柳欣、苏文和吕振飞三人担心商宇浩的身体状况，在廖成杰的陪同下，草草吃过饭后就赶回酒店。他们在商宇浩的房门外敲了半天也敲不开门，打他的手机又没人接听，三人都急了，担心出什么意外，忙叫来酒店服务员，打开房门后一看，商宇浩牙关紧咬，浑身发烫，已处于半昏迷状态，连忙把他送入医院救治。

医生说商宇浩这是长期劳累过度造成身体抵抗力下降，受寒后诱发急性上呼吸道感染，需要挂两天点滴。

这时已经是晚上十点多钟，商宇浩的这两大瓶盐水挂下来起码得两三个小时。柳欣考虑到威达门店明天开张，他们这几个人都要去参加开张典礼，大伙用不着都留在医院陪商宇浩熬夜，就让苏文和吕振飞先回酒店休息，她一个人陪护商宇浩就行了。

半袋盐水挂下去，商宇浩就已经昏昏沉沉地睡着了，脸上的红晕也渐渐褪去。柳欣见他呼吸平稳，摸了一把他的额头，感觉体温也降下来了，悬着的心放下大半。

她静静地看着商宇浩成熟而帅气的面孔，她在五年前第一次见到这一张脸时，就无法自拔地入迷成痴。曾经有多少个夜晚，因为想他而想到难以入睡；又有多少次，这个男人在自己的午夜梦中徘徊。但当时商宇浩有老婆和孩子，从小受过良好教育的她，时刻提醒着自己，不要介入别人的婚姻，所以她只能默默地守在他的身边，只要每天能见到他就心满意足，快乐着他的快乐，烦恼着他的烦恼。

后来，商宇浩和施雅萍的婚姻破裂，她终于守得云开见日出，以为自己的机会来了。可是前一场婚姻对商宇浩的打击过于沉重，使得他再也无心风月，全身心地投入到事业之中。尽管柳欣在他面前表现得十分出色，细心周到地担任着他的助理，甚至悄悄地照顾着他的生活。总以为精诚所至，定会等来金石为开的一天。

谁知等到的却是息小淘的横空出世，无情地击碎她的一切美梦。

"爱一个人就要希望他过得更好，如果息小淘能好好地珍惜宇浩，我也认了，可是……"柳欣常常在心里对自己这么说。商宇浩这段时间之所以会积劳成疾，公司的事是一方面，家务事却也占了重头。息小淘不但不能替他分忧，还一再地给他惹麻烦。比如，要不是息小淘的哥哥息振涛发错货，商宇浩就不必亲自跑来辽宁，也就不会病倒……看着商宇浩病得不轻的样子，她对息小淘的怨恨也就更加强烈。

她正想得出神，忽然听到商宇浩塞在裤袋里的手机响了。

商宇浩睡着很沉，对手机来电毫无半点反应。

柳欣犹豫了一下，终于从他的裤袋里取出手机，手机屏上闪动着"淘宝宝"三字，她知道这是息小淘的来电。

夜已深，外面淅淅沥沥地下起了小雨。

息小淘半卧在床头，只开了床头灯，她今天没打开电视机，也没看书，感觉做什么都提不起劲。静静地听着窗外沙沙的雨声，心情就像这昏黄的灯光一样让人感觉压抑。

今天吃过晚饭后，息振涛到她房里小坐了一会儿，两人无意中谈起商宇浩这次佟二堡之行，息振涛突然问她，商宇浩出差为什么总要带着柳欣？

息小淘一愣，说："柳欣是商宇浩的助理，公司的许多事都要由她去协助处理，自然得带着她。"然后她反问息振涛："为什么要这么问？

不妥吗？"

息振涛想了一下，说："有些事本来不该说，可我是你的娘家哥哥，你过得好不好是我们娘家人最关心的事。商宇浩对柳欣怎么样我不知道，但柳欣对商宇浩是肯定有那么一点意思的，所以你得防着她点。"

息小淘微微一愣，说："你……你凭什么这么说？有什么证据吗？"

息振涛说："证据是没有，我凭感觉。你二哥我谈过多少女友，手指、脚趾全用上，只怕还不够数，可说是阅人无数。在柳欣看商宇浩的目光中，深藏着无限的柔情，那叫一个浓得化不开。特别在商宇浩背对着她时，她眼中的深情会在瞬间喷发，火热得可以融化北极的冰山……"

"你在念诗啊？柳欣进公司已经五年了，她要是对宇浩有心，在宇浩和施雅萍离婚后，她早就可以乘虚而入了。但她没有这么做，说明她和宇浩之间根本就没什么。"

息振涛"切"了一声，以示严重鄙视，说："淘淘啊，你太嫩了。大千世界，无奇不有。就算他们两人互相有意思也不一定要用婚姻来束缚，有的人就喜欢偷偷摸摸的，那样更刺激……"

息小淘听息振涛越说越不像话，连忙打断他说："我相信宇浩，我也能感觉到他对我是真心的。"

"我没说妹夫对你不好，我是让你防着点那个柳欣。就算商宇浩对她无心，但她对商宇浩有情，特别是像这种出差啊，应酬啊什么，多么难得的机会，说不定又多喝了点酒，谁能保证他们不会酒后乱性？又有哪个男人能抵挡得住送上门来的艳福？"

息小淘忽然傻了。

她想起了自己和商宇浩的第一次。那时她还在花儿创意工作室上班，随她们的经理一起去广州参加广交会，经理家中有急事提前赶回海宁。广交会结束那天，她以公司的名义招待几位客户，不料有一位客户贪图她的美色，在她的饮料中放了催情药，她把持不住，又不敢报警，刚巧遇到商宇浩，她向他求救，打算无条件地把自己的身体奉送上去，虽然当时商宇浩拒绝了，但谁能保证他不会有心动的时候？

商宇浩和柳欣等人一起去佟二堡出差，那边的客户肯定会宴请他们，他们会不会喝多了酒？柳欣如果真的对商宇浩有情，会不会趁着酒劲把自己送上门去？

息小淘忽然又想起，自己对商宇浩曾说过，医生要他们三个月内不能有夫妻生活时，商宇浩还痛苦地呐喊，这三个月要怎么熬过去？

如果柳欣主动送上门去，两人都是如饥似渴，天雷岂不正好勾动地火？

息小淘越想越不是滋味，脸上却不动声色，问息振涛："听说你一直在柳欣面前大献殷勤，又为什么要编排她这些话呢？"

息振涛脸上露出愤懑，说："就是因为她心中有商宇浩，所以才一直不肯接受我。"

息小淘心烦意乱，问："那你希望我怎样？"

"还是那句话，你要是想让商宇浩乖乖地听你的话，就得抓住他的银行卡。其他的一切都是浮云，有了钱才可以任性！"

息小淘在心里拼命地说服自己，不必在意息振涛说的那番话，可那番话终究像石子般投入她的心湖，激起涟漪无数。

商宇浩离开家时曾经说过，等他到达佟二堡，在酒店安顿下来后，就会打电话给她报平安。算算时间他早该到达目的地了，可他怎么还不打电话过来？难道他忘了吗？还是出了什么事？

要不要打电话给他？万一他正在和客人谈事，岂不是打扰到了他们？她知道商宇浩最讨厌在他谈正事的时候,有人打电话进来打扰到他。

息小淘从息振涛离开房间那刻起，就想着给商宇浩打个电话。可她又不想让他烦，举棋难定，一等再等，直等到快半夜十二点时，心想不管那边的客人有多厉害，总不可能谈一夜的公事。终于掏出手机，拨打商宇浩的电话。

电话响了七八下，那边就是没人接听，息小淘不由得着急起来。"宇浩为什么不接电话，出什么事了吗？还是因为长途跋涉而睡着了？"就在她打算暂时放弃时，电话通了。

息小淘悬着的心终于放下，心情一激动，竟然不知道说什么好了。不过她心里想着，商宇浩一定会知道是自己打过去的电话，她知道他的手机上把自己的号码存为"淘宝宝"，每次想到这三个字，她的心里总会甜甜的。说句真心话，他真的很宠溺自己，特别在自己怀孕以后，他更是对自己百般呵护。

她在等他叫出那声"淘淘"。虽然平时他一直都是这么称呼她，她也已从最初的无比甜蜜渐渐习以为常。可是现在的她，忽然十分渴望听到他用略显低沉的声音，梦呓般地叫着她的小名。

然而电话那头响起的却不是商宇浩的声音，而是一个女人的声音："宇浩他已经睡着了，有什么要紧的事，请明天天亮后再打吧。"

仿佛有一只无形的大手一把扯裂息小淘的心，痛得她无力挣扎，几乎无法呼吸。

息小淘听出电话那头说话的女人是柳欣。

"为什么商宇浩不接电话？"

"为什么他的手机在柳欣的手上？"

"她说商宇浩已经睡着了，这又是什么意思？"

……

电话那头隐隐约约又响起柳欣呼叫商宇浩的声音："宇浩，你醒醒，有电话，要不要接听一下？"

半夜时分，为什么柳欣和商宇浩还在一起？是不是他们本来就睡在一起？是不是他们每一次出差都是这个样子？

息小淘眼前浮现出柳欣躺在商宇浩身旁，轻轻地用手推他的肩膀，喊他起来接电话的一幕。她眼前一黑，感觉世界末日已经来临，尖叫一声，甩手把手机狠狠地扔了出去。

"商宇浩，你怎么可以这么对我？你太过分了！"悸痛过后，是整个人被撕裂的感觉。息小淘挣扎着从床上坐起身来，口中叫着，"你告诉我，你为什么要这么对我？"她头脑中昏昏沉沉的，只想着要去找商宇浩问个清楚，却早已搞不清他现在在哪里，自己又身处何地。

息小淘冲出房门竟然忘了开灯，快步奔向楼梯口，结果一脚踏空，尖叫着从楼梯上直滚了下去。

中午时分，夏思楠来到白漾小区丰收父子的住处，她给他们带来刚熬好的鸡汤。

丰收最近很忙，每天不到半夜回不了家。夏思楠已经好几天没有见到他的人影了。

夏思楠把鸡汤往桌子上一放，然后很自然地从厨房里端出饭菜，把筷子往丰爸爸手中一递，说："爸，您先吃吧，别等丰收了，他应该又不回来吃饭了吧？"

丰爸爸叹了口气，说："丰子他忙着呢。思楠，你也一块儿吃吧。"

夏思楠说："我吃过了，爸，您快吃吧。"拿了拖把进卧室拖起地板来。

丰爸爸说："思楠，你就歇会儿吧，地板我也会拖的，你每天都来帮我干这干那，我会越发觉得自己没用。"

夏思楠说:"爸,您可千万别这么说,医生都说了您的身体还虚着呢,要好好休养。这种家务活,您以后千万别动手,我会过来做的。"

丰爸爸说:"爸知道你孝顺,你是个好儿媳妇。都是爸不好,害得你们闹成这样,家不像个家……"

夏思楠最怕丰爸爸自怨自艾,连忙转移话题,问:"爸,丰收最近忙成这样,生意上有进展吗?"

"昨天早上出门时,我看他的样子挺开心的,就问他是不是公司的事做得还顺利?他告诉我说,公司马上要做成一笔大生意了,一旦做成,就可以赚很多钱,说不定还可以买套房子。"

夏思楠愣了一下,说:"建材的生意有这么好做吗?我听人说,房产商到承建商,再到原辅材料供应商环环相套,形成一个利益链,旁人很难进入这个关系圈。他是不是有朋友相助啊?"

"这个我不太清楚。不过……有一天,我看到他拿着手机自说自话地讲'看来不出狠招是不行了'。生意场上的事我不懂,也不知他说的狠招是什么意思?"

夏思楠抬起头来微微错愕地看着丰爸爸,然后小心翼翼地说:"爸,您稍微留意下丰收,他呀,有时会耍点小聪明,也会犯点小糊涂,我担心他急功近利,别惹出麻烦来才好。"

夏思楠已经把语气放到最轻,丰爸爸还是一副受惊不小的样子,放下碗筷,问:"思楠,丰子他会惹出什么麻烦啊?"

夏思楠连忙笑笑说:"现在自然没什么麻烦。我……我的意思是,我们是他最亲的亲人,有时得帮他把准方向,这叫未雨绸缪。现在没什么事,您放心吧。"

那天半夜,息小淘打电话给商宇浩,柳欣见商宇浩一直没什么反应,犹豫再三，终于接通电话，尽管她知道这是息小淘打过来的，但她对息小淘素无好感，甚至在内心深处对她有着很深的敌意，故意装作不知是谁打来的电话，很冷静地告诉对方商宇浩已经睡了。其实柳欣倒没有故意要装出和商宇浩有什么事似的，偏偏这时是半夜时分，在白天听来很平常的一些话，却让电话那头，又不知内情的息小淘产生了误会。

当柳欣听到息小淘突然不吭声了，几秒钟后那头传来一声巨响，明显是手机被摔在地上的声音，不由得怔了一下，然后才意识到自己的话，让息小淘生了很大的气，心中本能地先是一阵紧张，细想之后，隐隐泛起一阵快意。

两个多小时的点滴挂下去，商宇浩终于感觉舒服了些，回到酒店倒头再睡，直到第二天的九点多钟，柳欣又过来叫门，让他先去参加威达门店的开业典礼，然后还得去医院继续挂点滴。

商宇浩起床后连打了几个电话给息小淘，那头竟然都是关机。心中有点奇怪，小淘怎么不开机，难道她还没起床？她一向没有关掉手机睡觉的习惯。想起自己临行前和她说过，到达佟二堡后就会给她打电话报平安，结果身体不舒服把这事给忘了，挂好盐水回酒店时倒是记得的，但已经是深更半夜，料想息小淘早该睡了，就又不忍心再去打扰她。

她为什么要关机啊？该不会是生气了吧？商宇浩的心中隐隐有些许的不安。

再打家里的座机，竟然也是无人接听，心中的不安感顿时更加强烈。每天差不多这个时候，他妈妈应该在家准备午饭，怎么会不在家呢？

他的身体还没完全康复，依然有点头昏脑涨，浑身乏力，强打起精神随柳欣三人来到佟二堡皮革城，谁知还没走进大门，息振涛的电话就打了进来,告诉他息小淘昨晚出事了,不小心从楼梯上滚落,连夜送入医院抢救,大人已经没事,但胎儿没能保住,流产了。

商宇浩顿时就傻了,愣了好一会儿才问:"出什么事了?淘淘怎么会从楼梯上滚落?"

那头的息振涛怒不可遏,大声说:"我正要问你呢?你昨晚到底做了什么事?让淘淘受到那么大的刺激,她一直在叫着:'商宇浩,你为什么要这样对我,我恨你!'你老实说,你到底做了什么?你要真敢对不起淘淘,我绝不放过你!"

"我没有啊!我没做什么啊!淘淘怎样了?我……我马上回来!"商宇浩在电话里和息振涛说不清,连忙挂了电话,对柳欣等三人说:"小淘出事了,我得马上赶回去,你们帮我向威达那边道个歉。柳欣,你马上帮我订一张回浙江的机票,越快越好!"

柳欣见商宇浩脸色大变,忙问:"小淘她出什么事了?"

商宇浩说:"振涛说她昨晚受了极大的刺激,不小心从楼梯上滚落,造成流产。"

"啊?!"柳欣的脸色一下子变得惨白。她讨厌息小淘,希望她过得不要太舒服,却从没想过要去害她和商宇浩的孩子,她只想气气息小淘,可绝没有伤害她的想法。

商宇浩从辽宁飞回杭州萧山国际机场,再从机场赶到海宁人民医院时,已是暮色降临,万家灯火。

息小淘静静地躺在病床上,望着病房的天花板发呆。她眼睛睁得很大很大,但却目光溃散,不落在一个点上。

"淘淘,淘淘……"商宇浩看着息小淘失魂落魄的惨淡样子,心痛得无以复加,附身到她的耳旁,轻轻地呼唤着她的名字。

息小淘却似毫无知觉，甚至连眼珠也不动一下。

"淘淘，你不要这样啊，我是宇浩，我回来了，你看我一眼啊。"

息小淘终于有了点反应，缓缓地转过头来，慢慢地把目光移到商宇浩的脸上。

"淘淘，是我，让你受苦了。"商宇浩抓住息小淘露在被子外的手掌，轻轻地握在自己的掌心中，然后再把她的手拿起来抚在自己的脸上，心痛地说，"淘淘，对不起，我没照顾好你……"

话还没说完，息小淘突然像发疯了一样，抚在商宇浩脸上的手猛然抽出，一把抓住他胸前的衣服，她自己猛地坐起身来，尖声叫道："你为什么要这样对我？为什么要这样对我，为什么？"

息小淘的声音里满含着痛苦和绝望，又尖又厉，像刀锋一样划破了医院住院部的宁静，把商宇浩吓了一跳，也把护士站里的护士们吓得全跑了过来。

商宇浩想按住息小淘的身体，怎奈她像是要和他拼命似的，乱抓乱打，商宇浩的脸上顿时就出现了好几条血痕。三名护士上来帮忙，依然制不住她，值班医生担心出事，忙叫护士准备注射镇静剂。

商宇浩不知道镇静剂会不会有副作用，忙说："医生，不用打针，她只是生我的气，会很快没事。"

医生说："用一次镇静剂对身体无碍，她情绪这么不稳定，从昨晚到现在又一直没睡过，需要好好睡一觉，对身体康复有益。"

商宇浩不再坚持，看着狂躁不安的息小淘，心中的愧疚更加强烈。"淘淘，你先好好睡……"他话还没说完，突然，后衣领被人一把扯住。

商宇浩连忙回过头去一看，却见息振涛满面怒容站在自己的身后，他大喝了声："商宇浩，你这王八蛋！"挥手一拳，重重地打在商宇浩的脸上。

息小淘住院后，白天时商妈妈一直陪在这里，到了下午学校放学后，她不得不回去接商鼎，就由息振涛过来陪护，他在医院里待不住，刚才出去透气去了，依稀听到息小淘在病房里尖叫，连忙跑过来，一眼就看到商宇浩，想也不想就一拳打了过去。

商宇浩猝不及防，被打得连退出好几步，重重摔倒在地上。

护士们吓得大叫起来："不要打！不要打！"

息振涛怒火中烧，哪里肯罢手，冲上去提起商宇浩还要再打。恰好丰收过来看望息小淘，见状连忙死死抱住息振涛的腰，大叫道："住手，不许打人！"

息振涛也就是个花架子，没多大力气，一时挣脱不了丰收的手，只能对着商宇浩大吼："你不要以为仗着自己有钱，就可以随便欺负我家淘淘，我绝不放过你！"

商宇浩从地上爬起身来，揉着被打肿的面孔，问："我到底做错了什么？你们都这么怪我？"

丰收问："老商，你昨晚那事到底是不是真的？这不像你的处世风格啊。"丰收本来在杭州出差，得知息小淘出事，忙叫夏思楠赶过医院看望，大致了解了昨晚息小淘受刺激的原因，但他还是不相信商宇浩会做出这样的事。

商宇浩忍着痛，问："我昨晚做了什么啊？"

丰收说："那个……"犹豫起来，当着这么多的人说那种事，还真的有点开不了口。同时又担心那事万一是真的，会让商宇浩下不了台。

商宇浩说："丰子，有什么事你就直说吧。"

丰收见商宇浩神情自然，不像是故弄玄虚，而且就自己对商宇浩的了解，他也不是那种到处留情的人，当即直问："你昨晚，是不是和柳欣住在一起？"

商宇浩吃了一惊,问:"这是谁说的?"

丰收说:"小淘昨晚半夜里打电话给你,听到柳欣和你睡在一起,她才会遭受刺激导致神智错乱而滚下楼梯。"

"什么呀!"商宇浩气得叫了起来,"我昨天一下飞机就得了重感冒,熬到夜里实在熬不过了,柳欣他们把我送去医院,我在医院里挂盐水一直挂到后半夜,柳欣她一直留在医院里陪我。"从手提包中找出病历卡和门诊收费单,在病历卡上明确地写着,他是晚上九点半左右送入医院就诊的。"你们也不想想,如果我和柳欣有一腿,还用得着等到今天吗?"

病床上的息小淘突然两眼翻白,一下子就晕了过去。

柳欣、苏文和吕振飞从佟二堡回来后,一同去医院看望息小淘,三人当面向息小淘说明那天发生的事。柳欣见几天不见,息小淘憔悴了这么多,内心不无愧疚,真心向她道歉,直怪自己当时没有把话说清楚。

然而这份迟来的澄清又有什么用?孩子已经没了,所有的失去都已经无法挽回。

息小淘遭此重大打击,变得沉默寡言。在医院住了几天后,回到家中休养,依然是一副郁郁寡欢的样子。

商宇浩知道她的心结还没解开,说:"淘淘,我知道你放不下我们的孩子,不过事情已经这样,惦记也没用,忘了好吗?我们还会再有孩子的。"

息小淘沉默半晌,说:"宇浩,这几天我一直在想一个问题,我们的结合是不是错了?为什么我总觉得这么累?"

商宇浩顿时就紧张起来,说:"你怎么会这么想呢?就算我们有什么问题,那也只是沟通不及时而已,我们结婚的时间还短,还需要慢慢磨合。"

息小淘摇头,说:"不是,问题在我这里。我对我们的婚姻已经没有信心了。"

商宇浩大吃一惊,上前扶住息小淘的肩膀,说:"你对我们的婚姻没信心,这就说明我做得不够好。我会改,我会努力做到最好,请你相信我,好不好?淘淘,你可千万别钻牛角尖啊!我说过,我一定会让你幸福的。当初我向你求婚时许下的承诺不会变,你要对我有信心!"

息小淘轻轻摇头,问:"你已经做得够好了,还怎么改啊?我不是对你没信心,是对自己没信心,我们……我们还是离婚吧。"

"不行!"商宇浩回答得很干脆,"淘淘,你是对我没信心,是不是?是我做得不好,平时和你缺乏沟通,害得你总是胡思乱想,以后一定会注意的,好不好?"

息小淘很平静地望着商宇浩,说:"我这些天一直在想这个问题,我们在许多观念上存在问题,才结婚这么一段日子,就显露出来,以后还怎么继续啊。人生是那么的漫长,也不管你愿不愿意,一路之上总会出现这样或那样的波折,我都不知道该怎么坚守下去了。"

商宇浩知道息小淘经过打击之后,意志消沉,无论对什么事总往坏处想。苦笑了一下,说:"我知道,你对我还缺乏信任。淘淘,我知道你为什么会对我有这样那样的想法,就是因为我们的初识,以及我们的年龄差距,就像其他人一样,不看好我们的婚姻。虽然你的主观意识不那么认为,但你的潜意识里,会不自觉地认为我们俩可能走不到头。淘淘,我已经快四十岁的人了,已经没有多少岁月可以挥霍,也早已没了游戏人间的激情。人近中年,更需要有一个安定的家和一份真诚的感情以携手到老。有的人总认为二婚的人不可靠,尤其是像我这种年岁有了点、钱也有了点的人,感情早已经被掏空,眼中只剩下利害关系。如果你也这么想我,那就错了。"

"错了?"息小淘有点像喃喃自语,"我错了吗?"

"嗯。"商宇浩点点头,说,"就因为我早已过了而立之年,又经历过婚姻破裂,事业惨败,父亲早亡,人生中最悲惨的事,我几乎都经历了,所以才更懂得真情的可贵,也就更加渴望真情。我自认不是一个容易动感情的人,但我一旦认准的人和事,就不会轻易放弃。淘淘,我还是那句话,在我心里依然最想和你一起走完这辈子。"

"可是……"

"没有可是,以后再也不许提离婚这两个字。"

柳欣的辞职信递到商宇浩面前时,商宇浩满脸错愕地足足看了她五六分钟。然后艰难地吐出三个字:"为什么?"

柳欣的脸上闪过一丝自嘲而又无奈的笑意,说:"因为我已经想通了,既然得不到,不如放下,于人于己都是一种解脱。"

商宇浩在心中暗叹一声,感情这东西,总是让人剪不断,理还乱。他不是榆木疙瘩,她对他的心意,自然能感觉到。

五年前,柳欣刚进公司时,还是个满脸稚气的青涩女生,单纯得像个水晶球。那时她看向商宇浩的目光中,总隐隐约约地夹杂着让人心动加速的温情。商宇浩只当是涉世未深的少女对成功男人的崇拜之情。然而随着时日的加深,他不安地发现,她对他的那份情感越来越浓烈。特别在他离婚之后,他能感觉到她几乎用尽了全身的力气来向他靠拢,无论是在工作上,还是在生活上,都对他无微不至地照顾着。在他最失落的那三年间,因为有她的默默相伴,自己才慢慢缓过劲来。然而,感激代替不了感情，友情也永远无法变成爱情，有情无缘注定了只能是半步天涯。"

商宇浩说："你能这么想，说明你已经超然。既然这样，又何必离开？"

柳欣的眼中闪过一丝淡淡的哀怨，说："因为我并不是一个意志坚定的人，我怕自己会再陷进去。"

商宇浩苦笑了一下，说："谢谢你，柳欣，不管怎么说，你依然是我最值得依赖的朋友。"

柳欣想咧嘴笑一下，不料心中又苦又涩，笑意还没浮到脸上，泪水却已经从眼角滚落下来。她哽咽着问："商总，我想问你一句话，我到底哪里不好，让你无法喜欢上我？"

商宇浩不知从哪里说起，说："不是每一个相逢都可以变成相守。其实在我心里，我一直把你当成温柔可人、善解人意的好妹妹……"

柳欣一头扎入商宇浩的怀中，抱住他的胸膛号啕大哭起来。堆积五年的情感，未能等来童话中王子公主般的圆满结局，无奈最终只能在这临别一抱中泯灭成烟。

商宇浩轻轻推开柳欣，从桌上纸盒中抽了几片纸巾递到她手中，说："我相信你一定会寻找到自己的幸福的。"

柳欣拭去眼泪，这一场痛哭宣泄去不少憋闷在心中的哀怨，感觉舒服多了，说："谢谢商总。还有，请你替我向小淘道个歉，是我在她给你打电话时，故意没有把事情说清楚，才害得她胡思乱想，才会导致她流产，我对不起你们。"

商宇浩的心头微微一痛，心说原来如此。可是想到柳欣默默地在自己身边待了五年，且不说她对自己的那份情，这五年里更是从没犯过任何过错，现在她都要离开了，又何必再怪怨她什么。说："我想你的本意并非如此，她会原谅你的。"

"还有，我因为讨厌小淘，总是在想法算计她。那天齐默来公司找你时，是我发匿名短信给她，让她来公司捉你们的奸，谁知齐默只待了一会儿就离开，结果小淘把我当成了你的相好，还泼了我一杯子咖啡，我真是活该。"

商宇浩苦笑一下，他还一直以为是施雅萍在暗中算计他和息小淘。

"后来，你约齐默去南北湖吃饭，我也偷偷赶了去，租了游船，躲在船舱中偷拍下你们靠在栏杆上谈话的亲密照片，然后把这些照片全发给了息小淘。"

商宇浩长叹一口气，说："你这么一说，我就全明白了。那天我和齐默约在馨香小筑吃饭，小淘很快就找了过来，应该也是你给她通风报信的吧？那家饭店本来就是你帮齐默预订的，自然知道我们所在的包厢。"他同样一直以为是施雅萍玩的花样，后来细想之下又觉得奇怪，因为那天他从包厢里出来追息小淘时，还遇到了施雅萍和她的男朋友，当时看她的神情似乎很不希望遇到自己，如果真是她玩的花样，那她自己和男朋友就不可能出现在那里了。

柳欣突然笑了一下，问："你现在该知道我是个多么可怕的女人了吧？"

商宇浩无言以对。因爱成恨，情陷魔障，后果比这可怕百倍千倍的事，也不是没有。

柳欣长舒一口气，说："这些事压在我心里，让我天天遭受良心的谴责，今天向你全说了出来，心里感觉轻松多了。商总，不管你在意也好，不在意也罢，我最后再向你说声对不起。愿你和小淘永远幸福！"说完，深情地再看了商宇浩一眼，带着无限依恋，怀着深深的愧疚，黯然而又决然地转身离去。

11　少年夫妻老来伴

丰收打电话给商宇浩,说向他的银行账户中打入了五十万元,此前借他的一百万元,将分两次偿还,请他查收一下。

商宇浩惊讶地问:"为什么?你不打算做生意了吗?"

丰收哈哈大笑,说:"我的建材公司逐步纳入正轨,而且运作良好,势头强劲,前景一片光明,我为什么不做生意啊?"

"那你为什么把钱还给我啊?"

"我已经赚到钱了,不把钱还给你干什么啊?这叫有借有还,再借不难,哈哈。"

"你已经赚到钱了?"商宇浩简直不敢相信自己的耳朵,"建材生意有这么好做吗?你的公司开张才一个多月,就赚了五十万?你在卖白粉啊?"

丰收在电话那头笑得更加得意,说:"我用最短的时间,创造出一个创业神话,你们应该相信我是块做生意的料了吧?"

"你就少吹牛了。快说,你是怎么做生意的,可别一心想着发大财而走捷径,使什么花招吧?"

"老商,你把我想成什么人了,真是的,一个个见不得我好似的。你总还记得,我老家那边有许多石材厂吧?"

江西多山,丰收的老家就是在一个重山环抱的山旮旯里。当地人靠山吃山,兴办了不少采石厂,开采出来的花岗岩质地坚硬,色泽美丽,加工成形材、板材等,是非常高档,也很受市场欢迎的建筑材料。

丰收又接着问:"你知道江畔丽影小区吗?"

商宇浩说:"听说过,那是一处以别墅为主的高档小区,好像还在开发中吧?"

"对。这处在建的小区需要用到大量的花岗岩作为外墙装饰材料。本来他们筹建时,通过招标,已经确定了花岗岩的供应商,不料在需要他们供货时,那家供应商内部出现重大财务问题,银行账户遭到冻结,供货合同无法正常履行。承建方只得另外寻求合作商,我通过朋友介绍,一举拿下这个标的。"

商宇浩还是觉得有点不可思议:"像这样的工程,不知有多少商家盯着,你的公司才刚成立,不要说在同行中没名声,只怕人家连听都没听说过。"

丰收说:"这个不是问题的关键。关键是我拿去的样品让客户满意,我报出的价格又有绝对的优势,他们能拒绝我吗?老商,商场的声誉是很重要,但最重要的永远是利益。"

商宇浩说:"这就奇了,你是不是有内部消息,否则你报出的价格怎么会是最低?"

丰收笑笑说:"这个么……哈哈,只不过是我运气比较好,只想快些做成这笔大生意,也好积累些经验,以后就有了可以炫耀的资本,所以利润空间压到最低。"

"可是这么一笔大生意做下来,你应该需要不少启动资金,人家难道会预付货款?"

丰收说:"我和他们谈合同时,除了答应低价优质外,另外提了一个条件,就是请他们先预付部分货款,我朋友又做了担保,对方很爽快地同意了。我老家那边的石料厂老板是我的初中同学,我肯帮他的忙,他就已经感恩戴德,答应等我和开发商结清尾款后再付货款。哈哈,所以,其实我只是很轻松地做了一回二道贩子。老商,我已经算过了,这笔生意做下来,我差不多可以赚二百万,这回我可以买房了。"

"丰子,你的生意一帆风顺当然是最好的好事,可是别把家庭矛盾升级,你要是真买房子,那算什么呢?"

"老商,我家里的事不劳你挂心了,你最近也够烦的,我会处理好的。上回我看你脸色不太好,注意休息,毕竟我们已经不再年轻了。"

商宇浩不说话了,因为他忽然发现丰收说话闪烁其词,似乎有什么事瞒着他。曾经无话不谈、知心知肺的好朋友、好兄弟,在这一刹那,让他有了疏离感。

商妈妈替息小淘煮了红枣莲子羹,盛了端上楼去,走到房门口时,刚好听到息小淘的手机响了。连忙止住身形,心想还是等她接完电话再进去吧。

电话是息小淘老家的大哥息振业打来的,息小淘意外流产后,息振涛把消息告诉了娘家亲人,她爸妈哥嫂几乎每天都打电话过来问候,这让息小淘的心里很是温暖。

"大哥,我已经好了许多了,你们不用天天打电话过来,有什么情况我会自己打电话给你们的。"

息振业干笑了几声，说："淘淘，大哥今天有事要和你商量。"

息小淘微微一怔，说："哦，什么事啊？你说吧。"

"是这样的，我和爸妈商量过了，他们住的房子又旧又老，所以想翻建一下。我和他们已经分了家，自立了门户，在政策上是允许的，所以想趁早建了，免得以后政策有变化。"

息小淘说："让爸妈住得好一点也是应该的，只要你们商量好了，我能有什么意见呢？"

息振业说："可是我们需要你的帮助。你是知道的，我和你大嫂结婚以后，连生了两个孩子，家中的收入又有限，哪里有那么多的钱盖房呢？"

息小淘已经明白息振业的意思，他是想借钱，这个"借"字也只是说着好听，其实这钱是有去无回，他这是在要钱。可是娘家大哥已经开口，她能拒绝吗？当初她上高中、大学时，给家中添了多少负担，但两个哥哥从没说过一句怨言，都很支持她好好读书。稍稍犹豫一下，她问："把房子重建一下，大约需要多少钱呢？"

"先向妹夫借个三十万吧。"

"三十万？"息小淘吃了一惊，"爸妈那房子翻建一下需要这么多的钱啊！"

"没办法啊，淘淘，现在建材的价格一涨再涨不说，就连人工费也是水涨船高，三十万只怕还不够呢。"

息小淘有点发怵，她倒不是舍不得借钱给息振业，而是为了娘家的事而向商宇浩开口，就会感觉娘家人在想方设法地向他要钱。她感觉有点开不了口，尤其是这段时间，她对他们的婚姻已经产生怀疑，而且商宇浩也知道她的想法，在这节骨眼上向他要钱，会不会让他产生误会，以为自己想趁机捞钱。说："那我找个机会和宇浩说说吧。"

息振业说:"行,我们就指望你了,淘淘。"

商妈妈躲在门外虽然只听到息小淘说的那几句话,但还是弄明白了大致意思,息小淘的娘家人借口建房,想向商宇浩要三十万元。

当然,三十万对商宇浩来说,数目不算太大,可关键是息家人为什么在这个时候突然提出借钱呢?他们前段时间来海宁时为什么不提呢?当面借钱不是显得更慎重吗?

商妈妈是过来人,冷眼旁观,也能看出息小淘自从流产后,虽然明着没过多地表露出什么情绪,但暗中和商宇浩闹着别扭。这种藏在心里的憋屈,有时更伤人。

会不会是息小淘向她的娘家人透露过什么意思,所以她娘家人才找了个借口向商宇浩借钱,这是先下手为强。商妈妈越想越紧张,不由自主地想到了前儿媳施雅萍的种种卑劣手段。

当年,施雅萍发现她和商宇浩的婚姻亮起红灯后,不声不响地掏空商宇浩的财产,结果差点拖垮微蓝。而施雅萍除了败家,没有别的本事,把抢到手的财产胡乱投资,结果鸡飞蛋打,很快就所剩无几,否则她现在也不会落到急于依靠男人的地步。

商妈妈一朝被蛇咬,十年怕井绳,那段惨痛的教训让她记忆犹新。本来她差不多已经接受了息小淘,可是听到她娘家人变着法地又想要商家的钱财时,那根受过惊吓的神经一下子又紧绷起来。她稍稍定了下神,把红枣莲子羹端到息小淘的面前,要她趁热喝了,然后返身下楼,急着给商宇浩打电话通风报信。

最近这段日子以来,特别是在上班时间里,商宇浩只要看到是家里打来的电话,就有点心惊肉跳的感觉。因为息小淘从来都只用手机打他电话，用家中座机打的，只有他妈妈。而他妈妈一向明理，没什么要紧的事，一般不在工作时间内打扰他。

"妈，怎么了？你还好吧？"

电话那头的商妈妈愣了一下，她没想到商宇浩会是这样的反应，说："我和小淘都没事，放心吧。我只是想提醒你一下，我刚才听到小淘的娘家人打电话给她，想向你借三十万块钱，说什么要盖房子，你可得多长个心眼，施雅萍是前车之鉴，你要小心看好你的钱财啊。"

"妈，你多心了，小淘和施雅萍不一样。再说，她娘家如果真的急需要钱，我怎么能坐视不理呢？我是她家的女婿啊。"

商妈妈见儿子又是一根筋，忍不住加重了语气，说："反正你得问问清楚，小淘娘家人在这个时候要钱，让人奇怪。"

商妈妈只顾在楼下大厅中给商宇浩通着电话，却没发现息小淘已经走出房间，一动不动地站在楼梯口。她发现那碗红枣莲子羹太甜了，她喜欢清淡的口味，想去楼下客厅取点水来冲淡点，刚好把商妈妈的电话全听了去。她听出这个电话是打给商宇浩的，心中没来由地堵了一下，婆婆终究还是防着自己的。这样一来，自己反倒不好向商宇浩开口了，可是娘家人那边又该怎么交代呢？

再一想，心里忽然又有点如释重负的感觉，彼此心里有数也好，现在就看商宇浩的态度，如果他和他妈妈一样的想法，那自己再坚持下去也就真的没意思了。

息小淘抱着无所谓的心态，耐心等着事态明朗。谁知到了下午三点钟左右，突然收到一条银行的提示短信，她的个人银行账户转入一大笔钱，不多不少刚好是三十万。

她顿时就傻了，这还用想吗？这钱除了商宇浩给她的，还会有谁？

商宇浩的电话很快就打了过来,语气颇为轻松地说:"淘淘,你的生日快到了,我这段日子有点忙,可能没时间给你买礼物,给你的卡上打了点钱,你自己想怎么花就怎么花,但一定要开心快乐,好不好?"

息小淘握着手机说不出话来,生日年年过,买个礼物用得着三十万吗?商宇浩的这个借口实在是太蹩脚了。

她眼中酸酸的,心里却是甜甜的。

夏思楠的爸爸夏立国的突然到访,令商宇浩颇感意外,连忙把他让到沙发上就座,并亲自给他倒了一杯水。

夏立国说:"小商,你别忙了,我来找你,是有事求你帮忙。"

商宇浩在心中微微一惊,夏立国一向自视甚高,从不开口求人,更别说向他这位小辈求助。忙说:"夏伯伯,有什么事您尽管说吧,只要我能使得上劲的,肯定帮忙。"

夏立国叹了口气,说:"除了家事,还能有什么?"

商宇浩这才发现,夏立国的脸上愁云惨淡,神情憔悴,有段日子没见,额头的皱纹仿佛深了不少。

"怎么了?夏伯伯,是丰子和思楠出什么事了吗?"

丰收昨晚喝了点酒,仗着酒劲回到夏家,向夏立国要户口本。夏立国不明就里,就问他要户口本干什么?丰收说,他要去户籍部门把夏逸飘的姓改过来,把姓夏改成姓丰。

夏立国顿时火冒三丈,当即严词拒绝。丰收毫不示弱,说自己做生意已经赚到了钱,而且已经看中了一套房子,已经下了定金,他不想再做上门女婿,要带着夏思楠和夏逸飘出去自立门户。

夏立国当即就放了狠话,只要他还活着,夏思楠和夏逸飘就永远是他们夏家的人,谁也休想把她们带走。

丰收说他已经做了十多年的夏家人,从此后他要堂堂正正再做一回丰家的儿子,夏立国如果不答应,他宁愿和夏思楠离婚,也要争取自由身。

"什么?丰子真是疯了!"商宇浩叫了起来。

夏立国说:"这也不完全是丰收的错。我昨晚好好反思了一下,这些年来我对丰收是过分了些,可那也是因为恨铁不成钢啊。"夏立国虽然对丰收左看右看都看不顺眼,但他毕竟是受过传统教育的人,又在领导岗位上工作了大半辈子,离婚这种事在他看来那是大逆不道的行径,他可丢不起这个脸。就算在丰收升职无望,令他伤心失望的情况下,也从没想过让夏思楠和他离婚。"小商,你是丰收最好的朋友,你的话他也许还听得进,你一定要好好劝劝他啊。"

商宇浩很清楚丰收的心境,也同样知道他对女儿姓夏还是姓丰一事,一直很在意。"夏伯伯,如果丰子他一再坚持要飘飘改姓,你会不会让步?"

"不会!除非我死了!"夏立国说得十分果断。这个"姓"关系到夏家的香火,在他看来,比一切都重要。

商宇浩只能苦笑。

送走了夏立国,商宇浩打电话给丰收,手机响了好久,也没人接听,只得过一会儿再打。连打了好几次都是处于无人接听状态,心中奇怪不已。

过一会儿,丰收的短信发了过来:"老商,有事,等下再联络。"

商宇浩极度郁闷,站起身来,反过手去揉了揉颈部,长年的伏案工作,让他不知不觉地得了很严重的颈椎病,在电脑前的时间稍稍一长,颈部就会不舒服,头晕眼花。

他边揉着脖子边走到落地玻璃窗前,透过窗户望出去,天气一天天地热了起来，午后的阳光白晃晃地刺痛人眼。自从柳欣辞职离开后，他都没时间去选拔一位助理上来，现在下面几个部门送上来的材料，他都得亲自过目，再也不能像以前那样，有些不太重要的材料，可以让柳欣看看，看过后再简单地向他汇报一下，然后签个字就行。

眼下最让他烦心的就是六月份的创意大赛，时间越来越近，微蓝到现在都还没有确定下参赛的作品。设计部昨天递交上来的几份设计稿，依然不尽如人意。有时他想，到时实在拿不出满意的作品，不如放弃，随便弄件作品出来去充数，那是对自己的不负责任。

唯一让他欣慰的是，息小淘这几天的情绪明显好转。那天他和商妈妈通过电话后，马上考虑到息小淘的为难之处。她若向自己开口，难免会落下娘家人向女婿开口要钱的嫌疑，可她若不开口，就没法向娘家人交代。所以他找了个给她过生日送礼物的借口，把三十万打到她的银行卡上。其实息小淘的生日还有近两个月。

那天回家，他没有再提起这三十万块钱，也没过问她的钱打算怎么花的，就像忘了一样。而息小淘也没有主动提起，也像忘了一样。但他还是能感觉到，她的眼神明显柔和。

望着楼下大街上来来往往的车辆与行人，商宇浩的心中突然跳出一个很奇怪的念头，大街上的这些人，当然也包括自己，一天到晚忙忙碌碌的，到底是为了什么？钱真的那么重要吗？财富积累到一定程度，只不过是银行户头上的一个数字，相信大多数的人都明白这个道理，可是没有谁会停下来。现实世界就像一条奔腾不息的洪流，人是漂浮于水面上的落叶，身不由己，永远没法停下。

停下，就只有沉沦。

正想得入神，丰收的电话打了过来。"老商，你找我？"

"丰子，思楠的爸爸刚刚来找过我，把你家的事和我说了，我想知道你的态度。我希望你昨天在家说的话，只是酒后的胡话。"

丰收稍稍沉默了一下，说："电话里说不清，下班后我们当面谈吧，我们已经好久没有聚聚了。"

"行，老地方，一品轩。"

见到丰收时，商宇浩终于领悟到"人逢喜事精神爽"那句老话的经典。丰收做生意成功，虽然每天忙得像陀螺一样连轴转，但心情舒畅，才几天没见，像换了个人似的，整个人精神焕发，新理的板寸头，头发根根竖起。连头发都仿佛比平时显得有精神。

"老商，兄弟我今天请你吃顿好的。"丰收笑意盈面，说话时两条眉毛上下跳动，显得意气风发。

"我可不可以把你的话理解成：以前我们一起吃过的饭，你都觉得不够好？"

丰收大笑起来，说："你什么时候变得这么小肚鸡肠了？我的意思是，以前吃饭总是你买单，现在我有钱了，这回，得我来请你好好吃一顿。"

商宇浩笑了起来，说："有钱就是不一样哈，说话的底气都变厚了。你可千万别应了那句男人有钱就变坏的话。"

丰收笑笑说："我知道你想说什么。思楠的爸爸找你告状，你可别先入为主，就觉得我过分。"

"我可不管你家的是非恩怨，我只想问你，飘飘姓什么真的那么重要吗？你没看她的小鼻子、小眼睛，长得和你有多像？不管她姓夏还是姓丰，她的小脸上都刻着你们老丰家的印记，这是谁也忽视不了的。你又何必较真呢？"

丰收双眉一挑，一脸认真地说："思楠的爸爸和我较真，那我就得跟他较劲。当初我和思楠结婚时，他提的第一个条件就是，我得算上门女婿，生出的孩子必须姓夏。这十多年来，我被这'上门女婿'四字压得喘不过气来。老商，你没有亲身经历，永远都不会知道个中滋味。你还记得我以前单位里那位小王吗？"

商宇浩点头，那位小王为人热情，嘴也特甜，有一回商宇浩随丰收单位的同事一起吃饭，小王张口闭口一直管商宇浩叫哥，叫得那个亲热和自然，让他感觉小王就是自己的亲生弟弟。商宇浩问："这又关小王什么事了？"

"有一回，我们大伙谈到孩子，小王不了解我的情况，但想知道我孩子的名字，当着所有人的面问我，丰哥，你家宝宝的名字叫丰什么？当时，把我尴尬得真想找条地缝钻进去。"

商宇浩不以为然地说："那只能说明你的心态有问题。名字只不过是一个记号，姓什么叫什么都不重要，一家人和和美美地生活才是最重要的。"

"你这么想，是因为没有人跟你争孩子。思楠的爸爸把这个姓看得可重了，我昨天一提，他那样子像恨不得跟我拼命似的。"

"他那么大的年纪，你就不能照顾着他点……"

"那谁来疼惜我爸呢？飘飘改姓丰，我老丈人会觉得他们夏家断了香火，那我们丰家呢？早在十几年前就已经断了香火了！我爸的心已经苦了十几年，谁来怜惜他啊？"

商宇浩发现丰收已经钻在牛角尖里了，自己一时也说服不了他。"那你有没有想过思楠的感受？她是那么的爱你。你和思楠是我们这班大学同学中，最终修成正果，也是硕果仅存的一对，你得好好守住了。"

丰收不胜其烦地拍了下脑门，说："我管不了那么多了，我得为我老丰家活一回。"

齐默从上海、南京等地兜了一圈后再次回到海宁，她主动打电话给息小淘，想约她一起出去走走。

息小淘大感意外，想到上次对她的误会，还动手打了她，都感觉不好意思见面。齐默呵呵一笑，说："我和你老公是好朋友，难道你以后总是躲着不见我吗？再说上次的事，我一点也不生气，反而还有点高兴。"

息小淘有点摸不准齐默的状况，问："我打了你，你还高兴啊？"

齐默说："宇浩是我最好的朋友，他过得幸不幸福一直是我最关心的事。你为了宇浩打我，那就说明你是真心在意他的。小淘，听宇浩说你最近心情不太好，那就不要天天窝在家里，这样只会越闷越心烦，不如明天陪我出去走走吧。我要去拜访两位隐在民间的艺术家，他们很平凡，但很了不起，等你了解他们的经历后，我想你一定会有所感悟的。"

息小淘心想，和齐默的误会都是自己造成的，她不计前嫌主动示好，自己可不能表现得过于小家子气，于是就爽快地答应了。

第二天上午，息小淘按和齐默约好的时间，驾着她的黄色福特嘉年华，到齐默下榻的新世界大酒店接她。

齐默早已等在酒店门口，她一袭米色长裙，外套浅蓝色小西装，显得典雅而大方。她打开车门，坐到副驾座位上，然后很仔细地看了息小淘一眼，说："小淘，你最近瘦了不少啊，有些事过去了就不要再想，想多了只会徒生烦恼。"

息小淘微微点头，说："齐默姐，谢谢你。"

齐默笑了，她明白息小淘的意思，谢谢她能原谅她，也谢谢她开导她。她说："记住，你还年轻，忘记失去的，好好把握住眼前的，这样才能过得快乐。"

齐默这次再回到海宁，主要是因为她上次过于匆忙，没来得及去拜访她一直心仪的两位民间艺术家。一位是制作海宁灯彩的老艺人，另一位是皮影戏大师。这两位艺术家都已经是六七十岁的老人，在圈内也许名声不是很大，但却活得精彩。

制作海宁灯彩的老艺术家姓黄，中等身材，满头银发，背微微有点驼，布满皱纹的面孔显得十分和善。他和老伴一起居住在城北的一幢老民居里，两间不大的正厅上，挂满了上百盏灯彩。大的差不多有圆桌面大，小的只有酒盅的个头，五颜六色，款式各异，看得人眼花缭乱。

齐默和息小淘来到老黄师傅家中时，他正在工作台上很认真地扎着一盏式样繁复的宫灯。工作台旁边的竹子躺椅上，躺着位同样是满头银丝的大妈。大妈很专心地看着老黄师傅扎灯，目光十分的平和，仿佛随着老黄的手指在上下转动，但又总是慢了一拍；又似乎什么也没看，目光弥散，不聚在一个点上。当时息小淘就有这么一种想法，大妈的眼神很特别。

在齐默和息小淘向老黄和大妈问过好后，大妈随着老黄，笑容可掬地说着："欢迎，欢迎。"

齐默自己动手，搬了两把椅子在工作台旁，和息小淘一起坐下，看着老黄扎灯。

老黄的手指又粗又短，手指尖上长着厚厚的老茧。他说："海宁灯彩源于秦，始于汉，盛于南宋，至今已有两千多年的历史。别的地方的灯都称为'花灯'或'彩灯'，唯独海宁的灯被称作'灯彩'，知道这是为什么吗？那是因为其他地方的彩灯是以'灯'为主，唯独海宁的灯彩却是以'彩'为主，以灯透彩，以针刺花纹为特色。一座灯彩少则要刺一万多孔，多则刺二十至三十多万孔，可谓'万窗花眼密'，集传统

'针、拗、结、扎、刻、画、糊、裱'技法于一体,光线透过针眼,勾画出一幅幅形象逼真、惟妙惟肖的图画……"一聊到灯彩,老黄师傅马上就打开了话匣子,恨不得把他所知道的一切,一下子全倒给眼前的这两位年轻人。

"我从十岁就开始跟着我爷爷学习制作灯彩,至今经我手制作出的灯彩不下五万盏,几年前有一位外国人还专门到我这里来学习制作灯彩……"说起得意事,老黄师傅一脸得色,脸上的笑容随着皱纹像水波般层层荡开。

齐默是知道这事的。那位外国人其实是意大利的一位很著名的艺术家,名叫卡米洛。他慕名拜访老黄师傅,并参观他的作品,一见惊艳,心血来潮之下,想拜老黄为师傅,学习这门中国的传统手艺。

然而令卡米洛没想到的是,这制作灯彩的工艺看似平常,实则大有玄妙,这是中华五千年文化精髓的表现之一,主要靠手工制作,除了要胆大心细,还得有绘画、雕刻的基本功和超人的耐心和很高的悟性。卡米洛耐着性子学了一周,终于放弃。因为他发现自己肯定学不会,这不是说他的悟性不够高,而是因为东西方文化的底蕴不同。中国文化是"意"的文化,而西方文化则是"义"的文化。"义"可定而"意"不可定,最终他抱着遗憾离开海宁。

后来在一次文化活动中,卡米洛遇到齐默,当他得知她是中国海宁人时,激动地竖起了大拇指,向她说起在海宁有这么一种宝贵的民间艺术,还有一位可敬的民间艺术家。所以,齐默慕名前来拜访。

弄清齐默的来意,老黄师傅憨厚地一笑,说:"海宁的灯文化、潮文化、名人文化,号称海宁的三大文化,其中只有灯文化是民间艺术。

可惜的是，现在没有年轻人愿意学这种手艺，后续乏人，再过几年，等我们这辈人死了后，你们只能去博物馆看看照片了。"

坐在一旁的大妈笑了起来，对老黄说："你又来了，要是人人都学得会这门手艺，还能叫珍贵的艺术吗？放心吧，到时总会有出色的年轻人来接过你们的接力棒的。"

老黄也笑了，说："希望这样吧。"转过头问齐默："你和那位外国朋友还有联络吗？"

齐默说："我们经常会在文化活动中相遇，老师您有事吗？"

老黄点头说："那年他离开时，我本来想送一盏灯彩给他，只是恰好手头没什么合适的，结果没能达成心愿，如果你方便的话，能不能帮我捎一盏给他？"

齐默爽快地说："没问题，一定交到他的手上。"

老黄点了下头，颤巍巍地想从工作台上站起身来，一旁的大妈紧跟着他也颤巍巍地站起身来，伸出手摸摸索索地从老黄的左侧将他扶住。两人很默契地跨出步子，一同走向那些挂在大堂上的灯彩。

息小淘这才惊讶地发现，老黄师傅的左腿裤管从膝部以下是空的，大妈从左侧搀扶着他，两人合步齐走，大妈就成了他的左腿。

老黄师傅发觉到息小淘略带惊诧的表情，笑了一声说："我是个废人，没有老伴陪同，几乎寸步难行。"

齐默说："听那位外国朋友说，老师您的这条腿在年轻时就没了，这几十年来，都是大妈照顾着您。"

老黄师傅点头说："这条腿啊，也是因为灯彩而没的。有一年的元宵节，我制作出一盏盘龙大灯，想把它挂得高点，让更多的人看到，结果在挂灯时，从木梯子上摔了下来，膝盖以下碎成无数块，那时的医学远没现在这么发达,为了保命只得把腿给锯了。"

齐默说:"大妈几十年如一日地照顾您,真是令人敬佩。"

哪知道一旁的大妈却笑出声来,说:"哪里是我照顾他,分明是他在照顾我。你们没看出来吗?他没了一条腿,其实用根拐棍就行了,可他为了安慰我,不让我自暴自弃,装着离不开我的样子,让我扶着他。其实我早就知道,就算我不扶着,他也一样倒不下去。"说着,真的放开了双手,老黄师傅立在那里果然是纹丝不动。

老黄师傅说:"老太婆,你这是何苦呢,我虽然能站一会儿,可是走路就不行了。我早就说过,你是我的腿,我是你的眼。我俩谁也离不开谁。"

齐默带着惊讶,又很小心地问:"大妈的眼睛不好吗?"

大妈说:"我的眼睛已经瞎了快十年了。"

"哦。"齐默和息小淘都是不可思议地互看一眼,顿时就明白了老黄师傅的良苦用心。估计大妈在眼睛刚瞎时,受不住打击,产生了某种消极念头,老黄师傅就故意装出离不开她,让她觉得自己还有活着的价值。

大妈扶着老黄师傅走得并不快,两个人三条腿,是如此默契,仿佛已经完全融为一体,再也分不出彼此。他们就这么搀扶着一路走来,形影不离地走过一路繁华,也走过满地苍凉,相信这世上就算有再大的风雨,也休想左右他们稳健的步伐。

息小淘的眼眶突然湿润了,少年夫妻老来伴,相濡以沫,携手相伴,说的就是这种意境吧。

老黄师傅从灯彩中取出一盏西瓜大小的椭圆形宫灯,这盏灯用料考究,制作精良,古色古香,有传统宫灯的雏形,就像老黄刚才所说的那样，重点不在灯而在于彩上。檀香木制成的灯架上，被雕刻出四条飞龙，形态各异，栩栩如生。轻轻按下灯上的电源开关，红色的光源透过镂空的灯壁，映射出一道道或粗或细的光柱，光怪陆离，五彩斑斓。

息小淘和齐默惊羡不已，均被这美妙无比的作品打动。

老黄哈哈一笑，把挂在堂屋里的所有灯彩全都打开。刹那之间，本来还是光线阴暗的、低矮陈旧的堂屋变得流光溢彩，七彩纷呈。置身其中，仿佛置身于梦幻世界。这哪里是一间老屋，分明是一座艺术的殿堂。

辞别老黄夫妇出来，齐默和息小淘心头的震撼犹未退去。

直到息小淘把车开到水月亭路上，才慢慢回过神。眼前依然浮现着老黄师傅和黄大妈搀扶在一起，时光飘摇中相依相靠的身影。她突然笑了一下，说："默姐，你对我们太好了。"

齐默微微一怔，马上明白了息小淘的意思，扭过头去见她神情从容，笑意明朗，隐在眉间的那点黯然愁意早已烟消云散，知道她的心结已经彻底解开，自己此行的目的总算功德圆满，终于也会心地笑了。

息小淘是真的释怀了。她从两位老人的身上，感悟到了幸福的真谛。因为相知，所以才能相伴；因为相爱，所以才能彼此相守。她想到了自己和商宇浩的婚姻，既然已经相守在一起，又何必去在意那些世事羁绊，流言纷扰。

福特嘉年华从水月亭路下来，转到海昌路口时，息小淘忽然看见二哥息振涛陪着一个女人，从前面一家茶楼门前的台阶上走下来，两人很快就坐上一辆出租车走了。由于中间还隔了一段距离，息振涛他们又和息小淘两人同方向而行，所以息小淘只看到他们两人的背影。此前她听说过息振涛对柳欣有好感，还展开了攻势，但柳欣离职后已经返回老家。

而且从背影看，那个女人绝对不是柳欣。柳欣个子高挑，身材匀称，而前面那位女子的背影明显要丰满得多，而且感觉不是年轻姑娘。虽然看着有点眼熟，却想不起是谁。

息小淘发觉副驾座上的齐默有些异样，微微侧头，见她也瞪着眼睛注视着前方，似乎也在关注着息振涛和那个女人，心中不由得奇怪起来，齐默也认得自己的哥哥吗？刚想开口询问，齐默却朝她笑了笑，那意思分明是在说：由他去吧，不必多事。

息小淘话到嘴边又咽了下去，心想还是以后找机会问问息振涛吧。她知道自己的二哥生性随性，情感生活多姿多彩，她也一向懒得过问他的私生活。

12 纷乱的家事

夏立国和丰收翁婿间的矛盾升级，两人僵持着谁也不肯让步。夏思楠夹在父与夫之间，苦不堪言。

商宇浩劝了丰收几回，可是丰收自恃做生意成功，手头有了钱，这回咬定了要替夏逸飘改姓，怎么也不肯松口，把夏立国夫妇气得老泪纵横。夏思楠不忍年迈的父母伤心，最终选择了丰收开出的第二个条件：离婚。

丰收敢和夏立国叫板，无非是依仗夏思楠对自己感情浓厚，怎么也没想到她竟然在被逼无奈之下，做出丢车保帅的决定，这让他震惊之余，又感觉很受伤。找到商宇浩诉苦，说着说着失声痛哭："我只是想找回一点自尊，以离婚要挟他们并不是我的本意，我从没想过要离开思楠，更不想失去我的婚姻。"

商宇浩看着丰收这样子，真的又是气他，又是心疼他，说："你只顾着你的自尊，却从没好好想过思楠的感受。拿你们夫妇间的爱情，去叫板他们父女、母女间的亲情，你注定会一败涂地。"

丰收问："为什么？我不相信思楠对我这么薄情。"

"思楠很爱你，明眼人都看得出来。但她不会为了你而放弃父母，那是为人子女的责任，也是做人最起码的道德。丰子，你犯的最大错误，就是不该用爱情去挑战亲情，那是两种完全不同的感情，也不必计较哪一种更深厚。如果一个人连父母亲情都可以放弃，你觉得他还会珍惜爱情吗？"

丰收长叹一声，仰天倒在沙发上，说："这下玩过头了，怎么办啊？我和思楠离婚的事，还瞒着我爸和飘飘呢。"

商宇浩说："你爸是位很开明的老人，开明得让人心痛。这事只怕瞒不了多久，你得想好了说辞，可别让他伤心了。"

丰收说："我让思楠失望了，现在只想知道她是怎么想的。"

"她能怎么想？还不都是你给逼的吗？找个机会和她谈谈，不声不响地去民政局办个复婚手续，你爸和飘飘面前也就遮盖过去了。"

齐默回国前，约了商宇浩、息小淘夫妇和丰收、夏思楠夫妇一起吃饭。

丰收估计商宇浩肯定会把他和夏思楠离婚的事告诉齐默，他要是过去，现场肯定会变成群斗会，众口铄金似的狠批他这个绝情汉。他心里本来就郁闷，不想再添堵，就找了个借口推辞了。

夏思楠的心里苦着呢。平时身边是有离婚这类事发生，她都是冷眼旁观，暗中庆幸自己和丰收感情稳定，没想到终究还是没能逃过这一劫，怀揣了十多年的结婚证变成了离婚证。看着上面殷红的手指印，仿佛是从心头淌下的鲜血，让她痛到麻木。她知道不该怪丰收，他这几年过得不容易，可是不怨他又该怨谁呢？怨自己的父母吗？老人有老人的固执，丰收拼命要和他们较真，伤得最重的只能是自己。

她坐在床上，看着手上的离婚证，泪水不禁地流下来。她和丰收在大一时就确定了恋爱关系，两人的感情一直很好。人们常说大学生的恋情就像是长在温室里的花朵，脆弱得经不起任何风吹雨打。在他们毕业后，就曾遭受了就业困难、家庭反对、两家相距遥远等多重阻碍。但丰收为了真爱，毅然放弃一切，追随她来海宁落户。

她感激丰收做出的牺牲，也感念他的一片痴情，虽然生活中磕磕碰碰不断，但夫妻俩却从没红过脸。没想到小心翼翼地捂了这么多年，所有的问题还是问题，积压多年以后，终于还是爆发了……

正胡思乱想着，忽然听到房门口响起一声"妈"，女儿夏逸飘放学回家了。吓得她慌忙把离婚证书塞到被子底下，擦干脸上的泪痕，说了声："飘飘，你回来了啊，妈妈这就去做饭。"

夏逸飘从房门口探出头来，问："妈妈，你躲在房里干什么啊？"

夏思楠说："我在整理衣服，天热了起来，有些冬衣也该放好了。"说着走出房间。

夏逸飘年纪不大，却心思敏锐，她发现妈妈脸上露着笑，可眼神分明是悲伤的，而且睫毛粘在一起，那样子就像刚刚哭过。她脑袋一晃，说："妈妈，我肚子饿了，你快做饭吧，我先做作业。"

夏立国每天下午都会出去走上一圈，算准时间，差不多和夏逸飘一起回到家，祖孙俩闲聊了一会儿，夏立国去书房看当天的报纸，夏逸飘则打开书包做作业。

夏妈妈替夏立国泡了一杯茶，端进书房，然后进厨房帮夏思楠侍弄晚饭。她退休前是市中医院的资深护士，生性温良，不管家里家外、大事小事，从不拿主意，事事都听夏立国的。她对女儿夹在夏立国和丰收之间的痛苦，看在眼里，痛在心里。这时见夏思楠神情惨淡，知道她又在伤心了。安慰她说："思楠，你爸就是这个脾气，你若让着他点，他也许就软下了。你要是一再和他较劲，他会比你还狠。等你爸爸心中的气消退后，我会好好劝劝他的。丰收是个好孩子，你过几天也去找他谈谈吧，这个家不能就这么散了。"

夏思楠低着头嗯了声，继续切她的菜，过了会儿，想起什么似的，问："妈，飘飘没发觉什么吧？"

"应该还没有，放学回来的路上，她一直跟我说学校里的事，开心着呢。"

"那就好，我别的倒不怎么担心，就担心飘飘和丰收的爸爸。此前，飘飘还跟我说，如果我们再吵吵闹闹的，她就离家出走，这个家她不要了。"

夏妈妈吓了一跳，说："这孩子，才多大点年纪，怎么说出这种话来。思楠，你要正面引导她才好。"

正说着，厨房间的门被一把拉开，夏逸飘铁青着脸尖叫了声："妈妈，你们为什么要骗我？！"

夏思楠和夏妈妈都被吓了一跳，回过头去一看，却见夏逸飘的手里拿着夏思楠的离婚证书，高高扬起，满眼绝望地看着她。

夏思楠的脑中"轰"的一声，一下子就懵了，连说了两声："这个……这个……"

夏妈妈还企图隐瞒什么，忙说："飘飘，这只是一本很普通的证书……"

夏逸飘瞪着眼说："你们还想骗我吗？这是离婚证书，以为我不知道啊，电视中见得多了。妈妈，你为什么要和爸爸离婚，你们真的要赶走他啊？"

夏立国在书房中听到动静，走出来说："飘飘，大人间的事你不懂，不是我们不要你爸爸，是你爸爸自己要离开的。"

"我不管！我说过，只要你们离婚，我就离家出走，我也不要这个家了！"夏逸飘说完，扭头就往外走。

夏思楠急了，叫道："飘飘，你别这样，你先听我说，我们谁也不想离婚……"

夏逸飘毫不理会，一步冲到门口，很快就打开了防盗门。

夏立国也急了，冲上去一把拽住夏逸飘的手臂，叫道："飘飘，你听爷爷说……"忽然，他眼前一黑，一头栽倒在地上。

吃过晚饭后，商宇浩亲自驾车，和息小淘一起把齐默直接送到了海宁火车站。

齐默已经买好了夜间的火车票去上海，再由上海虹桥机场转乘飞机去意大利。

把齐默送上车后，商宇浩和息小淘驱车行驶在海昌路上。海昌路是海宁市内最长的主干街道，南北走向，贯穿整个市区。街两旁，大型商场、商务写字楼林立。街上，华灯璀璨，车辆川流不息。在一个路口等红灯时，商宇浩侧过头去，见息小淘双眼望着前方，一副神思不属的样子，忍不住问："淘淘，你又在想什么了啊？"

息小淘转过头，冲他莞尔一笑，说："我在想齐默姐。"

商宇浩饶有兴趣地再问："你想她什么啊？"

"齐默姐知性、美丽，又才华横溢，浑身上下充满了女人味，天下女人梦寐以求的一切，她全都轻而易举地得到了，而且将这些优势发挥得淋漓尽致，她给我的感觉真是风华绝代，倾倒众生。"

商宇浩笑了起来，说："我知道你下一句要问什么了。我和她关系这么密切，她又很关心我的生活，当初我们为什么不走到一起呢？是不是？"

息小淘笑了下，轻轻摇头说："不是。这个疑团我早已经解开，有些人只适合做朋友，有些感情不需要风花雪月，比如你和齐默姐。"

商宇浩在心里加了一句：还有你和林正波。"那你对她还有什么想不明白的？"

息小淘笑了起来，说："刚才在饭桌上时，我问她为什么这么急着回去，没多久就是皮革城的创意大赛了，她是评委之一，还得回来，这么来来去去的多累人啊。她当时说，她想孩子，也想老公了。"

商宇浩记得当时息小淘听了齐默的回答后，愣了一下，然后说了句很奇怪的话："原来你也想孩子和丈夫啊。"

齐默当时就大笑起来，说："我也是凡夫俗子，也有七情六欲，当然也想孩子和老公。谁让你和宇浩吃顿饭也不安分，不时地眉来眼去，大秀恩爱，我哪里还受得了刺激？"当时三人大笑不止。

商宇浩哈哈一笑，说："你是不是把齐默想得跟不食人间烟火的仙子一样，根本就没想过她也有家人，也有牵挂？"

息小淘说："在此之前，我是没想过这些。所以现在回想起来，才发现齐默姐活得很真实。不知要到什么时候，我才能做到像她那样？"

商宇浩说："不需要，你只要按自己的喜好活着就好，想笑就笑，想闹就闹，我喜欢的是一个真实的息小淘……"正说着，放在前面挡风玻璃处的手机响了起来。

息小淘帮他拿起手机一看，说："是思楠姐打过来的。"

"嗯，你帮我接听一下，丰子又闹出什么事了吗？"

商宇浩和息小淘以最快速度赶去医院，夏思楠和夏妈妈守在抢救室的门外，两人一副欲哭无泪的样子。

商宇浩问："思楠，到底是怎么一回事？"

夏思楠说:"飘飘知道我和丰子离婚的事了,闹着要离家出走,我爸一急就晕倒了,医生还在抢救。宇浩、小淘,你们帮我去找飘飘好吗?丰收一个人出去找了,到现在也没消息,我……"

息小淘忙说:"思楠姐你别急,我们这就去,只是伯父这里,就你和伯母行吗?"

夏妈妈忙说:"这里是医院,还有这么多的医生和护士,有些还是我的老同事,他们会帮着照顾我们的。我们也很担心飘飘,天都黑了,这孩子一个人能去哪儿啊?"说着又哭了起来。

商宇浩知道,这个时候任何安慰的话都是多余的,夏妈妈是医护人员,她比常人更懂得一些急救的常识,相比之下,寻找夏逸飘确实是更重要。他和息小淘离开医院后,先给丰收打了个电话,确定他的位置,赶过去和他会合。

丰收着急上火,大街小巷地乱蹿。商宇浩要他注意交通安全,然后冷静地想一下,夏逸飘会去哪里?

丰收说:"除了你家,我家并没什么交往密切的亲戚啊。"

"飘飘的同学呢?打电话给飘飘要好的同学,问问他们那里有没有。"商宇浩说。

丰收虽然知道夏逸飘有好几位要好的同学,但并不知道这些同学家里的电话号码,只得打到班主任那里,把情况大致说明了一下,由班主任帮着逐一打电话寻找。这个过程有点漫长,丰收心急如焚,不住地在原地兜圈。过了大约十多分钟,班主任的电话打了过来,她已经问过所有的同学了,都说没有,问丰收要不要帮忙寻找,或者干脆报案。

丰收让班主任告知同学们帮着留意就行了,帮忙寻找就不必了。而且夏逸飘出走才几个小时,还无法立案,再说他也不想把事情闹得太大。

三个人分两路继续寻找，一直找到晚上十一点多钟，依然一无所获。就在三人急得打算报警时，商妈妈的电话打了过来，说夏逸飘一个人摸到商宇浩家，现在正和商鼎说着话，问商宇浩是不是夏家出什么事了，夏逸飘的情绪明显反常。

商宇浩大大松了口气，忙让商妈妈设法稳住夏逸飘，他们会很快赶过去，有什么事当面再谈。

丰收悬着的心也终于落下，忙给夏思楠通报消息。医院那头，夏立国已经从急救室中出来，医生的诊断是脑中风，人还处于半昏迷半清醒状态，已经被送入重症监护室，如果一周内不能复原，则情况不妙。

丰收没想到事情会闹到这一步，不无愧疚地对夏思楠说："都是我不好，思楠，对不起。我一定会想办法治好爸的病。"

夏思楠身心疲惫，说："没有人愿意发生这样的状况，这并不是你一个人的错。这事先不说了，你快去把飘飘接回家吧，这么晚了，会影响到小鼎和商伯母他们休息的。"

夏逸飘在街上晃荡了几个小时，又饿又累，偏偏离家时跑得太匆忙，忘了带钱，只能忍着。

夜色越来越深沉，她见大街上的行人渐渐少了起来，一家家的店开始打烊关门，她才渐渐害怕起来。回家吧，感觉就这样回去太没面子，万一以后自己再发出警告，就起不到震慑的作用。考虑再三，决定去找商鼎。

她和商鼎同级不同班，由于父母的原因，两人相处得不错；最重要的是，商鼎的爸妈离了婚，现在她父母也离婚了。自我感觉和他同病相怜，心里对他的亲切感更浓。她找上门去时，商妈妈和商鼎早就已经睡了，叫了半天的门，商妈妈才听到，起床开门一看是夏逸飘，把她老人家吓了一跳，忙问她怎么一个人这么晚来这里？

商妈妈对夏逸飘一向像疼孙女一样地疼着，夏逸飘一直叫她商奶奶，就老实不客气地告诉商妈妈，自己这是在闹离家出走，现在饿得不行，只好来这里要点吃的。还问商鼎在不在，她有话要问他。

商妈妈知道一些丰收的事，连忙先给夏逸飘一罐牛奶，再去给她煮面条，为了稳住她，又把已经入睡的商鼎给叫了起来，让他陪夏逸飘说话。然后偷偷地给商宇浩打电话报信。

商鼎睡眼惺忪的，听夏逸飘说她爸妈也离婚了，顿时就来了劲，向夏逸飘伸出手，说："欢迎你加入单亲孩子的行列。"

夏逸飘大口喝着牛奶，白了商鼎一眼，"切"了一声，说："这也值得自豪啊？我问你，你感觉爸妈离婚前后有什么不同？"

商鼎想了一下，说："最大的不同就是我不能天天见到我妈妈了。"

"那当然，其实我已经有很长一段时间不能天天见到我爸爸了。小鼎，你说我该怎么办？我不能没有爸爸的，我喜欢他。"

商鼎歪着脑袋想了一下，说："那些电视中是这样表现的，父母离婚后，作为子女就要想尽一切办法让他们复婚。"

"那你有这么做过吗？"

"没有。"

"为什么？"

"因为我爸妈的情况和别人家不同，那个……好像……"商鼎其实也说不出来他爸妈离婚的情况和别人家到底有什么不同，只是他每次向奶奶流露出想让爸妈复婚的意思时，奶奶总是这样告诉他："别人家的爸妈离婚后，也许还有复婚的可能，但你的爸妈永远都没有这个希望。因为你妈妈差点毁了这个家，她也早就不要这个家了。奶奶和爸爸是绝不可能让她再回来的。"

商鼎说："可是你爸妈不一样，丰叔叔和夏阿姨的关系……那个……"他隐隐觉得丰收、夏思楠的感情，和自己爸妈的感情完全不一样，但到底不同在哪里，他没法用词语表达出来。

丰收和商宇浩、息小淘赶过来时，夏逸飘还在和商鼎讨教单亲孩子的感受，当她看到丰收如天神降临般出现在自己面前时，冲商妈妈大叫："商奶奶，你出卖我！"

当息小淘将十二张设计图稿放在商宇浩面前时，商宇浩只看了一眼，就惊得张大了嘴巴，"噌"的一下从办公椅上站起身来，然后再仔细地一张张地翻看下去，等他看完这十二张设计稿差不多花了个把小时。

息小淘搬了张椅子坐在他对面，很悠闲地拿过他手边的咖啡，边喝边留意着他面部的表情变化。

商宇浩刚看到设计稿的一刹那，全身血液压在头部，满面通红，那样子就像刚喝了两三斤二锅头。随着他一张张地翻下去，脸上的红潮渐渐退去，大滴大滴的汗珠从额头生成，顺着他的面颊流下来。息小淘不得不抽出几张纸巾扔过去，商宇浩目不斜视，依然紧盯着设计稿，抓起纸巾在脸上乱擦一气。

等他脸上的红潮彻底褪尽，面色开始慢慢转白，最后白得让息小淘也担心起来，忙说："怎么啦？我的设计稿让你看着不舒服吗？"

商宇浩把十二张设计稿往桌面上猛地一拍，身体突然像泄了劲似的，瘫倒在椅子中，连喘了几口粗气，说："淘淘，你的设计稿让我汗颜了！我在皮革行中摸爬滚打了十多年，纵然还算不上行家里手，自认也是半个老江湖了。可惜我的思维局限于皮革的传统品种，不知道打开思路。看了你的这套设计稿后,有种醍醐灌顶的感觉,这套设计稿推陈出新,真是奇思妙想,真的让人大开眼界,太好啦!我的好老婆,不行了,我得吻你一下!"他从办公椅上跳起身来,冲上去一把抱住息小淘,在她的脸上狂吻起来。

息小淘用力推开商宇浩,低声叫道:"你疯了,这是在你的办公室里,要是被你的下属看见,还成什么体统?"

商宇浩说:"老公吻老婆,天经地义。你去问问那些做老公的,谁没吻过自己老婆。"

息小淘说:"那也要看是在什么场合。"

商宇浩满脸兴奋,说:"我才不管什么场合呢。淘淘,你快告诉我,你设计出这套作品的灵感是怎么来的?"

息小淘的这套作品名为"福满堂"。十二件作品由十二个形态、字体各不相同的"福"字组成。这些"福"字全由红色的湖羊皮构成中空立体图案,字体内安装节能省电的LED灯,再将字体的笔画镂空,镂空的图案则依然是一个个小"福"。整个大"福"可以是单侧采用背景,也可以整体悬空。当"福"字内的LED灯亮起时,整个"福"呈现成明艳的中国红,红红火火,亮丽夺目。尤其是字体笔画上的镂空处,灯光透过空眼射出一道道光柱,这些光柱落在某处实物上,则又现出一个个"福"字。无数道光柱,送出无数个"福",真的是福满家门。

"福"字是中国吉祥文化的主要内容,承载着丰厚的民族文化内涵。息小淘将民族元素巧妙地运用到作品中去,且结合得如此完美,商宇浩能不惊艳吗?

不过真正让商宇浩叫绝的,还不是这些精妙的图案,而是这些作品转化成商品后的市场前景。

传统的皮革制品主要是服装、箱包,以及饰品等种类。但息小淘设计出的这组作品，显然不属于这几大类。这些"福"字比较适合用作室内装潢，既可以当作景观装饰，也可以用作背景墙。皮革材料颜色艳丽，手感润滑，立体感强，经久耐用，还能清洗。而且皮革制品与生俱来的华贵、典雅，最能彰显主人的品位。

息小淘的这一组作品，等于给皮革制品又开拓了一个崭新的市场，前景广阔。

息小淘想了一下，说："这得感谢齐默姐。那天她带我去拜访一位制作海宁灯彩的民间艺人，那些灯彩美得无法描述，我被强烈震撼到了。回来后，只要一静下心来，眼前总会闪动着那些华丽的灯彩。总觉得心中有个奇怪的念头在不停地折腾着，但我也不清楚这个奇怪的念头到底是什么。过了几天后，我想再帮你设计套参赛作品，在我点开设计软件的一刹那，那个奇怪的念头马上就跳了出来，而我又毫不犹豫地将它给捕捉到了，创作灵感就这么形成。这一组设计稿我只用了一下午就完成了，几乎是一气呵成。"

商宇浩连连点头，说："太好了，我马上就把图纸拿下去，让技术部制版打样，做出样品来。"

夏立国在医院里住了十来天，病情虽然已经得到控制，但好转缓慢。医生建议转往杭州、上海等地的大医院，接受进一步的治疗。

夏思楠和她妈妈看着病床上时而清醒，时而糊涂的夏立国，早已乱了方寸，除了找丰收商量对策，没有别的办法。

丰收二话没说，拿了夏立国的诊断小结以及脑部核磁共振片，当天就直奔上海的大医院寻访名医。两天跑下来，各大医院给出的结论几乎相同，要想有个良好的愈后状况，只有接受安装大脑起搏器，预计费用在三十万元左右。

"三十万？"听到这个数字，夏妈妈微微愣了一下。她和夏立国虽然有退休工资，这几年来也有些积蓄，却没这么多。

丰收说："妈，你不必担心钱的事，我会解决的。"他虽然和夏思楠离了婚，可已经叫了十几年的"妈"，早就叫顺口了，最主要的是夏妈妈对他还过得去。

夏妈妈叹了口气，说："我家今年真是多事之秋，我都不知道该怎么办了。丰收啊，我们还得依仗你啊。"

丰收说："妈，你说的是什么话，我和思楠只是法律上离婚，并没有离心，在我心里，和你们还是一家人。上海那边大医院的床位比较紧张，我已经预约排队，估计后天就可以过去。到时我和思楠带爸爸过去就行了，你在家顾着飘飘吧。"

夏妈妈说："那怎么行呢？你的公司还没步入正轨，好不容易有了点生意，突然停下，那不是前功尽弃了吗？"

丰收呵呵一笑，说："不会的，公司又不是只有我一个人，再说现在做生意更多是通过电话交流，这个你不必担心，就算会影响到生意也没什么，救人总比赚钱要紧。生意黄了，我可以重新再来。"

夏妈妈突然哽咽起来，说："丰收，这些年来，我们亏待你了。"

吃过饭后，息小淘给商宇浩打电话，问他在哪里。商宇浩说他在厂子里，因为厂里有点小事，需要他去解决一下。

息小淘听他说话的语速较平时要快些，估计他比较忙，就说自己也没什么事，只不过是感觉有些无聊，所以随便问问。

商宇浩关照她，如果觉得无聊，可以出去走走，或去皮革城转转，或许还能捕获些创作灵感。

息小淘哈哈大笑，问他是不是想榨干自己的老婆啊？两人又聊了几句就挂了电话。

其实卓远制革厂那边出了件不大不小的事,还和息振涛有关。息振涛由于上次在发货时出错,厂长孙国彪担心他不思悔改,再出乱子,就把他调出成品仓库,去负责原材料仓库。

威达的原材料都由固定的供货商提供,彼此间签订了长期的合作协议,息振涛要负责的事就是在到货时清点数量,把好原材料的质量关,在缺货时,要及时上报给厂部,相比之下工作要单纯、轻松得多。他上次犯的大错,被息小淘告诉给老家的父母,结果被父母打电话过来大骂一顿,总算安心工作了一段日子。但好景不长,他生性浮躁,成天只惦记着怎么泡美女,心思半点也没放在工作上,结果又出了差错。仓库中有一款重要的原材料短缺,他却半点也没有注意到,等到车间工人来领料时才发现,结果造成一个班次停工。

那个班的班长姓陈,可不是个省油的灯,仗着自己资格老,才不管息振涛是谁的大舅子,据理力争,一定要息振涛赔偿他们全班职工的误工费。息振涛自然不愿意,结果两人由斗口发展成斗狠,息振涛一拳把陈班长打进了医院。

陈班长在班里一向恩威并重,很受员工拥戴。全班职工手持辞职信一起涌入厂长室,要求厂方开除息振涛,否则全体辞职。

孙国彪担心事件闹大不好收拾,只得把商宇浩给请了过去。

商宇浩不想让息小淘烦心,所以刚才在电话中没有把这件事告诉给她。

息小淘给商宇浩打电话,其实是想提醒他别忘了儿子商鼎的事。

昨天晚上吃晚饭时,商鼎说学校明天下午举办庆祝六一儿童节活动,他与班上的另一位同学合说一段相声,学校允许学生家长一同参加,他希望商宇浩明天下午能去学校看他演出。

商宇浩为了筹备创意大赛的事，这几天特忙，不过他还是点了下头，说："我明天尽量来参加吧。"

商鼎嘟囔着说了句："每次家长会你都是这么说，可是你从来也没有参加过。"

商宇浩微微怔了一下，脸上不无愧色地说："小鼎，爸爸真的很忙，明天我尽量抽时间吧。你那个……"他本是想问商鼎，这回怎么没找施雅萍？

商鼎仿佛知道商宇浩想说什么，抢着说："我没找我妈，我的监护权在你那，你就得对我负责。"此前施雅萍教唆商鼎在息小淘的卫生间地上放油，害得息小淘摔倒，商鼎见自己闯了大祸时真的吓坏了，此后在商宇浩和他奶奶的教育下，意识到妈妈教自己做的一切不一定全对，所以近来他对施雅萍不像以前那么亲热了。

商鼎又轻声说了句："我同学的爸妈都答应参加了，就我的家长没来，多没面子啊。"

息小淘清楚地记得，商鼎说这话时，虽然听起来有些报怨，可他的眼神却饱含着期待，期待商宇浩能说话算话，和他一起共度六一节。

现在看来商宇浩是抽不开身了。息小淘想了一下，立刻驾车赶到市区，在花店里买了两束洁白的百合花，然后直奔商鼎的学校。

学校的庆祝活动已经开始了，一群化了浓妆的小朋友在台上欢快地跳着舞。息小淘昨天看过商鼎带回家的节目单，知道自己来得不算晚，还有两个节目才会轮到他，就混在家长中，找了把椅子坐下来，欣赏孩子们的表演。

很快就轮到商鼎和他同学上台说相声，他和同学踩着整齐的步伐走到舞台中央，目光飞快地在家长席中转了一圈。到场的家长中妈妈明显比爸爸多，他的目光在几位男家长身上逐一扫过，并没有发现商宇浩的身影，心中失望至极。而他搭档的妈妈，在观众席上大声叫着自己孩子的名字，不住地鼓劲加油。

商鼎心中的失落感很快转化为难过，继而又演变成丧气。既然爸爸都不在意自己在学校的表现，那自己这么卖力干什么呢？心中突然产生了临阵放弃的想法，可就在他的脚步向后退出一小步时，突然听到家长群中有人高喊了一声："小鼎加油，你是最棒的！"

商鼎怔住了，因为他听出这分明是息小淘的声音。

息小淘从座位上站了起来，站在家长群中向商鼎不住地挥手，大声为他鼓劲加油。

商鼎从没想过息小淘会来学校参加自己的活动，所以昨晚他只邀请商宇浩出席，对息小淘根本提都没提，因为在他的潜意识里，觉得息小淘应该是讨厌自己的，因为自己从没对她好过，甚至还算计过她。

家长们纷纷鼓起掌来，为站在台上的小演员鼓劲。息小淘又喊了声："小鼎，好好表演！"她的声音不响，被家长们的掌声淹没。但商鼎却听得清清楚楚，他的耳朵就像一台单频道的收音机，能无限灵敏地捕捉到从息小淘那边发出的任何一点声音。心头的震惊渐渐被信心所代替，他抖擞起精神，清了下嗓门说开了。

商鼎平时并不多话，大多数的时候表现得安静而听话。商宇浩此前还担心孩子过于内向，少了男孩子的活泼，长大后不善于与人交流。可是现在的商鼎，站在这么多的同学、家长和老师面前，一点也不显得拘谨，口齿伶俐，表情丰富，同时还加入不少肢体语言。开场才说了一小段，就博得不少掌声。台上的两个小朋友就更加有信心了，表演得更加出色。

看着台上的商鼎活泼可爱的样子，那五官轮廓、那语声语调都依稀有商宇浩的影子。息小淘忽然有点恍惚，心想如果商鼎是自己和宇浩的孩子那该有多好啊！

表演完毕，台下掌声如潮。息小淘捧着两束鲜花，快步奔到台上，将两束鲜花献给了商鼎和他的同学，然后轻轻搂住商鼎的肩膀，说："小鼎，阿姨为你骄傲！"

商鼎的嘴角抽动了一下，眼中的泪光在凝聚成滴的一刹那，脸上的笑容快速绽放开来，轻轻说了声："小淘阿姨，谢谢你。"

息小淘和商宇浩结婚的几个月来，商鼎叫过她无数声"小淘阿姨"，唯有这一声发自他的肺腑，听着也最舒服，息小淘心中又酸又甜，和商鼎相视一笑，以往的一切不快和误会，在这一笑中化为乌有，两人手牵着手走下舞台。

息小淘和商鼎两人谁都没有发现，就在观众席的最后一排，商宇浩静静地坐在那里，把这一幕看得清清楚楚，脸上的表情是那样的舒心，那样的惬意。

他并没有忘记商鼎的事，处理好厂里的事后马上就赶了过来，可还是晚了点，商鼎已经在台上表演，然后他却看到息小淘站在那些家长中间，因此他就没有站出来。

这样的结局，他期待已久，虽然迟了点，终于还是等到了。

晚上，息小淘和商妈妈给商鼎做了一桌好菜，给他庆祝节日。商宇浩放下工作，准时下班，一家人欢聚一堂，唯有息振涛紧绷着脸，一副闷闷不乐的样子。

晚饭后，息小淘去息振涛房间询问详情，息振涛依然气愤难平，说:"淘淘,妹夫从没把我、把你当作自家人。"

息小淘微微一惊,问:"怎么了?你不会又在厂里弄出什么事来了吧?"

息振涛叫起来:"怎么你说话的口气和商宇浩一个样啊?我是你哥,和你是有血缘关系的,怎么连你也不向着我?我在你眼中一无是处,是不是?"他说完后,见息小淘冷冷地瞪着自己,知道终究瞒不过去,只得把事情经过说了,只是把自己的过错说得小之又小,把对方的恶劣态度无限放大。

息小淘已经了然于心,问:"宇浩是怎么处理这件事的?"

"扣我半个月工资。"

"那些职工呢?他们没意见了吗?"

"他们开心着呢,哼,不但不受罚,那天的工资按全厂的平均工资再加百分之三十计算,他们还能有什么意见?就我一个人倒霉,商宇浩还真是我的好妹夫,尽帮着别人算计自家人!"

息小淘说:"就因为把你当作自家人,所以才不能轻饶了你……"

"这企业是你们家的,如果你们把我当作自家人,那我也就是主人,你们听说过有处罚主人的吗?"

息小淘好不生气,息振涛总是这样不可理喻。"放心吧,你被扣下的半个月工资,我会补给你的。"

息振涛说:"你以为我在乎这点钱啊?我计较的是商宇浩从没真正把我看作他的二大舅子!"

⑬ 老婆的艳照门

六月，由海宁中国皮革城主办的皮革制品创意大赛如期举行。

海宁微蓝皮饰制品有限公司选送，由息小淘设计创作的"福满堂"，在四十多家参赛单位选送的一百多件作品中脱颖而出，一举拿下创意大赛的最佳创意金奖。

电视、报刊、网络等全国几十家媒体报道了这次创意大赛的盛况，海宁微蓝皮饰制品有限公司这家规模不大的民企一举成名。大赛结束后，商宇浩携息小淘一起接受了几十家媒体的采访。商宇浩沉稳大气，息小淘顾盼生辉，夫妻两人站在一起珠联璧合，各大媒体竞相配发他俩的图片新闻。

来自欧洲的十几家客商，对微蓝的"福满堂"系列很是满意，争相下单。商宇浩权衡再三，又在齐默的推荐下，最后选择了和信誉卓越、实力强大、知名度颇高的意大利J·D公司合作，一举拿下五百万欧元的大订单，可以说是名利双收。

息小淘凭借着"福满堂",一鸣惊人,成为业界最年轻的设计新贵。

自从柳欣离职后,商宇浩一直没招聘到中意的助理,他有意让息小淘去公司上班,帮自己处理公务,却遭到商妈妈的极力反对。这让息小淘感觉很受伤。

息振涛趁机又在息小淘耳边煽动起来:"淘淘,你看明白了吧?不管你做得多好,你依然无法完整地融入到这个家中,更加无法接触到商家的核心事务,比如财政大权。老太太的心思还是老样子,防贼防火防儿媳,商宇浩不可能忤逆他妈妈,所以啊,你就得……"他伸出手做出一个慢慢抓紧的动作,意思是让息小淘逐步把握商家的经济命脉。

尽管息小淘知道商妈妈反对自己参与到商宇浩的公司,是因为施雅萍的缘故,所以才会对自己存有偏见,可心里依然不痛快。但她也特别反感息振涛借此说事。白了他一眼,她说:"你也别老说人家,你自己打心里就没把宇浩看作你的亲妹夫,当然也不看好我的婚姻,是不是?"

息振涛的心里还真是这么想的,但被息小淘给说了出来,只得使劲抵赖。"二哥这是在帮你拿主意,懂不懂?你的权益得好好争取,可不能便宜了商家。"

"二哥,你怎么越说越过分,简直把宇浩当成阶级敌人似的。什么叫我的权益得好好争取,我又没离开这个家。我知道你对他有怨言,不外乎两个原因。一是因为他扣了你的工资,所以你一直气不顺……"

息振涛叫了起来:"我的气量就这么小吗?"

息小淘挑了下眉毛,说:"也不见得有多大。第二个原因是柳欣,你喜欢柳欣,可她偏偏中意的人是宇浩。所以你把怨气全泼在你妹夫的身上。"

"胡说,这是无中生有,血口喷人,你把我当成男版秦香莲啊?"

息小淘笑笑说:"我现在特佩服柳欣,她看人的目光挺精准的。她宁愿默默喜欢宇浩，最后无功而退，也不肯接纳你，绝对是个明智的选择。因为宇浩是君子，而你已沦落为一个爱搬弄是非的小人。"

息振涛跳了起来，大叫："胡说八道！我早就把柳欣给忘了，她不给我好脸色看，我才不稀罕她呢！想我息振涛才貌双全，随便在哪儿一站，都是型男帅哥，回头率没有百分百，起码也有九十九，找个女朋友有那么难吗？"

息小淘忽然想起前段日子，曾在大街上见到息振涛和另一女子走在一起，就问他，那女子是谁？是不是新交的女朋友？她想约她吃顿饭。

息振涛明显愣了一下，眼中有慌乱的神情闪过，说："没有的事，你以为你二哥是交际男啊，告诉你吧，其实我对感情一直都是很认真的，只不过没有在对的时间，遇到对的人而已。"

息小淘见他言辞、神色颇为闪烁，以为他谈女朋友再次受挫，而不好意思承认，也就不再多问，免得令他难堪。

夏立国的手术做得非常成功，在上海待了将近十天左右，然后回到海宁休养。这十天里，丰收和夏思楠形影不离地守在他的病床前，对他照顾得无微不至。

夏立国的脾气一向是吃软不吃硬，这回见丰收鞍前马后地为自己忙这忙那，心中对他的看法大为改观。

人的秉性都是这样，你一旦认定某个人不错时，就会对他越看越顺眼，反之也成立。

夏立国现在的情况就是这样，他终于发现了丰收的好，对这个女婿也就越看越欢喜，心中不免有点后悔此前对他的种种不是，于是又巴不得他和夏思楠早点复婚，话里话外地透露着让他俩早日言归于好，偏偏丰收装聋作哑，半点也没有要回到夏家的意思。

其实丰收早已听出夏立国的意思，可是夏立国只是希望丰收和夏思楠早日复婚，在夏逸飘姓"夏"还是姓"丰"这件事上，并没有表露出半点松动的意思。他想着既然已经闹到了这一步，自己若没有替老丰家争取到半点实质性的东西，就草草收场，感觉有点下不了台。他不担心和夏思楠的感情有变，只是有点担心自己的"铁石心肠"坚持不了多久。

五百万欧元的订单，折合成人民币将近四千万元，这是微蓝有史以来接到的最大一笔订单。

全公司上下摩拳擦掌，士气空前高涨。商宇浩几乎每天都要去厂里转转，亲自监督产品的质量。

息小淘这些天也没闲着。商妈妈不赞成她去公司上班，心里很不是滋味，她找已经返回意大利的齐默诉苦，哪知道齐默竟然也不赞成她进入微蓝，这让息小淘很是诧异。

齐默说："小淘，你是一位很有才气的设计师，不能在企业中埋没你的才华。微蓝是宇浩一手创办，现在也已经发展得很好，就算你帮他做得更好，也不过是锦上添花。我的意思是，你应该有自己的事业！"

"自己的事业？"息小淘虽然不是那种一心只想依赖男人的女人，但事业心也不是很强，她只想着帮商宇浩经营好微蓝，听齐默这么一说，一下子就触到心中某个最柔弱的部位，心跳一下子剧烈起来。谁不想有自己的事业？当初她刚走出校门时，就曾经想过开设自己的设计工作室。"可是……默姐，你觉得我该怎么做呢？"

"小淘，你最想做的事是什么？"

息小淘想也不想，说："当然是让更多的人喜欢我设计出来的作品。"

齐默说："你想让更多的人喜欢你的作品，那你也得提供这样的机会给他们啊。如果你进入微蓝，这个目标也不是不能实现，但最终你会向市场妥协，因为你的作品不得不注入商业元素，从而使你的创意变得毫无个性可言。"

息小淘能理解齐默的这句话，进入公司，为公司效力，就不得不把公司的利益放在第一位。也就是说，设计作品时，首先要考虑的是这件作品能不能产生商业价值，经济利益不得不放在第一位。

齐默说："当然，我也不是让你去追求艺术，追求个人风格，而把自己孤立起来。这次我回海宁参加设计创意大赛，在皮革城中闲逛时突然产生一个奇怪的念头。皮革城中有这么多的摊位，囊括了皮革制品中的所有品种，各大知名品牌也都在此设立了门市，经营特色明显，但真正有个性的东西不多。所以我在想，能不能开设一家创意馆，以设计师的个人设计风格为卖点，突出个性……"

息小淘只觉得眼前猛地一亮，惊喜地叫了声："默姐，我……我我……"

齐默听出息小淘在那头激动得语无伦次，就知道她已经完全领悟自己的意思。心想，自己果然没有看错息小淘，她一点就透，触类旁通，心思敏捷，日后的成就将会不可限量。说："你再好好考虑一下，再和宇浩商量商量。在创意大赛时，我曾经和海宁皮革城的上层主管谈过这个设想，他们说如果我确定想这么做，他们可以帮我解决摊位的事。所以如果你想自己创业的话，我可以帮到你。还有，小淘，你在创意大赛中的出色表现，已经为你赢得很高的声誉，因此你已经具备足够的资本，也已具备足够的实力，去做自己想做的事。"

丰收的爸爸突然找上商宇浩，一副心事重重的样子，让商宇浩很是不安，忙问他是不是发生了什么事？

丰爸爸愁眉紧锁，要说具体有什么不对劲的地方，他也说不上来，但他预感到丰收将要出事了,所以来找商宇浩商量对策。

商宇浩问:"丰伯伯,你到底发现丰子什么事了?否则也不会有这样的预感啊?"

丰爸爸说:"宇浩,你和丰子情同手足,我也不把你当外人,有什么事只能和你商量。"

商宇浩连忙说:"丰伯伯,不管你有什么事都可以和我说,千万别把我当外人。"

丰爸爸连连点头,说:"我知道,所以我今天找你来了。"他已经好几次看到丰收拿着手机听电话,这本来也没什么,可是丰收的样子很神秘,每次都是光听不说话。有时半夜三更的,丰爸爸听到屋内有动静,起床来一看,丰收站在阳台上接电话,却不说半句话。

商宇浩问:"丰子他每次接电话都是这样吗?"

丰爸爸说:"当然不是,那些有生意往来的电话,他是有听有说的,还说得很大声。可每次有那种奇怪的电话打入时,他不但不说话,而且还很神秘。所以我就担心,不是常说男人有钱就变坏吗?我可不希望他做出对不起思楠的事来,思楠可是个好儿媳啊!"

原来丰爸爸是担心丰收有外遇,商宇浩却不担心这个,他知道丰收对夏思楠的感情,尽管他俩现在已经离了婚。

商宇浩想到的问题更加严重。说:"丰伯伯,这事我会向丰子问个清楚的,你放心吧。"

送走丰爸爸后,商宇浩连忙给丰收打了个电话,问他在哪里。

丰收说他去一建筑工地见一位承包商,现在正在回城的路上,问商宇浩是不是有事。

商宇浩说有事想找他谈谈。

丰收说:"行,我已经好几天没见到你,有点想你了。哈哈,你就待在办公室吧,我去找你,晚上一起吃饭吧,我请客。"

兴趣永远是行动的第一动力。丰收打从懂事起,就把经商做生意确定为人生的第一目标,后来在夏立国的坚持下,他进事业单位上班,但对经商的热情从没衰退。现在终于有了自己的公司,开创了自己的事业,他是全身心地投入,倾注所有的力量,日子过得忙碌而充实。

尽管丰收的脸上挂着疲惫,眼中露出倦意,但商宇浩依然能感觉到他身上因为满怀激情,而自然流露出的意气风发。

丰收很自然地往商宇浩办公室的沙发里一躺,叫着:"老商,帮我倒杯水来,累死我了。"

商宇浩倒了杯水水递到他手上,问:"丰子,公司最近怎样?"

丰收一口气把水喝干,把空杯子递到商宇浩面前,说:"再来一杯。"

"你刚从上甘岭回来啊?"

丰收哈哈一笑,说:"中午陪客人吃饭时,我一口气连干了两杯六十度金奖五粮液。老商,你是知道我的,一向滴酒不沾,现在为了做生意,把守了三十几年的贞操都丢了!"

商宇浩说:"我看你丢的不仅仅是贞操吧?"

丰收一怔,问:"你这句话,话里有话,什么意思啊?"

商宇浩说:"我问你,你谈生意时,是不是用了……"正说着,丰收的手机响了起来,商宇浩连忙止住话题,示意他先接电话。

电话是丰收的秘书小陈打过来的,开出口来就惊慌失措地大叫:"丰总,我们的公司让人给砸了!你快回来!"

"什么?公司让人砸了?是谁,为什么要砸我们公司?"丰收一下子从沙发上蹦了起来。

小陈说:"是一群不明身份的民工,他们临走时还说,这只是给你的一个小小教训，你如果敢再窃听他们，他们会让你吃不了兜着走，还说不怕你报警。丰总，要不要报警？"

丰收的心一下子就沉了下去，说道："别急，等我回来再说，我马上就到。"

商宇浩从丰收的回话中已经听出他公司被人砸了，忙说："你招惹到什么人了？为什么要砸你公司？"

丰收说："不知道，我得先赶回去。"

商宇浩想了一下，终究不放心，连忙驾车紧跟着丰收赶了过去。

玻璃门碎了，办公桌烂了，电脑显示屏被砸了……丰收的公司内一片狼藉。

秘书小陈像头受惊的小鹿缩在一角，看到丰收时，叫了声："丰总。"泪水"吧嗒、吧嗒"地滚落下来。

丰收铁青着脸，拍拍小陈的肩膀以示安慰。

商宇浩气愤地说："真是太过分了！现在是法制社会，哪能由得他们乱来！"掏出手机就要报警。

丰收连忙阻止他说："老商，你先等一下，这……这可能是个误会。"

"误会？就算是误会也不能砸东西啊！如果你侵犯了他们的利益，他们可以采用法律手段！这算什么？强盗啊？"商宇浩当然不肯罢休。

丰收扭头对小陈说："小陈，让你受惊了。要不你先回家休息吧，这事我会处理。"

小陈是真的受到了惊吓，不过见丰收一副处惊不乱的样子，心里踏实不少，说："那好吧，丰总，如果有什么事，你只要打电话给我，我就会赶过来。"她心中还在想着，丰收要是报警，警方肯定会找她做笔录，自己得有心理准备。

待小陈走后，商宇浩问："丰子，你知道是谁干的，对不对？你老实告诉我，你是不是得罪了什么人？"

丰收说："生意场上，没有永久的敌人，也没有……"

"少给我扯淡，这事绝不会是单单被你抢了生意这么简单。说吧，你是不是采用不光明的手段来对付他们？"

丰收说："老商，你在商场上已经混了十多年，难道还不知道，这世上有哪一笔生意是清清白白的？坐在办公桌前能谈得成生意吗？"

商宇浩见丰收一副顽抗到底的样子，说："你是不是用了'顺风耳'软件，来获取竞争对手的商业机密？"

丰收很吃惊地看着商宇浩，一副至死都不能相信竟然能被他猜得出来的表情，说："你也太恐怖了吧？我的任何一点小聪明都逃不过你的法眼！"

商宇浩见自己的猜想已被证实，痛心疾首地说："你这是在玩火自焚，懂不懂？不管你用什么手段，也不管你出于什么目的，窃取别人的商业机密就是犯罪，是要承担法律责任的！"

丰收叹了口气，说："我知道，但我别无选择。"他白手起家，一没背景，二没可以依仗的人脉，谁能买他的面子。"我这还不是为了成功，不让我老丈人瞧不起吗？"

商宇浩说："我现在终于明白了，你公司成立没多久，竟然能那么快地从强手林立的建筑行业中强势崛起，并能在几次招标中成功抢下标的，原来你用了不法手段。"

在丰收的公司成立之初，他四处奔波，联系客户，结果处处碰壁。他一怒之下，想起了当初商宇浩监听息小淘电话的事，当即通过网银购买了"顺风耳"软件，用来监听被他列为竞争对手的手机号码，成功获取机密，从而在几次招投标中成功抢下标的。

丰收说:"虽然我的手段不够高明,但我提供的原材料绝对没有问题。还有,老商,你怎么知道别人就没有耍手段?所谓的正人君子在生意场上是绝对行不通的。"

"那你不是惹祸上身了吗?别人都打上门来了。"商宇浩也终于知道那伙人为什么敢这么大胆地在大白天打上门来,对方显然已经知道丰收耍的手段,也料定了他不敢报警,否则等于自暴其短,反而会先把自己送入派出所。

"问题不是出在我此前抢下的那几个标的,而是……而是……"丰收欲言又止。

商宇浩急了,大声说:"而是什么?你还不想悬崖勒马吗?下次人家就拿着刀砸到你头上了!快说,到底是怎么回事?"

丰收叹了口气,说:"我本来就不想瞒你,今天就算你不打电话给我,我也会过去找你,让你帮我拿个主意。老商,你还记得我俩一起去拜访过的那位开发新区娱乐城项目部的林经理吗?"

商宇浩当然还记得,在建中的娱乐城就是林经理负责监工的。

那天商宇浩和丰收找上林经理,想以同门师兄弟的关系请求帮忙,结果林经理三言两语就把他们给打发了出去。回来后,丰收越想越不甘心,就把林经理的手机号码列入"顺风耳"的监听范围之内,他本意是想找出林经理的软肋,以求有的放矢。结果被他监听到一项重大机密。

这个林经理一表人才,偏偏是败絮其中,他利用职务之便,和承建商勾结,把大量劣质建材以次充好,应用到娱乐城的在建工程之中,从而中饱私囊。

丰收监听到林经理和承建商的电话交谈后,大大吃了一惊,没想到这位林经理这么丧心病狂。他有心向有关部门举报,可如此一来,必然会将自己给牵扯进去。

然而令丰收没想到的是，那位承建商的手机上安装了一款名叫"照妖镜"的反窃听软件，他发现有人窃听自己的电话，并成功截获对方的手机号码，再稍稍一查，立刻就查到是丰收在搞怪，当即派人来丰收的公司立威惩戒。

商宇浩暗暗心惊，这种龌龊的勾当此前只是听说过，没想到这回竟然真真实实地发生在自己身边，以他在生意场上十多年的修为依然觉得气愤难平，问："你打算怎么办？我只知道开发区的娱乐城，是集商务、购物和娱乐于一体的大型平台，开业后必定会吸引八方顾客。它的基础设施存在严重的安全隐患，会威胁到无数人的生命安全，你不能漠视不理啊！"

丰收无限苦恼地说："这点良知我还是有的，不过我得想出一个两全齐美的办法，我输不起啊！"

丰收一旦被牵涉进去，除了他个人应承担的法律责任以外，他的公司包括他本人都将面临诚信危机，以后就别想在生意场上混了，也没人敢与他合作。

商宇浩说："这个不能拖啊，娱乐城正在一天天地往上拔，多耽搁一天，就得多遭受一天的损失，得尽快喊停才行！"

"我知道了，老商，你别逼我了行不行？"

商宇浩回到公司，越想越觉得丰收这件事拖不得，越快解决对他越有利，忙打电话把夏思楠给约了出来，并把丰收的事说了。

夏思楠一听也急了，说："丰收怎么这么糊涂，太急功近利了，这可怎么办？"

商宇浩说："丰子是做了糊涂事，不过他发现了几条损公肥私的大蛀虫，还是有希望将功折罪的，所以你得劝他早点站出来报案。"

夏思楠说："不错，娱乐城问题关系重大，如果他不敢站出来，那就让我去报案。"

"不行，一定要丰子亲自去报案，才有赎罪的机会，我们不能替他去报案。"

夏思楠明白其中的利害关系，点头说："我这就去找他，让他大胆地站出来。"

晚上时，息小淘和商宇浩说了她想在皮革城中租间摊位，开设以个性设计为特色的创意馆。她这几天一直在和齐默沟通、商榷，衡量这事的可行性。

商宇浩详细了解息小淘的意图后，又想到这事有齐默帮忙，应该错不到哪里去。而且息小淘这样成天窝在家里也不是办法，她出去做些自己想做的事，赚不赚钱并不重要，商家本来就不需要她挣钱养家，关键是得让她的精神有所寄托，生活过得充实，免得一有风吹草动，又得胡思乱想。他就点头说："如果是你认准的事，我会大力支持你。资金不是问题，我明天划给你一百万，够不够？"

息小淘说："不用那么多，上回我过生日时，你给的三十万元还在账上一分没动过呢。"

商宇浩奇怪起来，问："这钱怎么还在你手上啊？"

当初，息小淘的大哥息振业以老家要盖房为由，向息小淘提出要借三十万，商宇浩知道这事后，不想让她为难，就找了个借口，主动把三十万元划到她的银行账户上，让她自由支配。

息小淘说："这钱还在的。后来我爸打电话过来说，老家的房子暂时不翻建，这钱自然也就用不着了。不过我需要你的支持，不仅仅是经济上的。"她知道商宇浩是清楚息振业借钱这事的，就干脆把事挑明了。

其实息小淘老家建房什么的都是息振业的借口，只不过是他见商家业大家大，担心自己的妹妹和商宇浩的婚姻维持不了多久，又怕息小淘过于善良，到最后什么也没捞着，所以才想着法子先下手为强。结果被息小淘的父母知道了，大骂自己儿子胡闹，这是在给息小淘添麻烦，并打电话过来说房子不建了，不用借钱给他们。

商宇浩笑着说："除了经济上的，当然还有精神上的支持，有齐默给你撑腰，我相信你一定能成功的。"

息小淘本来还担心商宇浩会反对，甚至都想好了说服他的理由，没想到他这么支持，颇为兴奋地说："那我就去做了，万一失败，你可别骂我。"

商宇浩哈哈大笑，说："不尝试又怎么知道会不会成功？再说你还这么年轻，总得做点自己想做的事吧？"

"那万一……"

"万一不幸失败，微蓝就出资收购你的创意馆，包括你！"

意大利J·D公司的订单，时间紧任务重，微蓝上下铆足了劲要做好这笔大生意。唯独有一人是闲着的，一副与己无关，高高挂起的样子。这个人就是息小淘的二哥息振涛。

一般的原材料仓库都是在职工刚上班时比较忙，到了下午时段，两位仓管员就闲得打瞌睡。

息振涛拿着手机把玩了一阵后，与另一位仓管员打了个招呼，又偷偷溜了出去，恰好被厂长孙国彪看得清清楚楚。

近段日子，息振涛在工作上倒是没再出什么差错，却经常在工作时间溜出去玩，门卫处报告过孙国彪好几次。孙国彪一直置之不理，倒不是怕了这位国舅爷而不敢招惹他，而是因为他见商宇浩每天忙成这样，不忍心再给他增添烦恼。这时见息振涛大摇大摆，旁若无人地走出大门，完全不拿厂规当回事，他心中有点来气，就给商宇浩拨了个电话，汇报了息振涛的事。

商宇浩对这个二大舅真是一个头两个大，一点辙都没有。想起昨晚息小淘还问自己，知不知道她二哥这几天干什么去了？已经有好几晚没有回家睡觉，失踪期间打他电话还打不通。当时他就心想着，息振涛仗着自己一副好皮囊，到处拈花惹草，这回不定又要惹出什么麻烦来。他忙问孙国彪知不知道息振涛溜出去到哪里玩。

孙国彪说："听仓库中的另一位管理员说，息振涛这段时间常去一家叫闲趣的茶馆喝茶，他可能是恋爱了吧。"

商宇浩知道孙国彪厂长不是个喜欢八卦的人，也就不再多问，只说这事他会处理。

闲趣茶楼位于工人路上的一条小巷里，环境幽雅。茶楼的主人很注意氛围的营造，纱窗雕栏，灯笼流苏，装修得古色古香。商宇浩在早些年生意还不是很忙时，经常在周末和丰收一起来这里喝茶，店里的值班经理们都认识他。

商宇浩描述了息振涛的长相，说他是自己的客户，问值班经理知不知道他在哪个包厢。本来他想打个电话给息小淘，告诉她实情，又担心她闹心，寻思着要是自己能把这件事悄悄平息下去也就算了。

值班经理把商宇浩带到息振涛的包厢，商宇浩推门进去，只见息振涛正和一个女人搂在一起。他们两人见有人进来，连忙松开，等他们再看清来者是商宇浩时，几乎同时叫出声来。

息振涛叫道："哎哟，妹夫，那个……那个……"

包厢中的光线昏暗朦胧，商宇浩的眼睛一时适应不过来，听息振涛说话的声音明显慌乱，一时也没看清和他在一起的女人是谁，就亮开了嗓门说："你也不看看现在是什么时间？等下班再出来幽会都等不及吗？你让我怎么向全厂……怎么是你？"突然，他满脸震惊地看着刚刚和息振涛抱在一起的女人，喉咙处像被人一把掐住，惊得张大嘴巴再也吐不出一个字来。

商宇浩刚进来时，那女人略显慌乱，这时已经定下神来，冲他很妩媚地一笑，说："你没想到是我吧？"

商宇浩当然没想到，就是再多给他十个脑袋，也不会想到和息振涛鬼混在一起的女人，竟然是自己的前妻施雅萍。

息振涛无比尴尬地说："那个……妹夫啊，我们……其实……"

商宇浩彻底暴怒，指着息振涛大吼："你……你也太没长进了，怎么和她在一起，你知道她是谁吗？"

见商宇浩气成这样，息振涛反倒无所谓了，心想："反正就这样了，你能把我怎么样啊？"瞥了下嘴，说："知道啊，不就是你的前妻吗？不过她和你离婚后，已经和你没有半点瓜葛了。"

商宇浩再次被雷到了，愣在那里不知说什么好。

施雅萍微微一笑，说："你以为我欺骗振涛，是不是？我和他在一起的第一天，就告诉他我是你的前妻，他如果介意可以离开。我俩在一起是他情我愿，没什么不对。再说，他未婚，我没嫁，都是清清白白的单身汉、单身女。请问商总，我们自由恋爱错了吗？"施雅萍自小家境不错，又受过高等教育，在她不发飙的时候，给人的感觉是气质不错。她又懂得保养，外貌看上去比实际年龄显得要小好几岁。虽然面相不算很美，身材微微有些发福，但三十多岁的女人，风韵正浓，她又阅人无数，懂得如何抓住男人的心，稍稍卖弄一下，便是风情万种。

息振涛自认是情场老手，久经风月，却没经历过施雅萍这种收放自如、风韵犹存的熟妇。两人交往没多久，他便沉醉在施雅萍这坛浓烈如酒、香甜如蜜的糖缸里，欲罢不能。

商宇浩气得直喘粗气，大声说："施雅萍，你也太无耻了，他比你小这么多岁，你竟然……"

施雅萍大声笑了起来，说："如果以年龄差距来判断无不无耻的话，你比我更无耻。我和息振涛的年龄差距，远远没有你和息小淘的年龄差距大。"

息振涛说："妹夫，这事我心里有数。雅萍她并没有骗我什么，她对我很坦白的，什么事也不瞒我。而且和她在一起，感觉挺开心挺舒服的，你……你就别管我们了。"

商宇浩气得两眼翻白，问："小淘知道这事吗？你家人会接受你和她在一起吗？"

息振涛说："有句话说，行乐要及时。谁想那么多？再说我的人生我做主，自己过得开心快乐最重要！"

施雅萍笑得更加得意，说："你以前不是取笑我只能找老男人吗？告诉你，那是因为我不够放得开。呵呵。"说着拍了拍息振涛的胸脯。"怎么样？比你年轻多了，也比你结实多了，比你有力，比你强大！现在我算是明白了，怪不得你要娶息小淘，年轻一点的果然更有趣！"

息小淘这几天忙着筹备自己的创意设计室，昨天刚刚和皮革城签署营业场地租赁合同，今天上午一口气跑了两家装潢公司，洽谈设计室的装修等事宜，下午打算去办证中心申请办理营业执照。

这些事都是息小淘第一次接触，难免要费些周章，不是忘带了身份证，就是少拿了房屋租赁合同的副本。本来商宇浩说可以帮她的忙，但她拒绝了。因为她觉得自己的事亲力亲为会更有意思，而且等创意室开张之后，还会有更多的事需要她去解决，她总不可能什么事都依仗商宇浩，得逐步培养起自己的社交能力。

息小淘给齐默发了封电子邮件，她每天都要把进展情况报告给大洋彼岸的好友，而齐默也总会对她鼓励一番，并提出合理的意见和建议。

息小淘看了下手机，差不多要到下午工作时间了，就拿了车钥匙从楼上下来。刚走到车库，听到包中的手机在响，拿出来一看，来电是个陌生的手机号码。

息小淘按下手机接听键。"喂，你好，请问你是哪位？"

电话那头稍稍沉默了一下，然后有个男声笑了起来。"淘淘，好久不见，还能听出我的声音吗？"

"钱铮！"这一声慌乱的惊叫仿佛是从息小淘的心底直冲而来，她甚至都控制不住自己的喉咙，浑身竟然不由自主地颤抖一下，手机差点就掉落在地。这个声音曾经无数次出现在她的噩梦之中，纵然再过几世纪，只怕自己也不可能忘记。

电话那头的人很得意地笑起来，说："原来你还记得我的声音，也不枉我时时记着你。淘淘，我好想你啊。"

"你……你……"息小淘全身汗毛倒竖，紧张得说不出话来。

钱铮是息小淘大学时的初恋男友，两人曾经有过一段让人羡慕的恋情。可惜好景不长，钱铮与社会上的闲散人员混在一起，染上赌瘾，并欠下巨款高利贷，走投无路之下，他差点把她逼上绝路。

那一段灰暗的日子，给息小淘造成极大的心理阴影，以至于让她在和钱铮断绝往来后的几年内，都不敢再轻易结交任何男性朋友，直到遇见商宇浩。

钱铮在电话那头干笑几声，说："淘淘，你果然很有才气，我当初没有看错你。知道吗，当我在网上看到你以'福满堂'作品拿下创意大赛的最佳创意金奖时，真的很为你高兴。你和你老公郎才女貌，真的很般配啊……"

"请问……你找我有什么事吗？"息小淘几乎是用尽了全力，强迫自己镇定下来。钱铮的声音阴冷，充满了邪恶，她只觉得自己一阵阵地反胃，只想早点结束和他的对话。

钱铮说："好几年不见了，叙叙旧不行吗？唉，你是发达了，大富大贵，我却是越混越惨，连日子都快过不下去了，只好找昔日的枕边人讨口饭吃。"

"你……"息小淘气得浑身直抖，"你这无耻的家伙，我和你早已没有半点关系，请不要再来打搅我的生活！"

钱铮哈哈大笑起来，说："别说得这么绝情好不好？俗话说得好，一日夫妻百日恩。我们当初在一起可不止一夜啊。"

"住口！你怎么这么无耻？你……"息小淘又气又羞又急，大口喘着粗气，都说不下去了。

钱铮在那头冷笑一声，说："既然你不念旧情，那我也就没什么好顾虑的了。你家的公司微蓝皮饰是民企中的一匹黑马，据媒体报道说，你们一举拿下几千万元的外贸订单。哈哈，阔太太啊，淘淘，好好珍惜吧。我呢，要求不高，请旧情人施舍点零花钱，我要的不会太多的。"

息小淘终于弄明白钱铮的来意，心中气愤到极点。"你做梦吧！想要钱，不会自己去挣吗？"

钱铮厉声说："废话少说，给我二百万元，我自动消失，永远不会再来打扰你的生活。否则，嘿嘿！"

"否则你想怎样？"

"打开你的邮箱，我往里面发了一些过去的旧相片，哈哈，你如果不满足我的要求,这些旧相片很快就会出现在网上。微蓝皮饰近来声名鹊起,肯定会让很多人感兴趣,老板娘的春光照精彩绝妙,不知会令多少人疯狂了!我给你两天时间考虑,到时不满足我的要求,就别怪我不顾旧情,哈哈哈!"

息小淘的脑中"轰"的一声,几秒内一片空白。电话那头的钱铮还在说着什么,她却是一个字也没听进去,手忙脚乱地掐断电话,双腿一软,一屁股坐在车库的水泥地面上。只感觉眼前天旋地转,世界末日来临。

她知道钱铮口中所说的那些旧照片指的是什么,这些照片曾经差点把她逼上不归路。当初,钱铮曾信誓旦旦地说已经把这些照片全销毁了,没想到这家伙竟然还留着。

息小淘跌跌撞撞地跑回楼上,打开手提电脑,登录电子邮箱。邮箱中果然躺着一封十几分钟前刚刚到达的邮件,邮件上粘着十个附件。

点开附件,一张张让息小淘崩溃的照片逐一显示出来。她绝望地大叫一声,抓起手提电脑狠狠扔在床上,她自己则像被抽空了空气的救生圈一样,瘫倒在地板上。

14 老公与前男朋友的较量

商宇浩回到公司办公室才渐渐静下心来，施雅萍和息振涛勾搭在一起绝非偶然。息振涛自认为聪明，其实是头脑简单，做事不考虑后果的人。施雅萍这么做的目的很明显，就是要破坏商家的和谐。

现在的问题是，息振涛这头笨牛不知被施雅萍灌了什么迷汤，铁了心要和她在一起，怎么拉也拉不回来。如果息小淘知道这事，不知会抓狂到何等程度？

已经过了下班时间，其他员工都已经陆续下班，商宇浩手头还有几份文件需要处理，同时打算吃过晚饭后，再去趟厂里。J·D公司那批货除了时间紧、任务重外，质量要求更高，厂里的职工分成两班制运转，每班工作十二个小时。几天下来，工人们都感觉到了疲累，难免会有怨言。所以他一有空就去厂里转转，特别是去车间多陪陪上晚班的职工，对职工们来说也算是一种安抚。

手机响了，是家中的电话，估计是家人问他回不回去吃晚饭。

电话是商妈妈打来的,她说息小淘今天有点反常,一个下午待在房中没出来过,晚饭时叫了她好几次也没下楼,就让小鼎上楼去看看,小鼎看过后说她一动不动地躺在床上。她担心小淘身体不舒服,就亲自上楼去看,发现她仰天躺在床上,睁大了双眼看着天花板发呆,问她怎么了也不回答,面色很差,不知发生什么事了。

商宇浩忙说知道了,自己会马上赶回家中。他估计息小淘已经知道息振涛和施雅萍的事了,才会难过成这样,连忙驱车往回赶。

息小淘脸色惨白,目光凝滞地仰面躺在床上。商宇浩站在床前叫了她好几声,她的目光才慢慢移到他的脸上,嘴角哆嗦了几下,却没有说出什么话。

"淘淘,你别这样,是不是哪儿不舒服了?"商宇浩暗自奇怪,就算被息振涛和施雅萍的事刺激到了,也不至于反应这么剧烈。

突然,息小淘从床上一蹦而起,一把抓住商宇浩的手,说:"宇浩,宇浩,我们……我们离婚吧。"

商宇浩大吃一惊,以为息小淘经不起刺激,脑子糊涂了,但见她目光还是挺清澈的,问:"淘淘,你在说什么啊?你哥哥的事和你一点关系……"

息小淘根本就没听商宇浩在说什么话,目光灼灼地看着他,一字一句地说:"我们离婚吧,求求你了,宇浩,我想离婚,你放过我吧!"

商宇浩的心沉了下去,息小淘口齿清楚,思维正常,看来并不是犯糊涂。他说:"那你给我一个理由。如果我做错了,请你指正,我会改的。淘淘,我们不是过得好好的吗?"

息小淘的眼中泪光迸现,用力摇了几下头,说:"你很好,是我不好,我配不上你,你别的就不要多问了,答应我离婚,好吗?算我求你了……"说到最后竟然大哭起来。

商宇浩越想越是奇怪，息振涛和施雅萍的事应该不会令息小淘对自己的婚姻产生动摇，那又会是什么事呢？

他回想早上起床时，息小淘还是好好的，在他离开房间时，她还撒娇定要他再吻她一下，还要他晚上早点回家陪她，对他如漆似胶。怎么才过了十来个小时，早上晚上判若两人，居然还提出离婚？看来定是发生了什么事。

"不行，你是我的法定老婆，我怎么能轻易放你走呢？除非你告诉我原因。"

息小淘突然跳下床，跪倒在地板上，身体也伏了下去，哭着说："求求你，求求你，别问了，答应我吧。"

商宇浩说："就算你要判我死刑，也总得让我知道自己犯了什么罪，让我不明不白地答应你，我做不到！"

息小淘伏在地上哭了一阵，见商宇浩一副不为所动的样子，眼中闪过一丝决绝，一咬牙从地上爬起身来，说："好，我让你死心！"她打开自己的手提电脑，再次登录邮箱，把邮箱中的那一组照片逐一点了出来。

商宇浩一看，顿时血脉贲张。这十张照片竟然全是息小淘的裸体照。

照片中的息小淘面露红潮，摆弄出各种撩人的姿势，浑身上下不着寸缕，春光无限。

"你……你怎么这么下贱！"商宇浩气得双目赤红，狠狠一巴掌扇在息小淘的脸上，随手操起手提电脑重重地砸在地板上，顿时碎成两片。

息小淘的脸上立刻显出五根红红的手指印，她本能地捂着挨打的面孔，看着商宇浩因为愤怒而扭曲变形的面孔，突然神经质似的大笑起来。

商宇浩是真的愤怒了。他心目中的息小淘是温柔文雅的，骨子中透着传统，和照片中那个风骚放荡的女人判若云泥。

息小淘说："你终于看清楚我是什么样的人了吧？呵呵，看我伪装得多好，你到今天才彻底醒悟，你还要留我下来做你商家的媳妇吗？"她脸上露着笑，心却痛得无以复加。

商宇浩看着她疯狂而绝望的样子，怒不可遏地问："你为什么会变成这个样子？"

息小淘说："我本来就是这样的人。你忘了吗，去年的广交会上，我是怎么找上你的？呵呵，我本来就是个不要脸的女人。我们离婚吧，我不想只守着你一个男人。"

商宇浩气得快晕过去了，大吼："好，离就离，明天就离！"

"行，明天上午九点，市民政局门口碰头，不见不散。"说完开始动手收拾自己的衣物。

"你干什么？"

"离开这里。"

商宇浩气得眼前发黑，连喘了几口粗气，再问："你要去哪里？"

息小淘说："随便去哪里都行，反正我要离开这里。"

"连再多待一天都待不下去了吗？"

"是啊，我已经闷坏了，出去多自由。"她随手拿出个旅行箱，胡乱往里面塞了些衣物和化妆品，拉了就往楼下走。

商妈妈和商鼎在楼下听到楼上房间中两人在大吵，这是商宇浩和息小淘结婚以来从没发生过的事。祖孙俩守在楼梯口张望，又不好意思上楼去打听，这时见息小淘拖着施行箱下楼，一副要离家出走的样子。商妈妈急了，忙问："小淘，你这是要去哪里啊？"

息小淘犹豫了一下，轻声说："我搬出去住几天。"

商妈妈问："住在家中好好的，为什么要搬出去住？出什么事了吗？"

商宇浩听到商妈妈在问息小淘话，忙从房中走出来，站在楼梯口，沉着脸说："妈，让她走，别管她！"

商妈妈急得直拍大腿，嘴中不停地叫着："作孽啊，作孽！"

第二天上午九点，商宇浩准时到达市民政局。

息小淘已经等在民政局大门前的台阶下。她今天穿了一条米黄色长裙，外套了一件黑色小西装，手上撑着一把遮阳伞，神情落寞地站在阳光下。

商宇浩见她双目浮肿，脸容憔悴，估计她哭了一夜。心头没来由地一痛，冲上前一把将她拥在怀里，说："淘淘，对不起，我昨晚不该那样对你，更加不应该打你，是我错了，你原谅我吧，好不好？淘淘。"

息小淘的嘴角微微颤动了一下，眼中泪光迸现的一刹那，神色中闪过一丝决然，用力挣脱商宇浩的双臂，冷冷地说："我们进去办手续吧。"

"不行！"商宇浩再次抓住息小淘的手，说，"昨晚你走了以后，我冷静下来仔细想了一下，这事不对劲，你不是那种人，我不会看错你的，我相信自己看人的眼光。"

息小淘冷笑了一下，说："原来你更在意自己看人的眼光有多精准，那我告诉你，你不是神仙，怎么不会看错人？就算真是神仙，也有看走眼的时候。比如你的前妻施雅萍，如果你懂得识人，怎么会浪费十年的时光，去缔结一段错误的姻缘？"一向温文尔雅的息小淘，这时像一只张牙舞爪的小龙虾，举着它的大钳，尽往商宇浩心底最痛的地方扎。

商宇浩的眼中闪过一丝痛苦的神色，说："可是，我依然相信你！你的那些照片不是现在拍的！快告诉我，到底出什么事了？"

昨晚息小淘走后，商宇浩的眼前依然闪动着那十张不堪入目的相片，气愤难平，连晚饭也没吃，上床就睡。可是没睡了多大一会儿，猛然想到一个关键性的问题。照片中的息小淘虽然摆着各种不雅的姿势，神情淫荡，但脑后却垂着一头飘逸的黑色长发，脸型也比现在的要圆一些，隐隐还没褪尽少女时的婴儿肥。而商宇浩从认识她到现在，她都是挑染成深棕色的齐肩短发。

息小淘说："什么时候拍的不重要，重要的是相片中的人是我本人，这个错不了。"

商宇浩说："谁没有过去？谁又能改变过去？包括我自己。我的过去就是一团糟，既然你都可以对我的过去不计较，我又有什么资格去计较你的过去呢？你的过去我没法参与，我只对你的现在和你的将来负责，所以，我……我不在乎。"

息小淘的目光终于柔和下来，嘴上却犹自叫着："你不在乎，可是，我在乎……"

商宇浩不想再听她说下去，上前将她拥入怀里，说："淘淘，我带你去个地方，我们好好说说话。"

息小淘还想坚持，却被商宇浩拖了就走，她挣扎了几下，终于放弃顽抗，随他上了车。

商宇浩载着息小淘很快就出了市区，一路向南，过马桥、金阳，息小淘已经知道他要带自己去什么地方了。

海宁市区往南近二十公里外，便是钱塘江的入海口，举世闻名的天下奇观海宁潮就出现在此段江面上。

钱塘江蜿蜒奔腾六百多公里后，到了海宁市境内，已与东海连成一片。阳光下，银光闪闪的沙滩，空中盘旋的海鸟，奔流不息的江水，微微带着咸味的海风……这里的一切远离城市的浮华与喧嚣，宁静得让人有飘然出尘的感觉。举目远眺，天大地大，碧空高远，心胸也随之变得豁然开朗。

商宇浩在沙滩上找了块光滑的岩石，拉着息小淘在岩石上坐下，问："淘淘，还记得这里，还记得这块岩石吗？"

差不多一年前的这个季节的某一天的下午，商宇浩带息小淘来到这一片沙滩，就是坐在这一块岩石上，面对渐渐坠向海平面的夕阳，和漫天殷红似火的晚霞，他用很简单，却很真诚的话问息小淘："淘淘，可不可以把你以后的人生交给我？我会好好珍惜，一定会让你幸福的。"

当时，息小淘忍俊不禁，差点就笑出声来，这是她所听说过的最不浪漫的求婚告白，可是当她接触到商宇浩真诚、期待的目光时，怦然心动。

商宇浩笑笑，又说："我这个年纪已经说不出多么动听华丽的求婚誓言，只能把自己心里想的话说出来给你听。"

忽然之间，息小淘被感动得一塌糊涂。这么些年来，经历过那么多的事，在茫茫人海中苦苦寻觅的，绝不是风花雪月的浪漫，她更懂得相濡以沫的可贵。虽然商宇浩离过一次婚，身边又带着一个儿子，但他诚恳、细心，懂得呵护自己。难怪有人说，离过婚的男人更有魅力，更懂得女人心。

息小淘无法抗拒，也不想拒绝，也许商宇浩不是最适合自己的那位，但她还是愿意相信他会给自己幸福。她看着他笑了，红红的夕阳映在她的脸上，把她的笑容浸染得比花儿还要娇艳。她重重地点了下头，说："好，那我就嫁给你，你可一定要给我幸福啊！"

她答应得很大声，夕阳听到了，浪花听到了，盘旋的飞鸟听到了，这里的一切都听到了。

两人幸福地相拥在一起，静听潮起潮落。

天边红霞似锦。

那时岁月静好。

息小淘明白商宇浩问她这话的意思，眼中有点酸酸的感觉，但想到钱铮的那番话，不得不狠下心来，说："就算记得这里，记得这块岩石，记得当初你对我的承诺，那又能怎样？时过境迁，何况是人。"

商宇浩说："我不相信你是善变的人，你昨天突然提出离婚，这里面肯定有原因，请你告诉我真相好不好？我们是夫妻啊，淘淘，如果你心里有十分的困惑，告诉给我，让我和你一起分担，不就只剩下五分了吗？"

息小淘痛苦地摇了下头，说："没用的，我不想成为第二个施雅萍，再次把你拖垮，离婚是最好的选择。"

"你这话是什么意思？是不是有人拿那些照片敲诈你？"

息小淘知道不把事情交代清楚，商宇浩是不肯罢休的，只得把钱铮的企图说了。"我知道你拿得出二百万，也知道你不会太在意钱，可是如果满足了钱铮的欲望，我们会越陷越深。我想过了，对付他的最好方法，就是和你离婚，和你断绝一切关系，我变得一无所有，看他还能把我怎么样？"

商宇浩问："你是怕拖累我，才提出离婚的，是不是？"

息小淘没有正面回答他的这个问题，而是自顾自地说："我太了解钱铮那个混蛋了，不达目的绝不罢休。你花费多少的心血，才拼得微蓝今天的局面，不能因为我而毁了。"

要是钱铮真的把息小淘的那些艳照公布出来，商宇浩将会受到致命的打击，微蓝也会因此受到牵连。商宇浩能预见得到后果。

"钱铮是谁？为什么他有你的这些照片？"

息小淘痛苦地闭起了眼睛，思绪一下子飘回到那段令她痛不欲生的岁月，说："你还记得我们的第一次吗？我被人下了药，无奈之下，趁在清醒之前找你解救，你知道我为什么那么果断吗？因为这是我第二次被人下药，知道药性上来后，那会是怎样可怕的后果。"

商宇浩悚然动容，叫道："我明白了，你的那些照片是在你第一次被人下药后拍下的，对不对？是不是那个钱铮干的？"

那时息小淘已经发现钱铮的种种不轨行为，打算和他分手。钱铮可能有所预感，主动提出和她再出去喝最后一次咖啡，然后友好分手。

单纯善良的息小淘哪里想得到钱铮的险恶用心，结果喝下了被钱铮下了催情药的咖啡，没多大一会儿就药劲发作，她欲火中烧，难以自控，结果迷迷糊糊中被他拍下那一组不雅照。

钱铮用照片要挟息小淘留在他身边，并要她为自己赚钱，以供自己挥霍。息小淘不堪其辱，打算跳楼轻生。钱铮见息小淘性子刚烈，担心事情闹到不可收拾，只得当着息小淘的面销毁存有照片的内存卡，并答应不再纠缠她。

息小淘这才获得自由身。

商宇浩沉默了，表面平静，内心却急流暗涌。

谁没有年轻过？谁在年轻时没有犯过错？自己已经没有必要再去追究息小淘当年犯下的过错，现在的关键是当这个错误再次出现在眼前，并有可能影响到他们的生活时，该如何面对？问题之所以会成为问题，是因为它的棘手和不好解决，如果一味逃脱，问题依然存在，并有可能随着时间发酵，从而激发更大的破坏力。自己是她的丈夫，是她的天，是她的依靠，这个时候该做的，是与她携手共进，而不是横加指责。

过了好一会儿，商宇浩问："难道你觉得我会舍不得为你拿出这两百万吗？"

息小淘稍稍沉默了一下，说："我知道你舍得。可是，如果你这次真的给了他两百万，他下次说不定就会开口要三百万，这个人贪得无厌，永远都不会知道满足。到时你会被他拖垮的。"

商宇浩说："所以你想到了和我离婚，觉得这是将我隔离出是非的最好办法。可是你想过没有，他一旦达不到目的，会怎么迁怒于你？"

"我不怕，我什么都没有，我怕什么？"

"你还有我，还有我们的家。因为我无论如何都不会和你离婚的。淘淘，你要相信我，不管用什么方法，我都不会让你再次受到伤害。"

息小淘迎着商宇浩诚恳的目光，心中感动不已，问："你想报警吗？他既然想出了这一招，一定会预防着我们报警的。"

商宇浩想了一下，说："不怕，山人自有妙计。"

丰收接到夏思楠的电话，得知女儿夏逸飘随她奶奶去小区的健身场内，做健身运动时，健步机的手扶把柄脱落，结果把夏逸飘给闪了出去，重重地摔了个嘴啃泥。

丰收大惊，火急火燎地赶去医院。夏逸飘的鼻血已经止住，只是两片嘴唇肿成了香肠，还磕掉两颗大门牙。夏逸飘哭得惊天动地，倒不是痛，而是担心自己破相。

丰收见女儿伤成这样，又是心痛，又是气愤，大叫："小区的健身器材不是去年才更新的吗？怎么一年不到就出故障？我一定要去讨个说法！"

夏逸飘哭着说："爸爸，我不活了，这么难看，像猪八戒一样……"

丰收连忙把女儿搂在怀里，说："胡说，不就是掉了两颗门牙吗？

你原来那两颗大门牙长得又阔又大,像个饿死鬼似的,本来就不好看,爸爸还寻思着趁你放暑假时全拔了,另外装两颗好看点的。就算真的毁容了也不怕,爸把你送去韩国整容,不把你整成巴拉巴拉小魔仙绝不罢休。"

"我早就不喜欢小魔仙了。"

"哦,又换口味了啊?那你现在喜欢什么了?"

"赛尔号!"

"赛尔号?宇宙飞船吗?"

父女俩正胡扯着,他们小区的管委会主任匆匆赶来,不住地向丰收一家人道歉。

丰收问他,这健身器材是怎么一回事?

小区主任说,他们得知夏逸飘出事后,马上和健身器材的供应商取得了联系,对方十分重视,立刻派人过来看了,得出的结论是这批健身器材存在质量问题,已经和上游供货商交涉,相信会很快给出一个满意的结果。

丰收气愤地说:"这些商家也太黑了,只顾着自己赚钱,不管老百姓的生命安全,幸好只是些健身器材,如果是……"

一旁的夏思楠接口说:"如果是娱乐城、商场等,这种大型公众场所出了质量问题,不知会害到多少人?"

丰收蓦然一震,满脸错愕地望着夏思楠,那表情就像是一不小心连吞了十个臭鸭蛋。

电话铃声准时响起,钱铮恶魔般的声音再次出现在电话那头:"淘淘,你考虑得怎么样了啊?"

息小淘只觉得阵阵恶心,怒斥道:"你这种人让我怎么相信你?你当初说已经把照片全毁了，现在又拿出来要挟我，谁知道你以后还会不会再来生事？"

钱铮听出息小淘的语气有了松动，得意地笑出声来，说："当初不是我没达到目的吗？自然是不甘心的。现在可就不同了，你要是肯拿出二百万来息事宁人，我怎么敢再折腾，这毕竟是违法犯罪的勾当啊。"

息小淘忍着气说："你是知道的，我是商宇浩的二婚妻子，他是不可能为我拿出二百万的。他要是知道这事，铁定会和我离婚，到时你什么也拿不到！当然，我也不想放弃现在优越的生活，所以只能私下与你和解，可我手头没这么多的钱，你别这么狮子大开口，少点吧，五十万，我今天就可以给你。"

钱铮大笑起来，说："息小淘，你以为这是在菜场买菜吗？还跟我讨价还价。我已经打听过了，商宇浩对你不错，你们生意做得这么大，还在乎这点钱吗？当然，我也不是不近人情的人，既然你开口求我了，那就看在昔日的情分上，减去一半，一百万，一分都不能再少，否则……"钱铮心里快速盘算开了，息小淘外柔内刚，对她第一次下手，不能把她逼得太紧。万一她破罐子破摔，自己的希望就落空了。必要的时候，就得退一步，才能细水长流。

"那你去网上发帖吧，你传播这种不雅照片同样犯法。我已经想好了，大不了和商宇浩离婚！"

"哈，我孤家寡人一个，吃了上顿没下顿的人，还怕坐牢吗？那我现在就去网上发帖，标题我都已经想好了，你要不要听一下？就叫作：微蓝皮饰老板娘春光无限好，民企新秀商宇浩甘当缩头龟……"

"你这王八蛋！"息小淘愤怒地破口大骂。

钱铮得意地哈哈大笑，说："俗话说得好，破财消灾。息小淘，你还是乖乖地和我合作吧。"

"你……把你的银行账号给我……"息小淘歇斯底里地大叫。

"不,我只要现金。"

"怎么可能,一百万现金到哪里去弄?"

钱铮笑得更加得意,说:"这个我不管,你准备好了,两天后我就来取钱。"

丰收主动向公安机关投案自首,坦白交代自己用不法手段窃取商业机密,以牟取私利。他同时举报在建中的开发区娱乐城招投标中存在暗箱操作,负责监督施工的林经理和承建商相互勾结,将大量劣质不合格的建筑材料应用到工程之中,娱乐城将是幢存在严重安全隐患的豆腐渣工程。

这两条消息像两枚重磅炸弹,一时之间激起千层浪。特别是后一条,受到广泛关注。相关部门立刻成立专案组,着手调查娱乐城建筑材料以次充好事件。

在丰收到达派出所门前时,给商宇浩打了个电话,告诉他自己的决定。商宇浩无言相慰,只说了句:"兄弟,你是个真正的男人,我为你骄傲!"

丰收仰天长笑,说:"那你等着我,我一定会东山再起的!"挂了电话就大步走入派出所。他笔直的背影,透着坚定与孤傲,大有风萧萧兮易水寒,壮士一去兮不复还的悲壮与豪迈,把送丰收来投案自首的夏思楠感动得热泪盈眶。

随后,商宇浩打电话给夏思楠,问她有什么打算。

夏思楠哭着说,在来公安局之前,她一再要求丰收先和自己去民政局复婚,可丰收说什么也不同意,还说如果自己没事,他会和她复婚,但如果要承担法律责任,关上几年的话,他希望夏思楠不要再等他了。

商宇浩安慰她说:"放心吧,我会给丰子请最好的律师,他一定会没事的,只是丰伯伯那边,你得多费心开导了。"

"嗯,我知道该怎么做。"

钱铮现在的心情,可以用"极好"两个字来形容。

他驾驶着一辆黑色的二手桑塔纳,停靠在商宇浩家门前几百米远外的树荫下,然后打电话给息小淘,问她一百万元准备好了没有,半个小时后他会来提款。

息小淘用不情不愿的声音说,她昨天已经和银行预约了,今天上午十点整提取一百万元现金,现在她正准备出门去银行,恐怕半个小时不够,问他能不能再多等一会儿。

钱铮很大方地说:"没关系,反正我也不怕你玩什么花样。"末了,又提醒了一句:"要不要和你先生打个招呼,一百万毕竟不是小数目,免得到时穿帮后你没法交代。"

电话那头的息小淘突然不说话了,只是大口喘着粗气,显得十分激动。钱铮太了解她了,上大学时她就是这样,一遇到气愤难平的事,就是这样光喘气不说话,没想到几年过去,她都已经嫁人了,这脾气还是没变。他十分得意地暗笑了一声,又说:"如果你真的不希望他知道,那就算了,我只是好心提醒你罢了。好了,闲话少说,你快去取钱吧。"说完,他从随身携带的包中取出一副望远镜,坐在驾驶座上透过望远镜,注视着商家的一举一动。

几分钟后,商家底楼的车库门开了,一辆黄色的福特嘉年华缓缓地从车库中倒出,在楼前的水泥空地上掉转车头后,直奔市区。

在息小淘掉转车头时,钱铮透过她车上的挡风玻璃望进去,福特嘉年华内除了她自己,并没有其他人。其实钱铮早就预料到息小淘不敢把这事张扬出去,更加不可能告诉她丈夫商宇浩,因为像她现在这种优越的生活,没有谁舍得放弃。当然,也没有哪个男人能容忍自己的老婆曾做过那种事,特别是那些觉得自己有头有脸有身份的有钱人。

钱铮嘴角微微上翘,闪过一个浅浅的笑容,使得他本来略显阴冷的面孔,突然变得生动而好看。这个迷人的笑容,就像热带雨林中的桃花瘴,遮盖住事物丑陋的本质,曾经让多少少女入迷成痴,包括大学时的息小淘。

他收起望远镜,驾驶着二手桑塔纳,和福特嘉年华保持着五六十米远的车距,尾随着息小淘驶向市区。

十多分钟后,息小淘的车在农业银行设在海昌路上的分理处停下,她从座位上拿过一只红色编织袋,快步走入银行营业厅。

钱铮在银行对面的车道上找了个车位停下,透过银行营业厅巨大的落地玻璃门,能清楚地看到息小淘排队等在营业柜台外。

几分钟后,轮到息小淘交易。又过了几分钟,钱铮看到息小淘从柜台内接过一沓沓的百元大钞放入红色编织袋。

钱铮的心狂跳起来,他终于看到了梦寐以求的巨额财富。这时,他心里又有点后悔起来,早知道息小淘手里掌握着这么多的钱款,当初就不该让步,应该咬定两百万不松口。又一想,既然息小淘已经跨出了第一步,以后的步伐就由不得她自己做主了,只要她还想保住在商家的一切,她就是他的自动取款机。

钱铮不知道一百万元现金堆放在一起是个什么概念,只是当他看到息小淘双手提着鼓鼓囊囊的红色编织袋,颇为吃力地走下台阶时,才意识到一百万元果然不是个小数目。

息小淘打开后座车门,把编织袋放在后排座位上,关上门后打开驾驶室的车门，就在她将要坐到驾驶座上时，似乎想到了什么，回身又打开后排车门，重新把编织袋取了出来，然后用遥控器打开后备厢盖，把编织袋塞入后备厢中。

钱铮忍不住笑了起来，他发现息小淘还是挺细心的，编织袋放在后排座位上确实不太好，万一她在回去的路上，遇到熟人要搭她的车，岂不是很容易出事吗？

息小淘离开银行后，驾车驶在回家的路上。钱铮不紧不慢，不近不远地继续跟着她。他好几次冲动地想打电话给息小淘，让她马上把编织袋交给自己，可是理智又一再提醒他不能冲动，万一息小淘报警，有警察盯梢，自己贸然行动，岂不等于自投罗网？小心才能驶得万年船啊！

一路之上，钱铮像头出猎的老狐狸一样左右巡视，谨慎入微地警惕着周遭几百米内，可能潜伏着的危险，桑塔纳跟着息小淘的嘉年华驶离海昌路，马上就要岔入通往她家小区的岔口时，他终于再次拨通息小淘的电话，很冷静地说：" 不许转弯，向前直走，不要多问，到时会给你指明方向。"

息小淘果然没有多问，这样的情景在影视作品中见多了，她能理解钱铮的戒备之心。一路向前，在快要到达海宁皮革城时，钱铮的电话终于又打了过来，要她左转走南北大道。

她已然知道钱铮在跟踪自己，不住地从后视镜中向后张望，可是跟在嘉年华后的车辆有不少，无法确定是哪一辆。

沿着南北大道一路向南，穿过省道，直至老沪杭公路。老沪杭公路是抗日战争时期修筑的，为当时连接沪杭的交通要道，在二十世纪九十年代之前，曾是贯通上海和杭州的命脉之线。但随着经济的发展，沪杭高速、沪杭复线（东西大道）、310国道、杭浦高速四条干线建成并投入使用，辉煌了几十年的老沪杭公路像位迟暮的老人，已经很少有人想起它的存在。

沥青路面,沿着金山区漫长海岸线弯曲成蛇形,路两旁成排的大树,盘根错节,遮天蔽日。连"省"字辈的路名都冠不上了的沪杭公路更像一条乡间的林荫小道。

当息小淘的嘉年华转入这条林荫小道时,她突然明白了钱铮的用心。

这条路上过往车辆稀少,光线在树荫的作用下明暗不定,最主要的是,这条道上监控探头少,公路北侧是一片片的村庄和农田,到处是路口。他把息小淘带到这里交易,一来可以减少被监控视频拍到的可能;二来万一败露,四通八达的村落,便于他逃脱。

开出十多分钟,息小淘终于从后视镜中看到一辆黑色桑塔纳追了上来,不紧不慢地跟在自己的车后,她甚至能猜想得到钱铮那坏蛋见奸计即将得逞时嘴角露出的得意笑容。

又开出一阵后,黑色桑塔纳突然加速,一下子抢到嘉年华的前面,横在路中央。

息小淘连忙刹车,心中骂着钱铮这王八蛋终于耐不住了。

钱铮跟了息小淘这么长的一段路程,并没发现什么可疑车辆,看来息小淘果然不敢玩花招。一念至此,就有点急不可耐。他拦下息小淘后,从自己车上跳下来,快步扑到嘉年华的前面,口中叫着:"快把钱给我!"

息小淘见钱铮瞪着眼,咬着牙,一副气势汹汹的样子,吓得脸都白了,她连车门也不敢开,只把车窗玻璃摇下一条缝,尖叫:"你别过来,你想干什么?"

钱铮见息小淘一副花容失色的受惊模样,悬着的心更加放下大半,说:"放心吧,我不会伤害你的,我只要钱,对你没兴趣,快把钱给我!"

息小淘哆嗦地说:"钱放在后备厢里,你……你先回到你车上,我取出来后放在路……上,你再过来拿吧。"

钱铮大声喝道:"少废话!打开后备厢,我自己会拿!"

息小淘稍稍犹豫了一下,终于按下打开后备厢的按钮。后备厢盖"啪"的一声轻响,向上跳起,裂开一条缝。

钱铮前后看了一下,确定没有车辆行人过来,快步奔到嘉年华的车后,一边四处张望着,一边掀起后备厢盖,刚伸进手去,突然,后备厢内伸出一只大手,一把钳住他的手腕。

钱铮是亲眼看着息小淘把她装钱的红色编织袋放入后备厢中的,而从银行出来到达这里的这段路程中,息小淘的一举一动都没有脱离过他的视线,所以,他纵然做梦也不可能想到,嘉年华的后备厢竟然还藏着个人。这把他吓得大叫了一声,本能地拼命往回缩手。躲在后备厢中的那人一声大吼,顺势飞扑出来,一把抱住钱铮。

钱铮也就光长了一副好皮囊,长期的吃喝嫖赌早已经掏空了身子,身上没多大力气,再加上猝不及防,顿时摔了个仰面朝天。他口中大叫:"找死啊!"

那人奋起一拳,重重打在钱铮的鼻梁上,怒喝:"你这混蛋才是找死!"

钱铮被打得眼冒金星,依稀看出骑在自己身上的男人眼熟,再仔细一看,叫了起来:"你不是商宇浩吗?你们夫妻俩玩我!"也不知他受了刺激,还是使出吃奶撒尿的力气,竟然硬是把骑在他身上的商宇浩给掀翻了。两人抱在一起,在地上翻滚扭打起来。

息小淘打开车门下来,见商宇浩和钱铮扭在一块,急得直叫:"宇浩小心啊。"心慌手乱地想帮忙,却不知怎么帮,然后又不住地念叨起来:"警察怎么还不来啊?"

商宇浩见息小淘这么在意自己的安危，心头振奋，大叫："淘淘别怕！"他用足力气翻过身来，把钱铮死死地压在身下。

钱铮早已筋疲力尽，连使了几下力，都不能挣脱商宇浩的手，只得放弃抵抗，趴在地上直喘粗气。

商宇浩接过息小淘从车上取来的绳索，把钱铮给绑了，然后站起身来，拍净身上的灰尘。

息小淘连忙扑上去，把他前后左右看了个遍，焦急地问："怎么样？是不是被伤到了？"

商宇浩身上的衣服破了，脸也肿了，手臂上也被抓出了好几道血痕，但脸上却洋溢着胜利者的兴奋神色，说："淘淘，你看到了吧，我就说过，对付这种人渣，我还是有办法的。"

息小淘看着商宇浩伤痕累累的样子，心痛地哭了起来，说："你要不要紧啊，警察怎么还不来？"在她打开车门下车前，已经拨打了报警电话。

钱铮脸色灰白，躺在地上大骂："息小淘，你这不要脸的女人，老子不会让你好过的。告诉你们吧，我出门之前把十张照片存放在我朋友那里，如果我出了事，他会帮我把照片发布到网上！你们等着遭报应吧！"

息小淘的脸色顿时又变了。

商宇浩哈哈一笑，说："骗谁呢？像你这种人还会有对你死心塌地的朋友吗？告诉你吧，我早就已经报了警了，网警密切关注着网上的一举一动，你如果真有这样的朋友，我还真希望他出来顶风作案，才能让警方把你们这些人渣一网打尽！"

正说着，远处隐隐传来警车的鸣叫声。

⑮ 踩中地雷

有关部门经过半个月的调查取证，把丰收涉嫌和举报的两起案件全部查得水落石出。

这两起案件中，最受市民关注的是开发区娱乐城使用劣质建材一案。这起案件查起来并不难，娱乐城已经动工，混凝土结构已经浇铸好基础和底层，使用的建材是不是有问题，只要当场检验就知道了。结果，丰收所举报的问题属实。

然后是追根溯源，严惩相关的项目负责人，包括林经理、承建商等等，娱乐城已建部分拆除重建。

在这起案件中，虽然丰收所用的手段不够光明，但无疑是有重大立功表现的。

至于丰收使用不法手段窃取商业秘密，压榨同行，获取私利一案，这事的性质远没有娱乐城使用劣质建材来得恶劣，可它受关注的程度竟然更高，这主要是因为建筑行业中，某些曾被丰收算计过的商家，打着

"净化生意场"的口号，趁机推波助澜，抱着"痛打落水狗"的心态，以图报一箭之仇，想把丰收往死里整。

商宇浩哑然失笑，生意场就是名利场，一向藏污纳垢，净化得了吗？如果真的需要净化，首先要接受净化处理的，只怕是喊出这口号的人。他请了本市最出名的律师揽下丰收的案子。

丰收虽然用不法手段窃取同行的商业机密，损害到他人利益，但在项目招投标过程中，他并没有涉嫌行贿、收买等违规操作，而且他提供的建筑材料都是符合国家标准的，并没有以次充好的现象存在。

最重要的是，丰收是主动投案，认罪态度较好，更何况在另一起案件中有重大立功表现。

司法部门听取民意，尊重事实，慎重量刑，丰收窃取商业机密罪名成立，但念其认罪主动，并有重大立功表现，判其入狱一年，缓刑一年，并处罚金五万元。

这个结果比商宇浩等人的最坏预期要好很多，他和丰收以及夏家人商量过后，放弃上诉，接受判决结果。只是丰收成立才两三个月的建材公司不得不关门。

这让丰收很是无助，其实他出了这样的事，个人信誉发生危机，纵然将公司勉强维系下去，只怕也没人敢和他有生意上的往来。他的商海生涯就此告终。

但不管怎么说，人还是自由的，这比什么都重要。商宇浩带了息小淘、老妈和儿子商鼎一起去夏家给丰收庆贺。此前，夏思楠也早已经把丰收的爸爸接回夏家居住。

夏、商两家人欢聚一堂，闲话家长里短，竟然是难得开心。

最出乎人意料的是，夏立国这次表现得十分大度。他对丰收说："你这孩子本质不坏，懂得大是大非，懂得舍小利成就大义，好样的。生意做不成没事，这条路走不通就换一条试试，这三百六十行，行行出精英。"

夏立国能说出这么一番话，那是多么的难能可贵，丰收忽然感觉特别对不起这位固执的老人，心中一激动，声音有点哽咽，说："爸，对不起，我又让您失望了。"

夏立国一笑，说："如果你不想让我失望得更彻底，那就明天和思楠乖乖地去民政局复婚。"

商鼎插嘴问商宇浩："爸，丰叔叔这样算不算二婚？"

夏逸飘连忙说："当然不是，我爸娶的还是我妈。"

商鼎不服，说："我看应该算是，第二次结婚就是二婚。"

夏逸飘还想争辩，丰收接过话题，说："头婚、二婚都不重要，最重要的是，经过这么多的事后，我们一家人终于又团聚在一起。"

商宇浩连连点头，说："说得好，丰子，我发现你变得理智多了。"

丰收苦笑着说："你这话是损我还是赞我啊，都快四十岁的人了才变理智，是不是属于智力发育迟缓啊？"

一直默不作声的丰爸爸突然长叹了口气，说："你都这把年纪了，还能找到工作吗？"

丰收知道他爸爸对自己放弃事业单位的稳定工作一事，一直耿耿于怀，这次又惹出这么大的麻烦，心里自然更加不是滋味了。

丰收说："没事，我一定会很快找到工作的。"

息小淘突然说："丰子，我能不能求你帮个忙？"

丰收一怔，看了商宇浩一眼，说："你老公神通广大，简直就是孙猴子转世，还有什么事连他也解决不了，需要我帮忙的？不过，你说吧，只要我能帮上忙。"

息小淘说:"其实你是知道的,自从宇浩的助理柳欣离职后,他一直找不到合适的帮手,什么事都得他亲力亲为,最近公司的业务量明显大增,他一人忙得几乎连回家的时间都没有,我担心他的身体会吃不消。还有就是意大利J·D公司那份订单这几天就要交货,如果不出意外,这份订单能顺利交割的话,外贸单子定会纷至沓来,到时只怕他会忙得连觉也没法睡了。所以我想求你帮个忙,能不能去微蓝上班,帮他分担一些工作?"

丰收明显没有这个心理准备,眼珠子连转了几下,看看商宇浩,又看看息小淘。

商宇浩对丰收说:"其实在你辞职时,我就有这个想法,可是你一门心思要自己创业,我就不好意思提出来了。"

商妈妈对儿子的忙和累,是看在眼里,疼在心里。她此前一再反对息小淘进入微蓝帮助商宇浩,可是现在息小淘有意开设自己的创意馆,就算她现在允许息小淘去帮忙,只怕息小淘也不会答应了。丰收是商宇浩最好的朋友,头脑灵活,能干肯干,最重要的是她老人家信得过他,忙附和着说:"丰子,你就去帮帮宇浩吧,除了你,没人能帮得了他了。"

息小淘又说:"我们来的时候,我就和宇浩说了,让他早点和你商量下,免得你心思活络,又想到别的主意,我们就又泡汤了。可他认为现在不适合和你谈这事,免得你会以为我们是在可怜你,才会想着法地收容你。可是我管不了这么多了,我不希望他每天忙得不见人影。有时我真的有点恍惚,我怎么和结婚前差不多,每天晚上总是一个人睡觉……"说到这里,猛然发现自己说得过于直白,脸一下子红到了脖子根。她自己要是没露出这副窘相,别人不定还反应不过来。这时众人见她脸红成这样,无不开怀大笑。

丰收知道息小淘说的这一番话,肯定是商宇浩让她这么说的,明明是他们在想方设法地帮自己，偏偏说得他们在求自己帮忙似的，给自己做足了颜面，心中感动得一塌糊涂，却故意哈哈一笑，说："小淘，老商能娶到你这样的好老婆，真是他的福气！行，我答应你！"

息小淘抿嘴一笑，说："和思楠姐相比，我要学的地方还多着呢。"

微蓝以黑马之势崛起于瀚如星河的民营企业之列，一举一动颇受媒体的关注，知名度直线上升的同时，业务量爆满。商宇浩名下的企业卓远制革规模不大，已经无法满足公司的发展需求。所以他不得不考虑寻求合作伙伴，同时着手寻找新的厂址，以扩大企业规模。

商宇浩任命丰收为微蓝皮饰的副总经理，协助自己处理一切公司事务。

意大利J·D公司的订单，经过企业职工近两个月的加班加点生产，首批货已经赶制出来，企业正在进行最后的检验、包装等工序，公司则开始申请办理出境商品的报关等手续。

商宇浩紧绷了两个多月的神经，终于可以稍稍松懈下。他打电话给商妈妈，告诉她自己今天回家吃晚饭。商妈妈几乎不敢相信自己的耳朵，连忙打电话给还在皮革城中，监督装修创意馆的息小淘，要她回家时再带点菜回家。

息小淘开在皮革城内的创意工作室已经筹备得差不多了，取名为"淘意馆"，装潢公司正在作最后的扫尾工作。

这段时间家庭和睦，商宇浩的事业顺利，她自己的事业进展得也是顺风顺水。因此心情不错，创作灵感喷发，设计出了不少很有创意，又富含个性的作品，打算等"淘意馆"开张时展示出来。

息小淘听到商宇浩今天回家吃晚饭，这已经是好久好久没有过的事，连忙和装潢公司的工作人员交代几句后，赶去菜场买了商宇浩最喜欢的猪排、淮山药、小龙虾、春卷、苦瓜，赶回家中帮商妈妈准备晚餐。

商宇浩果然在天黑前赶回家中，一家人难得团聚，这顿晚饭吃得格外温馨。

席间，商妈妈对商宇浩左看右看，说："儿子，你最近脸色不太好，人也瘦啊，你的年纪也老大不小了，可不能再这么拼命啊。"

息小淘也发现商宇浩脸色灰黄，看上去精神不振，说："丰子能处理公司的日常业务了吗？他要是能顶上去了，你就安排自己休息一段时间吧。"

商宇浩笑着说："没什么大碍，主要是因为这段时间睡眠不足，等意大利的货发出去后，我就可以舒舒服服地睡几个安稳觉了。"

晚饭后，息小淘陪商宇浩出去散步。两人沿着小区内的景观河，差不多绕了整个小区一大圈。两人手牵着手，十指相扣，并没有说太多的话，只是有一搭没一搭的，随意而悠闲。

息小淘的心中却有些恍惚。她当初答应嫁给商宇浩时，确实没想到他竟然会这么忙，家对他来说只不过是睡觉休息的旅馆。她自认是个比较传统的人，结婚前想着自己婚后就妇随夫唱，相夫教子，可是商宇浩每天忙得连枪都打不着，像这样夫妻俩一起晚饭后出来散散步，谈谈心，再平常不过的生活，竟然成了很奢侈的事。

这时已经是九月初的天气，一年中最炎热的季节已经过去，晚风吹在身上已能感觉到丝丝秋凉。

商宇浩见息小淘衣着单薄，就把自己的便西脱下来披在她的身上，搂住她的肩膀，说："淘淘，我们去意大利度假，好不好？"

息小淘一怔，问："你有时间吗？"

商宇浩笑笑说:"不是有句话说:时间像牙膏,挤一挤总是有的。意大利那批货三天后就可以出厂,等办妥海关的一切手续后,就可以发往意大利。我打算一个月后休假,和你一起去意大利玩玩。我们结婚时的那个蜜月过于仓促,我曾答应过你以后再补一个,我总不能老欠着吧,也差不多该还了。"

息小淘笑着说:"老不提这事,还以为你忘了呢,原来你还记得啊。"

"那当然,我不会食言的。现在有丰收在公司帮我把关,意大利的首张订单马上就能顺利交割,刚好有个缓冲期,所以我想抓住这个机会。我们去意大利好好玩玩,顺道拜访下齐默一家人。还有,我算过时间了,说不定我俩可以和那批货同时到达意大利。"

息小淘微微仰起头,看着商宇浩在路灯光下明暗不定、轮廓分明的面孔,心中却想着:原来他对我说过的话都记着。

商宇浩微微侧身,用食指在息小淘的鼻尖上轻轻刮了一下,说:"是不是惊喜来得太突然,让你感觉不真实?"

"你老婆我没这么脆弱。"息小淘张开双臂,做出一个敞开胸怀、热烈欢迎的动作,提高了声调,大笑着说,"让这样的惊喜来得更猛烈些吧!"

一个月后,丰收驾车亲自把商宇浩和息小淘送往上海虹桥机场,商宇浩和息小淘将去意大利度假,顺道拜访好友齐默和布朗一家。

这是息小淘第一次出国旅游,又是和自己心爱的人一起,这一刻她不知期待了多久,现在终于成行,从昨天晚上开始,她就兴奋得睡不着觉,被商宇浩取笑是小孩子心性。

丰收看看时间差不多了,就提醒两人快去换登机牌,然后进入安检。可就在这时,丰收的手机突然响了,是公司市场部经理吕振飞打来的电话。接通后才说了两三句话,丰收的脸色一下子就变了。

商宇浩见丰收接电话时,目光飞快地扫了自己一眼,就知道这个电话肯定提到了自己,等他挂机后,忙问:"是不是公司出什么事了?"

丰收故作轻松地笑了一下,说:"一点小事,我回去会处理,你们就安心地走吧。"

商宇浩说:"不可能是小事,吕振飞跟了我五六年,我了解他的个性。他明知道你送我们来上海,如果没有十万火急的事,是绝不会在这个时候打电话给你的。快说,到底出了什么事?"

丰收犹豫了一下,想到这事关系重大,不可能瞒过商宇浩,说:"发往J·D公司的那批货已经到达意大利,但是被意大利海关给扣下了。"

商宇浩眉头一皱,问:"为什么?那批货手续齐全,为什么要扣下?"

丰收说:"不是手续问题。意大利海关方面说,是货的本身出了问题。"

意大利海关对到港的进口物品例行检验时,发现中国微蓝公司发往意大利J·D公司的这批皮制品中,致癌、致敏性物质严重超标,当即将这批货全部扣下。

这个消息如同晴天霹雳,差点把商宇浩劈成脑瘫。去意大利度假的兴致也随之烟消云散,连飞机票也顾不上退便和息小淘、丰收匆忙赶回海宁。

现在微蓝公司所掌握的具体消息,是意大利海关发过来的一封电子邮件,通报这批货物的检验情况,并附上报告单,最终的处理结果还没有下达。

商宇浩连忙让人发电子邮件给意大利J·D公司,请求协助。意大利和中国的时差有六七个小时,现在是北京时间下午四点左右,在意大利刚好是上午。相信对方很快就能看到这封邮件。

商宇浩犹豫了一下，又亲自给齐默打了个越洋电话，把情况大致讲了一下，问她，能不能动用关系，帮忙去海关了解一下具体情况？齐默一口答应。

丰收已经召集公司、企业中层以上干部，以及公司法律顾问，召开紧急会议，商量应对之策。息小淘虽然不是公司员工，但她作为这套"福满堂"主创，也参加了会议。

公司员工都已经知道发往意大利的货物出了问题，虽然还不能预测事件对公司的影响到底会有多大，但都在担心这个后果是公司不堪承受之重。

会议室里的气氛格外沉闷，每个人的脸色都很凝重。商宇浩现在已是心乱如麻，他当然知道这批货如果不能和意大利那边顺利交割，那对微蓝的打击将是致命的。

其实在和J·D公司签约前，商宇浩就考虑到，中国和欧盟对皮革制品检验的执行标准可能不一样，专门派人做了详细了解。而给微蓝提供皮革原料的君达商贸，是本地一家极具知名度，又极具实力的皮革制品原材料供应商，产品远销海外几十个国家和地区，包括荷兰、丹麦、卢森堡等一些欧盟国家，从没发生过任何问题。

此前，商宇浩还特地向君达商贸的现任CEO罗家豪询问过欧盟那边对皮革制品执行的标准。当时罗家豪拍着胸膛保证，只要是君达商贸提供的原材料，肯定不会出问题。若有闪失，他们君达愿意一力承担。所以这两个月来，上至公司老总商宇浩，下至车间主任，把产品的质量放在首位，却从没担心过原材料会出什么问题。没想到的是，偏偏就在原材料上出了状况。

商宇浩要求各部门各司其职，协助调查问题到底出在哪一个环节，同时要提高警惕，防止企业职工可能听到风声，而引发情绪波动，若有情况要及时做好安抚解释工作。

下午六点钟时，商宇浩接到齐默打来的电话，明确告之，她通过多个渠道，了解到那批货确实是出了问题。意大利海关在她朋友的一再交涉下，对微蓝的货进行了复查，但结果一样。所以，所有的希望已经破灭。末了，她语气沉重地对商宇浩说："在这么重要的交易上，你怎么会犯这么低级而严重的错误？现在只能看J·D的反应了。"

商宇浩的心一下子就沉到谷底。意大利J·D公司有意拿"福满堂"参加当地于九月中旬举行的一场大型商展，和微蓝签订供货合同时，把供货时间当作重要条件来谈。当时商宇浩和公司上层商量过后，一致认为时间虽然有点紧，但公司上下努力一把，问题不大。当时大伙都是斗志昂扬，谁也没预想到万一出了什么问题，在时间上将会变得很被动。

如果这批货最终真的无法和J·D交割，而微蓝这边也已经不可能再在有限的时间内赶制出来，最终结果将是微蓝违约。

当初，意大利J·D公司在拟定合约时，将双方的违约金额设定成和订单等额。商宇浩和公司的法律顾问研究后认为，虽然这份协议对双方的约束是同等的，表面上看公平合理，但微蓝是制造商，承担的风险会更大。就此，微蓝和J·D进行了交涉。但J·D认为，他们作为委托方，要承担的市场风险同样巨大，而且他们拟定等额赔偿款，就是为了让双方都引起足够的重视。J·D公司所有的合约中都有这项条款，和他们做过生意的公司都知道，几乎已经成为一种惯例，不可能为谁而改变。

公司的法律顾问提醒商宇浩，J·D的这个赔偿条款其实是合同中的地雷，如果微蓝自认能顺利完成合约，这个地雷就没有存在的意义。

但一旦违约，地雷的威力足以将微蓝炸得粉身碎骨。

商宇浩舍不得放弃这样的订单，和公司的几位部门经理以及厂部负责人再三研究后认为，微蓝和卓远都有信心蹚过这片雷区。没想到的是，墨菲定律神乎其神，世事总爱以最残忍的方式呈现。

一想到即将面临的后果，商宇浩顿时就头痛如裂。

意大利J·D公司的邮件，在天快黑下来时也发了过来，他们得到的消息和齐默的差不多。同时提醒微蓝，J·D很重视这次和微蓝的合作，对"福满堂"也充满了信心，为了把商品在商展上一举推广出去，公司在各大媒体上做了大量的前期宣传工作。所以希望微蓝能按合同上约定的时间供货，否则，违约的后果将由微蓝独家承担。

商宇浩的心里又堵成了一团。

原材料供应商君达商贸得到消息后，及时派人赶了过来，从原材料仓库中，提取了他们提供的原材料样品，回公司检验。

丰收问商宇浩："老商，这事你得尽快有个打算，老外那张订单是铁定完不成了，按照老外的行事风格，他们是绝对不会对我们客气的，我们必须查清事情真相，如果是君达出的问题，你打算怎么办？"

微蓝和君达是多年的合作伙伴，在罗家豪的爸爸出任君达CEO时，就已经和微蓝确立了良好的合作关系，彼此信任。那时，商宇浩还没有购买下卓远制革厂，他就向君达购买好原材料，然而再找生产厂家加工，双方的合作一向不错。后来，罗家豪接班，执掌君达，他和商宇浩是老相识，两人的合作依然默契。

商宇浩真的不希望和老伙伴翻脸，可如果意大利那边追究起来，微蓝根本就承受不起，到时和君达对簿公堂只怕是免不了了。

息小淘从来不关心微蓝的运转状况，也不了解公司的运作程序，这时见商宇浩急得火烧火燎,从机场赶回公司后,几乎没喝过一口水,一直在打电话,和公司的法律顾问探讨可能面临的后果,忙得连停下来休息一下的时间都没有。

想到早上刚起床时,他还抱着自己说,此后的十天时间内,他是完完全全属于她的,她想怎么折腾他都可以。当时她的心像刚出油锅的麻球,又甜又烫。这个补充蜜月她虽然从没强烈争取过,却在心里暗暗期待了许久,现在终于可以放下一切,安心地出去过他们的两人世界。

可惜的是,言犹在耳,蜜月无疾而终。

在从机场回来的路上,息小淘的心里对商宇浩是有怨言的,她并不知道这起事故对微蓝到底有多大的影响,但她觉得商宇浩是公司老总,公司里的事只要交代给员工去解决就可以了,不用事必躬亲,否则要那么多的员工干什么?

当然,她的怨言仅限于心里,嘴上并没有表达出来,她自认不是个爱拖男人后腿的人。至于自己有没有把心里的不快表现在脸上,她就不知道了,反正就算表露出来也没事,商宇浩的心早已飞去了意大利海关。

等她来到公司后,才发现气氛不对,这才意识到事件也许比她想象中的要严重得多。

看着商宇浩忙得焦头烂额的样子,她真的很想替他分担一下,可是却半点忙也帮不上,心中的怨气渐渐散去,随之而来的是愧疚。

商宇浩内心的焦虑越来越明显,说话的嗓门也越来越大声,息小淘感觉到了他内心的惶恐,这是她自认识他以来从没发生过的事。

自己和商宇浩结婚已经快半年了,因为商妈妈不赞成她进入公司,所以在她的心里,不自觉地对公司产生了排斥心理,从来不主动过问公司的事,她甚至都不知道商宇浩每天在忙些什么,她依然活在她的个人世界里,从不曾在婚姻中好好地扮演过贤内助,以至于到现在她忽然发现自己竟然一点忙也帮不上，心中隐隐泛起悔不当初的自责感。

这一夜，商宇浩在床上辗转难眠，但他怕影响到息小淘休息，躺在床上尽量不动。

息小淘其实也毫无睡意，她知道商宇浩睡不着，她听得出他轻重不稳的呼吸声，显得内心很不平静；她甚至还能听得到他在黑暗中眨眼的声音，他是那样的心事重重……她很想和他说说话，让他放宽心，告诉他船到桥头自会直，可是她又明显感觉到这些话的分量太轻，对他起不到任何安慰的作用，反而会乱了他的心。她不想他知道自己因为担心他而失眠，所以她也只得装睡。

直到天快亮时，商宇浩才昏昏沉沉地睡着了。微弱的天光透过窗帘缝隙照进来，落在他大理石般冷峻的面颊上。

息小淘微微侧身，睁大了眼睛看着他显露在微光中的面部轮廓。他的鬓发还是那么浓密，他的鼻梁还是那样坚挺，他紧抿的嘴唇依然能让人感受他的冷静与执着。可是，他紧锁的眉头却让她莫名地心痛。

身边的这个男人是她心中最大的依靠，她受委屈了，她想撒娇了，她不开心了，她寂寞了，她需要发泄了……在他的怀里都可以尽情挥洒。他的胸膛就像大海一样宽广，可以无声无息地承接下她扑腾起的每一朵浪花。

哪怕在她遭钱铮要挟，最最绝望无助的时候，若没有他的理解与宽容，她又如何能跨过那道深渊？

只要有他在，她的世界永远是艳阳天。

可是，在他的世界快要沦陷的时候，又有谁能来帮他支撑起那一片天呢？

不管他要承担多大的压力，心中藏着多少的心事，在息小淘的面前，他总是云淡风轻的一句："放心吧，没事的，淘淘，我会处理好的。"

可是息小淘已经偷偷向公司的法律顾问询问过了，如果问题不出在君达商贸的原材料上，而是微蓝自身的问题，那微蓝将面临巨额赔偿，这个数字足以将微蓝打入万劫不复的深渊。

商宇浩最讨厌的事就是等待，可是他现在必须等。他在等君达商贸的抽检结果的同时，亲自从原材料仓库中抽取样品，派人送往嘉兴出入境检验检疫局申请检验。

检验结果在两天后出来，各种指标，特别是致癌致敏性物质残留等几项，和意大利海关的检验结果相近。这样的标准不要说在准入门槛极高的欧盟市场，就是在国内市场上，也要被列入不合格产品的范畴。

商宇浩和丰收、公司法律顾问商量过后，三人达成统一意见，既然到了这个地步，他们也就顾不得和君达商贸多年来的交情，着手准备起诉对方，必须争取主动。

可就在微蓝搜集材料打算和君达对簿公堂之时，君达商贸 CEO 罗家豪亲自给商宇浩打来电话，说他们通过化验和比对，得出的结论是，微蓝现存在仓库中的那批皮革原材料，并非由君达商贸提供的。他很客气地请商宇浩查明真相，还君达清白。

"什么？"商宇浩简直不敢相信自己的耳朵，这几天来压抑在心头的焦虑，一下子转化成怒火，他在心里拼命地告诫自己，不到最后时刻千万不要撕破脸，用仅剩的一点理智，强压住激愤的心情，"罗总，你这话是什么意思？难道我微蓝是在讹诈你君达？"

罗家豪比商宇浩小了好几岁，为人还算持重稳健，在圈中的口碑还不错。他在电话那头感应到商宇浩的情绪变化，忙说："商总，你先别急，只要真是我君达的责任，我绝不推卸。君达和微蓝，我和你商总是多年的老关系、老朋友，微蓝出了这样的事，我也很着急。昨天我了解了一下情况，君达这两三个月来，对微蓝的供货量一直呈上升趋势，这个量和微蓝近几个月的生产量持平，表面上看是没有问题的……"

罗家豪才说到这里，商宇浩马上听出他话里的弦外之音，不由得心头微微一颤，忙问："罗总，你这个'表面上'又是什么意思？"

罗家豪说："你先听我说。我昨天又查看了你们原材料仓库的签收单，一切都没问题。后来又询问了我公司的随车押货员，却发现一个问题。意大利J·D公司那单生意，应该是微蓝近期的重头戏，据我所知，你们公司上下在全力以赴应对。在此之前，商总您还亲自打电话给我，谈了这份订单的重要性，我还向您做了保证，如果是原材料出的问题，君达愿意承担一切后果。因此，我特别关照业务部，近期发往微蓝的每一个批次的货，都得抽检，必须做到百分百的安全。这个你应该记得吧？"

商宇浩说："是的，我知道，我也特别关照了厂部，生产意大利那批货的原材料只能用你们近期提供的，此前库存的那点原材料不能再用，就是为了确保安全。"

罗家豪说："问题就出在这里。按理说，我们发往你生产企业的原材料，应该放在厂部的原材料仓库才对，这样可以方便生产。可是你们却把我们发过去的原材料，堆放在厂外的备用仓库中，这是为什么？还有，据我所知，卓远的库容量很大，完全可以放得下这些原材料，而且你一向没有囤积原材料的习惯……"

"等等。"罗家豪的话还没有说完，商宇浩已经在电话那头叫了起来，"什么厂外的备用仓库？我们只有一个原材料仓库，我们并没有在外租用仓库啊！"

罗家豪在电话这头明显愣了一下，突然大叫了声："问题就出这里！商总，电话里说不清楚，我马上带了押货员去你那里，你把相关人员叫齐了，我们当面对质。"

商宇浩也已经意识到问题可能出在自己这一边，连忙打电话给厂长孙国彪，让他召集原材料仓库的所有人员，备好这两个月来的所有入库单，自己则叫上丰收，驱车直奔卓远。

卓远这两个月来，从君达过来的入库单，全由息振涛一手办理，入库入账等手续办得滴水不漏，看不出什么差错。

可是罗家豪带来的两名押货员一口咬定，这两个多月来，给他们签单的人是息振涛，送货单回执上的印章也是卓远的，但他们交货的地点并不在这里。

卓远的其他仓库管理员却说，君达这两个月来，押货到这里的并不是这两个人。两家人员差点争吵了起来。

商宇浩终于发现事情的严重性，脸都青了，问厂长孙国彪："息振涛呢？怎么不见他的人影？"

孙国彪说："息振涛前天下班时请了三天假，说家中有事，赶回老家去了。"

"家中有事？我怎么不知道？"商宇浩连忙打电话询问息小淘。

息小淘因为商宇浩心情不好，她也跟着失眠，吃过午饭后睡了一会儿，这时刚刚起床，脑袋还有点晕晕的，本想休息一下去皮革城，她的"淘意馆"在做最后的布置和招聘工作人员。商宇浩打电话过来问她老家出了什么要紧事？她有点莫名其妙，说："我家中没事啊，昨天下午我还和妈通过电话，她说家里好好的，不必我操心，怎么可能有事呢？"

商宇浩已经可以肯定问题出在息振涛的身上，顿时又气又急，说话的声音也大了起来："快把你二哥找回来，让他马上回到厂里，我有事要问他！"

息小淘从没听到过商宇浩用这样的口气对自己说话，马上意识到二哥息振涛可能闯下了大祸，连忙拨打息振涛的手机，却发现他没开机。

这段日子以来，息振涛回家睡觉的时间越来越少，息小淘问过他几次，他总是支吾着说那是他的私事，不让她多管。息小淘想到息振涛在安徽老家时，也是这么一副德行，连父母都管不了他，自己做妹妹的哪里能镇得住他？再加上她生性不喜欢多事，也就听之任之。但有事要找他时，电话打过去总是通的，这次也太反常了。

息小淘越想越不安，不敢再打电话给商宇浩询问到底出了什么事，只得自己驾车直奔卓远了解情况。

微蓝和君达两方人马坐下来仔细对证和研究后，可以确定微蓝的原材料问题出在息振涛的身上。他以偷梁换柱的手法，仗着自己是商宇浩的二大舅，别人不好过多过问的便利，在原材料上做了手脚。估计他先在外面租用了仓库，然后将君达送过来的优质原料，存放在他私人的仓库中，再以低价从别处买来相同数量的劣质皮革，送入卓远仓库充数，最后再把君达的优质皮革卖掉，以获取差价。

劣质皮革在外观上几乎和优质皮革可以乱真，两者间的差距，就在于加工这些皮革的生产工艺和所用的化学助剂。

皮革从生皮浸水、去肉脱脂，再经过鞣制、剖层到最后的成品出厂，要经过十几道烦琐而复杂的工序，其间要用到几十种化工原料。

生产劣质皮革的厂家，大都是一些小企业，有的还没有完全掌握皮革的全道生产工艺，又极尽所能地把利益最大化，因此尽可能地缩短生产流程，简化工序，减轻生产成本，比如使用不合格的化工助剂等，生产出来的皮革原材料中的各种有害物质，自然是严重超标。但由于这种劣质货生产成本明显要低得多，所以能在市场上以低价的手段竞争，专投一些不法商贩所好。

商宇浩一向不屑这种短视的行径，没想到这会发生在自己的身上。

丰收见商宇浩脸色苍白，知道他内心的痛楚。说："老商，这事先别急着下定论，等问过息振涛再说吧。"

罗家豪不知道息振涛和商宇浩的关系，说："商总，这事拖不得。那个息振涛所谓的请假，只不过是个借口，他一定是畏罪潜逃了，你们还不赶快报警？！"

息小淘已经赶到厂里，停好车后刚好走到厂部办公室门口，听到罗家豪说息振涛畏罪潜逃，要商宇浩报警抓人。不由大吃一惊，本能地大叫了声"不要报警！"快步冲到商宇浩面前："宇浩，不要抓我二哥！"

这几天商宇浩吃不好、睡不好，满心焦虑，眼前金星银光闪耀，他定定地看着息小淘，问："不要抓他？那我们怎么办？他把我们害惨了。"

息小淘说："不管他做了什么错事，先不要报警，等我找到他，问问清楚再说，好不好？宇浩，他是我的二哥啊！"

丰收见商宇浩的神色不对，一只手捂在胸口，一副很痛苦的样子，气喘也明显变粗。忙问："老商，你怎么了？身体不舒服吗？"

息小淘也发觉到商宇浩神情有异，忙说："我一定会找到二哥，让他给你一个交代的，宇浩你先别急。"

商宇浩大口喘着粗气，黄豆大的汗珠从额头滚落下来，他还想再说什么，却眼前一黑软倒在地上。

⑯ 失火的家园

医生对商宇浩的初步诊断结果是劳累过度，再加上这些天的失眠和过分焦虑、紧张，诱发心悸，从而引起胸闷气短，大脑供氧不足。医生建议他住院，以待进一步观察。

其实商宇浩的身体早就发出了危险信号，在他几个月前出差佟二堡时，就曾得了重感冒，后来因为息小淘意外流产，他拖着病躯赶回海宁，然后又投入到繁忙的工作中去，并不曾把病完全治愈，只是他的体质一向不错，偶尔露出些生病的小苗头，吃点药就自行解决，这一次内外交迫，终于彻底爆发。

息小淘和商妈妈守在商宇浩的病床前，看着打了镇静剂后安然入睡的商宇浩，两人的心中都是百味杂陈。

息小淘除了对商宇浩的担心外，还有更多的是对商家母子的愧疚。息振涛是自己的娘家哥哥，当初也是自己求商宇浩帮忙，才把他弄进厂的，没想到竟然捅出这么大的篓子，而他自己竟然一走了之。

息振涛是个怎样的人，她心里很清楚，这个人根本就不可能定下心来安分守己地做一件事，自己还要把他安排到商宇浩的企业中，相当于在商宇浩的身边埋下一枚定时炸弹。之前，商宇浩在她面前曾谈起过息振涛在工作中的种种不安分，她只当无伤大雅，没有过多地理会。是自己的一再纵容，才助长了息振涛的恣意妄为，最终导致事件的不可收拾。追根溯源，这个大错是自己造成的。

事实上，息小淘无论在什么事上，总是抱着息事宁人、大事化小、小事化了的心态，包括她在被别人骗喝下催情药这件事上，她宁愿自己吃点亏，也不愿把事情闹大。

同时，她又感到无比难过。商妈妈一再反对自己进入微蓝，就是怕裙带关系影响到公司运作。不幸的是，被她老人家料中。她现在甚至不敢去看商妈妈的脸色，更加不敢去对视她的眼神。

商妈妈不像大多数影视作品的婆婆那样刻薄难侍候，通常情况下的表现还算通情达理。可是现在，自家的公司出了这么大的事，儿子又躺在了病床上，这一切都是媳妇的娘家人所造成的，她还能给息小淘好脸色看吗？

商妈妈现在的心情可以用悔恨交加来形容。她恨自己当初为什么不是铁石心肠地帮商宇浩拒绝息小淘的一切念想，自己明知道儿子耳根子软，经不起软磨硬泡，自己为什么不做个恶婆婆？那些恶婆婆虽然惹人生厌，但至少可以强悍地守卫着家园。她更恨自己百密一疏，只防备着不让息小淘参与公司的事，竟然把她的娘家哥哥给忘了。

前媳妇施雅萍曾经把商家折腾得差点一蹶不振，没想到现在的儿媳妇息小淘再次让商家马失前蹄。连摔两个差不多一样的跟头，只能说明第一次摔得不够痛。商妈妈看着病床上神形憔悴的商宇浩，恨得只想抽自己一巴掌。

时间很快就过去了三天。这三天里,息小淘日夜守在商宇浩的病床前,悉心照料。当然,只要她一有空,就疯狂地拨打息振涛的手机。可是息振涛依然杳无音信。

最终,息小淘听取丰收的建议,报警。

丰收的分析很有道理,首先息振涛一直没有现身,也没有和任何人联系,包括他在安徽的家人,这不得不令人担心他的安危,而这也是息小淘及其家人很担心的事。其次,微蓝的劣质原材料事件,虽然所有的矛头都指向息振涛,可是见不到他本人,在没得到他本人的证实之前,这事的最终结果还存在着很大的变数。息振涛不能不明不白地被扣上帽子。所以,当务之急,就是找到息振涛,弄清事情的真相。要想找到息振涛,不动用警方的力量是不行了。

这是息小淘最不想见到的结果,可是这事不管和息振涛有没有关系,她都不能再拖下去,否则更加没法向商家人交代。

息小淘在丰收的陪同下,亲自去向警方报了案。由于这起案件涉及国际贸易,而且牵涉的财产金额十分巨大,甚至惊动了上级主管部门。警方高度重视,专门指派人员负责。经过调查取证,警方同样认定息振涛的嫌疑最大,全力追查息振涛的下落。

微蓝皮饰和意大利J·D公司合同签订的最后交货期限已过,微蓝单方面违约,满盘皆输。

J·D公司在最短的时间内,通过上海某知名律师事务所,向微蓝发来一份律师函,要求微蓝按合同条款中违约金额足数赔偿外,由于J·D公司此前投入大量资金对"福满堂"做了广告造势,此项商业筹划作废后，不但前期投入的资金打了水漂，还使得 J·D 的形象和信誉均受到巨大影响，损失不可估量。作为始作俑者的微蓝，必须对 J·D 公司负责，赔偿名誉损失等费用，共计一亿元人民币。

"一亿元"，看到这三个字时，把丰收吓得差点连眼珠子都掉下来，"只听说过狮子大开口，今天有幸见到了鳄鱼大开口！"

商宇浩住院后，把公司事务暂交给丰收全权代理。他想了一下，决定先不把这事告诉给商宇浩，免得他又要着急了，打电话先把公司的法律顾问请了来，商量对策。

法律顾问认为，合同条款内的赔偿金额，微蓝只怕逃不掉了，至于其他的费用，微蓝自然不能认同。首先，J·D 的前期广告宣传，是他们单方面的行为，和微蓝并没有直接的关系。至于公司信誉受损，也是因为前期的宣传造成的。这笔账也不该算在微蓝的头上。

当然，这只能是微蓝单方面的说辞，可以预见的是，这事最终会走法律途径，一场涉及国际商贸的官司已无可避免。

丰收忧心忡忡地说："单单是合同内的赔偿金额，就将近四千万元人民币，老商扛得下吗？"

午饭后，丰收去医院看望商宇浩。息小淘恰好出去给商宇浩买水果了。

丰收见商宇浩的脸色和昨天相比好了不少，笑笑说："看来你身体的底子还在，恢复得不错啊。"

商宇浩说："上大学时，学校里哪一届运动会能少了我，足球、篮球、羽毛球、短跑、长跑、马拉松，只要我肯参与，绝不会拿不到名次。其实我早就知道身体不对劲了，主要原因就在于缺少运动，可是我哪有时间做健身啊？"

丰收笑着说："是啊，我们这个年龄段的人好像都差不多，每个人一天到晚都忙得有气无力，除了晚上在床上给老婆做的那几个俯卧撑，谁也抽不出时间来健身……"

商宇浩忽然觉得有点奇怪，微蓝出了这么大的事，现在由丰收全力顶着，按理他见到自己应该主动汇报事情的进展情况，可是他今天一反常态地只字未提外，竟然还说起了带色笑话。而且，他嘴上哈哈笑着，脸上荡着笑容，可是这笑意仅浮于表面，未深达眼底。由此可见他心中藏着事，他越是装得轻松，越是说明事态严重。他说："丰子，意大利那边是不是有消息传过来了？"

丰收一怔，随即明白自己的努力掩饰已经白费，犹自不死心地说："电子邮件天天有，反正也就那么一回事，让他去吧。"

"你对我说实话吧，交货期限早已经过了，J·D公司的损失应该很大，像这样的国际大公司，办事效率一流，他们应该早就准备好了应对之策。他们是不是发律师函过来了？要我们赔多少钱？"

丰收哈的一声笑，说："赔多赔少，又不是他们说了算，这事最后还得走法律程序。老商，你不用着急，我已经和公司的法律顾问研究过了，我们也不是……也不是……"忽然发现自己竟然找不出一个合适的说辞。

商宇浩说："这几天我在病床上想了很多，可能是我命中犯煞，注定聚不了财。三年前让施雅萍折腾得差点倾家荡产，没想到三年后，还是中了这一招。我该认输了……"

"老商，你别这样，好不好？在我心里，你一直是个有目标，有毅力，有进取心的人，受了这么点小挫折，可不能轻言放弃啊。哦，对了，我来医院前和齐默通了个电话，我请她帮帮忙，去J·D公司那边协调一下，说说情，看看能不能通融一下，少赔一点。'福满堂'这一系列产品的本身是没有问题的，只要用合格的原材料，还是可以生产出合格的'福满堂'来，我们还可以把欧洲的代理权继续交给他们。"

商宇浩轻轻地摇了下头，说："错了，J·D公司的股东们都是商人，不是艺术家。不管在东方还是西方，商人逐利的本性是一样的。如果打一场官司，就可以让他们赚到代理一个商品的利润，又何必去冒风险，接受市场考验呢？"

丰收愣了一下，脑筋一下子转不过弯来。但他天生对经商有特殊的嗜好，马上就想通了其中的利害关系。微蓝和J·D的合同金额达五百万欧元，现在微蓝单方面违约，按照协议条款，微蓝就得赔偿给J·D公司五百万欧元。剔除J·D前期投入宣传的经费，所得的赔偿款远远大于那份订单所能产生的利润。这还不把对方所要求的名誉损失费等包括在内。

丰收说："意大利人不会这么不近人情吧？他们这么做简直就是落井下石，我们也是被人算计了，作为生意场上的合作伙伴，他们应该拉我们一把才对！"

商宇浩苦笑一声，说："商场和战场，没有永远的敌人，也没有永远的朋友，利益永远是最重要的。利用一切可以利用的资源来壮大自己，使自己变得更加强大，这是人类的共性。J·D公司不是慈善机构，向我们索赔合理又合法，无可厚非。所以，我们不必抱任何侥幸心理。"

丰收沉默了，过了好一会儿，才喃喃自语地说："真是太不人道了，做人怎么可以这样？老商，你有没有察觉，微蓝和J·D当初签这份合同时，存在不合理的地方，特别是一旦违约后，需要赔偿的金额明显偏高。表面上看这些条约对双方的约束是同等的，但微蓝是供货商，相对来说合作期间出现变数的概率要高，面临的风险也要高。虽然J·D是一家国际大公司,信誉在外,应该不会耍手段,万一遇到的是个无赖商家,暗中耍些手段让你的货过不了关,那你不是赔大了吗?我不相信你当初会没有想到可能出现的意外。"

商宇浩叹了口气,说:"当然想到了,我还和他们交涉过。但J·D是国际大公司,当初的回复可说是牛气冲天,说他们自己对自己信誉看得比什么都重要,之所以要立下如此苛刻的合同条款,就是希望和他们合作的商家,能像他们一样重视彼此的合作关系。还说,他们的合同一向都是这么签的,微蓝如果想做成这笔生意,就不要再提出任何异议,否则他们会认定微蓝没有足够的诚意。"

丰收气极反笑,说:"这简直就是欺行霸市,微蓝当初就不该服软。唉,现在再说这些也已经没用了。"

其实当初商宇浩也挺生气的,可是J·D这几个字的诱惑实在是太大。像微蓝这样的民营小企业,做梦也想着和国际知名公司攀上点关系,现在机会摆在面前,就算明知吃了暗亏,也只能认了。

商宇浩尽管生气,也舍不得放弃,微蓝要想有所突破,走得更远,爬得更高,J·D无疑是块最好的跳板,结实可靠,能把微蓝引向更光明的前途,尽管这合同中埋有地雷。还有一点,他相信J·D的经营理念,同样也相信凭自己的能力,能顺利避开合同中的那片雷区。

没想到的是,百密一疏,意外中招,跌下去时刚好倒在那片雷区里。

丰收能理解商宇浩的心境,像微蓝这样的民企,不要说在全国、全省,就是在海宁这样的县级市,不知有多少。谁都在拼了命地寻求突破,哪怕明知稍有不慎就会撞得头破血流,可是没人会退缩。

商宇浩说:"我已经三十八岁,早已不复当年的孤勇,也快要消磨尽年轻时的锐气。所以，我得抓住这个机会。为了家，也为了公司，我有责任让所有跟着我的人过得更好，包括我的员工，也包括我的家人。丰子，你明白我的意思吗？"

丰收默默地点了下头，说："我明白，因为我也是男人。"男人的肩膀之所以比女人更宽更结实，是因为他们有更多的责任需要承担。"可是老商，我们该怎么应对J·D呢？"

商宇浩稍稍沉默了一下，说："只要你们按合同上的来，我全收下。"

"什么？那怎么行？就算把微蓝卖了也值不了那么多钱啊！"

商宇浩说："愿赌就得服输，逃避责任不是我的处世风格。我不会让外国人小瞧了我们，该负的责任，我绝不会推卸！"

丰收重重地点了下头，说："老商，好样的。"上前拍了下商宇浩的肩膀，一屁股坐在病床上，"我和你同患难！没什么大不了的，我们从头再来！三十八岁又怎么了？我们起码还可以再活三十八年；运气好的话，再活两个三十八年也未可知。"

商宇浩笑了起来说："再活两个三十八年，别人会把我们当成老妖怪的。"

丰收也跟着笑了几声，忽然又想到一事，问："对了，息振涛那事你打算怎么处理？负责这件案子的警察上午打电话给我，说息振涛再不现身的话，警方打算对他发布通缉令。"

商宇浩明显愣了一下，这几天来他一直刻意回避息振涛这三个字，这时被丰收突然提起，猝不及防之下，心头猛的一阵刺痛，连嘴角也忍不住打了个哆嗦。他倒不是为息振涛痛心，而是在为息小淘遗憾。

息小淘去超市买了两串葡萄和一只哈密瓜，拎在手中徒步走向医院。初秋的午后，太阳依然火辣。

息小淘专拣树荫浓密的地方走。走出一段路后,感觉身后似乎有双眼睛一直在盯着自己,装作不经意地回过身去一看,身后几米远的地方,有一对携手而行的老夫妻,另有一人撑着遮阳伞,挡住了上半身,只能看出那人下身穿着条男式水磨牛仔裤,是老是少都看不出来。

那对老夫妻没什么异常,唯独这位撑伞的男人形迹可疑。大街上撑遮阳伞的男人本来就不多见,何况他把自己遮得严严实实,在息小淘转过身去时,那人的身形明显停顿了一下。

息小淘回过身继续前行,走出十几步后,刚好有家眼镜店,从眼镜架上的镜子玻璃中,看清了身后那位撑伞男人的脸。她不由得怒气上冲,猛地转过身,快步冲上去。

那位撑伞的男人似乎没想到息小淘来得这么快,想躲已经来不及,只得把伞挡在身前。

息小淘一把抓住伞沿,猛地往旁一掀,同时大喝了声:"息振涛,你当缩头乌龟到底想当到几时啊?!"

遮阳伞下露出息振涛惊慌不安,又不无愧色的面孔,压低了声音,着急地说:"淘淘你小声点,你想害死我啊?"

息小淘见息振涛依然是一副不知悔改的样子,气更大了,说:"你已经快把我们害死了,你怎么做什么事总是光顾着你自己呢?"

息振涛满脸无辜地说:"淘淘,我被人耍了,我真的没想到事情会这么严重。现在警方在到处找我,你快帮帮我吧。"

"你会被人耍?少骗我了!像你这种比猴精还要精明的人,不被你耍已经是谢天谢地,还有谁能耍得了你?"

息振涛着急地说:"是真的,你得相信我,淘淘。大街上不方便说话,我们找个地方说个清楚,让妹夫去派出所销案,饶了我吧。"

息小淘见大街上确实不是说话的地方，她刚才嗓门一响，就有路人驻足观看，以为他们两人在吵架。

前面转弯处是市中心的河边公园，两人找了个安静又吹得着风的树荫坐下，息小淘没好气地问："说吧，你被谁耍了？不给我一个足够强大的理由，我马上把你送入派出所！"

息振涛叹了口气，说："淘淘，二哥我这回是真的知道错了，你让妹夫放过我吧，我把钱退还给你们就是了。"

本来，息小淘心中还抱着一丝小小的指望，指望着大伙对息振涛的判断有误，微蓝的劣质原材料和息振涛无关。可是现在听他这么一说，心中的最后一丝指望也落了空，顿时又是心痛又是气恼，忍不住又大声起来："你为什么要这么做？我是你的亲妹妹，宇浩是你的亲妹夫，我们那么信任你，你为什么要出卖我们？"

息振涛撇了撇嘴，说："什么出卖不出卖，把我说得跟汉奸似的。我已经知道错了，说过会把钱还给你们，何必这么认真呢？"

息小淘气得眼泪都快要下来了，说："钱？你还给我们多少钱啊？"

息振涛露出一副大义凛然的样子，说："五万元。我就得到五万元的差价，你以为我能赚多少啊？那伙人黑着呢，拼命杀我的价。现在我把五万元全部还给你们，一分都没留！"他用劣质皮革原料代替君达的上乘原料，再把好原料转手一卖，就赚得五万元差价。

息小淘恨不得狠狠扇息振涛一记耳光，大声问："你为了五万元就把我们给害了，你知道我们要赔偿给人家多少钱？"

"赔多少啊？只不过是换了一下原材料，外表根本就看不出来，没多大关系吧？"

"我们至少要赔给人家四千万元人民币！"

"四千万？"息振涛立马被这三个字给震到了，瞪大了眼珠看着息小淘,想看清楚她的表情,是不是在忽悠自己,"淘淘,你在吓唬我吧?"

息小淘最见不得她二哥这副自以为聪明,却常常犯傻的表情,无比心烦地说:"我现在哪里还有心情来吓唬你。告诉你吧,微蓝要倒了,就倒在你的手中,我们商家这回会赔得倾家荡产。"

息振涛见息小淘的样子不像是开玩笑,才后知后觉地越想越是害怕,惊慌不安地说:"怪不得啊,怪不得!我本来就在想,妹夫不会这么小气,为了区区五万元,就非得把我整进监牢里去。原来是四千万元!这可怎么办啊?施雅萍真是太可恶了!"

"施雅萍?这关施雅萍什么事了?"息小淘并不知道息振涛和施雅萍的事,商宇浩本来是想告诉她的,又怕她受到刺激,一直在找机会,想用最温和的方式说出真相,可惜他还来不及说出口,就发生了钱铮用照片勒索息小淘的事,他不想息小淘再遭受大刺激,选择先把这事瞒下不说,心里希望息振涛和施雅萍玩过新鲜后,能理智地分手。

息振涛知道事情是瞒不住了,说:"其实这一切都是施雅萍授意我这么干的。"

"什么?你……你怎么和她搅在一起?!施雅萍对宇浩心存恨意,一心想破坏我家的安宁,你这么聪明的人,怎么成了她的帮凶?她到底用什么手段欺骗了你?"猛然回想起几个月前,她和齐默去拜访制作海宁灯彩的民间艺人后,在回来的途中,她看到息振涛和一个女人走在一起,只是当时只看到一个背影,不太确定,本来回家想问问他,结果给忘了。现在回想起来,那个女人定是施雅萍,因为当时齐默也看到了,她的表情说明她也认出了前面的人。当时息小淘以为齐默认识息振涛,心中还奇怪他们怎么也认识了,现在才知道原来当时齐默认出的人是施雅萍,她发现施雅萍和一位年轻帅气的小伙子亲密地走在一起,难免会觉得好奇。

息振涛感觉脸上有点火辣辣的,掩饰着说:"其实……其实施雅萍挺坦诚的,你不要因为她是商宇浩前妻的原因,对她有成见。她除了后来在卓远的原材料调包一事上,没告诉我这事的后果有多严重外……当然我也没问。其余的,她并没有对我隐瞒什么。我们第一次见面时,她就主动向我表明了身份。"

五月底的某一天,息振涛加完班,已经是晚上八点多钟。天气一天天地炎热起来,他习惯在下班后先去夜排档喝几杯啤酒,再回家睡觉,这样会感觉舒服一些。

他连工作服也懒得换下,骑着电瓶车直奔夜市,不料在一个拐弯处和一位行色匆匆的女人擦了一下。那女人控制不住身形,一屁股坐倒在地上。

息振涛吓了一跳,交通事故最令人头痛。有心趁那女人还没爬起身来开溜吧,左右前后一看,不远处就有一个监控探头,估计把刚才这一幕已经完完整整地记录下来了,自己这么一溜就变成了肇事逃逸。再联想到刚才拐弯时,自己已经减速,感觉和那女人只是轻轻地碰了一下,后果应该不严重。

息振涛坐在电瓶车上寻思对策,倒在地上的女人叫开了:"喂,帅哥,是你撞了我,还不快过来扶我一下。你发什么愣啊?怕我讹诈你啊?"

息振涛被那女人叫破心思,不好意思再装傻,连忙跑上前把她扶了起来。那女人三十几岁的模样,衣着打扮入时,长得玉润珠圆。

息振涛本以为她会怒斥自己,哪知道那女人却是笑嘻嘻地问:"看你着急上火的样子,是不是急着赶去和女朋友约会啊?"

息振涛一向心思灵活,眼珠三转一转,就已经想好了一肚子为自己开脱的借口,但那女人这么一问,反倒不好意思说出来了,又不想表现得过于小家子气,只得无奈地问了声:"对不起,你要不要紧?"

那女人转动几下手腕,感觉没什么异样,只是当她摊开手掌时,掌心中竟然全是血。

息振涛吓了一跳,开始有点后悔自己表现得过于积极,特别是刚才那一声"对不起",等于主动承认自己的过错,忙说:"怎么可能会这么严重……"

那女子似乎知道息振涛心中想的是什么,笑笑说:"只是擦破了点皮,问题不大,你带我去医院上点药吧。放心吧,我不会要你负责的,医药费我自己会出。发生这样的意外也不全是你一个人的错,我走得太快,又没留意路况,至少要担负一半的责任。"

息振涛激动得差点叫娘,心想,这么明事理的女人真是不多见。对方已经主动表态,自己就不能表现得太没男人气,当即二话不说,载着那女人直奔市人民医院。医生检查后,确认那女人也只是擦破了手掌心的皮肉,没什么大碍,涂点药水,再配盒消炎药就成,总共才十几元的费用,息振涛二话不说就付了。

那女人掏出一张五十元塞到息振涛的手中,说:"都说了我自己会付医药费,不能用你的。看你的样子,应该是上班族,挣点钱不容易,还是……"忽然看清息振涛工作服上衣口袋上的"卓远制革"几个字,脸上的表情僵了一下,苦笑着再问:"你在商宇浩的厂里上班?"

息振涛敏锐地捕捉到她脸上的表情变化,说道:"是啊,你认识我们老板吗?"

那女人稍稍犹豫一下,笑笑说:"说来也许你不相信,我是你们老板商宇浩的前妻,我叫施雅萍。"

施雅萍的眉宇间和商鼎有几分相似,不由得息振涛不信。他怔怔地看着眼前的女人傻眼了,心想:"世上的事怎么这么巧?"再想一下,又觉得有点好笑,商宇浩的现任二舅撞了他的前妻,哈哈。

施雅萍见息振涛嘴角含笑,问:"你笑什么?要是在三年前,我可是你的老板娘。"其实三年前,商宇浩还没有买下卓远制革厂。

息振涛见施雅萍的神色不无得意,忍不住说:"那你知道我是谁吗?我是商宇浩现任老婆息小淘的二哥,我叫息振涛。"

这回轮到施雅萍傻了,她愣愣地看着息振涛,那样子仿佛一不小心吞了只苍蝇。

息振涛得意地开怀大笑,感觉施雅萍快言快语,并不像商妈妈平时所讲的那么难相处,不忍令她太难堪,说:"你不必在意这个,这又没什么,相识便是缘分。"

施雅萍笑了,说:"帅哥,你真有意思,比你妹妹有意思多了。要不我请你喝酒吧,我本来是要去夜排档喝酒的。"

"好啊!"息振涛大笑起来。

那时,息振涛正因为延误工作,结果令一个班次的工人停工,商宇浩罚了他半个月的工资,他心里不爽,又没处出气。他知道商家人特别讨厌施雅萍,现在和她一起去喝酒,心中隐隐有了报复商宇浩的快感。

施雅萍是有企图地接近息振涛,在他面前收起任性嚣张的一面,极尽所能地表现得温柔可人,善解人意。更何况酒桌之上,最容易结交朋友,几杯酒下肚两人就已经推心置腹,无话不谈。

息振涛此前交过的女友全是二十出头的青春少女,从没领略过少妇的独特韵味,他在施雅萍的身上既尝到了女人的别样风情,又品出了母性的宽厚深沉。新鲜的体会,让他如痴如醉。没往来几次,两人就转换阵地,从夜宵摊转战到了床上。

施雅萍久经沧桑,深深懂得男人的心,知道他们想要什么,又顾虑什么。遂又坦诚地告诉息振涛,她不可能和他有什么结果,两人相好一场，只能算是及时行乐，各取所需，等到意兴索然时，好聚好散，互不拖累。

施雅萍这样的表态，简直说到了息振涛的心坎上，他无法抗拒，也不想抗拒。相信这世上，没有几个男人舍得拒绝这样的诱惑。

两人放开性子，尽兴疯玩，如漆似胶，难舍难分。施雅萍百般宠溺着息振涛，一来她真的迷恋着这个年轻的身体；二来，他将是她攻击商宇浩的武器，她对他越好，他发出的攻击力将会越强大。她毫不吝啬地在他的身上大把花钱，给他买衣服、手机、笔记本电脑……甚至还答应他，年底给他买部车。

息振涛在施雅萍的温柔攻势下，彻底沦陷。对她言听计从，恨不得把心都掏出来交给她。

施雅萍纵情行乐之时，并没忘记自己勾引息振涛的初衷，有意无意地在息振涛面前编排商宇浩一家人的不是，说商宇浩并没有把息小淘当作自己人，所以一直不让她进入微蓝。像商宇浩这种有点事业，又有点资产，长相也不差的中年男人，是最最花心的，他们只在乎自己的感受，娶息小淘进家门就像买盆花回家一样，等到她人老珠黄，不定哪天被他甩了都不知道。到时她赔尽青春，却什么也捞不到，就像当初施雅萍和商宇浩离婚时那样，除了一套破房子，别的什么都没有。

施雅萍的这些话很入息振涛的耳。此前商妈妈不让息小淘插手公司的事，他就劝过息小淘要留一手，可惜她太过死心眼，不开窍。

施雅萍又说，商宇浩连自己的老婆都不放在眼里，对息振涛这位二舅哥就更不当一回事了，否则也不会把他丢仓库里，做个不咸不淡的仓管员，多无聊啊。

息振涛这些天上班上得生厌，施雅萍的这几句话又说到他心坎上，不无气愤地说："我今天回去就找商宇浩换工作，否则就让淘淘和他离婚！"

施雅萍"切"了一声，说道："少往自己脸上贴金了，息小淘会听你的吗？"

息振涛被施雅萍挤兑得面红耳赤，就问她，自己该怎么做？总得出口恶气。

施雅萍装着想了一下的样子说，管仓库也有管仓库的便利之处。有些企业的仓管员职权大着呢，供货单位送货过来，仓管员不在他们的送货单上盖章，他们就没法去厂部结算，所以，供货单位不得不巴结仓管员，送钱送物那是最平常不过，这个职位你要是发挥得好，其实是个肥缺。

息振涛不服气地说："那是在别家企业，在卓远你想都别想，被商宇浩管得死死的。我这几个月干下来，连包香烟也没捞到过。"

施雅萍露出严重鄙视的神色，骂息振涛鼠目寸光，也就捞包香烟那点出息。

"谁不想发大财啊？只是没机会！"息振涛很不服气。

"商宇浩那只铁公鸡真够狠的，他自己闷声不响地发大财，连自己的二舅哥也不照顾着点。他无情，你就不必太仗义。除非你不出手，一旦出手就得狠一点，一次捞够本。这叫三年不开张，开张吃三年。"

息振涛怦然心动，忙问她有什么好主意。

施雅萍就授意他先在外面悄悄地租间仓库，然后利用他是卓远"国舅爷"的身份，半路拦下君达的送货车，把原材料囤放在他私自租下的仓库里。再进批劣质低价的皮革原料，代替君达的货进入卓远的原材料仓库。最后再把君达的货转手一卖，不就可以图个好差价吗？

息振涛当时高兴得不得了，以为找到了发财的新路子，在施雅萍的帮助下大胆实施。当然，找劣质皮革原料供应商，再把君达那批货出手等事，全由施雅萍出面找的卖家和买家。息振涛坐享其成，轻松获利。

息小淘气得拿起手中的哈密瓜就往息振涛的脑门砸过去，大叫："你一向自认为聪明，怎么被施雅萍一骗再骗，真是个猪头！她对宇浩怀着很深的敌意，她利用你来打击宇浩，同时也打击到了我，可以说是一箭双雕，你却是她的帮凶，这不是很可笑吗？"

息振涛犹自不甘心地说："施雅萍没有一再骗我，她对我说的大多是实话……"

息小淘气得直翻白眼，说："手段高明的骗子，她对你说的一百句话中，有九十九句是真话，只有一句是假话。而就这一句假话足以把你打入万劫不复的深渊！"

息振涛有点不耐烦了，说："好了，淘淘，我已经知道错了，你就别再怪我了。施雅萍上午打电话给我，说警方可能会通缉我，你快救救我吧。"

"活该，自作自受，谁也帮不了你！"

"妹夫能帮我。施雅萍说了，只要商宇浩肯去派出所销案，不再追究我的责任，我就没事了。"

"你没事就算好了吗？我们怎么办？微蓝怎么办？那四千万元的赔偿款怎么办？这些你想过了吗？"

"我……我……淘淘，你怎么还帮着商宇浩说话啊？他对你也就这样，你犯得着对他死心塌地吗？他现在破产了，没什么值得你留恋的，不如趁早离婚吧……"

"住口！"息小淘气得脸都红了，"你要是再说这种无情无义的话，我就真的不管你的事了！"

息振涛听出息小淘话语中的一线生机，顿时如获大赦，忙说："行行行，以后再也不说了，只要你觉得商宇浩好，那就和他永结同心，百年好合吧。你……你那个，到底怎么帮我啊？"

息小淘说:"你自己去向他求情吧,当面说清楚事情真相,向他请罪。如果他执意要把你送入派出所,那你就认命吧。"

息振涛吓得叫了起来:"那怎么行?我会坐牢的!"

"你到底是不是男人?怎么一点担当也没有?自己犯下的错,就得自己去面对,否则谁也帮不了你,你等着成为通缉犯吧!"

⑰ 真的要分开吗

商宇浩午睡醒来，一睁开眼就看到了息振涛。

息振涛像条哈巴狗一样，趴在他病床的床沿上，一脸乞求的神情。他见商宇浩睁开眼睛，脸上立马荡开一圈讨好的媚笑，说："妹夫，你醒了啊？我等了你好久了。"

商宇浩冷冷地看着息振涛，问："这一切都是你弄的吧？"

息振涛无比尴尬地笑了笑，说："对不起，我没想到后果会这么严重，你打我一顿出气吧。"

商宇浩气得浑身直哆嗦，大喝了声："滚！给我滚得远远的！"

息振涛却是扑通一声跪在他的床前，说："我不滚，我宁愿你打死我，我也不滚出去。我知道我错了，是我对不起你，我不求你能原谅我，我只希望你能打我一顿，我心里才会好受些。"

商宇浩咬着牙说："你以为只对不起我吗？你最最对不起的人，是你的妹妹息小淘。你是她的娘家亲哥，却把她的家庭给彻底毁灭，你让她怎么去面对婆家的人？让她以后怎么立足？你走吧，我不会打你，我怕脏了自己的手！"说完闭上眼睛，不愿再多看息振涛一眼。

息振涛跪在地上，见商宇浩不再理会自己，想站起身来吧感觉不妥，继续跪下去也不是办法，扭过头去向病房外张望。

息小淘当然没有走远，她就站在病房的门外，偷听着息振涛和商宇浩的对话。见商宇浩不肯原谅息振涛，她也不好再说什么，推门走进病房，对息振涛说："二哥，你还是主动去派出所投案吧，这事闹得太大，谁也帮不了你。"

息振涛从地上一蹦而起，大声说："淘淘，你怎么也向着外人，我是你的亲哥啊！"

息小淘也火了，尖声说："宇浩是我的丈夫，哪里是外人？现在微蓝出了这么大的事，生死存亡的关键时刻，我们夫妻自然得站在同一条线上。还有，你总是认为宇浩没把你当自己人，那我问你，你有把他当作自己人了吗？如果你把他当作自己人了，为什么还要算计他？你在做这事之前，有没有想过对我可能造成的伤害，和我知道真相后的感受？"

息振涛瞪着息小淘，被她问得说不出话来。过了好一会儿，才说："我不是说过了吗？是施雅萍骗我上的当，否则我哪里想得出这种点子。"

商宇浩闭着眼睛不说话，任由息家兄妹争吵，这时听到息振涛说起施雅萍，忍不住睁开眼睛，问："这是施雅萍让你干的？"

息振涛点头，把施雅萍如何挑唆自己，如何采用偷天换日的手法算计商宇浩的事又说了一遍。最后说："说到责任，妹夫你也不是一丁点都没有，至少施雅萍是你的前妻，你没有处理好和前妻的关系，才会使得她对你心生怨念，她才会这么算计你！"

商宇浩突然不说话了，他对施雅萍的个性实在是太了解了，她若对谁动了恨意，必定会采用疯狂的报复手段，纵然她不利用息振涛，也会利用其他人，她甚至连自己的儿子都可以利用。

息小淘说："宇浩，我看这件事……"

商宇浩痛苦地挥了挥手，对息小淘说："你们都出去吧，我想一个人静一静。"说完闭起眼睛，一副拒人千里之外的神情。

息小淘张了张嘴，似乎还想继续说下去，终究什么也没有说出来，心里酸酸的，无限失落地转过身，默默地走出病房。

在此之前，商宇浩不管心里有多烦，对她有多怪怨，也从没烦过她。

商宇浩是真的累了。

从大学毕业走出校门，就一头扎入商海，在生意场上冲锋陷阵，纵然伤痕累累，依然不屈不挠，越挫越勇，也终于争得了万贯财富，也争得了一家人的锦衣玉食。

生意场上尔虞我诈，瞬息万变，每做成一笔大买卖，都会让他产生攻克一座堡垒一样的满足感。生意越做越大，心性也越来越高。直到有一天，他发现自己像只高速旋转的陀螺，再也停不下来时，这才惊觉，自己对事业的成就感越来越麻木，生活的乐趣也越来越少。其实在三年前，和施雅萍离婚后，他就有了疲惫感，想就此放手，可是看着年幼的儿子、逐渐年迈的母亲，又不甘心自己一家人的生活从此流于平淡。后来，认识息小淘，并与她结婚，身为家庭主心骨的男人，除了挺起脊梁，勇往直前外，别无第二条路可以选择。

有时，他也想着，等自己把事业的基础打得再扎实些，就把主要精力从开拓疆土转移到守业上，可是，有些事并不是自己的主观意志所能控制的。树欲静而风不止，人在商场，同样的身不由己。

可是现在，他是真的感觉到累了。

心累！

商宇浩闭着眼睛胡思乱想着，忽然听到床前有人嗤的一声笑，他本来以为息小淘回来了，又一想不对，这声笑听上去颇有幸灾乐祸的味道，连忙睁开眼，这才发现不知什么时候，施雅萍站在自己的病床上，一脸得意之色，外加无限讽意。

"你……你来这里干什么？有什么好笑的？"商宇浩皱了下眉头，心中不无厌烦地想，这个女人无故出现在医院，绝没什么好事。

施雅萍呵呵一笑，说："我来看看我的前夫，不可以吗？哈哈，商宇浩，你一向风吹不倒，雨打不坏，跟铁人似的，这回终于趴下了哈。"

商宇浩哼了一声，说："我已经知道事情的真相，一切都是你搞的鬼，我会向法院提起诉讼，绝不放过你！"

施雅萍笑得更加得意，说："你有证据尽管去告吧，我这几天就待在家里，等着法院的传票，别让我等太久啊。哈哈，你第一个告倒的人应该是你老婆的亲哥哥，第二个才有可能轮到你儿子的亲娘。"

商宇浩气得大吼："你为什么要这么害我？"

"很简单，我就是想看看，你商宇浩啥都没了，变得一无所有，还有没有那种高高在上的感觉？息小淘还会不会对你死心塌地？哼，有人说，离过婚的男人是块宝，这回我要睁大眼睛，看看你这位中年男人还能成为哪些人心目中的宝！同时还要告诫你，以后为人处世别那么嚣张，自我感觉不要太好，更加不要像个救世主一样，总是高高在上地俯视天下苍生。"

"施雅萍，你这疯女人，简直是变态！你有没有想过，微蓝倒了，小鼎还能过以前那样的好日子吗？"

施雅萍无所谓地耸了一下肩，说："想过啊，小鼎继续跟着你是过不了好日子，所以，以后他得跟着我过。我今天来医院，除了来看看我的前夫是不是还活着外，还有一事要通知你，我打算向法院递交申请，要回小鼎的抚养权。"

"做梦！"商宇浩气得从床上坐起身来，大喝，"你想都别想，你的生活一团糟，你有什么能力给他好的生活环境？"

"别别别！你别激动啊，听说你的心脏跳得不太稳定，万一激动之下，心脏彻底罢工，那我不是得偿所愿了吗？哈哈！"施雅萍的样子巴不得商宇浩立刻死在她面前似的，"对了，你说我没能力抚养小鼎，那我请问你，等你破产后，你又有什么能力抚养他？至少我现在还有一部分积蓄。"

商宇浩刚才一激动，感觉心跳加快，胸口闷得慌，连忙平复下情绪，做了几个深呼吸，说："小鼎是不可能跟你的，因为我们谁也舍不得离开他，他也不会舍得离开我们，包括小淘。"

施雅萍大笑起来，说："小鼎能不能跟着我生活，那可由不得你，也许小鼎也想换一下环境……"

话音未落，病房的门再次被推开，商鼎清亮的嗓音随之响起："妈妈，我不想离开爸爸，也不想离开奶奶。"商妈妈携着商鼎走了进来。

施雅萍连忙说："小鼎，你听妈妈说，你爸爸的公司快要倒闭了，说不定连你们现在居住的房子也会被法院查封，到时你会连家都没有，你跟着他们上街去讨饭吗？"

商鼎大声说："我才不怕呢。大不了我们回乡下老房子住，我们可以种些果树，种些菜，我还可去村边的小河里钓鱼，去山上挖竹笋、采蘑菇。妈妈，是你害了爸爸，是不是？你为什么不希望我过好日子？"

施雅萍说："我是不想让他们过好日子，因为是他们害得我没有好日子过，但我从没想过要害你，所以才想让你回到我身边。"

商鼎说："离开爸爸和奶奶，我还会有好日子过吗？"

施雅萍有点生气，问："你这死没良心的东西，到底是不是我生的。离开他们你就没好日子过，这几年来，你一直不在我身边，是不是觉得过得特别好？"

商妈妈听不下去了，大声说："只要你不出现，小鼎自然会过得特别好！你害了我们一次又一次，是我们上辈子欠你的吗？"

施雅萍突然笑了起来，说："你们商家不但上辈子欠我，连这辈子也欠了我不少，我会连本带利地全部要回来。小鼎，不管你愿不愿意跟我，到时法院的判决是没有人可以改变的。"说完，她走出门去。

望着施雅萍扬长而去的身影，商宇浩的心中忽然有种整个家着了火，快要被烧没了的感觉。

商宇浩在医院里又住了两天后，主动提出回家休养，医生见他这几天病情稳定，也就同意了，只是再三关照他不能激动，不管遇到什么事都得心平气和地处理。

回到家的当天晚上，关上房门后，商宇浩把息小淘叫到跟前，问她，想不想他去派出所销案，放过息振涛？

息小淘愣住了。她此前对息振涛说过不管他的事，让他去牢里好好反省，但这只是气话。他毕竟是自己的亲哥哥，血脉相连，她当然不希望他有牢狱之灾。昨天，她妈妈知道这事后，打电话给她，哭着求她好好劝劝商宇浩，放过息振涛。

息振涛的做法确实是人神共愤，就算他受到法律的惩罚也是罪有应得，可是息小淘依然狠不下心来对他翻脸无情。但是她同样不能对不起商家，如果就此放过了息振涛，她在良心上又如何能过得去？

商宇浩说："我想过了，不管我追不追究息振涛的罪，我都无法改变微蓝将全额赔偿J·D公司的事实。所以，如果你求我放过你二哥，我会认真考虑。"

息小淘突然无声地哭了起来。

商宇浩微微有点诧异地问:"你哭什么呀?我不是说,只要你求我……"忽然发现息小淘圆润的下巴不见了,面颊消瘦,脸色略带苍白,这才蓦然惊醒,息小淘这段日子也不好过。她夹在老公和亲哥哥之间,左右为难,不管帮着哪一头说话,都不是她心中所愿,同时会受另一头的气。更不用说,自从商妈妈知道是息振涛的原因而使得微蓝陷入困境后,对息小淘很不谅解,甚至说出商家祖宗不保佑,商宇浩又娶到一个败家的女人的话来。

商宇浩见息小淘哭得梨花带雨,心中很是不舍,走上前几步,伸手想把她拦在怀里,手臂伸到中途却又放下,眼中闪过一丝决然,问:"昨天下午我在睡觉时,你接听的那个电话是你妈打来的吧?她是不是让你求求我,放过你二哥?"

息小淘哭着点点头,说:"是,可是我不能这么自私。他是我的亲人,你也是我的亲人。"

商宇浩面无表情,再问:"那你打算怎么向你妈交代?"

息小淘痛苦地摇了摇头,说:"那我能怎么办呢?"

"你可以求我,我会考虑答应你的。"

"不行!"息小淘回答得很果断,"我不能求你,这样对你不公平。我二哥他是自作自受!"

商宇浩突然怒了,上前抓住息小淘的双臂,大声说:"公平?你能维护这世界的公平吗?"

息小淘说:"不能。我只想维护我良心上的公平。宇浩,你为什么那么希望我求你?你是不是想对我说什么?"

商宇浩微微愣了下,心底暗暗感叹息小淘心细如发。他希望息小淘求他,是因为他有条件想和她交换,可是她偏偏不开口。无奈之下,只得说:"息振涛毁尽我的一生心血,我永远都不可能原谅他。但如果你开口求我放过他,我可以答应你,不过你必须也得答应我一个条件。"

息小淘止住泪水,静静地看着商宇浩,她太了解他了,他主动提出可以用条件来换取息振涛的自由,这个条件必定十分苛刻。可是,她能答应他什么条件呢?

息小淘心念一转,马上就想到一个可能,脸色顿时变得十分难看,说:"不,我不求你,你也别想任何用条件来和我交换!"

商宇浩问:"难道你忍心看着警察把你二哥抓起来,再在监牢里关上个三四年,甚至更长久吗?那样,他的一生就完了!"

息小淘忍不住打了个冷战,说:"可是我也不能答应你提出的任何条件。"她已经猜到商宇浩会用什么样的条件和她交换。

商宇浩说:"你哥是横在我俩之间的隔阂,他毁了我的事业不说,他和施雅萍那种不清不楚的关系,你能漠视不理吗?经过这么多事后,你觉得我们还能像什么事也没发生过一样地相处下去吗?这几天我想了很多,我马上就要变得一无所有了,曾经对你许下的承诺,已经变得苍白无力,只怕永远都无法兑现。你还年轻,犯不着跟着我吃苦,所以我们还是……"

"住口!"息小淘突然大吼了声,及时阻止商宇浩说出那两个她最不想听到的字,"你是不是男人?男人说过的话落地生根,不管生活发生多大的变化,那都不是你可以随意改变承诺的理由!"

"可是我再也不想见到你,每次你出现在我面前,我就会想到息振涛,也会想到是他毁了我的一切!"

"我二哥是毁了你的事业,我也恨他。但做错事的人是他,不是我!你不要用见到我就会忍不住想到他这样的借口来搪塞我,因为我不相信你的心理承受能力会这么弱！我告诉你商宇浩，你想把我一脚踹开没那么容易，除非是我自己想离开，否则谁也赶不走我！你不想见到我是不是？好，我可以暂时离开，但我可以随时回来！最后再告诉你一句话，我追求的幸福和金钱无关，和一切的物质享受无关！"

商宇浩看着息小淘一脸愤愤然的样子，心坎上最柔最软的地方莫名地疼痛起来。他最喜欢的息小淘就是眼前这个样子，大多数的时候她温顺得像只兔子，但真要是把她惹急了，就会张牙舞爪像只发怒的母猫。

息小淘狠狠地瞪着商宇浩，浑身毫毛倒竖，她自我感觉像只小刺猬，这个时候商宇浩要是再说句她不想听的话，她会毫不犹豫地扑上去，狠狠地扎他几下。

商宇浩忽然有种想冲上前紧紧抱住她的冲动，尽管他知道她是真的生了气。

息小淘明显感觉到商宇浩眼中的目光柔和下来，她以为像每次两人起小摩擦一样，他会上前轻轻地拥着自己，然后哄着她，拼命地逗她笑。可是等了好一会儿，直到商宇浩眼中凝聚起来的柔情慢慢散去，也没等来她渴望的怀抱。忍不住在心头暗自伤怀，心想："看来他真的对自己失望了。"强忍住眼底快速凝聚起来的雾气，她转身收拾几件自己常穿的衣物，找了个拉杆箱，把衣物塞进去，然后神色黯然地离开房间。

走到楼梯口，息小淘意外地发现商妈妈和商鼎都站在楼梯上，显然，刚才她和商宇浩的吵架声太响，祖孙俩守在楼梯上偷听呢。

商妈妈见息小淘拖着行李箱出来，就知道是怎么一回事，叫了声："小淘……作孽啊！"拍着大腿快步奔下楼梯，一头扎进自己的房间痛哭起来。

商鼎一脸不安地问："小淘阿姨，你不要我们了吗？"

息小淘苦涩地一笑，上前搂住商鼎的肩膀，问："小鼎，你希望小淘阿姨离开这个家吗？"

商鼎很认真地想了一下，说："不希望。"

"为什么？奶奶不是说小淘阿姨又是一个败家的女人吗？"

商鼎说："我知道坏事不是阿姨干的，是振涛舅舅干的，他干的坏事怎么能算在阿姨的身上。就像以前我妈妈也做了很多的错事，又为什么不算在爸爸的身上，而是让她自己去承担呢？再说，就算阿姨离开了这个家，奶奶也不会让我妈妈再回来的，所以阿姨还是别离开吧。"

息小淘笑了，眼中的泪水却差点滚落下来，说："放心吧，阿姨是不会离开你，也不会离开爸爸和奶奶的，我只是出去住几天，免得你爸爸心情不好，等爸爸他想通了，我就会再回来。在阿姨离开的这段日子里，你能帮助奶奶照顾好爸爸吗？"

商鼎点头说："能的。阿姨你不要走得太远，要早点回家啊。"

息小淘"嗯"了一声，拖着行李箱下楼。她不敢再说话，怕自己一开口，会控制不住情绪而大哭起来。

就在息小淘走出大门的一刹那，商宇浩从楼梯的转角处显身出来，他看到了她孤身离去的背影，和飞扬的裙角被无边的夜色吞没的瞬间。

刚才，息小淘和商鼎在楼梯上的对话他全听见了，连商鼎都知道息振涛做错的事不该怪到息小淘的头上，商宇浩并不是个不明是非、爱胡乱迁怒他人的人，他自然知道息小淘是无辜的。可是，他已经没有力量支撑他们婚姻的殿堂，与其等到将来彼此耗尽激情，倒不如趁此机会快刀斩乱麻，逼迫她离开。

息小淘拖着行李箱走在华灯璀璨的街头，迎面的风吹乱了她的齐肩短发，也吹乱了她的思绪。她虽然及时阻止商宇浩说出那两个字，可是那两个字却像她心上突然长出来的芒刺，刺得她生痛。

她心痛的倒不是商宇浩对她的态度，而是对她的误会。她明白他为什么会产生"离婚"的念头，可能是因为他觉得自己即将变得一无所有，不能再给她好的生活。可是……

"我息小淘是个贪慕容华，只能同富贵、不能共贫贱的女人吗？"她在心里呐喊着。

身边车流不息，灯柱光影变幻不定。有好几辆出租车经过她身边时主动减速，司机很礼貌地问她需不需要提供服务？她都拒绝了。现在她只想一个人静静地走走，就像在这繁华的城市中漂泊，漫无目的，随风而定。

突然，身后响起两声短而急促的汽车喇叭声。息小淘悚然一惊，以为自己心神不定，不小心走到了机动车道上。连忙往右侧让了让。一辆蓝色法拉利呼的一下蹿上来，和她并肩而行。车窗玻璃缓缓摇下，露出罗家豪帅气而略显张扬的脸。他冲息小淘大喊了声："上车，息小淘，我有话要对你说！"

息小淘在心头暗叹一口气，这家伙真是阴魂不散，总是在自己最落魄、最不想遇见熟人的时候出现。狠狠地横了他一眼，自顾向前走着，不愿再多理会他。

罗家豪呵呵一笑，说："你就不想帮助你老公摆脱困境吗？现在所有的银行都不敢放贷给微蓝，微蓝的资金链已经彻底断裂，最终的结果将是破产！"

息小淘不能再漠视不理，尽管她真的不想和罗家豪有任何瓜葛。"罗总，难道你愿意出手帮助微蓝吗？"

罗家豪笑着说："我肯不肯出手帮助微蓝，取决于你的态度。"

"我的态度？我的态度能影响到你的决策动向吗？"

"当然，毫无疑问。小淘，这样说话不太方便，上车吧，我们找个清静的地方，好好说说话。"

息小淘略微犹豫了一下。罗家豪把她的迟疑看在眼里，忍不住又大声笑了起来："你很害怕我啊？"

息小淘是有点怕罗家豪，确切地说是怕他的目光。她总觉得他每次看着自己时，他的眼底跳动着一种让人极不舒服的火焰，有点像征服者的欲火。她不知道是不是自己多心，还是他天性这样，反正她尽量避免和他单独相处的机会。

可是现在，微蓝已经举目无助，在没有外援的情况下，商宇浩根本就扛不下意大利J·D公司那笔巨额赔偿。如果罗家豪肯出手相助，以君达商贸的实力，也算不得多大的难事。只要商宇浩能保住微蓝，就能保住翻身的本钱。所以，微蓝的生死存亡只有罗家豪才能决定。

息小淘已经无法拒绝，把心一横，说了声："好。"

看着息小淘提着行李箱，不太情愿地坐上自己的法拉利，罗家豪不无得意地笑了一声，问："小淘，你这是离家出走吗？"

一坐上罗家豪的车，息小淘就感觉浑身不自在，再听他这么一问，脸上尴尬的神色更加明显，说："没有啊，我只是出来随便走走。"说完后发现自己这么说简直就是欲盖弥彰，哪有人出门散步还带着行李箱的，顿时没好气地补充了句："玩离家出走是女人的特权，你没看见电视剧中都是这么演的吗？不过呢，有气度的男人要懂得给别人留颜面，就算你内心的窥探欲特别强大，也请不要随便问出口。"

罗家豪哈哈大笑，换挡、加油门，快速驶上主车道。

街两旁的霓虹灯拖着长长的光影，在夜色中快速地向后飞掠。

息小淘用眼角的余光看见罗家豪脖子上的青筋微微突起,这才发现他紧抿着嘴,咬着牙关,心情似乎有点紧张。这又是为什么呢?

息小淘抱着既来之则安之的心态,心想着:"这是法制社会,他能把自己怎么样?"神情渐渐自若,她都没有问他要带自己去哪里。

法拉利下了海洲路,转入文苑路,最后在一家蓝山咖啡馆前停下。罗家豪说了声:"到里面说话,这里安静。"率先打开车门跳了下去。

这家蓝山咖啡馆位于文苑路上的商务区内,四周尽是商务办公楼,到这里来喝咖啡的顾客,以职场上的白领居多。

罗家豪是这里的常客,他一进门,服务生连问都没问他一声,很自然地将他引入一间包厢。

罗家豪示意息小淘坐下,笑笑说:"这间包厢是我常年包下的,已经缴过年费,你以后想喝咖啡尽管到这里来,我可以关照他们许你特权。"

息小淘淡淡笑了一下,说:"谢谢罗总,我一向没有喝咖啡的习惯。"

"不要这样,好不好?"罗家豪叫了起来,"你总是摆着一张拒人千里之外的臭脸,让我很有挫败感。难道在你眼中,我就这么逊色吗?"

息小淘心想,毕竟有求于人家,可不能太让他难堪了,忙笑笑说:"不好意思啊,罗总,是我不对。你也知道的,我家最近出了这么大的事,宇浩的身体又不是很好,我的心情怎么也好不起来……"

罗家豪接口说:"我说过了,我可以帮你的忙。难道你还信不过我吗?"

息小淘怦然心动,说:"罗总如果真的愿意帮助我们,那你就是我们全家的救命恩人。"

这时,服务生端上来两杯蓝山咖啡,罗家豪端起一杯,很优雅地呷了一小口,慢条斯理地说:"错了。我只说过帮你的忙,而不是帮你们家的忙。"

息小淘一怔,问:"我和商宇浩是夫妻,帮我就是帮我们,也就是帮了我们全家,这有什么区别吗?"

"如果你一定要这么认为我也没办法,不过你要知道,我的本意只是想帮你。因为……"

罗家豪说到这里突然停下,息小淘就知道他定有下文,耐着性子等他说下去。

"息小淘,你太不配合了。人家说书的,说到关键时刻卖个关子,听书的都知道要适时给点掌声的,我说到这里停下了,你起码得问一声'为什么'吧?"

息小淘点点头,很郑重其事地问了声:"为什么?"

罗家豪露出一副哭笑不得的样子,说:"息大妹子,你就不能问得含蓄点,问得有情调点,问得风情万种一点吗?"见息小淘眼珠一瞪,将要发作的样子,忙补充了句:"因为我喜欢你,一直喜欢你!"

"你!"息小淘"噌"的一下,从座位上站起身来,冲他大声问道,"你这是什么意思?"

"没什么意思,就是我喜欢你,很早很早以前,在你和商宇浩谈恋爱之前,我就喜欢你!你又不是木头人,难道你不知道吗?"

18 原来是你

罗家豪的那点心思,息小淘当然知道,可是她对他一点感觉都没有,甚至有很强的排斥心理。

息小淘说:"可是我已经结婚了,你现在再说这种无聊的话,容易被人误会。"

"我不在乎!我就要把心里想的告诉给你知道。我已经错过了一次,不想再错过第二次。"

"你这话是什么意思?什么叫不想错过第二次?我和宇浩的婚姻并没有出现什么问题,你根本就没有第二次的机会。"

罗家豪一笑,说:"如果你们的婚姻没出现什么问题,那你为什么要离家出走?商宇浩马上就要破产了,你跟着他还会有好日子过吗?纵然他能渡过这一劫,他辛苦几年的成就被你哥哥息振涛彻底毁去,他能原谅你吗?你们能假装什么事都没发生过一样地继续生活下去吗?"

息小淘毕竟有求于罗家豪,不想和他闹得太僵,努力平复了一下激愤的心情，说："我已经是结了婚的女人，我和宇浩的婚姻就算有一点波折，那也是暂时的。而且，宇浩是个明理的人，他不会把我二哥的错，怪怨到我的头上，我对他有信心。"

罗家豪饶有兴趣地看着息小淘，问："你的意思是，他能渡过这个难关，不需要别人帮助吗？"

"不是的。"息小淘忽然发现自己在罗家豪面前根本就无法强硬起来，不得不减弱语气，"微蓝和君达是多年的合作伙伴，请罗总看在和宇浩朋友一场的份儿上，拉他一把吧。"

"我再强调一次，我帮不帮商宇浩，得看你的态度。"

"什么意思？"

"这回配合得不错，呵呵。"罗家豪打趣地看着息小淘，笑了，"我是个生意人，对我没好处的事我不会做的，你想让我帮商宇浩，就得和我做交易。"

息小淘见他的眉宇间有邪恶的神色闪过，就知道他开出来的交易条件铁定不厚道，心中好不烦恼，却不得不耐着性子，说："你说出来听听。"

罗家豪突然眯缝起眼睛，盯着息小淘的双眼，一字一句地说："你做我的情人，我帮微蓝渡过难关。"

"什么？！"息小淘的心底蹿起无名之火，一把端起身前的咖啡杯，几乎就要迎面泼向罗家豪的一刹那，理智让她在瞬间冷静下来。她狠狠地瞪着他，强压住怒火，说："罗总身边美女如云，个个都是倾国倾城的绝色佳丽，小淘可不敢锦上添花啊。"

罗家豪听出息小淘语气中不无妥协之意，脸上闪过一丝得意的神色，说："不错，我从来都不缺女人。围在我身边的那些女人，每一个都在费尽心机地想着和我上床。可是，送上门的女人我不稀罕，吃不到嘴的葡萄才是最甜的。你就是我心目中的那一粒吃不到嘴的甜葡萄。"

息小淘终于忍无可忍，猛然站起身来，大喝："罗总，你这是乘人之危，不觉得很无耻吗？"

"无耻？"罗家豪的脸上露出一丝嘲讽，"凭本事得到自己想要的，这就算无耻吗？请问在商场上混的人，哪一个不是为达目的不择手段？而且，我还知道你和商宇浩的第一次好像也不是很光彩。"

"什么？"息小淘愣了一下，一下子没反应过来。

"去年的春季广交会上，你主动找上商宇浩，酒店里一夜偷欢……"

息小淘已经脸色大变，问："你……你怎么知道？"

罗家豪说："那天你代表花儿创意请广州的几位客户吃饭，你们经理有事先回海宁，她临走前怕你一个人压不住阵脚，所以邀请我帮你压阵……"

这事息小淘当然还记得，那晚罗家豪的表现也的确不错，替她挡住了大部分的敬酒，只是没想到的是，她还是中了招，不知不觉中被人在酒杯中下了催情药。

"你怎么知道我和宇浩……"息小淘福至心灵，在她心头盘桓了一年多的疑团这时豁然开朗，忍不住大叫了起来，"我明白了，我全明白了，原来是你算计了我，原来是你！"息小淘因为在大学时曾经上过当，所以每一次出去应酬需要喝酒或饮料什么的，总是小心提防，只是没想到算计自己的，竟然是同一战壕中的战友。"罗家豪，你为什么要算计我？"

罗家豪依然平静，说："你到今天才弄明白真相啊？原因很简单，因为我想得到你。"

由于家世的原因，罗家豪的骨子中透着一股清高，尽管他有点欣赏息小淘,并试着展开攻势,但天生的傲气注定他表达得不会太明显。息小淘又对他这种出生显贵的情场浪子极其反感,自然得不到她的回应。这让他非常生气,暗中寻思着要给她点教训尝尝。终于,在广交会上找到了机会,他在她的饮料中放入催情药,心想:"你息小淘小小女生,又身在异地他乡,到时还不得乖乖地向我求助,纵然我得不到你的心,起码可以得到你的人,而且是你主动投怀送抱,事后都不必有所怨言。"

其实那天,息小淘发现自己遭人暗算后,确实想到了罗家豪,他对自己的那点用心,她内心很清楚。在这样的情况下,她只得拼命说服自己去向他求救。谁知在她奔出酒店,打算去找罗家豪时偏偏和商宇浩撞了一下。

商宇浩同样是单身汉,虽然比罗家豪年长几岁,但他稳重,有修养。最重要的是,息小淘对他虽然了解不深,但他留给她的印象极好。

罗家豪说:"那天我守在你下榻的酒店门外,都已经看到你从酒店中出来,没想到在门口杀出商宇浩这个程咬金,害得我的一番心机,竟然是为他做嫁衣。当时,我看到你返回酒店,并和商宇浩一同乘电梯上楼时,我真恨不得拿刀宰了你们!"

息小淘气得咬牙切齿,恨声说:"我真没想到,你竟然是这样的人!真是……真是……"她还是做不到恶语相向。

"你是不是想骂我衣冠禽兽?你可别忘了,如果没有我的下作行为,你会和商宇浩走到一起吗?我可是你们夫妻的大媒人啊。"

息小淘拼命地压住从心底不断冒上来的怒火,说:"我再问你一件事,我二哥调换卓远原材料的事,你是不是早就已经知道了?你故意不提醒我们,就是想看我们的好戏,又或者希望有一天我会来求你,是不是?"

罗家豪端起杯子,很悠闲地喝了口咖啡,说:"难道你觉得我有通天彻地、未卜先知的本事吗？"顿了一下，又说："让商宇浩摔跤的人是他的前妻和现任二大舅子，他连和这两人的关系都处理不好，只能怪他的做人太失败，这怨不得别人。"

在息振涛调换卓远的原材料时，罗家豪其实是有所警觉的。当时，君达的押货员按息振涛的指定，把货卸在卓远厂外的仓库中，押货员以为微蓝要扩大生产规模，回到君达闲聊时，刚好被罗家豪听到。他虽然因为息小淘的事，对商宇浩有成见，但也仅限于内心，表面上两人依然是生意场上关系不错的合作伙伴，经常在一起应酬娱乐。他只知道商宇浩对欧盟那张单子看得极重，微蓝和卓远两家企业，放下其他一切事务，全力以赴完成欧盟那笔订单，扩厂的事暂时搁浅。他当时仔细一想，就知道这事一定有文章，暗中一调查，就发现是息振涛和施雅萍勾搭在一起，暗中算计商宇浩。

罗家豪也曾想过提醒商宇浩，好几次话到嘴边又咽下，他终究还是不能完全放下息小淘。

息小淘听罗家豪这么说，就知道他是预先知道一些情况的，终于忍不住发作起来："罗家豪，我真是错看了你，我一直认为你只不过有点花心而已，但至少还是个男人。却原来是个心胸狭小、卑鄙无耻的畜生！这些年来，宇浩专心不贰地和你做着生意，你却是这么对待他的！"

罗家豪无所谓地一笑，说："你想骂就骂吧，我不在乎。我只提醒你一件事，现在所有的银行都不可能放贷给微蓝，商宇浩已经孤立无援。如果你答应我开出的条件，我可以去求我姐夫帮忙，他是市银行主管，给不给微蓝放贷，只要他点一下头就行，微蓝不也就有救了？当然，你大可放心，我不会介入你的婚姻，也不会有人知道我俩的关系，你只要偶尔和我亲密一下。哈哈，这又无伤大雅，表面上你和商宇浩依然是一对让人羡慕的好夫妻……"

"住口！少做你的春秋大梦！"息小淘怒不可遏，提起她的行李箱快步奔出包厢。

意大利J·D公司授权上海某知名律师事务所，向嘉兴市中级人民法院提起民事诉讼，要求微蓝皮饰按照合同条款赔偿J·D违约金、名誉损失费等七大项，共计人民币九千五百万元。

微蓝一方面聘请律师准备材料，积极应诉；另一方面，商宇浩不得不再次请求齐默出手相助。

齐默自然是满口答应。且不说她和商宇浩多年好友的情分，微蓝和J·D的交易也是她一手促成的，本意是想帮好友一把，没想到事情会落得这样的下场，她当然不能置身事外，动用一切能动用的力量和关系向J·D求情。

最终，嘉兴市中级人民法院判处微蓝赔偿意大利J·D公司违约金四千五百元人民币。

微蓝皮饰出这样的大事早已轰动整个商界，所有的金融机构都避之唯恐不及，没有一家敢冒险放贷给微蓝。那些曾经在生意场上合作过的伙伴，也没人敢跳入这潭浑水中替微蓝提供担保，所以，商宇浩想出来的借贷或融资等举措全部搁浅。

所有的困难，微蓝将独自面对。

商宇浩已经彻底陷入绝境。

息小淘在皮革城附近的小区中，租了间一室一厅的小套房独自居住。每天日出而作，日落而息，忙着淘意馆开张前的各项准备工作。同时在网上发布了招聘信息，打算招聘一到两名有设计天赋，又有创作激情的年轻人，来壮大自己的队伍。

表面上她很忙，也很充实，只有她自己知道，她的内心是失落的。随着日子一天天地过去，心中的失落感逐渐强烈，最后转化成绝望，因为她一直等不到商宇浩的电话。

她一直以为，商宇浩是在气头上才想着要和自己离婚，等过一段日子，他就会慢慢谅解自己，会打电话过来要她回家，所以当时她主动提出搬出去住。可是，她一直等不到他的回心转意。"原来他真的不想要我了。"一念至此，心痛欲死。她也曾主动打电话给他，可是每一次，都被他无情地挂断。

她只能通过齐默、丰收去了解商宇浩的一点一滴。她知道他几乎踏烂了全市各大银行的门槛，依然没有一家银行肯放贷给他；他也曾求爷爷告奶奶地，求遍了商场上有实力帮他的生意伙伴，那些所谓的"朋友"一个个像躲避瘟神一样地将他拒之门外……一向儒雅，又不无清高的商宇浩，像乞丐一样到处低头乞怜。

想到他的困境，想到他所受的屈辱，她为他难过。夫妻本是一体，他所遭受的一切痛苦，本来可以分她一半，他却让她置身事外。有时，她都想不明白，这到底是他对自己的绝情，还是对自己的呵护？

商妈妈的电话打进来时，息小淘正捧着手机，犹豫着要不要给商宇浩打电话。

"妈。"息小淘很小心地叫了声，脑筋飞快地盘算着，自从微蓝出事以来，婆婆对自己很不谅解，甚至把她看成了和施雅萍一样的人。她打电话给自己，会有什么事呢？难道……"妈，怎么啦？你快说话啊，是不是宇浩出什么事了？"

尽管商妈妈清楚地知道，搞垮微蓝的人并不是息小淘，可她依然无法不迁怒于息小淘，她在她面前说过很多绝情的话。息小淘离开商家的那天晚上，她就已经预感到自己儿子的婚姻将再次出现危机，虽然这不是她希望看到的结果，可是想到留息小淘这个祸害精在商家，迟早还会再惹出麻烦来，长痛不如短痛。所以当时，她都没有表示出半点挽留的意思。

可是商宇浩四处求助无门，心情苦闷之下，喝得酩酊大醉，被丰收送回家后，躺在床上不停地呼叫着"淘淘"。商妈妈知道儿子的心中还装着息小淘，见他这么为情所困，又为事业所累，实在不忍心他这么痛苦。又想到儿子的身体还没完全康复，出院时医生关照过不能喝酒喝咖啡，现在他商场情场两不如意，只怕还会去借酒消愁，无奈之下，才只得找息小淘回去。和儿子的身体健康相比，什么事都可以忽略不计。

商妈妈听息小淘开口首先想到商宇浩，暗想这媳妇总算不是太没良心，也不枉商宇浩对她的一片痴情，心中对她的怨恨有所减弱。她努力克制住自己的情绪，说："小淘，你回家一趟吧，宇浩他喝醉了，我担心会出事。"商妈妈终究还是无法对息小淘完全消除芥蒂，所以只说让她回家一趟，而不是说让她搬回家住。

"什么？他怎么可以喝酒？那会有危险的！"息小淘大吃一惊，根本就没留意商妈妈话语中的特别含意。

"是啊，我很担心宇浩。小淘，你快回来看看他吧。"

"好！"息小淘挂断电话，以最快的速度赶回商家，一口气奔上二楼。

房间内弥漫着浓烈的酒精味，商宇浩连衣服也没脱，一身酒气地仰天躺在床上，商妈妈和商鼎一左一右，伺候在床头床尾，手足无措地干着急。见到息小淘进房，两人像见到救星一样，同时大叫了声，商妈妈叫的是"儿子"，商鼎则叫了声"爸爸"。

息小淘快步走到床边，大声说："宇浩，你不要命……"猛然看清床上的商宇浩，一股震惊从心底生成，暗流般快速流到她的咽喉处，顿时像被一只无形的大手掐住喉咙，竟然无法继续把话说下去。

才一个星期不见，商宇浩丰神俊朗、玉树临风的外形已经完全变了样。他眼眶深陷，面颊消瘦，脸色蜡黄，平时打理得纹丝不乱的头发，也失去了往日的光泽，尖尖的下巴上长满了胡茬儿。他仿佛一下子老了十岁。

息小淘愣住了，没想到一个星期的时间，可以让一个人发生这么大的变化。然后，心头慢慢疼痛起来，直痛到浑身颤抖，连呼吸都感觉到困难。

短短的一个星期，对商宇浩来说也许比一个世纪还要漫长，他独自一人在绝境中挣扎，后无退路，前是深渊，四面楚歌，看不到半点希望。

"宇浩，你怎么瘦成这样了？对不起……"息小淘扑到商宇浩的床头，抚摸着他消瘦的面颊，泪水滚滚而下。

商妈妈沉着脸，恨恨地说："我家宇浩真是命犯煞星，娶了两个老婆，一个比一个祸害。唉……宇浩他心头苦啊，以前我们顺风顺水时，不管认识的还是不认识的，凡是找上门来的，只要能帮得上忙的，我们肯定会帮，现在可好，轮到我们求助时，一个个……"

正说着了，床上的商宇浩突然翻了个身，嘴中含糊地叫了声："淘淘，家没了……对不起……我没用……"

息小淘愣了一下，马上明白商宇浩这话是什么意思。他都已经落魄到这等地步了，心中对息小淘非但没有半点怪怨的意思，却心心念念地记着，家快没了，再也不能给她优厚的生活，自觉对不住她。

息小淘心痛如绞，他都心力交瘁成这个样子了，却还惦记着自己。

所谓的酒后吐真言,他其实还是非常在意自己的。心头微微一暖,泪水像失控的水龙头般喷涌而出。她不想在婆婆和商鼎面前表现出太多的情感,拼命地控制住情绪,对商宇浩说:"宇浩,会有人来帮助我们的。我一定会尽最大的努力来弥补这一切……"

一旁的商妈妈忍不住说了句:"四千五百万啊,我想都不敢想,你能用什么来弥补?我们该怎么办啊?"

息小淘不说话,站起身来快步走出房间,站在楼梯间里,取出手机给罗家豪发了条短信,短信的内容只有四个字:"我答应你。"发出短信后,她像被抽空了身上所有的力气一样,几乎连站也站不住,靠在楼梯的扶手上直喘粗气。

罗家豪的短信很快就回了过来:"好,这是你唯一的机会,过期不候。十点,龙祥大酒店606房间见。"

刚才,息小淘是在感动和内疚的双重作用之下,一时冲动,给罗家豪发了短信,打算委曲求全,只等微蓝渡过难关,她就答应商宇浩离婚。

可是等罗家豪的短信回复过来,她又有点后悔了。自己怎么可以背叛商宇浩?他对自己情深义重,无怨无悔;自己对他也是一片痴心,怎么能做出对不起他的事呢?

可是,如果不帮商宇浩渡过这个难关,只怕他从此一蹶不振,今生今世都跨不过这道坎。她唯一能想到的办法,就是向罗家豪求救,用自己的身体去和他交换。

这本来就是息家欠他们商家的。二哥息振涛敢做不敢当,那就让自己来偿还这笔债。

息小淘捧着手机,看着屏幕上的那一行字发愣。忽然听到身后响起脚步声,回过头去一看,商宇浩不知什么时候醒了,走出房间站在她身后。他脸色苍白，双目赤红，用略带沙哑的声音叫了声："淘淘，你回家了啊。"

息小淘像做了亏心事一样，吓得"啊"了声，双手一哆嗦，手机从她的手缝间滑落，直坠而下，"砰"的一声，重重砸在楼梯的台阶上，后盖板、电池等散落一地。

商宇浩头痛如裂，眼前幻影重重，看着眼前的息小淘感觉不太真实，瞪大了眼珠问："你是不是淘淘啊？怎么啦？"

息小淘心慌意乱，她忽然发现自己此时特别不想面对商宇浩，口不择言地说："我……不是，我……你好好休息，我有事先走了……"快步奔下楼梯，她本想把摔在楼梯上的手机捡起来，偏偏商宇浩又叫了声："淘淘别走！"吓得她什么也顾不上，没命逃窜。身后响起商妈妈的喊话："小淘，你怎么啦？干什么要逃啊？"

息小淘感觉自己像只丧家之犬，落荒而逃。她驾着自己的福特嘉年华，一口气冲到大街上，汇入川流不息的车流中，才渐渐平复下慌乱的心潮，心想："罗家豪已经说了，这是自己唯一的机会。既然已经向他开口求救，就再无退缩的可能。此时的自己就像过河的卒子，明知前途是绝境，也只有勇往直前。"

驶入龙祥大酒店的停车场，息小淘一眼就看见罗家豪的蓝色法拉利停在众多的车辆之中，就像它的主人一样，无论在什么地方都很扎眼。她忽然有点昏眩、不真实的感觉，内心是多么渴望，现在的一切，包括马上要经历的事，都只是噩梦一场。

灵魂深处似乎有个声音在不停地喊着：快回去，别上楼！可她的双脚早已挣脱她的主观控制，步入酒店大厅，然后走入电梯间，最终来到606房间的门外。

房门口的指示灯亮着，显出"请勿打扰"四个小字，罗家豪就在房间内，隔着房门隐约能听到从房内传出的电视机声响。

息小淘很机械地伸出手指，停留在门铃按钮上，只要她轻轻一按，就会把自己推入万劫不复的深渊，她和商宇浩的婚姻也将止步于今夜。

"真的要走到这一步吗？"她在心里再次问自己。这样的结局当然不是自己想要的，可是她已经别无选择。想到商宇浩苍白的面孔，布满血丝的双眼，无助的眼神……

这是自己唯一能帮助他的方式。

再想到他的柔情，他的疼爱，他宠溺的笑容，他温暖的胸怀……这一切都曾经令自己心醉神迷。

这是自己唯一能回报他的方式。

是自己的二哥毁了他辛苦打拼多年的事业，可是他从没对自己说过一句怪怨的话，纵然在他逼迫自己离婚时，也没有恶语相向。

这也是自己唯一能弥补他的方式。

只是，今夜过后，所有的一切都将成为过去！包括自己一生的幸福。

息小淘绝望地闭起眼睛，手指似乎使出了全身的力气按下门铃。

房门很快打开，罗家豪穿着睡衣出现在门口，笑吟吟地对息小淘说："我就知道这一天迟早会来，没想到这么快就等到了。进来吧，都已经到了门口，你还迟疑什么呢？"伸手拉了一把息小淘，将她拉入房中，随手关上房门。

息小淘被他拉得向前冲出几步，撞入罗家豪的怀中。罗家豪顺势拥她入怀，哈哈大笑着把她横着抱了起来，快步奔到床边，将她平放在床上。

息小淘喉咙发干，心跳加速，紧张得快要晕过去，用力把他推开，说:"等……等一下,好吗?"

罗家豪见息小淘紧张成这样的,心中的满足感更加强烈,说:"好啊,你以为我是色中饿鬼啊。我要的是两情相悦,那样才能享受到鱼水之欢的乐趣。小淘,别这么紧张,放松点,身体怎么僵硬得像具尸体似的。做人要学会享受,特别在你无力改变现实的情况下。呵呵,我会让你尝到我的别样滋味。"

"罗总,你得说话算数,帮助微蓝……"

罗家豪有点不耐烦地说:"你就别煞风景了,我罗家豪是那种说话不算数的人吗?"他说着话,双手在息小淘的身上开始抚摸起来。

息小淘在心中暗叹一口气,心想:"算了,既然已经到了这一步,自己还挣扎什么呢?认了吧。"闭上眼睛,任由罗家豪一件件地褪去她的外衣,最后把她剥得只剩下文胸和内裤。

罗家豪看着息小淘洁白的肌肤,曼妙的身姿,高耸的乳峰……这样的身材在他以往经历的女人中,也许算不得特别出色。但息小淘因为紧张而浑身微微颤抖,皮肤仿佛经历初夜般起了疙瘩……他的欲火在瞬间被点燃,上下滚动的喉结处发出一声低吼,一把甩掉裹在自己身上的睡袍,抱住息小淘的玉体,在她平坦的小腹上狂吻起来。

"我死了,我已经死了!"息小淘在心中呐喊着,想用精神上的逃避来麻痹肉体上的折磨。

突然,房间的门铃急促地响起。

罗家豪抬起头来不无恼怒地说:"是哪个王八蛋这么不知趣?竟敢来打扰老子的好事!老子正在兴头上,就算天塌下来我也不理!"

门铃依然在响个不停,那按铃者仿佛已经急不可耐。

罗家豪对息小淘说:"不必理会,也许是有人找错了门……"

"砰！"房门被重重砸了一下，同时有人在门外大声叫喊。

息小淘依稀觉得门外的声音有点耳熟，心头灵光闪过，吓得她猛地推开罗家豪，坐直身子，用颤抖的声音说："好像是……是宇浩……"

罗家豪怔住了，他逼迫息小淘就范，倒不完全是因为他贪恋她的美色，更多的享受是来自于心理上的"征服"。所以他从没想过要去破坏息小淘和商宇浩的婚姻，毕竟他是生意场上有头有脸的人，无端介入别人的婚姻终究不是一件光彩的事，更何况他不缺女人。

房门被敲得更响了。罗家豪怕惊动其他房客，连忙披上睡袍，随手捡起息小淘的衣服扔到她的身上，低喝道："快穿上。"走到门口打开房门，商宇浩像头发怒的雄狮一样冲了进来，一把抓住罗家豪胸前的衣服，怒喝："果然是你，你要小淘答应你什么？！"说着将他猛推了一把。

罗家豪本想挡在门口不让商宇浩进房，给息小淘争取穿衣服的时间。哪知道商宇浩正在气头上，用足了力气一推，罗家豪哪里经受得住，顿时被推得连退出好几步，直退到房间中央。

商宇浩快步奔入房中，一眼就看见息小淘站在床前正在手忙脚乱地穿着衣服，顿时就明白发生了什么事，气得怒目圆瞪，怒吼："息小淘，你干的好事！"

息小淘的大脑中"轰"了一下，思维在瞬间变成空白。她茫然地抬起头，目光空洞地看着商宇浩，脸色变成死灰。"你……你怎么来了……"

其实商宇浩今晚喝的酒并不多，以他的酒量，放在平时根本不会出问题。只是他这段日子体质不佳，再加上心情极度郁闷，才喝了几杯就醉。但醉得并不深，回家后商妈妈给他喝了醒酒茶，息小淘赶过去时，他已经慢慢清醒。见息小淘慌里慌张地夺门而逃，连摔掉的手机都没有捡起来，就觉得过于反常。

息小淘的手机只是摔掉了后盖、电池，并没有摔坏。商宇浩把她的手机配件重新组装后成功开机，于是就发现了息小淘和罗家豪交换的短信，仔细一琢磨，发现问题严重，马上赶了过来。

罗家豪没想到事情会转变成这样，但他毕竟久经情场，最善于逢场作戏，更懂得随机应变，而且他和息小淘还没发展到不可收拾的地步。他顿时镇静下来，说："商总，有话我们好好说，别把事情闹大了，到时谁也下不了台。而且小淘刚到，我们才说了几句话，并没发生什么。"返身把房门关上，他的意思是，关起门来说话。

商宇浩紧随着息小淘赶到这里，他当然知道罗家豪和息小淘还来不及发生什么，只是他更在乎的是息小淘的态度，和对自己的不忠。厉声问："你说，这到底是怎么一回事？"

罗家豪倒也干脆，说："行，我们不如打开天窗说亮话。"他毫不掩饰地把他和息小淘之间的交易交代了个彻底。"商宇浩，这世上没有免费的午餐，我可以帮助你渡过难关，但你也总得有所回报。不就是一个女人吗？只要你商宇浩事业有成，还怕找不到好老婆吗？男人应该把事业放在第一位，何必……"

商宇浩不等他说完，挥手一拳重重打在他的鼻梁上，怒喝："罗家豪，你这乘人之危的无耻小人，枉我以前还把你当朋友。我商宇浩就算赔得倾家荡产，也绝不接受你这种人渣的施舍！"

罗家豪被打得仰天翻倒在床上，鼻血像失控的自来水喷涌而出。"商宇浩，你……你死撑着吧，没人会帮你！"

商宇浩怒到极点，扑上去掐住罗家豪的脖子，大叫："我杀了你这王八蛋！"双手一用力，罗家豪顿时直翻白眼。

息小淘怕商宇浩盛怒之下铸成大错，冲上去拼命想拉开商宇浩的手，叫道："宇浩，你别这样，犯不着为这种人拼命。"

商宇浩更怒了，狠狠推开罗家豪，一把抓住息小淘的手腕，大吼："那你呢？犯得着让这种人来糟蹋你自己吗？"

息小淘的手腕疼痛难当，她挣扎了几下无法脱手，说："我不想见到你孤立无助的样子，可是我想不出别的办法，只能……"

"只能出卖自己的肉体，是不是？如果我接受了你的帮助，我还能算是个男人吗？"商宇浩额头上的青筋根根突起，"我告诉你，我商宇浩是顶天立地的男子汉，我不需要你用这种方式来拯救我！"

"是我二哥搞垮了微蓝，我只是想用自己的方式来向你赎罪。你不是想和我离婚吗？我都快不是你的妻子了，你又何必在乎这些呢？"

"只要你一天还是我的妻子，我就得对你负责，对我们的婚姻负责！"

看着商宇浩愤怒得快要发疯的样子，息小淘这才惊觉，自己可能又做错了。

⑲ 现妻与前妻的约定

商宇浩决定认命。

他甚至连齐默和丰收的帮助都婉言谢绝了。虽然他知道,他们都愿意倾力相助自己,可是他不能接受,因为他们都是有家有老小的人,需要担负的责任同样不小。他不想因为自己的事,而让朋友们受累。

商宇浩忍痛转让名下的微蓝皮饰和卓远制革,以及他们全家人现在居住的,位于红笺别院的别墅一幢,如数偿还违约金。然后带着母亲和儿子回到白漾小区的老房子中居住。他同时撤销了对息振涛和施雅萍的法律追究,四千五百万元人民币的赔偿款由他独自承担。

息小淘得知消息时,一切已成定局,再说她也回天无力,只得保持沉默。

有时,当一个人无力改变现状时,保持沉默就是最好的控诉。

商鼎放学后,很意外地出现在皮革城,把正在布置柜台的息小淘吓了一跳，忙问："小鼎，你怎么一个人过来了？你爸爸呢？奶奶没有去学校接你放学吗？"

商鼎说："奶奶病了，爸爸带她去医院了。今天是丰收叔叔来接我和飘飘放学的，我求丰叔带我来找你，他就在外边等着。"

商宇浩破产后，商妈妈受不住打击，每天神情恍惚。她的体质本来就较弱，再加上这几天有股冷空气南下，不小心感染上风寒，每天下午商宇浩都要陪她去医院挂点滴。

息小淘暗自着急，商家经历了这么大的事后，再也经不起任何折腾，如今连商妈妈也病了，商宇浩自己的身体都还没康复，如何支撑住这个家啊？有心去探望婆婆的病吧，又怕她不待见自己，反而令她不开心，问："小鼎，你有什么要紧的事找我吗？"

商鼎点了下头，看着息小淘的眼睛问："你会不会和爸爸离婚？"

息小淘微微摇了下头，说："不会的，你为什么问我这个？"

"那你希不希望我离开这个家？"

"当然也不希望。出什么事了吗？"

商鼎抿了一下嘴，说："妈妈要和爸爸打官司，想要回我的抚养权，可是我不想离开这个家。爸爸这几天除了带奶奶去看病，一有空就出去喝酒，几乎每天都是丰叔叔把他找回来的，他好像不想管我的事了，我害怕。小淘阿姨，你去劝劝爸爸吧，我知道他也不想离开你的。前天晚上他喝醉了躺在床上，我去给他倒水喝，听到他又在不停地叫着'淘淘'，还说他其实并没有怪你，提出离婚只是不想拖累你。"

息小淘拼命地装出若无其事的样子，想洒脱地冲商鼎笑一笑，哪知道展开的嘴角还没绽放出笑意，却一下子演变成了酸楚，泪水再也不受她的控制，滚滚而下。

商鼎以为自己说错了话，明显被吓到了，叫道："小淘阿姨，你不要哭,爸爸说的是醉话,当不得真的,也有可能是我听错了。"他却不知道,酒后才能吐真言。

谁知息小淘抹了一下泪水,脸上终于绽放出笑容,说:"小鼎,你放心吧,阿姨一定不会让你离开我们家,就算我们穷得睡马路,也没有谁能拆散我们的家!"

息小淘仗着创意大赛金奖的头衔,在网上发布招聘启事,竟然一下子吸引来近五十位应聘者。经过各方面的比较,甄选出一男一女两名设计专科毕业的青年,男的名叫雷池,女的叫丁一凡,都是海宁本地人。从外形上看,男的帅气,女的秀气。

淘意馆的开张日期已经敲定,开张前的准备工作亦差不多已经到位。息小淘预订了饭店包厢,请雷池和丁一凡吃顿饭,一来彼此认识一下,二来想听听他俩的意见和建议,以便及时调整淘意馆的经营思路。

雷池比息小淘小一岁,高大结实,阳光帅气,麦麸色的皮肤显得特别健康。丁一凡比息小淘小两岁,雪白的皮肤,大大的眼睛,外表看着文静,但她一开口,语音清亮,笑声爽朗,尤其是说到兴奋处,会很夸张地张大嘴巴,瞪大眼珠。雷池忍不住取笑她是看《还珠格格》长大的。丁一凡则毫不留情地还击,说他是山寨版的高富帅。

三个年轻人年纪相仿,爱好兴趣相投,很快就找到共同话题,没多大一会儿,气氛就热烈得像老友聚会,等到吃完饭分手时,雷池和丁一凡已经很亲热地称息小淘为"淘姐"。

息小淘离开饭店时已经是晚上九点多钟,正是一天之中大街上最最热闹的时候。她驾车绕到华联商厦买了些生活用品,然后沿着工人路缓缓向西而行。虽然已经是深秋时节,夜凉如水,只是刚才和雷池、丁一凡的一通畅谈，令息小淘兴奋不已，高涨的情绪到现在都还没平静下来。她感觉车中的气氛有点闷，把两侧的车窗玻璃摇下一半，让凉风从车中贯穿而过。

凉风吹在脸上，舒服得像情人的手，息小淘忽然想到了商宇浩。不久前的某个晚上，他牵着她的手走在红笺别苑小区内的林荫道上。那晚夜色深沉，时光静谧，夜风吹在身上微微有些凉意，他把外套脱下来披在她的身上，说："淘淘，希望能和你永远这样手牵着手一起到老。"

商宇浩平时忙于公司的事，像这种可供她回味的片段并不多。记得当时自己并没有回话，而是紧紧地抱着他的手臂，把头靠在他的肩膀上，心里踏实而温暖，感觉已经把幸福牢牢地抱在怀中。

言犹在耳，可是人呢？

息小淘的心底没来由地泛起一阵伤感。他还好吗？自从那次在龙祥大酒店发生冲突之后，她没有主动找过他，他也没有联系过她。曾经亲密无间的枕边人，已经形同陌路。

福特嘉年华驶过步行街时，息小淘看到路口处围着一堆人，人群中有两名男子纠缠在一起，似乎正在扭打。

息小淘一向对这种事不感兴趣，甚至有点反感，微微皱了下眉头，打算一掠而过，谁知就在她从那堆人群旁边驶过时，突然听到有人大叫了声："丰子！"

这"丰子"两个字就像是某个指令，息小淘的大脑还没反应过来，她的右脚却本能反应似的踩下了刹车。

工人路是市区最繁华的商业街，单向行驶，路上的车辆车速普遍车速较慢。息小淘想着心思，车速就更慢。

等车停下后，她才回过神来。她停车的原因并不是那声"丰子"，而是喊出这两个字的声音。因为她已经听出那是商宇浩的嗓音。连忙摇下半开的车窗玻璃,探出头去细看,人群中扭在一起的那两个男人竟然是商宇浩和丰收。

"宇浩!"息小淘大叫了声,就近找了个车位停好车,快步奔过去一看。原来商宇浩又喝了不少酒,倒在地上发酒疯,丰收怎么也扶不起他,引来路人的围观。

商宇浩的身上沾满了灰尘和酒污,脏得像个街头行乞者,息小淘从没见过他这副邋遢相,叫了声:"宇浩,你怎么成这样了啊?"

丰收见到息小淘像见到救星一样,说:"小淘,你真是及时雨,来得太是时候了!"

息小淘和丰收一起用力扶起商宇浩,商宇浩醉眼蒙眬,神情委顿,但在和息小淘目光对视的一刹那,他竟然打了个冷战,似乎一下子酒醒了不少,眼中泛起一片柔情。"你……你……"

息小淘敏锐地捕捉到他眼中的情感,刹那间心头有点恍惚,思绪一下子飘回到那个和他步影随形踏苍苔的夜晚。"宇浩,是我,你……你好点了吗?"她知道他已经认出了自己,冲他微微一笑。

商宇浩看着息小淘足足愣了半分多钟,眼中的柔情慢慢散去,最后又变得硬冷而陌生。"你……你走,我不想见到你……"

"宇浩,你不要这样,好不好?我知道你心里压着太多的苦,你说出来吧,说给丰子听,他是你最好的朋友。当然,如果你愿意,也可以说给我听,我非常乐意和你一起分担。你这样憋在心里会把自己的身体……"

"你走!"商宇浩突然大吼一声,把过往的路人都吓得往旁边闪了下,"我的事不用你管,你走吧,你走!"他挣扎着想站起身来。息小淘连忙伸手去扶,却被他粗暴地甩开。

丰收用力扶起商宇浩,说:"老商,小淘的话说得没错,你真的不该和自己的身体过不去。我们都知道你心里有太多的苦、太多的累，你说出来吧，要是实在说不出，那就哭吧，我陪你一起哭。"

商宇浩愣了一下，看着丰收突然笑了。这世上若还有一个可以陪着自己一起笑、一起哭的朋友，纵然心里有再多的苦，也该欣慰了。他拍拍丰收的肩膀，说："你还不了解我吗？我从来不哭。丰子，我们走！"

能说得出口的苦，不是真苦；能叫得出声的累，也算不得真累。在这一刹那，息小淘忽然明白了商宇浩内心的无奈。男人可以流汗，也可以流血，唯独不能流泪。

车来车往中，商宇浩和丰收相互扶持着，慢慢地消失在光影迷幻的街头。他们这一路走去，一如他们在大学中结识，相知相伴一路走来。

人的一生中不必强求太多的朋友，能有一位荣辱与共、贵贱不弃的知己就足够了。

看着他俩远去的背影，息小淘忽然有点热泪盈眶的感觉。

当息小淘好整以暇地出现在南苑三里施雅萍家的门口时，施雅萍足足愣了半分多钟的神，才吐出一个字："你？"

息小淘微微一笑，说："是我。有空吗？想找你聊聊。"

施雅萍本来有点僵硬的面部表情，突然像烟花绽放，嗤的一声笑，说："当然有空，只是我想不出我们之间会有什么话题可聊？"

息小淘依然保持着笑容可掬的样子，说："有啊，比如你的儿子小鼎。我是他的后妈，应该有资格聊吧？"

施雅萍顿时就明白了息小淘的来意，脸色微微一沉，向后退开一步，把她让进屋里。

屋中的情况除了"凌乱"两字，息小淘想不出还有什么词语可以形容。进门处的鞋柜外堆满了鞋子，有冬天穿的雪地靴，也有夏天穿的水晶凉鞋；客厅的真皮沙发上堆满了各季的衣物，地上放着十几个大小不等、红白各色的袋子，有的扎紧着，有的解开了，想来施雅萍从商场购物回来后就随手放在地上，除了拿里面的东西，一直没移动过，餐桌上层层叠叠地堆满了方便食品的外包装。

施雅萍见息小淘的目光落在这些东西上，脸上微微有点不自在，双眉一扬，说："很乱是不是？反正就我一个人住，收拾干净了给谁看啊？"

此前，息小淘曾听商妈妈在背后奚落过施雅萍，知道她不会料理家事，只要她不出门，总会把家里搞得一团糟，和商宇浩一起生活的十年里，把大人小孩的家务全推给商妈妈一个人料理不说，还嫌这嫌那的，婆媳两人为此没少发生过口角，这也是商妈妈对前儿媳特别反感的原因之一。

息小淘再次微微一笑，不置可否，说："我来找你是为小鼎抚养权的事，你真的想把他要回去吗？"

施雅萍心中暗想："如果息小淘希望商鼎离开商家，她只要静观其变就可以了。她会出现在这里，显然是不希望自己带走商鼎。可是息小淘应该还没伟大到这等地步，更别说此前商鼎曾听从自己的教唆还算计过她。"她问："是商宇浩让你来的吗？他自己怎么不来求我？"

息小淘问："你是不是特别喜欢宇浩低声下气地来求你什么？可惜我是自作主张来找你的。"

施雅萍的心底一股无名之火顿时就蹿了上来，强压着怒气，说话的声音却明显变响："你是来找我吵架的吗？可以，我正闲着无聊，奉陪到底！"

息小淘说："我没这个精力。我只是想问你一下，你真的想要回小鼎的抚养权吗？"

"这和你有关吗？"

"当然，关系大着呢！我们家中少一个人，我的孩子将来就可以少一个竞争对手，你说和我有关还是无关？"

"哈哈，商宇浩现在穷得只剩下他胯下那东西，小鼎还有什么好争的？"施雅萍尖声大笑。

息小淘等她发泄完心中的得意，才很悠然地一笑，说："真的吗？你有没有听说过瘦死的骆驼比马壮这句老话？宇浩的事业是没了，但他在商场上的人脉还在，为人处世的信誉口碑都还在，他的能力相信你是知道的。齐默姐说了，如果宇浩想东山再起，她会鼎力相助，一千万元以内可以随时开口，不管是向她借，还是请她入股，她都很乐意。当初你把微蓝掏得只剩下一个空壳，宇浩只用了一年不到的时间，就让微蓝起死回生，而且更加红火，这就是最好的证明。你毕竟和宇浩做了十年夫妻，对他的了解应该比我深，难道你认为他会从此一蹶不振了吗？"

施雅萍突然沉默。息小淘说的这些可能，她早就想到。可是她控制不住自己的心，尤其在她的生活，特别是感情生活不如意时，对商宇浩的怨恨会特别强烈，报复他的念头就会快速膨胀；尽管她也知道，商宇浩和商鼎同气连枝，商宇浩倒了，商鼎的生活也会受到严重影响。

其实，她利用息振涛打击商宇浩和息小淘时，并没有预料到后果会这么严重，竟然能将商宇浩连根拔起。可她的性格一向如此，既然已经做了，就绝不手软，就像三年前她一气之下，挪走微蓝账户上所有的流动资金一样。要回商鼎的抚养权，是对商宇浩落井下石，这是她原计划中很重要的一环，她目前还不打算放弃，因为商宇浩事业倒闭后的落魄相，以及她报复成功后的快感，都让她无比享受。

"是商宇浩让你来做说客的吗？"施雅萍的目光变得凌厉。

息小淘说:"我自认没有可以说服你的能力,所以并不想去撞你这堵南墙。只是我想告诉你,我们应诉时会提出附带条件,小鼎的抚养权可以归你,但是,他会和商家断除一切关系,商家以后的兴衰将和他无关。"

"做梦!"施雅萍大喝了声,"这只是你的一厢情愿。息小淘,没想到你这么狠毒。商宇浩和他妈是不会赞同你的条件的!"

"我看你才是一厢情意。宇浩和我婆婆也许暂时会舍不得小鼎,可是一旦我怀孕生下孩子,他们的注意力马上会转移到我的孩子身上,对小鼎的感情和牵挂均会慢慢变淡的。"

"胡说,小鼎和他们是十多年的感情,怎么可能说变就变?"

听施雅萍色厉内荏的这么一句话,息小淘差点笑出声来,她终于发现施雅萍的立场并不如自己想象中那么坚定。"想必你也知道,几个月前我曾经意外流产,其实那次怀孕纯属意外。虽然我不赞成丁克,但宇浩认为他已经有了小鼎,事业又处在关键时刻,所以暂时没有造人计划。我也觉得自己还年轻,希望能开创自己的事业,也不想因为孩子而受到过多束缚。可是现在的情况略有变化,一旦小鼎的抚养权归你后,我相信婆婆她肯定会逼我生孩子。"

现在商宇浩的公司没了,事业处于真空期,整个人乃至整个家都闲下来,这个时候确实是息小淘怀孕生子的好档期。

施雅萍的心中忽然闪出一句话:"智者千虑必有一失。"自己竟然没考虑到这一环节。她要走商鼎的抚养权只不过是想借此打击商宇浩,却不希望自己的儿子在商家失去一切,因为她和息小淘持同样的观点,商宇浩是只打不死的小强,只要他的信心还在,估计很快就会东山再起。这么看来,自己确实不能因小失大,让息小淘借机做大做强。可是……

施雅萍马上又想到一个问题，息小淘为什么要提醒自己，她不声不响地静观其变不是更好吗？她的葫芦里到底卖的是什么药？

息小淘见施雅萍沉着脸不说话，目光却是飘闪不定，知道她的内心正在摇摆，说："我今天来找你说这些话，其实我是有私心的，所以如果你心中对我有所怀疑，也是可以理解的。"

施雅萍一怔，脱口问道："你有什么私心？"

息小淘说："虽然你是搞垮微蓝的主谋，但出手的人是我二哥，我婆婆因此对我颇有成见。如果我能说服你放弃对商鼎抚养权的纠缠，我婆婆对我必定会有所感激，那我们婆媳间的矛盾将会缓和下来。"

施雅萍哈地笑出声来，自己的一条妙计真是一石三鸟，不但打垮了商宇浩，解体了微蓝，还让息小淘和商妈妈的婆媳关系出现严重裂痕。息小淘可以放下尊严来求自己放手，竟然是想借此来修复和商家人的感情，看来他们一家子都伤得不轻。"听说你和商宇浩已经分居一段时间了？"她甚至开始估量商宇浩和息小淘的婚姻会不会因此走到尽头。

息小淘点头说："是的，但我随时可以回去，因为当初是我主动提出先分开一段时间，彼此冷静一下，以免天天见面，使得矛盾恶化，毕竟我二哥错得太离谱。"见施雅萍露出不屑的神色，她忍不住笑了，"其实我大可以耐着性子，等你好好折腾一番，一旦小鼎离开商家，我婆婆他们难免又把希望寄托在我的身上，到时我们的关系自然会慢慢修复。你说有这个可能吗？"

施雅萍想了一下，不得不承认有这个可能。商妈妈是个心慈手软的人，虽然有时会说几句难听的话，但大多数的长辈都差不多，对后辈总是往好的方面盼望。一旦息小淘怀上身孕，商家破产的阴影立刻会被这个喜讯所冲淡。嘴上却依然不依不饶地说："你不是还没怀上吗？"

"我今天又去医院做了复查，身体一切正常，医生也说随时可以怀孕，你要不要看看我的检查报告单？"

"我对你的那点破事一点兴趣都没有。息小淘，你想让我去法院撤诉也可以，但你得答应我一个条件。"

息小淘眉头微微皱了一下，问："条件，什么条件？说来听听。"

施雅萍目光灼灼地盯着息小淘，说："如果你能答应我放弃生育权，我就永远放弃小鼎的抚养权。当然，我这不是在逼你，而是在和你商议，欢迎拒绝。"

息小淘明显愣了一下，而后脸上闪过一丝愤愤然的神色，"这……这……"

施雅萍笑了起来，说："息小淘，想抓住男人的心，靠的是手段而不是孩子。我就是最好的例子，只怪我当初过于天真，又年轻不懂事，只道已经给商宇浩生下了孩子，我们的婚姻也就牢不可破了。哼，结果呢，他厌倦我时，还不是照样把我一脚踢开。你和商宇浩的年龄差距不小，你能确信你们的婚姻能坚守到老吗？万一他又变心了，或你找到更好男人后，没有孩子可以走得更潇洒，更了无牵挂。"

息小淘似乎被施雅萍的话给吓到了，愣愣地看着她，说："你这话是怎么说的？"

施雅萍笑笑说："我这是真话难听。小淘，二婚的女人比二手的汽车贬值还快。就拿我来说，男人们一听说我生过孩子，一个个把头摇得跟拨浪鼓似的，想找个伴好好过下半辈子吧，找来找去，不是有缺陷的，就是四五十岁的半老头子。你可千万别再步我的后尘啊！"

息小淘稍稍沉默了一下，若有所思地说："其实我对生孩子这事也有点害怕……"

"那当然，老人们不是常说，女人生孩子时只剩下半条命，那种疼痛，没经历过的人是永远也想象不到的。别说生下孩子后，每天围着孩子转，屎啊尿啊，一个孩子几乎占据了你所有的精力。更严重的是，生过孩子的女人体型会变，腰身粗了，胸部松弛了，还有那些妊娠纹、各种斑什么的，足够你烦的。"

息小淘长叹一声说："听着确实是够吓人的。想想那些没有生育的女人，同样生活得精彩。"

施雅萍连忙说："那当然，我现在真是后悔，你看小鼎虽然是我亲生的，和我却一点也不亲，早知道这样，还不如当初别生下来。"

息小淘露出一副举棋不定的样子，问："如果我答应你的条件，你真的会去法院撤诉吗？"

"那当然，如果我不撤诉，你还可以生孩子啊。再说，你站在我的立场想一下，你放弃生育权对我来说有绝对的诱惑力。而且，这几年来我一个人自由惯了，如果小鼎真的跟着我过，我还担心自己适应不过来，更别说照顾他了。"

息小淘突然不说话了，内心似乎正在激烈地挣扎着。施雅萍怕自己刚才的话说得过于坦诚，反而暴露了自己的弱点，忙补充着说："当然，小鼎毕竟是我的亲生儿子，我的下半生是要靠他的，要是能待在我身边，无疑是最最理想的。"

"好！"息小淘突然咬着牙大叫了一声，装出一副艰难决定的样子，"我答应你！"

施雅萍咯咯地大笑起来，说："行，我们立个君子协定吧。只要你息小淘放弃生育的权力，我施雅萍就不再拿商鼎的抚养权生事！"

从施雅萍的家里出来，息小淘的脸上展开胜利的笑容。她来找施雅萍的目的已经达到，施雅萍不知不觉地落入她的算计之中。她从没想过放弃做母亲的权力，为商宇浩生个宝宝，在她看来是件很幸福的事。

"君子协定。狗屁!明明是两个女子,何来的君子协定?"

施雅萍是个心思缜密,又工于心计的女人。从三年前她趁商宇浩出差之即,掏空微蓝的银行账户,到几个月前,利用息振涛搞垮商家,从来都是她算计别人。想到几年后,她会尝到被人算计的滋味时,息小淘的心情顿时像街头的霓虹灯,绚丽多姿。

来之前,息小淘已经想过了,这几年内她不可能有造人计划。首先她的"淘意馆"马上就要开张,她得全力以赴好好拼一下,根本就没有怀孕生孩子的时间。其次,商家的家业刚刚败落,商宇浩心情这么差,肯定达不到优生的标准。要等他东山再起,起码也得几年的时间。

等再过个四五年,她年近三十,刚好是生育的好时机,等到了那时再怀孕,她就不怕施雅萍生事。因为,那时商鼎已经年满十八岁,他已经有了自己的选择权。而且,她有信心在这几年内,更加贴近商鼎的心,让他到时不会有别的想法。

虽然算计了施雅萍不够光彩,可是这又有什么呢?在世人的眼中,女人从来都是爱耍小心眼的,就连几千年前的孔圣人都说过:唯小人和女子难养也。

20 **不变的承诺**

商宇浩等母亲和儿子商鼎都回房睡觉后,才悄悄开门出去,驾车直奔酒虫。

酒虫是一家酒店的名字,规模不大,营业面积也就一百多平方米。店内的装潢却很有特色,装潢用的材料主要是原木和竹子,甚至没上过漆,一走入店内就会闻到一股木头的原香味。店堂内再配以各种盆栽的绿色植物,柔和的浅橙色灯光,背景音乐是清一色的粤语老歌。与那种装修豪华,走高格调路线的酒吧相比,置身其中,有种回归自然的感觉。

酒店的老板是位三十不到的帅小伙,有人说他是富二代,也有人说他曾在娱乐圈里打拼过,没能大红大紫,大彻大悟后来这里开了这家酒店。

酒虫最大的经营特点是:白天不开张,每天晚上八点钟开门,至十二点打烊,所有的客人消费金额一致,进门就是每人二百,喝多喝少看你的酒量,下酒菜以自助方式供应。这里拒绝暧昧,拒绝喧哗,拒绝粗暴。这种极具个性的经营方式,引得酒客趋之若鹜,几乎每天都是客满。

商宇浩走进大门时,环绕音箱中正响着张国荣的《风再起时》,"风再起时,默默地这心不再计较与奔驰,我纵要依依带泪归去也愿意,珍贵岁月里,寻觅我心中的诗……""哥哥"略带依恋和无奈的歌声,像午夜的月光,一下子浸入他的心里,让他的心狠狠地抽搐了一下。

店堂中黑压压地坐满了人,商宇浩环顾四周,想找个座位。这时店里的服务生走了过来,说:"商先生,那边还有个座位,您请。"

靠内侧墙边还空着个座位,商宇浩从吧台上拿了一大杯冰啤,到座位上坐下,端起酒杯还没碰到嘴唇,耳边忽然响起一个女人的声音:"这酒怎么越喝越好喝啊?"声音不是很响,刚好可以让他听到。

商宇浩怔了一下,发觉这略显慵懒的声音听着耳熟,息小淘每天早上醒来时,说话的嗓音差不多就是这个样子。

他忍不住好奇地回过头去,在和他隔了两个座位的椅子上,坐着位醉态可掬的女人。只见她目光发直,满面通红,一只手举着一杯鸡尾酒,在眼前晃啊晃的,那样子仿佛随时会倒下去。

"小淘!"商宇浩大吃一惊,那个醉得神志不清的女人竟然是他的老婆息小淘。他连忙放下酒杯,快步奔过去,伸手扶住她的肩膀,问:"小淘,你怎么在这里喝酒?"

息小淘晃晃悠悠地转过头来,冲商宇浩翻了个白眼,说:"他们……说,一醉解千愁,我为……什么不能来这里喝……喝酒……"

商宇浩皱了一下眉头,说:"喝点酒是可以,但你也不能喝醉啊。"

"不醉……怎么解……解愁……"还没说完,就一头栽倒在桌子上。

商宇浩连叫了几声:"小淘。"见她已经醉得不省人事,无奈之下,只得把她横着抱了起来,快步走出酒店,把她放到自己的车上,然后驾车离开。

车，在光怪陆离的霓虹灯光中穿梭。躺在后座椅子上的息小淘竟然叽叽歪歪地唱起歌来，虽然听不出具体的歌词内容，但从曲调上可以听出是一首忧伤的歌。

在路口等红灯时，商宇浩回过头去看了一眼烂醉如泥的息小淘，灯光透过车窗玻璃在她脸上变幻着各色光影，才几天没见，她的下巴又变尖了不少。他忽然有点恨自己过于狠心，那天逼她离开自己，虽然心里一直认为那不是自己的本意，是为了给她自由，其实在潜意识里，终究因为息振涛的原因，而掺杂着迁怒于她的因素。这些天来自己对她不闻不问，甚至不想知道她过得好与不好，作为丈夫，实在是太失职了。

"淘淘。"商宇浩轻轻叫了一声，息小淘只在座位上翻了个身，不再唱歌，也不再有声息，仿佛是睡着了。

商宇浩驾车载着息小淘直奔白漾小区他们一家人现在的住处。他停好车后，把息小淘从车上抱下来，一口气抱上了四楼，把她放在自己房间里的床上。

这处公寓房是商宇浩的爸妈年轻时所购置的，已经有些年代了，后来他们全家搬去红笺别苑的别墅后，这处公寓房一直闲置着。几个月前丰收和夏立国闹矛盾时，和自己的父亲一起来这里小住过一段日子。

商宇浩静静地站在床前，默默地看了息小淘好几分钟，终于坐到床头，把她抱了起来搂在怀里，轻轻地抚摸着她略见消瘦的脸孔，低头吻着她的发际，在她耳边柔声说："淘淘，对不起，都是我不好，让你受苦了。你在外面过得还好吗？这几天天气变冷，晚上睡觉时要加点被子，你的睡相不好，总爱把手伸到被子外，会冻着的。"

息小淘呼吸粗重，脸又红又烫，闻着她发际间散发出的洗发水清香，让他有点情难自禁。

"淘淘,你有没有想我?我是真的很想你。你知道吗?每天晚上看着空荡荡的房间,空荡荡的床,我就一点睡意也没有,只得去喝酒。其实我也舍不得你离开我,我曾经说过一定会给你幸福的,可是我现在已经什么都没有了,再也给不了你什么。我快四十岁了,早已不复当年的勇气和信心,已经没法兑现对你的承诺。你还这么年轻,不该跟着我吃苦,所以……"说着说着,他忍不住轻吻起息小淘的耳根。

"淘淘,你怎么了?为什么要去喝酒?是不是受委屈了?你这个样子会让我心疼的……"正说着,怀中的息小淘突然"嗤"的一声笑了起来,一下子翻过身,张开双臂抱住商宇浩的胸膛,说:"你真坏,把我吻得痒死了,害我装不下去,你的情话是很难听得到的。"

商宇浩吓了一跳,随即明白息小淘是清醒的,问:"你到底是真醉还是假醉?"

息小淘有点不好意思地说:"假的,我没喝酒,演得还不错吧?"

商宇浩有点生气,再问:"既然没喝酒,脸为什么这么红?身体也在发烫?"他刚才抱息小淘时发现她的身体烫得像在发高烧。

"我喝了两瓶藿香正气水,才弄出这效果。"

商宇浩终于生气了,说:"息小淘,你太过分了,你怎么可以这样骗我?不知道我很为你担心吗?"说着想推开她。

哪知道息小淘像根缠树藤一样,缠得他死死的,嬉皮笑脸地说:"你可不可以再继续说下去?我还没听够。"

商宇浩沉着脸说:"放开你的手!"

"干什么啊?宇浩,我们不要再闹了,好不好?我道歉。"

"你道什么歉?你有做错事了吗?"

"有,我不该在你最需要我的时候,耍小性子离开你。还有,我离开这么几天了,都没打电话给你,问问你过得好不好。还有还有……"

"别说了!"商宇浩突然大叫了声,把息小淘吓了一跳。商宇浩趁机掰开她的双手,站起身来,背对着她。他都不敢去看息小淘的脸色,用生硬的语气说,"既然你知道自己有错,还来缠着我干什么?"

息小淘从床上站起身来,走到商宇浩的面前,直视他的眼睛,说:"既然你认定我没错,又为什么要赶我走?我俩现在出现这种情况,肯定有一方错了,如果我没错,那错的人就是你!"

商宇浩说:"行,我承认错的人是我,这样总可以了吧?"

"不可以!"息小淘来劲了,"既然你已经认识到错误,那就要勇于改正。否则,你怎么教育小鼎?"

"息小淘……"

"叫我淘淘!"

商宇浩感觉有点哭笑不得。见息小淘一脸倔强,知道自己若不妥协,只怕交谈不下去,只得极不自然地叫了声:"淘淘……"但见她的脸上闪过一抹奸计得逞的坏笑,忍不住又骂了句:"小人得志!"

息小淘终于哈哈大笑起来,说:"商宇浩,你怎么可以说话不算话?你向我求婚时,承诺过会给我幸福,结果结婚一年不到,就想把我甩了,这就是你承诺过的幸福吗?"

商宇浩说:"是我失信了,对不起,我现在已经一无所有……"

"错!"息小淘大喝了一声,"你还有老婆,你还有妈,你还有儿子,你还有家!难道在你眼中那些身外之物比我们这个完整的家更重要吗?"

商宇浩愣了愣,脑筋在几秒钟内短路了一下,然后说:"可是我的公司没了,再也给不了你想要的一切,所以……"

"错!错得更离谱!"息小淘又大喝了一声,"你知道我想要什么吗?"

商宇浩努了努嘴,发现自己认为的息小淘想要的一切,只不过是自己的想当然,她确实从没在自己面前表达过什么。问:"那你想要什么?"

"很简单。我只要你的爱和我们的家。"

"可是……"

"别可是了!"息小淘的脸色突然变得严肃,"商宇浩,你是不是一直认为自己处事大气,为人宽厚?这些固然是你的优点,也正是这些优点掩盖住了你性格中自私庸俗的一面……"见商宇浩又要开口反驳,忙伸出一根手指冲他摇了摇,意思是先等自己说完,你再辩白不迟。

"虽然你一再表示,你从不认为我是因为贪图你的财富才嫁给你的,可你的潜意识里却还是认定我是个拜金女,因为我在你人生和事业最辉煌的时候嫁给你,所以只能和你同富贵,却不能共患难。否则为什么你的公司倒闭后,你会想尽一切办法赶我走?"

"……"

"我可以明确地告诉你,我并不需要荣华富贵、绚丽多彩的生活,我只要平平淡淡、夫妻却能携手到老的平凡人生。这些都是你能给得了的,可你却不屑给我。"

"可是再平凡的生活也需要一定的经济能力作为基础……"

"是。可是你已经老了吗?老得不能动了吗?你才三十八岁,正是一生中最有创造力的时候,又何必妄自菲薄?当年你大学毕业时,既没有创业经验,又没有生意场上的朋友可以帮衬,一路摸爬滚打,只用了十多年的时间,还不是缔造出了微蓝?而你现在的见识、能力远非当年刚走出校门的青涩学子可比,纵然从零开始,难道就没了那份雄心壮志了吗?"

商宇浩默默地看着息小淘,她脸上的红晕开始褪去,还原出粉白的皮肤。说实话,息小淘并不是个很会劝人的人,但他还是感觉到了她的努力,试图说服他,让他重新鼓起勇气。她因为说得激动,两条眉毛不停地跳动,看上去十分生动。

她说的这些话,商宇浩全明白,他也相信自己如果想重新开始,也许不会太难。可关键是他感觉累了,已经没有了冲锋陷阵的动力。

息小淘话锋一转,说:"我的淘意馆三天后就要开张了,我招聘了两个工作人员。其中有一位叫雷池的男孩子,来应聘时我问他有什么要求,他想了半天,开出的首个条件是,希望我能给他自由发挥的空间。和他细谈后,发现他很有想法,创意很有特色,我已经留下了他。另外一位女孩名叫丁一凡,专业也很出色。前天晚上,我们三人一起吃饭,相互鼓劲,要用我们的一腔热情闯出一片新天地。你看不看好我们?"

一说到她的淘意馆,息小淘的脸上露出飞扬的神采。

商宇浩忽然有点恍惚,她的这个神情,他此前见过一次,就是去年的某一天,他带她到钱塘江边,向她求婚时,给她许诺幸福时,她就曾露出过这样踌躇满志、对未来充满期待的神色。

息小淘见商宇浩不说话,笑了一下,眼光中略带着挑衅的意味,问:"是不看好我们,还是心中有了后生可畏的感叹?"

"那个……我,我是不看好我自己。"商宇浩的心里突然无比气馁。想到当年自己刚走出校门时,是何等的雄心万丈,经过这十多年的打拼,反而变得畏首畏尾,连这些初出茅庐的孩子都比不上了。

息小淘说:"我今天费这么大的劲,就是为了找个和你单独说这些话的机会。同时要告诉你,淘意馆三天后开张,我希望你能怀着全新的心态,来参加我的开业典礼,因为我需要你的鼓励,也需要你的支持。

我更希望三天后会是一个全新的起点，包括我们的生活、我们的婚姻。如果你真的对一切失去了信心，那么下周的今天，我们在市民政局门口见。我息小淘的男人，应该是放得下，又提得起，有担当的真汉子！拜拜，我走了，你好好休息吧。"

息小淘的"淘意馆"如期开张，白底黑色横条的门面，显得低调而简约，却和周边店铺色彩亮丽的装潢风格形成鲜明对比，反而显得大气而文雅。贴在正门上方、橙色镶了白边的"淘意馆"三个大字，惹眼而不张扬，极具个性。

店铺内的装修风格和门面一致，也是白色的墙面，墙上嵌着黑色的钢质货架和玻璃层板，货架与货架之间的空白处，则挂着紫色的仿真雏菊花篮。

息小淘从打算开创意馆开始，就着手准备作品，两三个月内设计出近百件作品，有的找厂家加工，有的则请工人手工制作，每一件作品都是限量版，有的甚至是孤品。这些作品小到一枚真皮发夹，大到手袋背包，都很有个人特色。

此前，息小淘让雷池把几件特色作品拍了照，发到一些比较热门的网站上做宣传，为今天的开张造势。不少顾客涌来，特别是一些个性浓郁的青年男女，甚至从周边省市赶过来，就是为了在开张的当天，抢到自己中意的宝贝。

息小淘为了突出"创意"两字，店中还推出一项特色服务，就是可以根据顾客的要求，设计各种饰品，只要你想得到，没有她做不到的。开业当天预约，还可以享受打折优惠。

开业的礼花放过以后，店里一下子人满为患，把雷池和丁一凡忙得顾此失彼，坚持了没多大一会儿，两人就忍不住大喊："淘姐，我们快顶不住啦！"

息小淘大笑着说："顶不住也得顶住！"她脸上绽放着笑容，友善礼貌地和形形色色的顾客交谈，回答他们提出的各种问题，目光却在人群中搜索着，她在寻找那个等了又等，到现在还没有出现的身影。只是顾客实在是太多，她也有些疲于应付，哪里还能分神细想。随着时间一点点过去，心中的失落感越来越浓烈，渐渐左右她的思绪，在外人看来有点思维反应不过来的样子。

丁一凡终于发现息小淘心神不宁，忙中偷闲地轻轻碰了一下雷池的手臂，问："淘姐怎么啦？魂不守舍的样子，她在等什么人吗？"

雷池说："她在等姐夫。昨天我听到她在给一个叫丰子的人打电话，说如果今天姐夫在她开业时现身，她们的婚姻将会继续，如果姐夫没来，那她就只得认命。"

丁一凡用很夸张的表情看着他，说："雷池，你不厚道啊，怎么可以偷听别人的电话？"

雷池说："我没有故意偷听，是淘姐打电话时没有避开我，那声音自己钻入我耳朵中的。"

丁一凡叹了口气，说："真是红颜薄命，淘姐这么优秀，姐夫有什么好挑剔的呢？怎么办啊？你看淘姐笑得比哭还难看，她一定伤心透了。"

息小淘的心确实是伤透了，眼看着时间临近中午，上午的客流高峰渐渐过去，可是商宇浩到现在都还没出现。"是不是前天自己把话说得过于沉重，令他生气了？还是他依然坚持此前的想法，刻意结束我们这场不足周岁的婚姻？可是自己怎么能失去他呢？"

想到两人曾经的美好过往，在一起并不太多的点点滴滴，想到他的深情，他的温厚，他和善的笑容，他温暖的掌心，他坚实的胸膛……心头一阵酸楚，眼中的雾气快速凝聚。

雷池见息小淘的眼角有泪光闪动，知道她的内心已到了崩溃的边缘，向丁一凡使了个眼色。丁一凡忙走到息小淘身边，说："淘姐，你休息一下吧，今天来的客人太多了，感觉店里的空气有点闷，要不你出去走走吧。"

息小淘很感激地看了丁一凡一眼，本想故作轻松地笑笑，不料牵动心头最脆弱的神经，一时没忍住，泪水从眼角无声滑落。

丁一凡吓了一跳，叫道："淘姐……"

息小淘抬手拭去眼角的泪痕，说："我出去透口气。"快步奔向皮革城的出口。

十月的天气，秋高气爽，天上云淡风轻，阳光明媚。息小淘奔出皮革城的大门，跑到花坛边，伸手扶住一棵红枫树。她神情恍惚，内心疼到极点，此时再也忍耐不住，大滴大滴的泪珠滚落下来。

想想自己才二十三岁，一段婚姻就这么莫名其妙地结束。记得当初自己在接受商宇浩的求婚后，怀着激动又不无紧张的心情，无数次地遐想着婚后的两人世界，总以为举案齐眉不只是一声美好的祝愿，妇随夫唱也不是一件遥不可及的事，谁知道……

息小淘再也控制不住自己的情绪，蹲下身失声痛哭起来。直哭得肝肠寸断，情海决堤。

突然，一只大手轻轻地搭在她的后背上，耳边有个轻柔温和的声音随之响起："淘淘，你怎么伤心了？有谁欺负你了吗？"

息小淘悚然一惊，恍然间以为是自己过于伤心而出现的幻觉，可是，轻抚在自己肩膀上的那只大手还在，掌心的温度隔着衣服，缓缓传入她心房，如熨斗般慢慢抚平她波澜激荡的心湖。

息小淘缓缓转身，抬起头，在心里呼唤了无数边的面孔终于清晰地出现在自己的面前。

商宇浩轻轻地把息小淘拉了起来，搂在自己的怀里，柔声说："是不是因为没看到我，所以伤心了？其实我早就来了，可是你店里人太多，见你忙成那样，我都不好意思过去打扰你，就坐在这里等你闲下来。"

就在花坛的另一侧，地上铺着一片纸巾，纸巾堆着七八个烟蒂。刚才商宇浩就坐在这边的花坛上，一边吸着烟，一边想着心思。

息小淘扑入商宇浩的怀里大哭起来，鼻涕眼泪把商宇浩的白衬衫弄得一塌糊涂。"我很害怕，你知不知道？要是你今天没来，我都不知道该怎么活下去了。"

"傻瓜，我有什么好的，值得你这样吗？"

"在我心里，你比什么都好！真的，宇浩，我什么都不要，我只要你陪着我，永永远远，不管以后会发生什么事，都不许离开我，好不好？"

"嗯……"商宇浩心中大为感动，本想故作轻松地大声答应她，不料鼻子发酸，声音哽在咽喉口发不出来，泪水却趁机喷涌而出，顺着他的脸颊流下，一滴滴地落在息小淘的发间。

谁说男儿有泪不轻弹？只是未到动情时。

两人在花坛边相拥而泣，引来路人的好奇，纷纷打听发生了什么事？

商宇浩连忙拭去眼角的泪痕，拍拍息小淘的后背，说："息老板，今天是你开张志喜的日子，你怎么哭得像根融化了的冰棒似的，这也太不注重仪表了吧？"

息小淘心中本来有太多的伤心、太多的难过，可是在商宇浩将她拥入怀中的一刹那，所有的伤心难过顿时就消失得无影无踪。这时再听他这么调侃自己，恼也不是，乐也不是，心中一急，泪水又流了下来。

商宇浩用双手轻轻地捧起她的脸,替她抹去泪水,柔声说:"淘淘,对不起,都是我不好,让你失望了……"

息小淘刚想说话,商宇浩用手指压在她的嘴唇上,说:"不过,你说得对,只要我们的家还在,人还在,一切可以从头再来,你会为我加油吗?"

息小淘听出商宇浩已经解开心结,心头又惊又喜,拼了命似的连连点头,本来想再说几句鼓励的话,可是话到嘴边,竟然喜极而泣,脸上挂着笑,眼中却流着泪……

商宇浩再度把她拥入怀中,说:"我说过,一定会让你幸福的,天变地变,我对你的承诺永远不变!"

End